THE WALKING DEAD

Obras dos autores publicadas pela Galera Record

The Walking Dead: *A ascensão do Governador*

The Walking Dead: *O caminho para Woodbury*

The Walking Dead: *A queda do Governador – parte 1*

The Walking Dead: *A queda do Governador – parte 2*

The Walking Dead: *Declínio*

The Walking Dead: *Invasão*

ROBERT KIRKMAN
E JAY BONANSINGA

THE WALKING DEAD

A ASCENSÃO DO GOVERNADOR

Tradução
Gabriel Zide Neto

30ª edição

Galera
RIO DE JANEIRO
2024

CIP-BRASIL. CATALOGAÇÃO NA FONTE
SINDICATO NACIONAL DOS EDITORES DE LIVROS, RJ

Kirkman, Robert
K65a A ascensão do governador / Robert Kirkman e Jay
30ª ed. Bonansinga; tradução de Gabriel Zide Neto. – 30ª ed. – Rio de Janeiro: Galera Record, 2024.

Tradução de: The Walking Dead: Rise of the Governor
ISBN 978-85-01-09715-6

1. Ficção de terror americana. I. Bonansinga, Jay R. II. Zide Neto, Gabriel, 1968-. III. Título. IV. Série.

12-6935 CDD: 813
CDU: 821.111(81)-3

Título original:
The walking dead: rise of the Governor

Publicado mediante acordo com Thomas Dunne Books, um selo da St. Martin's Press, LLC.

Texto revisado segundo o novo Acordo Ortográfico da Língua Portuguesa.

Composição de miolo: Abreu's System

Adaptação de layout de capa: Renata Vidal da Cunha

Direitos exclusivos de publicação em língua portuguesa somente para o Brasil
adquiridos pela
EDITORA RECORD LTDA.
Rua Argentina, 171 – Rio de Janeiro, RJ – 20921-380 – Tel.: (21) 2585-2000,
que se reserva a propriedade literária desta tradução.

Impresso no Brasil

ISBN 978-85-01-09715-6

Para Jeanie-B, Joey e Bill... Amores da minha vida.
Jay

Para Sonia, Peter e Collette... Prometo que vou trabalhar menos, assim que terminar de pagar a faculdade.
Robert

AGRADECIMENTOS

Muito obrigado a Robert Kirkman, Brendan Deneen, Andy Cohen, David Alpert, Stephen Emery e toda a gente boa da Circle of Confusion.

Jay

Um grande obrigado a Jay Bonansinga, Alpert e o resto do pessoal na Circle of Confusion, a galera legal da Image Comics e a Charlie Adlard, por comandar o navio. Meus respeitos a Rosenman, Rosenbaum, Simonian e Lerner. E, é claro... Brendan Deneen.

Robert

PARTE 1

Os Homens Ocos

A morte não tem nada de glorioso.
Qualquer um pode morrer.

— Johnny Rotten

UM

Um pensamento passa pela cabeça de Brian Blake enquanto ele se encolhe na escuridão bolorenta, o terror sufocando o peito e a dor latejante nos joelhos: se ele tivesse um *segundo* par de mãos, poderia pelo menos cobrir os *próprios* ouvidos e talvez bloquear o som das cabeças humanas sendo partidas. Infelizmente, as únicas mãos que Brian possui estão ocupadas no momento, cobrindo os ouvidos de uma menininha ao seu lado no armário.

Ela tem 7 anos e está tremendo nos braços dele, se encolhendo a cada vez que ouve os sons intermitentes de *PÉIM-GAHHH-TUM* do lado de fora. Então vem o silêncio, interrompido apenas pelo som grudento de botas sobre o chão de cerâmica ensanguentado e uma enxurrada de sussurros raivosos no vestíbulo.

Brian tosse de novo. Não tem como evitar. Ele luta contra esse maldito resfriado há alguns dias, uma dor incessante nas juntas e nas maçãs do rosto da qual não consegue se livrar. Com ele, acontece sempre no outono, quando os dias na Geórgia começam a ficar mais úmidos e sombrios. A umidade penetra os ossos, consome a energia dele e dificulta a respiração. E agora Brian ainda sente uma rajada de calafrios toda vez que tosse.

Curvando-se com mais uma saraivada de tosses ritmadas típicas dos asmáticos, ele mantém as mãos sobre as orelhas de Penny. Brian sabe que os sons que emana estão chamando todo tipo de atenção do lado de fora do armário, a casa está na mais completa confusão, mas não tem nada que ele possa fazer. Ele vê pequenos feixes de luz a cada tosse, como se fossem filigranas de fogos de artifício cruzando as pupilas cegas.

O armário — que tem pouco mais de um metro de largura e talvez um metro de profundidade — é tão escuro quanto um tinteiro e fede a naftalina, cocô de rato e madeira antiga. Invólucros de plástico, cobrindo ternos e casacos, estão pendurados na escuridão, roçando o rosto de Brian. O irmão mais novo dele, Philip, disse que não tinha problema tossir no armário. Aliás, Brian poderia muito bem tossir a plenos pulmões, e acabar atraindo os monstros, mas o fato é que ele não podia passar aquela maldita gripe para a filhinha de Philip. Porque, se isso acontecesse, Philip quebraria a cabeça *do irmão.*

O surto de tosse passa.

Momentos mais tarde, mais uma série de passos irregulares interrompe o silêncio do lado de fora do armário: é mais um morto entrando na zona de guerra. Brian aperta as orelhas de Penny com mais força e a menina estremece diante de mais uma performance de "Cabeça partida" em ré menor.

Se lhe pedissem para descrever que merda estava acontecendo fora do armário, Brian Blake provavelmente voltaria ao tempo de dono de uma loja de discos falida e diria que o som dos crânios sendo rachados parecia uma sinfonia de percussão que poderia estar tocando no inferno — como um trecho meio louco de uma composição de Edgard Varèse ou um solo de bateria de John Bonham drogado —, com rimas e refrões repetitivos: a respiração ofegante dos seres humanos... os passos arrastados de mais um cadáver em movimento... o silvo agudo de um machado... o som grave do metal penetrando a carne...

...e, por fim, o *grand finale*, o *splash* de um peso molhado desfalecendo no piso de madeira grudento.

Uma nova interrupção faz um calafrio percorrer a espinha de Brian. O silêncio volta a tomar conta do ambiente. Com os olhos acostumados à escuridão, Brian vê o primeiro brilho do sangue arterial espesso passando por debaixo da porta. Parece óleo de carro. Suavemente, ele afasta a sobrinha da poça que vai se formando, puxando-a para junto das botas e dos guarda-chuvas encostados na parede.

A bainha do pequeno vestido jeans de Penny toca o sangue. Imediatamente ela puxa o tecido e esfrega a mancha com força, como se a simples absorção do sangue pudesse, de alguma maneira, infectá-la.

Mais um surto de tosse faz Brian se curvar. Ele o segura. Engole em seco como se a garganta inflamada estivesse cheia de cacos de vidro e abraça completamente a menininha. Ele não sabe o que fazer, nem o que dizer. Quer ajudar a sobrinha. Quer sussurrar alguma coisa que passe segurança para ela, mas não consegue pensar em nada que possa inspirar confiança.

O pai dela é quem saberia o que dizer. Philip saberia. Ele sempre sabe o que falar. Philip Blake é o tipo do cara que diz as coisas que os outros *gostariam* de ter dito. Fala o que precisa ser falado e faz o que precisa ser feito. Como agora. Ele está lá fora com Bobby e Nick, fazendo o que tem que ser feito... enquanto Brian está escondido na escuridão como um coelho assustado, desejando saber o que falar para a sobrinha.

Considerando o fato de que Brian é o mais velho dos dois irmãos, é esquisito que ele sempre tenha sido o mais medroso. Mal chegando a 1,70 m de botas, Brian Blake é um sujeito franzino que mais parece um espantalho e que mal consegue encher o jeans preto justo nas pernas e a camiseta rasgada do Weezer que usa. Um débil cavanhaque, braceletes de macramê e um topete de cabelos pretos à la Ichabod Crane terminam de compor a imagem de um cão sem dono de 35 anos que parece preso numa síndrome de Peter Pan, e que agora está de joelhos na escuridão que fede a naftalina.

Brian engole um pigarro e olha para Penny, que está de olhos arregalados e o semblante mudo e aterrorizado, como um fantasma na escuridão do armário. Ela sempre foi uma menina muito quieta, com o rostinho de uma boneca de porcelana chinesa, o que dava ao semblante um aspecto quase etéreo. Mas, desde a morte da mãe, ela ficou ainda mais introvertida, mais estoica e distante, a ponto de parecer quase translúcida, com mechas de cabelo muito preto tapando seus imensos olhos.

Nos últimos três dias, ela mal disse uma palavra. É claro que foram três dias absolutamente *extraordinários* — e o trauma afeta as crianças de maneira diferente dos adultos —, mas Brian está preocupado. Penny pode estar entrando em estado de choque.

— Vai ficar tudo bem, garota — cochicha Brian, pontuando a frase com outra tossidinha.

Ela fala alguma coisa sem olhar para ele. Murmura enquanto encara o chão, uma lágrima escorrendo pelo rostinho sujo.

— O que foi, Pen? — pergunta Brian, aninhando-a nos braços e limpando a lágrima.

Ela volta a falar alguma coisa, depois repete mais uma vez e outra, mas não exatamente para Brian. Ela fala como se fosse um mantra, uma reza, ou um cântico.

— *Nunca vai ficar bem. Nunca-nunca-nunca-nunca-nunca.*

— Shhh.

Ele levanta a cabeça dela, apertando-a delicadamente contra as dobras da camiseta. Brian sente o calor úmido do rosto da sobrinha nas costelas. Volta a lhe tapar as orelhas, quando ouve o *PÉIM* de mais uma machadada do lado de fora do armário, arrebentando a membrana de uma cabeça, atingindo um crânio duro, atravessando as camadas de dura-máter e indo parar na gelatina cinzenta e polpuda do lóbulo occipital.

O som é igual ao de um taco de beisebol acertando uma bola molhada — e o jato de sangue é como um pano de chão batendo no assoalho — seguido por um baque surdo, molhado e tenebroso. Estranhamente, para Brian essa é a pior parte: aquele barulho oco e úmido de um corpo caindo em cima do piso caro. Os azulejos foram feitos especialmente para a casa, com motivos astecas e detalhes elaborados. Uma bela casa... pelo menos, um dia foi.

Mais uma vez, o barulho termina.

De novo, segue-se um silêncio assustador. Brian abafa uma tosse, segurando-a como se fossem fogos de artifício prontos para explodir, para poder ouvir melhor a mínima diferença de respiração do lado de fora do armário e os passos pegajosos andando por cima daquele horror. Mas, dessa vez, o lugar está completamente silencioso.

Brian sente a menina se agarrar ao seu lado — a pobre Penny se preparando para mais uma saraivada de machadadas —, mas o silêncio se prolonga.

A alguns centímetros dali, o ruído de um trinco se abrindo e da maçaneta da porta girando faz arrepios percorrerem o corpo de Brian. A porta é aberta.

— Está tudo bem. Estamos bem. — A voz de barítono, rascante e regada a uísque, parte de um homem que se debruça para olhar os fundos do armário. Os olhos piscam na escuridão e o suor faz seu rosto brilhar. Vermelho pela matança de zumbis, Philip Blake segura o machado liso e lustroso nas mãos calejadas de trabalhador.

— Tem certeza? — murmura Brian.

Ignorando o irmão, Philip olha para a filha.

— Está tudo bem, queridinha. O papai está bem.

— Tem *certeza?* — repete Brian, tossindo.

Philip olha para o irmão.

— Você poderia fazer o favor de tapar a boca?

Brian funga.

— Tem certeza que acabou?

— Querida... — Philip Blake se dirige delicadamente à filha, o leve sotaque sulista denunciando o embate feroz e violento que só agora começa a sumir dos olhos. — Eu preciso que você fique aí mais um minutinho, está bem? Até o papai dizer que está tudo bem e que você pode sair. Entendeu?

Com um leve aceno, a menina pálida gesticula que entendeu.

— Vamos lá, amigo — diz Philip, tirando o irmão mais velho da sombra. — Vou precisar da sua ajuda no serviço de limpeza.

Brian se levanta com dificuldade, abrindo passagem entre os cabides com sobretudos pendurados.

Ele sai de dentro do armário e pisca os olhos ao se confrontar com a luz forte do vestíbulo. Fixa o olhar, tosse e depois volta a fixar o olhar. Por um breve momento, parece que a magnífica entrada da casa colonial de dois andares e amplamente iluminada por candelabros de cobre está sendo redecorada por uma equipe de trabalhadores com paralisia cerebral. Grandes faixas cor de berinjela mancham o papel de parede verde-água. Borrões de Rorschach pretos e grenás adornam o piso e os rodapés. Então ele distingue as formas no chão.

Seis corpos estão espalhados em postas de sangue. Mal dá para perceber o sexo e a idade com todas as carnes molhadas, as peles manchadas e esmaecidas e os crânios disformes. O maior de todos está no meio de um poço de vômito, ao pé da grande escada circular. Outro, talvez o da dona da casa, ou o de uma recepcionista oferecendo torta de pêssego e toda a hospitalidade do Sul, se encontra agora estirado sobre o assoalho de parquete, desordenadamente contorcido, com um fio de matéria cinzenta escorrendo do crânio partido.

Brian Blake sente o estômago subir e a garganta se dilatar involuntariamente.

— Muito bem, senhores. Temos muito trabalho pela frente — diz Philip aos dois amigos, Nick e Bobby, e também ao irmão, mas Brian mal consegue ouvir por cima das batidas frenéticas do coração.

Ele vê os outros restos mortais — nos últimos dois dias, Philip começou a chamar aqueles que destruíam de "presuntos duplamente cozidos" — espalhados pelas tábuas escuras e bem enceradas da entrada da sala. Talvez fossem os adolescentes que antes moravam ali, talvez fossem visitantes que de repente sofreram com a *in*ospitalidade sulista e ganharam uma mordida que os infectou. O fato é que os corpos estão no meio de longos esguichos de sangue. Um deles, ou delas, com a cabeça partida virada para baixo como uma sopeira derramada, continua a bombear o líquido escarlate sobre o chão com a força de um hidrante quebrado. Outros dois ainda estão com as lâminas das machadinhas presas no crânio, enfiadas até o cabo, como se fossem bandeiras de exploradores triunfantemente fincadas em montanhas inatingíveis.

A mão de Brian voa até a boca, como se pudesse impedir o bolo que está subindo pelo esôfago. Ele sente o alto do crânio latejar, como se uma mariposa estivesse batendo asas no alto do cérebro. Olha para cima.

O sangue está pingando do candelabro lá em cima e um pingo cai bem no nariz de Brian.

— Nick, por que você não pega um daqueles sacos que a gente viu lá na...

Brian cai de joelhos no chão, se inclina para a frente e vomita tudo em cima do parquete. O jato quente de bile cáqui se esparrama pelos azulejos e se mistura com os restos dos mortos caídos.

As lágrimas queimam os olhos de Brian, enquanto ele despeja quatro dias de perturbação da alma naquele chão.

Philip expira com um sopro tenso, o jato de adrenalina ainda correndo pelo corpo. Por um instante, ele faz um esforço para ir até o lado do irmão, mas tudo o que consegue fazer é ficar ali parado, colocar no chão o machado ensanguentado e revirar os olhos. É um milagre que Philip não tenha aberto um buraco ao redor dos olhos de tanto que já os revirou na vida por causa do irmão. E o que mais ele deveria fazer? Aquele idiota é da família, e família é sempre família... especialmente em momentos bizarros como esse.

Evidentemente, a semelhança existe, e sobre *isso*, não há nada que Philip possa fazer. Alto, esguio, vigoroso, com os músculos retesados de um carregador, Philip Blake tem os mesmos traços morenos do irmão, os mesmos olhos castanho-escuros e o mesmo cabelo cor de carvão da mãe, de origem mexicana. O nome de solteira de Mama Rose era Garcia e as feições dela dominaram a linhagem, mais do que as do pai dos garotos, um enorme e ignorante alcoólatra, descendente de irlandeses chamado Ed Blake. Mas Philip, que era três anos mais novo que Brian, herdara todos os músculos.

Ele está agora ali: 1,85 m de altura, calças jeans desbotadas, botas de trabalho e camisa de cambraia, bigode de Fu Manchu e tatuagens de motoqueiro criminoso. E está prestes a levar sua figura imponente até o irmão, que está passando mal, e talvez dizer umas palavras duras, quando se contém. Ele ouve uma coisa de que não gosta vinda do outro lado do vestíbulo.

Bobby Marsh, velho amigo de Philip, dos tempos do Ensino Médio, está ao lado da base da escada, limpando a lâmina do machado nas calças jeans de tamanho extragrande. Um sujeito robusto de 32 anos que abandonou a faculdade no terceiro ano, com os cabelos castanhos oleosos puxados para trás em um rabo de cavalo, Bobby Marsh não é exatamente obeso, mas com certeza está acima do peso, e com certeza é o tipo de cara que os colegas da Burke County High chamariam de balofo. Ele agora solta um risinho nervoso, agudo, que faz a barriga tremer, enquanto vê Brian vomitar. A risada é oca e sem graça — uma espécie de tique nervoso que Bobby não consegue controlar.

Essa risada ansiosa começou há três dias, quando um dos primeiros mortos-vivos perambulou para fora da área de serviço de um posto de gasolina nas proximidades do aeroporto de Augusta. Vestido com um macacão ensanguentado, o troglodita grudento saiu do esconderijo com um rolo de papel higiênico preso no calcanhar e tentou transformar o gordo pescoço de Bobby na próxima refeição, até que Philip entrou em ação e golpeou aquele troço com um pé de cabra.

A descoberta daquele dia, de que um bom golpe na cabeça dá perfeitamente conta do recado, despertou mais risadas nervosas em Bobby — nitidamente um mecanismo de defesa —, além de muita conversa nervosa sobre ser "alguma coisa que está na água, cara, como uma peste negra". Mas Philip não queria saber a razão de toda aquela merda naquela hora, e com certeza também não queria ouvir essas razões agora.

— Ei! — grita Philip, dirigindo-se ao balofo. — Você acha isso *engraçado*?

As risadas de Bobby cessam.

Do outro lado da sala, ao lado de uma janela que dá para um vasto quintal escuro, no momento coberto pela noite, uma quarta pessoa assiste a tudo com desconforto. Nick Parsons, outro amigo de longa data de Philip, é um sujeito magro, compacto, de 30 e poucos anos, com roupa de mauricinho e o cabelo raspado de fuzileiro naval, como um eterno esportista de colégio. O religioso do grupo, foi Nick quem mais demorou a se acostumar com a ideia de destruir coisas que um dia foram seres humanos. Agora, com os tênis e as calças cáqui manchados de sangue e os olhos queimando com o trauma, ele vê Philip se aproximar de Bobby.

— Desculpa, cara — murmura Bobby.

— A minha filha está lá dentro — diz Philip, quase encostando o nariz no de Marsh. A reação química da raiva, da dor e do pânico pode incendiar Philip Blake quase que instantaneamente.

Bobby olha para o chão manchado de sangue.

— Desculpa, desculpa.

— Vá pegar os sacos, Bobby.

A dois metros dali, Brian Blake, ainda de quatro no chão, termina de expelir o que sobrou no estômago e continua a arrotar em seco.

Philip vai até o irmão mais velho e se ajoelha ao lado dele.

— Põe tudo para fora.

— Eu... é... — resmunga Brian, fungando, tentando terminar a frase.

Suavemente, Philip põe a mão grande e calejada sobre os ombros caídos do irmão.

— Está tudo bem, irmão... É só colocar tudo para fora.

— Me... desculpe.

— Está tudo bem.

Brian consegue se controlar e enxuga a boca com as costas da mão.

— Você acha que pegou todo mundo?

— Acho que sim.

— Tem certeza?

— Tenho.

— Você já olhou em todos os cantos? Como o porão e coisa e tal?

— Sim, senhor. Já olhei. Todos os quartos... até o sótão. O último saiu do esconderijo quando ouviu essa sua maldita tosse, que é suficientemente alta para acordar até quem já morreu. Uma adolescente. Quis almoçar o queixo do Bobby.

Brian engole em seco, crua e dolorosamente.

— Todas essas pessoas... *moravam* aqui?

Philip solta um suspiro.

— Agora não moram mais.

Brian consegue dar uma geral na sala e então volta os olhos para o irmão. Está com o rosto todo molhado de lágrimas.

— Mas parecia que eles formavam... uma família.

Philip faz que sim e não diz nada. A vontade é de simplesmente dar de ombros — *e daí, porra* —, mas ele só continua a fazer que sim com a cabeça. Ele não está pensando na família de zumbis que acabou de despachar, ou nas implicações daquela carnificina de embrulhar o estômago à qual se dedicou nos últimos três dias, matando pessoas que até há pouco eram mães que acompanhavam as partidas de futebol dos filhos, carteiros e funcionários de postos de gasolina. Ontem, Brian entabulou uma discussão intelectual idiota sobre a diferença entre moral e ética numa situação como essa: do ponto de vista moral, nunca se deve matar uma pessoa, *nunca*, mas, eticamente, que é algo um pouco diferente, deve-se adotar o princípio de matar somente em legítima defesa. Mas Philip não acha que o que estão fazendo é matar. Não dá para matar o que já está morto. Eles estão é esmagando, como se fosse um inseto, e seguindo em frente, sem parar para *pensar* tanto.

O fato é que, no momento, Philip nem sequer está pensando no próximo movimento que o pequeno grupo excêntrico de extermínio vai fazer — uma decisão que vai acabar sendo tomada exclusivamente por ele (que virou o líder de fato da tropa, portanto é bom se conformar com isso). No momento, Philip Blake está concentrado num único objetivo: como o pesadelo começou há menos de 72 horas e as pessoas não paravam de se transformar, por motivos que ninguém ainda descobriu, tudo em que Philip conseguiu pensar foi proteger Penny. Por isso saíra correndo da cidade natal, Waynesboro, havia dois dias.

Sendo uma pequena comunidade de agricultores na parte mais ao leste do centro da Geórgia, a cidade foi para o espaço rapidamente quando as pessoas começaram a morrer e voltar. Mas foi a segurança de Penny que acabou convencendo Philip a fugir. Foi por causa de Penny que ele convocou a ajuda dos dois amigos de colégio; e foi por causa dela que partiu na direção de Atlanta, onde, pelo que dizia o noticiário, estavam surgindo centros de refugiados. Tudo por causa de

Penny. Ela é tudo o que restou para Philip. É a única coisa que faz a vida dele valer a pena, a única salvação para sua alma ferida.

Muito antes de estourar aquela epidemia inexplicável, o vazio no coração de Philip o fisgava às 3 horas da manhã nas noites maldormidas. A hora exata em que perdera a esposa — difícil acreditar que já fazia quatro anos — numa estrada ao sul da cidade de Athens, na Geórgia, que a chuva deixara escorregadia. Sarah tinha ido visitar uma amiga na Universidade da Geórgia, bebeu um pouco e perdeu a direção numa estrada sinuosa que passava por Wilkes County.

Desde o momento em que identificou o corpo, Philip soube que nunca mais voltaria a ser a mesma pessoa. Não hesitou em fazer a coisa certa — arranjar dois empregos para manter Penny alimentada, vestida e bem-cuidada —, porém nunca mais seria o mesmo. Talvez essa fosse a razão de tudo aquilo estar acontecendo. Uma brincadeirinha de Deus. Quando os gafanhotos chegam e o rio fica vermelho de sangue, o cara que tem mais a perder passa a ser o líder do grupo.

— Não importa quem eles eram — diz Philip, finalmente, para o irmão —, nem *o que* eles eram.

— É... Eu acho que você tem razão. — Àquela altura, Brian já conseguira se sentar reto, de pernas cruzadas, no chão, respirando profundamente e com dificuldade. Ele olha para Bobby e Nick, do outro lado da sala, desenrolando grandes cobertas de lona e abrindo sacos de lixo. Eles começam a rolar os corpos, ainda úmidos e pingando, para cima da lona.

— A única coisa que importa é limparmos este lugar agora — comenta Philip. — A gente pode passar esta noite aqui e, se conseguirmos um pouco de gasolina de manhã, dá para chegar a Atlanta amanhã.

— Só que isso não faz nenhum sentido — murmura Brian, olhando de um cadáver para outro.

— Do que você está falando?

— Olhe só para eles.

— O quê? — Philip olha por cima do ombro, para os restos asquerosos da matriarca sendo enrolada na lona. — O que tem eles?

— É só uma família.

— E daí?

Brian tosse na manga da camisa e depois limpa a boca.

— O que estou querendo dizer é... nós temos a mãe, o pai, quatro filhos adolescentes... e é *isso*.

— É isso, e daí?

Brian olha para Philip.

— Então, como é que uma merda dessas acontece? Todos eles... *se transformaram juntos*? Será que um deles foi mordido e trouxe a doença para dentro?

Philip pensa no assunto por alguns instantes — afinal, ele também está tentando entender exatamente o que está acontecendo, como essa loucura toda funciona —, mas no fim ele acaba se cansando de tanto pensar.

— Vamos lá. Levanta a bunda daí e vem ajudar — diz ele, simplesmente.

Eles levam aproximadamente uma hora para limpar tudo. Durante todo o processo, Penny fica no armário. Philip leva para ela um bichinho de pelúcia do quarto de uma das crianças e diz que não vai demorar muito até ela poder sair. Brian enxuga o sangue, tossindo de vez em quando, enquanto os outros três arrastam os corpos cobertos pelas lonas — dois grandes e quatro pequenos —, passando pelas portas de correr dos fundos e pelo grande deque de cedro.

É fim de setembro e o céu da noite está claro e frio como um oceano negro, com um turbilhão de estrelas brilhando, provocando-os com piscadas alegres e impassíveis. A respiração dos três homens pode ser vista na escuridão, enquanto arrastam os embrulhos sobre as tábuas cobertas de orvalho. Carregam machados nos cintos. Philip tem uma arma enfiada na parte de trás. É uma velha Ruger .22 que ele comprou num brechó há muitos anos, mas ninguém quer acordar os mortos com um tiro a essa altura do campeonato. É possível ouvir o barulho característico dos mortos-vivos trazido pelo vento — gemidos abafados, passos arrastados —, chegando de algum lugar da escuridão dos jardins vizinhos.

O início de outono está incomumente frio e nessa noite o termômetro deve baixar ainda mais, até cerca de cinco graus, talvez até menos. Ou, pelo menos, foi isso o que anunciou a estação de rádio AM local antes de o sinal desaparecer numa saraivada de chiados. Até esse ponto da viagem, Philip e equipe vinham monitorando o rádio, a TV e a internet pelo BlackBerry de Brian.

No meio de todo aquele caos, os noticiários vinham assegurando às pessoas que tudo estava muito bem — que o maravilhoso e confiável governo estava no comando da situação — e esse pequeno transtorno seria resolvido em poucas horas. Avisos regulares aparecem nas frequências da defesa civil, pedindo às pessoas que fiquem em casa e que se afastem das regiões escassamente habitadas, que lavem as mãos regularmente, tomem somente água mineral e blá-blá-blá.

É claro que ninguém tem respostas. E talvez o sinal mais sinistro de todos fosse o número cada vez maior de estações que entravam em colapso. Felizmente, os postos de gasolina têm gasolina, os armazéns ainda têm produtos e a rede elétrica, os sinais de trânsito e as delegacias de polícia e toda a infraestrutura parece estar funcionando.

Mas Philip teme que uma queda de energia possa aumentar os riscos de uma forma absolutamente formidável.

— Vamos colocá-los naquelas latas de lixo grandes que ficam atrás da garagem — diz Philip, tão baixinho que é quase um sussurro, erguendo dois embrulhos de lona até a cerca de madeira ao lado da garagem, a qual tem espaço para três carros. Ele quer dar cabo disso rápido e sem fazer barulho. Não quer atrair nenhum zumbi. Sem fogo, sem qualquer barulho mais alto e, se puder, sem disparar tiros.

Há um estreito caminho de cascalho, logo atrás da cerca de dois metros de altura, que serve às pomposas e espaçosas garagens que se enfileiram junto aos jardins. Nick levanta o embrulho por cima do portão da cerca, um conjunto sólido de tábuas de cedro, com um puxador de ferro fundido. Deixa a lona cair e abre o portão.

Um cadáver está à sua espera, de pé, do outro lado do portão.

— CUIDADO, PESSOAL! — grita Bobby Marsh.

— Cale a boca! — sussurra Philip, sacando a machadinha do cinto e já com meio corpo para fora do portão.

Nick se encolhe.

O zumbi o ataca, com passos pesados, errando o lado esquerdo do peito por milímetros — o som dos dentes amarelos batendo inutilmente ao errar o alvo é como o clique de uma castanhola — e, à luz da Lua, Nick pode ver que é um homem idoso, com um suéter bem gasto da Izod, calças de golfe e chuteiras caras, o brilho da Lua refletindo nos olhos leitosos, tomados pela catarata: *o avô de alguém.*

Nick dá uma boa olhada naquela coisa antes de tropeçar para trás e cair de bunda sobre a vicejante grama azul. O golfista morto percorre trôpego o espaço deixado por Nick até alcançar o gramado, exatamente quando um ferro enferrujado arqueia pelo céu de relance.

O lado afiado da machadinha de Philip aterrissa perfeitamente a cabeça do monstro, quebrando o crânio do velho como se fosse um coco, rasgando a membrana densa e fibrosa de dura-máter e afundando no gelatinoso lóbulo parietal. O som é parecido com o de um aipo sendo partido e lança um coágulo de fluido asqueroso no ar. A vivacidade de um inseto no rosto do vovô se dissolve na mesma hora, como um desenho animado em que o projetor acabou de pifar.

O zumbi desmorona no chão com a deselegância de um saco de lavanderia vazio.

A machadinha, ainda bem entranhada no cadáver, faz Philip ir até lá e se abaixar. Ele a puxa. A lâmina está presa.

— Fecha a merda do portão agora. Fecha o portão e em silêncio, porra — diz Philip, ainda tentando sussurrar freneticamente, enquanto prende a bota Chippewa com bico de aço na cabeça destroçada do cadáver.

Os outros dois homens se movem como que num balé, Bobby larga imediatamente seu embrulho e corre até o portão. Nick se põe de pé com dificuldade e recua, horrorizado. Bobby rapidamente desce a tranca de ferro. Ela faz um barulho metálico oco e tão alto que ressoa por todos os gramados escuros.

Finalmente, Philip consegue soltar a machadinha do crânio teimoso do zumbi — ela sai com um leve barulho aguado — e se volta para os restos da família, a cabeça no mais completo pânico, quando ouve uma coisa estranha, algo inesperado vindo de dentro da casa.

Ele levanta os olhos e vê a traseira da casa colonial, a vidraça toda iluminada por uma luz que vem de dentro.

A silhueta de Brian aparece atrás da porta de correr, batendo na janela, fazendo sinal para Philip e os outros voltarem depressa, imediatamente. O rosto de Brian está incandescente com urgência. E não tem nada a ver com o cadáver do jogador de golfe, Philip sabe disso. Tem alguma coisa errada.

Ai, meu Deus, não *permita que seja com Penny.*

Philip larga a machadinha e atravessa o gramado em segundos.

— E os presuntos? — grita Bobby Marsh.

— Deixa eles aí! — berra Philip de volta, engolindo os degraus para o deque em direção à porta de correr.

Brian já está esperando com a porta entreaberta.

— Cara, eu tenho que mostrar uma coisa.

— O que é? É Penny? Ela está bem? — Philip mal consegue respirar quando entra na casa. Bobby e Nick também estão chegando ao deque e entram no calor da casa colonial.

— Penny está bem — responde Brian, que segura um porta-retrato. — Ela está bem. Disse que não vai se importar de ficar mais um tempinho no armário.

— Judas Priest, Brian. Mas que merda! — responde Philip recuperando o fôlego e cerrando os punhos.

— Eu tenho que te mostrar uma coisa. Você quer passar a noite aqui? — Brian se vira para a porta de correr. — Olha. A família toda morreu aqui, certo? Todos os seis? Seis?

Philip passa a mão pelo rosto.

— Desembucha logo, porra.

— Olha. De algum jeito, todos eles se transformaram *juntos*. Como uma família, correto? — Brian tosse e aponta para os seis embrulhos pálidos deixados perto da garagem. — Tem seis mortos no gramado. Agora olha aqui. A mamãe, o papai e quatro filhos.

— *E daí, porra?*

Brian segura o porta-retrato, que mostra a família num tempo mais feliz, todos sorrindo desajeitados, na melhor roupa de domingo.

— Eu encontrei isso aqui no piano.

— E...?

Brian aponta para o mais novo da foto, um garoto de 11 ou 12 anos, num pequeno blazer azul-marinho, franjas louras e um sorriso forçado.

Brian olha para o irmão e fala, gravemente.

— Na foto, eles são sete.

DOIS

A graciosa casa colonial de dois andares que Philip escolheu para aquela longa parada fica numa ruela muito bem cuidada no meio de um labirinto cercado de árvores, num condomínio fechado chamado Wiltshire Estates.

Situado na margem da Rodovia 278, a mais ou menos 30 quilômetros de Atlanta, a comunidade de 24 quilômetros quadrados fica no meio de uma reserva florestal de pinheiros densos de folhas longas e de enormes e antigos carvalhos. O lado sul é vizinho de um campo de golfe de 36 buracos, projetado por Fuzzy Zoeller.

No prospecto, que Brian Blake encontrou no chão de uma guarita abandonada mais cedo naquela noite, um texto comercial todo floreado faz o lugar parecer um sonho bucólico, direto do programa de Martha Stewart: *O Wiltshire Estates proporciona um estilo de vida premiado, com muitos benefícios de ponta (...) Considerado o "Melhor entre os Melhores" pela* GOLF Magazine Living *(...) e lá também se encontra o Shady Oaks Plantation Resort e Spa, agraciado com Cinco Diamantes e cotação AAA, (...) patrulhas de segurança 24 horas por dia, (...) casas que vão de US$ 475.000 a mais de 1 milhão.*

O grupo de Blake chegou ao elegante portão principal no pôr do sol daquele dia, a caminho dos centros de refugiados de Atlanta, todos amontoados no enferrujado Chevrolet Suburban de Philip. À luz dos faróis, eles viram os sofisticados remates de ferro e a inscrição grande e arqueada com o nome Wiltshire gravado em metal e pararam ali para investigar.

No começo, Philip achava que o lugar poderia servir para uma parada rápida, um lugar para descansar e talvez arranjar suprimentos, antes de partir para a última etapa da viagem até a cidade grande. Talvez pudessem encontrar outras pessoas como eles, seres vivos, talvez até uns bons samaritanos que pudessem ajudá-los. Mas conforme os cinco viajantes famintos, cansados, exaustos e aflitos deram a primeira volta pelas sinuosas ruas do Wiltshire, com a noite caindo rapidamente, perceberam que o lugar estava, quase totalmente, *morto.*

Nenhuma luz acesa nas janelas. Pouquíssimos carros se encontravam nas calçadas ou na frente das casas. Um hidrante esguichava água numa esquina, sem ninguém por perto, lançando um jato de espuma sobre um dos gramados. Em outra esquina, um BMW abandonado jazia com a frente arrebentada em volta de um poste da companhia telefônica, com a porta do passageiro aberta e retorcida. Aparentemente, as pessoas tinham fugido às pressas.

O motivo da fuga, pelo menos o principal, podia ser visto nas sombras distantes do campo de golfe, nas ravinas atrás do resort e até aqui e ali, pelas ruas bem-iluminadas. Zumbis se arrastavam sem rumo como os resquícios fantasmagóricos das pessoas que haviam sido, as bocas abertas e bambas proferindo gemidos enferrujados que Philip conseguia ouvir perfeitamente, mesmo com todos os vidros do Suburban fechados, enquanto passava pelo labirinto de ruas amplas e recém-pavimentadas.

A pandemia ou o ato de Deus — ou seja lá o que tivesse dado início àquilo — devia ter acertado o Wiltshire Estates com força e rapidez. A maioria dos mortos-vivos parecia estar nas trilhas e nas subidas e descidas do campo de golfe. Alguma coisa deve ter acontecido para acelerar o processo. Talvez seja porque os jogadores de golfe são normalmente mais velhos e lentos. Talvez os mortos-vivos os achassem apetitosos. Quem iria saber? Mas é visível, mesmo a centenas de metros de distância — observando em meio às árvores e esticando a vista por cima das cercas que um dia garantiram a privacidade — que um número enorme, talvez centenas, de mortos-vivos está congregado no amplo complexo de chalés, *fairways*, pontes e obstáculos de areia.

Na calada da noite, eles parecem insetos zumbindo monotonamente numa colmeia.

Era desconcertante de se ver, mas, de alguma maneira, o fenômeno deixou a comunidade vizinha, com seu circuito infindável de becos sem saída e pistas sinuosas, relativamente abandonada. E quanto mais Philip e os outros passageiros boquiabertos circulavam pelas redondezas, mais eles ansiavam em provar um pedacinho daquele estilo de vida premiado, só um gostinho, apenas para poderem se fartar um pouco e recarregar as baterias.

Achavam que podiam passar a noite ali e talvez começar tudo de novo na manhã seguinte.

Escolheram a grande casa colonial no final da Green Briar Lane, porque parecia suficientemente distante do campo de golfe e assim não chamaria a atenção da horda. Tinha um jardim bem grande com um ótimo campo de visão e uma cerca alta e forte, que garantia a privacidade. Também parecia vazia. Mas, quando eles cuidadosamente manobraram o Suburban no meio da grama até uma entrada lateral, deixando o veículo destrancado e as chaves na ignição, e entraram, um de cada vez, por uma janela, a casa, quase que imediatamente, se manifestou para dar cabo deles. Os primeiros estalos vieram do segundo andar. Foi aí que Philip mandou Nick voltar ao Suburban e pegar os inúmeros machados que tinham trazido no porta-malas.

— Eu já falei que a gente pegou todos — diz Philip, tentando acalmar o irmão, do outro lado da cozinha, na mesa de café da manhã.

Brian não responde, só fica olhando para a tigela de cereais ensopados. Um frasco de xarope para tosse está ao lado e Brian já tomou um quarto dele.

Penny está ao lado dele, também com uma tigela de cereais à frente. Um pequeno pinguim de pelúcia, do tamanho de uma pera, está ao lado da tigela e volta e meia Penny leva a colher até a boca do bichinho, fingindo dividir a comida com ele.

— Nós revistamos cada centímetro desta casa — continua Philip, enquanto abre um armário depois do outro. A cozinha está farta, brilhando com mantimentos e luxos da classe alta: cafés gourmets, processadores de última geração, taças de cristal, adegas de vinho, massas feitas à mão, geleias chiques, condimentos de todas as variedades, bebidas caras e instrumentos para a cozinha de todos os tipos. O gigantesco fogão Viking é absolutamente impecável e a enorme geladeira Sub-Zero está cheia de carnes e frutas caras, pães, laticínios e caixinhas de comida chinesa com sobras de restaurantes ainda frescas.

— Ele pode ter ido visitar um parente ou coisa parecida — acrescenta Philip, percebendo um belo uísque puro malte numa prateleira. — Pode até ter ido para a casa dos avós, ou estar na casa de um amigo, um monte de coisas.

— Meu Deus do céu, olha só isso! — exclama Bobby Marsh, do outro lado da cozinha. Ele está na frente da despensa e inspeciona ardorosamente os mantimentos que encontra lá dentro. — Isso aqui parece mais a Fantástica Fábrica de Chocolate da porra do Willy Wonka... cookies, biscoitos de champanhe e pão ainda estão fresquinhos.

— O lugar é seguro, Brian — assegura Philip, pegando a garrafa de uísque.

— Seguro? — Brian Blake olha fixamente para o tampo da mesa. Ele tosse e faz uma careta.

— Foi o que eu disse. Aliás, eu estava até pensando em...

— Acabei de perder mais um! — grita uma voz do outro lado da cozinha.

É Nick. Nos últimos dez minutos, ele andou zapeando, nervoso, pelos canais de uma pequena TV de plasma debaixo de um armário à esquerda da pia, verificando se as estações locais tinham alguma novidade e agora, às 11h45 no fuso horário da Região Central, a Fox 5 News de Atlanta acabou de se transformar numa tela em branco. Tudo o que resta no decodificador de TV a cabo, além das emissoras nacionais mostrando reprises de programas da natureza e filmes antigos, é o grande baluarte de Atlanta, a CNN, e tudo o que *eles* estão mostrando no momento são anúncios de emergência mecanizados, as mesmas telas de advertência com os mesmos tópicos que vêm sendo exibidos há vários dias. Até o BlackBerry de Brian está indo para o espaço, com o sinal muito fraco na área. Nas poucas horas em que ele *funciona*, o aparelho fica cheio de e-mails sem remetente e tags do Facebook e tweets anônimos com mensagens enigmáticas do tipo:

...E TODO O REINO VAI SER TOMADO PELA ESCURIDÃO...

...FORAM OS PÁSSAROS CAINDO DO CÉU QUE COMEÇARAM ISSO...

...QUEIMEM TUDO, QUEIMEM TUDO...

...AS BLASFÊMIAS DIRIGIDAS CONTRA DEUS...

...SE BOBEAR, MORRE...

...A CASA DO SENHOR VIROU UM VERDADEIRO REFÚGIO DE DEMÔNIOS...

...EU NÃO TENHO CULPA, SOU UM LIBERTÁRIO...

...ME COMA...

— Desliga isso, Nick — pede Philip, melancólico, afundando numa cadeira num canto da mesa de café da manhã com a garrafa. Ele franze a testa e apalpa a parte de trás do cinto, onde o revólver está aninhado. Põe a Ruger na mesa e tira a tampa do uísque. E toma um belo gole.

Brian e Penny encaram a arma.

Philip volta a tampar o uísque e então joga a garrafa para Nick, do outro lado da cozinha, que a agarra com toda a pompa de um jogador de beisebol (que ele já foi um dia).

— Se liga no canal das bebidas enquanto isso. Você precisa é dormir, pare de olhar para telas.

Nick bebe um gole. Depois, mais outro e aí volta a fechar a garrafa e a joga de volta para Bobby.

Ele quase deixa a garrafa cair. Ainda na despensa, está muito ocupado devorando uma caixa inteira de biscoitos Oreo, e uma crosta preta já se forma nos cantos da sua boca. Bobby aproveita para engolir os biscoitos com um vasto gole do uísque e solta um arroto de satisfação.

Beber é uma coisa que Philip e os dois amigos estão acostumados a fazer juntos e nessa noite é mais necessário do que nunca. Começou no primeiro ano da Burke County, com creme de menta e licor de melancia em pequenos acampamentos nos quintais uns dos outros. Depois, progrediram para os drinques de cerveja com bebidas destiladas depois dos jogos de futebol. Ninguém tem tanta resistência à bebida como Philip Blake, mas os outros dois chegam bem perto.

No começo da vida de casado, Philip se embriagava frequentemente na companhia dos dois amigos de escola, principalmente para se lembrar de como era bom ser solteiro e irresponsável. Mas, depois da morte de Sarah, os três acabaram se afastando. O estresse de ser pai solteiro e de trabalhar de dia na oficina e à noite dirigindo o caminhão de frete, com Penny no compartimento para dormir, acabava consumindo-o. As saídas com os amigos foram se tornando cada vez mais raras. Mas, de vez em quando, inclusive no mês passado, Philip ainda arranjava tempo para se encontrar com Bobby e Nick no Tally Ho ou no Wagon Wheel Inn, ou em algum outro lugar de Waynesboro, para uma noite de boas gargalhadas (enquanto Mama Rose cuidava de Penny).

Nos últimos anos, Philip começou a pensar se saía com Bobby e Nick só para se lembrar de que estava vivo. Talvez fosse por isso que, no domingo passado, quando a merda bateu no ventilador em Waynesboro e ele decidiu pegar Penny e fugir para um lugar seguro, ele chamou Nick e Bobby para acompanhá-lo na viagem. Eles faziam parte do passado de Philip e, de alguma maneira, isso ajudava.

No entanto, ele nunca pensara em levar também Brian. Topar com ele fora um acidente. No primeiro dia na estrada, uns 65 quilômetros a oeste de Waynesboro, Philip fez um rápido desvio para Deering, para ver como estavam os pais. Os dois velhinhos moravam numa comunidade de aposentados perto da base militar de Fort Gordon. Quando Philip chegou na pequena residência local de seus pais, descobriu que toda a população de Deering tinha sido transferida para a base, para ficar em segurança.

Essa foi a boa notícia. A má notícia era que Brian estava lá. Preso na casa deserta, todo encolhido no porão, petrificado com o número crescente de mortos-vivos que se espalhavam pelos campos. Philip tinha quase se esquecido da situação atual do irmão: Brian voltara para a casa dos pais depois que seu casamento com uma jamaicana maluca de Gainesville foi por água abaixo — *literalmente*. A garota jogou a toalha e pegou um barco de volta para a Jamaica. Isso, juntamente com o fato de que todos os empreendimentos malucos de Brian deram errado — a maioria financiada com o dinheiro dos pais (como a última e brilhante ideia de abrir uma loja de discos na cidade de Athens, quando já havia uma em cada esquina) —, fez Philip torcer a cara ante a perspectiva de ter que cuidar do irmão por qualquer tempo que fosse. Mas o que estava feito, estava feito.

— Ei, Philly — grita Bobby do outro lado da sala, dando cabo dos últimos biscoitos —, você acha que os tais campos de refugiados na cidade ainda estão funcionando?

— Como é que eu vou saber? — Philip olha para a filha. — Como você está, meu amorzinho?

A menininha dá de ombros.

— Bem. — A voz é quase inaudível, como o chiado do vento soprando. Ela olha para o pinguim de pelúcia. — Eu acho.

— O que você acha desta casa? Você gosta?

Ela dá de ombros outra vez.

— Não sei.

— O que diria se a gente passasse um tempinho aqui?

Isso chama a atenção de todo mundo. Brian olha para o irmão. Todos os olhares se voltam para Philip.

— O que você chama de "um tempinho"? — diz Nick, finalmente.

— Me passa a garrafa — diz Philip, fazendo um sinal para Bobby. Ela chega e Philip toma um longo gole, deixando a bebida arder deliciosamente. — Olha só para isso aqui — responde, depois de enxugar a boca.

Brian está confuso.

— Você disse só por uma noite, né?

Philip respira fundo.

— É, mas agora estou meio que mudando de ideia.

— Tá, mas... — começa Bobby.

— Olha. É só uma ideia. Talvez seja melhor a gente ficar escondido por um tempinho.

— Tudo bem, Philly, mas e...

— A gente pode ficar quieto aqui, Bobby, ver o que acontece.

Nick ouviu tudo atentamente.

— Philip, fala sério. O noticiário diz o tempo inteiro que as cidades são os lugares mais seguros...

— O noticiário? Caramba, Nick, deixa de ser tapado. O noticiário está indo para o ralo tanto quanto o resto da população. Olha só para este lugar. Você acha que um alojamento improvisado pelo governo vai ter *este* tipo de mantimentos, cama para todo mundo, comida suficiente para várias semanas, uísque de 22 anos? Banheiro com água quente e máquina de lavar?

— Mas a gente já está tão perto... — diz Bobby, depois de pensar por um momento.

Philip suspira.

— É, bem... perto é um termo muito relativo.

— Uns 30 quilômetros, no máximo.

— Por mim, podem ser até 30 *mil* quilômetros, com tantos destroços pela estrada e a 278 infestada com aquelas coisas.

— Isso não vai nos impedir — afirma Bobby. Seus olhos se iluminam e ele estala os dedos. — Na frente do Chevy, a gente monta uma... como é que se chama?... uma pá de escavadeira do caralho, como no *Mad Max 2*...

— Olha o palavreado, Bobby — diz Philip, apontando a menininha com o queixo.

É a vez de Nick falar.

— Cara, se a gente ficar aqui, vai ser só uma questão de tempo até aqueles troços lá no... — Ele para e olha para a menina. Todo mundo sabe do que ele está falando.

Penny examina os cereais sem graça, como se não estivesse escutando.

— Este lugar é sólido, Nicky — rebate Philip, pousando a garrafa e cruzando os braços musculosos sobre o peito. Philip já tinha pensado bastante nas hordas de mortos-vivos que perambulavam pelo campo de golfe. A ideia era ficar quieto, deixando a luz apagada à noite, sem mandar sinais, cheiros ou qualquer movimento inadequado. — Enquanto a gente tiver energia e ficar com a cabeça no lugar, a gente vai ficar bem.

— Com uma arma só? — pergunta Nick. — Quer dizer, a gente nem pode disparar essa arma, sem chamar a atenção deles.

— A gente pode verificar as outras casas e procurar mais armas. Esses ricos filhos da mãe gostam muito de caçar veados, talvez dê até para achar um silenciador para a Ruger... ou então a gente faz um, porra. Você viu aquela oficina lá embaixo?

— Fala sério, Philip? Quer dizer que agora nós viramos fabricantes de armas? Quero dizer... Tudo o que nós temos para nos defender agora são só uns...

— O Philip tem razão.

A voz de Brian faz todo mundo se assustar — pela certeza com que ele se posiciona, num tom rouco e sibilino. Ele afasta a tigela de cereais à frente e olha para o irmão.

— Você tem razão.

Philip provavelmente é quem mais se espanta com a convicção que emana do tom anasalado do irmão.

Brian se levanta, dá a volta na mesa e fica parado no corredor que dá para a sala espaçosa e bem-decorada. As luzes estão apagadas e todas as cortinas, fechadas. Brian aponta para a parede da frente.

— Basicamente, o problema é a frente da casa. As laterais e os fundos estão bem protegidos por aquela cerca alta. Os mortos não parecem ser capazes de passar por barreiras e coisas desse tipo... e todas as casas desse quarteirão têm uma cerca no quintal. — Por um momento, parece que Brian vai tossir, mas ele se contém e leva a mão à boca. A mão está tremendo. Ele prossegue. — Se nós pudermos, digamos, pegar algumas coisas emprestadas dos quintais dos outros, das casas dos outros, talvez a gente consiga erguer uma barreira na frente da casa, e talvez na frente das casas vizinhas também.

Bobby e Nick agora estão se entreolhando, ninguém reage, até que Philip dá um pequeno sorriso.

— É só confiar no universitário.

Já faz muito tempo que os irmãos Blake não sorriem um para o outro, mas agora Philip pode ver que ao menos o irmão que nunca deu certo na vida quer ser útil, fazer alguma coisa por eles, virar homem. E Brian parece estar ganhando um pouco de confiança com a aprovação de Philip.

Mas Nick não está convencido.

— Mas por quanto tempo? Eu me sinto como um alvo permanecendo nesta casa.

— A gente não sabe o que vai acontecer — responde Brian, a voz seca e ao mesmo tempo um pouco rouca. — A gente não sabe o que foi que causou tudo isso, e quanto tempo vai durar... Eles podem acabar descobrindo o que é e inventando um antídoto ou coisa parecida... Podem jogar algum produto químico, como fazem com os agrotóxicos, o Centro de Controle de Infecções pode acabar contendo isso... Nunca se sabe. Eu acho que Philip tem razão. A gente devia esperar um pouco aqui.

— É isso aí — sentencia Philip Blake com um sorriso, ainda sentado de braços cruzados. Ele pisca os olhos para o irmão.

Brian devolve com um cumprimento de cabeça, todo satisfeito, e afastando uma mecha de cabelo duro como palha de cima dos olhos. Ele respira superficialmente, jogando o ar para os pulmões fraquinhos, e então caminha triunfante até a garrafa de uísque que está na mesa, ao lado de Philip. Pegando a garrafa com uma determinação que não mostrava há anos, Brian leva-a até a boca e toma um imenso gole, com a insolência vitoriosa de um viking comemorando uma expedição bem-sucedida.

Na mesma hora, ele se contorce, dobra os joelhos e expele uma saraivada de tosse. Metade da bebida em sua boca se espalha na direção da cozinha e ele não para de tossir e de puxar o ar furiosamente e, por um momento, os outros só ficam olhando. A miudinha da Penny está completamente apoplética, com os olhos totalmente arregalados, e limpando as gotas de bebida que caíram em seu rosto.

Philip olha para o lamentável irmão que tem e depois para os amigos. Do outro lado da sala, Bobby Marsh faz força para abafar uma risada. Nick faz uma careta para não sorrir abertamente. Philip tenta falar alguma coisa, mas não se contém e desata a rir, e o riso é contagioso. Os outros caem na gargalhada.

E logo todo mundo está rindo histericamente — inclusive Brian — e, pela primeira vez desde que todo o pesadelo começou, o riso é autêntico: a liberação de algo frágil e obscuro de dentro deles.

Naquela noite, eles procuram se revezar para dormir. Cada um fica com um quarto no segundo andar, os objetos dos antigos moradores parecendo peças sinistras de um museu: uma mesa de cabeceira com um copo d'água pela metade, um romance de John Grisham aberto numa página que jamais será lida até o fim, um par de pompons pendurados numa cama de quatro colunas.

Na maior parte da noite, Philip fica de vigia no andar de baixo, na sala, com a arma na mesinha de canto ao lado e Penny aninhada no meio das cobertas num sofá curvo ao lado da poltrona. A menina tenta dormir sem sucesso e, lá pelas 3 horas da manhã, quando Philip vê a mente voltar aos velhos e atormentados pensamentos sobre o acidente de Sarah, ele percebe, pelo rabo do olho, que Penny não para de se mexer.

Philip se debruça sobre ela, acaricia seus cabelos escuros e sussurra:

— Você não consegue dormir?

A garotinha, que está com as cobertas puxadas até o queixo, olha para ele e balança a cabeça. Seu rosto pálido fica quase angelical na luz laranja do aquecedor que Philip ligou perto do sofá. Do lado de fora, no vento distante e quase inaudível por cima do zumbido leve do aquecedor, o coral de gemidos desafinados não para, como uma série de ondas do inferno arrebentando na costa.

— Não se preocupe, meu amorzinho. O papai está aqui — diz Philip suavemente, tocando o rosto dela. — E sempre vai estar.

Ela faz que sim com a cabeça.

Philip sorri para a filha com ternura. Ele se inclina e dá um beijo na sobrancelha esquerda da menina.

— Eu não vou deixar que nada aconteça com você.

Penny volta a assentir. Está com o pinguim de pelúcia aninhado junto ao pescoço. Ela olha para o bichinho e franze o rosto. Chega o pinguim mais perto da orelha e age como se o bichinho estivesse lhe contando um segredo. A menina olha para o pai e então diz:

— Pai?

— O que é, meu amorzinho?

— O pinguim está querendo saber uma coisa.

— O que é?

— O pinguim quer saber se aquelas pessoas estão doentes.

Philip respira fundo.

— Diga para o pinguim que... elas estão doentes, sim. Até mais do que doentes. Foi por isso que a gente deu um jeito de... acabar com o sofrimento delas.

— Pai?

— Sim?

— O pinguim quer saber se a gente também vai ficar doente?

Philip acaricia a bochecha da menina.

— Não, senhora. Diga para o pinguim que nós vamos ficar fortes como cavalos.

Isso parece deixar a garota suficientemente satisfeita para desviar o olhar para o lado e apreciar o vazio um pouco mais.

Às 4 horas daquela madrugada, outra alma insone, em outra parte da casa, está fazendo suas próprias e imponderáveis perguntas. Embrulhado num monte de lençóis, o corpo franzino vestindo apenas cueca e camiseta, a febre formando uma camada de suor no rosto, Brian Blake olha para o teto de gesso do quarto de uma adolescente morta e pergunta se será esse o fim do mundo. Não foi Rudyard Kipling que disse que o mundo termina "não com um estrondo, mas com um gemido"? Não, espere um pouco... foi *Eliot*. T. S. Eliot. Brian lembra de ter estudado esse poema — se chamava "Os homens ocos"? —, na aula de literatura comparada do século XX, na Universidade da Geórgia. E aquele diploma lhe trouxera *muita* coisa.

Ele fica ali deitado, remoendo seus fracassos — como acontece noite após noite —, mas hoje esse ruminar é intercalado com uma carnificina, como trechos de um filme velho inseridos no fluxo de sua consciência.

Os velhos demônios o atormentam e se misturam aos novos temores, maculando seus pensamentos: havia alguma coisa que ele poderia ter dito, ou feito, para evitar que Jocelyn, sua ex-mulher, fosse embora, contratasse um advogado e dissesse todas aquelas coisas horríveis que disse antes de voltar para Montego Bay? E será que dá para matar aqueles monstros com um simples golpe no crânio, ou será preciso destruir o tecido cerebral? Será que Brian deveria ter feito ou pedido alguma coisa, ou quem sabe tomado um empréstimo, para manter a loja de discos funcionando em Athens — a única daquele tipo na região Sul, uma ideia brilhante, do cacete, que disponibilizava a artistas de hip hop mesas de som remodeladas, caixas acústicas de graves e microfones bregas cobertos de strass ao estilo Snoop Dog? Com que velocidade o número de vítimas infelizes lá fora estaria se multiplicando? Será que essa é uma praga transmitida pelo ar ou pela água, como o vírus Ebola?

O redemoinho da mente continua voltando aos assuntos mais urgentes, especialmente a sensação angustiante de que o sétimo membro da família que morava na casa continua escondido em algum lugar dela.

Depois de convencer os companheiros de que deveriam ficar ali indefinidamente, Brian não consegue mais parar de se preocupar com isso. Ele registra atentamente cada rangido, qualquer mínimo estalo da fundação se acomodando e qualquer barulho abafado que venha da fornalha. Por alguma razão que ele não sabe bem qual é, está totalmente convicto de que o menino louro continua por ali, na casa, esperando, deixando o tempo passar até... o quê? Talvez o garoto seja a única pessoa da família que não virou zumbi. Talvez esteja escondido, apavorado.

Antes de ir dormir, Brian insistira para checarem uma última vez todos os cantinhos da casa. Philip o acompanhara com uma lanterna e uma picareta e eles verificaram todos os recantos do porão, todos os armários, todas as cômodas e locais de depósito. Olharam dentro do freezer de carne que havia no porão e olharam até dentro da lavadora e da secadora de roupas, em busca de qualquer coisa suspeita. Nick e Bobby foram conferir o sótão, olharam dentro dos armários, das caixas e atrás dos baús. Philip deu uma busca embaixo de todas as camas e atrás das penteadeiras. Mesmo sem encontrar ninguém, fizeram algumas descobertas interessantes pelo caminho.

Encontraram a tigela de comida de um cachorro no porão, mas nem sinal do animal. Também acharam um monte de ferramentas muito úteis na oficina: serras, furadeiras, plainas e até um martelo pneumático. Ele seria particularmente útil para construir barricadas, já que era um pouco mais silencioso que um martelo comum.

Aliás, Brian pensa até nas outras utilidades que um martelo pneumático pode ter, quando ouve um ruído que imediatamente paralisa seu corpo parcamente vestido.

O barulho vem de cima, do outro lado do teto.

Direto do sótão.

TRÊS

Ao ouvir o barulho — quase que o identificando subconscientemente como algo que não é só uma acomodação natural da casa, ou do vento nas calhas, ou da fornalha —, Brian se senta na beira da cama.

Cuidadosamente, ele empina a cabeça e ouve um pouco mais. Parece alguém arranhando alguma coisa, ou o leve ruído de um tecido sendo rasgado. No começo, Brian se sente impelido a ir atrás do irmão. Philip seria a melhor pessoa a tratar disso. Pode ser o menino, pombas... ou até coisa pior.

Mas aí, pensando melhor, Brian para e raciocina. Ele daria uma de mariquinha outra vez... como sempre? Será que vai correr, como sempre, para baixo da asa do irmão — do irmão *mais novo*, ainda por cima —, o mesmo cara cuja mão ele segurava na calçada todos os dias, quando os dois iam para a Escola Fundamental Burke County? Nada disso, porra. Dessa vez, não. Agora, Brian vai tomar coragem.

Respira fundo, se vira e procura a lanterna que deixou na mesinha de cabeceira. Ele a encontra e acende.

O facho estreito ilumina o outro lado do quarto, jogando um raio de luz prateada na parede oposta. *Agora somos só nós dois, Justin*, pensa Brian, ao se levantar. Sua mente está aberta. Seus sentidos, muito aguçados.

A verdade é que Brian se sentiu muito bem mais cedo, quando concordou com o plano do irmão, quando percebeu o olhar no rosto de Philip, de que talvez Brian não fosse um idiota completo afinal de contas. Agora está na hora de mostrar a Philip que aquele momento na cozinha não foi passageiro. Brian pode fazer as coisas tão bem quanto seu irmão.

E ele caminha silenciosamente em direção à porta.

Antes de sair do quarto, ele pega o taco de beisebol de aço que encontrou no quarto de um dos meninos.

No corredor, dá para ouvir o barulho de papel rasgando com mais nitidez, conforme Brian para na soleira do sótão, um glorioso alçapão embutido no teto acima do segundo andar. Os outros quartos daquele andar — preenchidos pelos sonoros roncos de Bobby Marsh e Nick Parsons — ficam na outra ala da casa, e de lá não dá para ouvir. É por isso que Brian é o único que ouve o barulho no momento.

Uma faixa de couro está pendurada, na altura certa para Brian pular e pegar. Ele abre o alçapão de mecanismo de mola, e a escada sanfonada se desdobra com um rangido agudo. Brian aponta a lanterna para a passagem escura. No ar, as partículas de poeira são iluminadas pelo facho. A escuridão é densa e impenetrável. O coração de Brian bate forte.

Seu covarde de merda, pensa consigo mesmo. *Trate de subir logo.*

Ele sobe as escadas com o taco de beisebol debaixo do braço e a lanterna na mão livre, e para ao chegar no alto da escada. Joga a luz da lanterna em cima do imenso baú de roupas com adesivos do Parque Estadual de Magnolia Springs.

Agora, Brian sente o cheiro frio e pútrido de mofo e naftalina. O frio do outono já penetrou o sótão pelas frestas do teto. O ar frio bate no rosto dele. Depois de um instante, Brian volta a ouvir o farfalhar.

Está vindo de um lugar mais profundo, das sombras do sótão. A garganta de Brian está mais seca que farinha de osso enquanto ele se põe de pé na entrada do lugar. O teto é baixo o suficiente para obrigá-lo a se curvar. Tremendo nas cuecas, Brian tem vontade de tossir, mas não se atreve.

O barulho de arranhão cessa por um momento, depois retorna, vigoroso e furioso.

Brian ergue o taco. Fica no mais absoluto silêncio. Está voltando a aprender a dinâmica do medo: quando você está com muito, mas muito medo, você não fica tremendo, como mostram nos filmes. Você fica parado, como um animal arrepiado.

É só depois que começa a tremer.

O facho da lanterna passeia vagarosamente pelos recantos escuros do sótão, cheio dos despojos dos ricos: uma bicicleta ergométrica cheia de teias de aranha, um aparelho de remar, mais baús, halteres, triciclos, caixas de roupas, esquis aquáticos, um fliperama coberto de poeira. O barulho de arranhão para novamente.

A luz revela um caixão.

Brian fica quase que petrificado.

Um *caixão*?

Philip já tinha subido metade da escada quando percebeu, no segundo andar, a escada do sótão pendurada e desdobrada.

Termina de subir de meias até o segundo andar. Carrega um machado numa das mãos e uma lanterna na outra. A pistola .22 está no bolso traseiro das calças jeans. Ele está sem camisa, a musculatura vigorosa brilhando à luz da lua, projetada no céu da noite.

Ele não precisa de mais que alguns segundos para cruzar o corredor e subir pelos degraus da escada sanfonada. Ao chegar na escuridão do sótão, percebe a silhueta de um vulto naquele espaço apertado.

Antes mesmo de jogar a luz da lanterna em cima do irmão, a situação já fica totalmente clara para Philip.

— É uma câmara de bronzeamento — diz a voz que faz Brian pular. Nos últimos segundos, ele ficou totalmente paralisado de terror, de pé a uns três metros do equipamento empoeirado e retangular, encostado numa parede do sótão. A parte de cima do equipamento está fechada como se fosse uma concha gigante e alguma coisa faz força para sair dali de dentro.

Brian leva um susto e o facho da lanterna vai de encontro ao rosto duro e sério do irmão. Philip está na entrada do sótão com o machado na mão direita.

— Afaste-se dele, Brian.

— Você acha que pode ser o...

— O menino desaparecido? — sussurra Philip, cuidadosamente se aproximando do objeto. — Vamos ver se é.

O ruído de arranhões, como que estimulado pelo som das vozes, volta a aumentar.

Brian se vira na direção da câmara de bronzeamento, respira fundo e levanta o taco de beisebol.

— Vai ver ele estava escondido aí quando se transformou.

Philip se aproxima com o machado na mão.

— Saia da frente, irmão.

— Não. Eu cuido disso — retruca Brian amargamente, indo na direção do fecho, com o taco posicionado.

Philip se coloca gentilmente entre o irmão e a câmara de bronzeamento.

— Você não tem que me provar nada, cara. Só tem que sair da frente.

— Não, porra. Este aqui é meu — sussurra Brian, esticando a mão na direção do fecho.

Philip estuda o irmão.

— Muito bem. Como quiser. Vai em frente, mas anda logo. Seja lá o que for, não fica pensando muito.

— Eu sei — responde Brian, agarrando o fecho com a mão livre.

Philip se coloca centímetros atrás do irmão.

Brian destranca o equipamento.

O barulho ouriçado termina.

E Philip levanta o machado, enquanto Brian abre a tampa com força.

* * *

Dois movimentos rápidos — dois borrões no meio da escuridão — passam pela linha de visão de Philip: uma coisa peluda e o arco que o taco de Brian faz.

Demora uns dois segundos para o animal ser captado pelo cérebro sempre alerta de Philip: o rato sai correndo à luz da lanterna, atravessa toda a fibra de vidro e parte na direção de um buraco no canto da câmara.

O taco de beisebol desce com toda a força, passando longe do roedor cinzento.

Partes do painel de controle da câmara e alguns brinquedos velhos se despedaçam com o impacto. Brian solta um gemido e se recolhe, ao ver o rato desaparecer pelo buraco, deslizando pelos mecanismos internos da base da câmara.

Philip solta um suspiro de alívio e abaixa o machado. Está prestes a dizer alguma coisa, quando ouve uma leve musiquinha metálica tocando na sombra a seu lado. Brian olha para baixo, ofegante.

Uma pequena caixinha de música, que caiu com o golpe do taco, está ali no chão.

Disparada pela queda, ela toca algumas notas de uma música circense.

O palhaço de brinquedo surge de lado, saindo da caixinha de metal caída.

— Buuu — suspira Philip, cansado e com pouco senso de humor na voz.

O astral melhora ligeiramente na manhã seguinte, depois de um majestoso café da manhã com ovos mexidos, bacon, mingau de amido de milho com presunto, bolos, pêssegos frescos e chá. O aroma da refeição toma conta da casa inteira, junto com o aroma convidativo de café, da canela e da carne grelhada na chapa. Nick prepara até um molho especial para o grupo, que deixa Bobby em êxtase.

Brian encontra alguns remédios no armário do quarto principal e começa a se sentir melhor depois de engolir algumas cápsulas de remédio para gripe.

Depois do café, eles partem para explorar a vizinhança imediata, um quarteirão chamado de Green Briar Lane, e descobrem boas novidades. Encontram um verdadeiro tesouro de suprimentos e material de construção: lenha para fogueira, tábuas extras debaixo dos deques, mais comida nas geladeiras dos vizinhos, latas de gasolina nas garagens, botas e casacos de inverno, caixas de pregos, bebidas, tochas, água mineral, um rádio de ondas curtas, um laptop, um gerador, caixas de DVDs e um *rack* de armas num dos porões, com vários rifles de caça e caixas de munição.

Não tinha silenciador. Mas de cavalo dado não se olha os dentes.

Eles também tiveram sorte no tocante aos mortos-vivos. As duas casas vizinhas da casa colonial estavam vazias; os moradores partiram em disparada, antes que as coisas piorassem demais. A duas casas para o lado oeste, Philip e Nick encontraram um casal idoso transformado, mas os dois foram despachados fácil, rápida e, acima de tudo, *silenciosamente* com uns golpes de machado bem aplicados.

Naquela tarde, Philip e companhia começaram a trabalhar na barricada na entrada da casa e das casas vizinhas — num total de 50 metros, somando os três terrenos, e 20 metros em cada lateral —, o que para Nick e Bobby pareceu uma quantidade de trabalho insuportável. Porém, com as peças pré-fabricadas que encontraram debaixo do deque de um vizinho e a cerca pilhada do outro lado da rua, o trabalho evoluiu com espantosa rapidez.

Ao pôr do sol daquele dia, Philip e Nick estavam juntando as últimas partes da ala norte da cerca.

— Eu passei o dia inteiro de olho neles — comenta Philip, pressionando a ponta do martelo pneumático na junção de uma esquina. Refere-se à multidão de mortos-vivos perto do campo de golfe. Nick faz que sim, enquanto mantém juntas as vigas.

Philip aperta o gatilho e um prego sai com um baque surdo como o ruído de um chicote de metal, inserindo um prego galvanizado de 15 centímetros dentro da madeira. O martelo pneumático está coberto com um pedaço de feltro, preso com fita isolante, para abafar o ruído.

— E não vi nem um deles se aproximar — continua Philip, esfregando o suor da testa e passando para a próxima viga. Nick segura com força e lá vai o martelo de novo.

FFFAMP!

— Não sei, não — responde Nick, cético, passando para a junção seguinte. O suor faz o casaco de cetim grudar em suas costas. — Eu ainda acho que não é questão de *se*... mas de *quando*.

FFFAMP!

— Você se preocupa demais — diz Philip, passando a tábua seguinte e puxando o fio do martelo. O fio da extensão se estende sinuosamente desde uma tomada na casa do vizinho. Philip teve que juntar um total de 9 metros de extensão para alcançá-la. Ele para e olha por cima do ombro.

A uns 17 metros de distância, no quintal da casa colonial, Brian está empurrando Penny num balanço. Philip ainda tem que se acostumar com o fato de ter que deixar a preciosa filhinha aos cuidados de um irmão fracassado, mas no momento Brian é a melhor babá de que ele pode dispor.

O cenário das brincadeiras, obviamente, é um luxo. Os ricos adoram mimar os filhos com brinquedinhos assim. E aquele ali — que, muito provavelmente, é um vestígio do menino desaparecido — tem todos os artefatos possíveis e imagináveis: escorrega, casinha, quatro balanços, parede de escalada, caixa de areia e trepa-trepa.

— Aqui, nós já acabamos — continua Philip. — Enquanto a gente tiver a cabeça no lugar, tudo vai ficar bem.

Enquanto eles preparam a seção seguinte, o barulho dos movimentos e os estalos das tábuas encobrem o ruído dos passos que se arrastam.

Os passos vêm do outro lado da rua. Philip nem ouve, até que um zumbi andarilho se aproxima o suficiente para se perceber o seu cheiro.

Nick é o primeiro a sentir: aquela combinação escura, melada e oleosa de proteína apodrecida e decomposição, como excrementos humanos cozinhando na banha... Nick levanta a guarda imediatamente.

— Ei. Só um instante — diz ele, segurando uma das tábuas. — Você não está sentindo...

— É. Parece muito com o cheiro de...

Um braço disforme penetra por um buraco na cerca e agarra um pedaço da camisa de brim de Philip.

A agressora um dia foi uma mulher de meia-idade, que usava uma roupa de correr de grife, mas que agora tinha se transformado numa alma penada de mangas rasgadas, dentes pretos e expostos e os olhos vítreos de um peixe pré-histórico, a mão em gancho agarrando a ponta da camisa de Philip com o aperto firme dos dedos congelados. Ela solta um gemido grave como o de um órgão de igreja quebrado, enquanto Philip gira o corpo na direção do machado, encostado num carrinho de mão a 6 metros dali.

Longe demais, porra.

A morta-viva tenta agarrar o pescoço de Philip com a fome automática de uma tartaruga gigante que devora tudo à sua frente e, do outro lado do jardim, Nick tenta encontrar uma arma, mas tudo está acontecendo rápido demais. Philip recua com um grunhido, só agora se dando conta que ele continua com o martelo pneumático na mão. Ele se livra dos dentes que queriam lhe devorar e instintivamente levanta a ponta do martelo.

Num movimento rápido, ele encosta a ponta na testa daquela coisa e...

FFFFFFFAMP!

A Sra. Zumbi fica paralisada.

Os dedos de gelo soltam Philip.

Ele se livra dela, resfolegando e suspirando, olhando embasbacado para aquele troço.

Na vertical, o cadáver cambaleia um pouco, como se fosse um bêbado, bambeando no agasalho Pierre Cardin de veludo e todo sujo mas não cai. A cabeça do prego de 15 centímetros ainda está visível acima do nariz da mulher, como se uma moeda tivesse ficado presa ali.

A coisa continua de pé por um tempo que parece uma eternidade, os olhos de tubarão apontados para cima, até que ela começa a cambalear para trás, na entrada da garagem, o rosto destroçado assumindo uma expressão estranha, quase sonhadora.

Por um instante, parece que a zumbi está se lembrando de alguma coisa, ou ouvindo um ruído agudo. E então ela desaba no gramado.

— Acho que o prego faz estrago suficiente para matá-los — comenta Philip, depois do jantar, andando de um lado para o outro, junto aos vidros fechados do enorme salão de jantar, com o martelo pneumático nas mãos como se o ajudando a se lembrar.

Os outros continuam sentados na longa mesa de carvalho, com os restos do jantar à frente. Naquela noite, Brian cozinhou para a turma, descongelando uma carne no micro-ondas e fazendo um molho com um cabernet de boa safra e um pouco de creme. Penny está na sala de estar ao lado, assistindo um DVD de Dora, a Aventureira.

— É. Mas você viu o jeito que aquela coisa caiu? — ressaltou Nick, empurrando um pedaço de carne pelo prato. — Depois que você atirou nela... Parecia que tinha ficado drogada por uns segundos.

Philip continua andando, apertando o gatilho do martelo pneumático e pensando.

— É. Mas *acabou* caindo.

— Tenho que admitir que faz menos barulho que uma arma.

— E é muito mais fácil do que partir o crânio deles com um machado.

Bobby tinha acabado de se servir de mais um pouco de carne com molho.

— É uma pena a extensão não ser de uns 10 quilômetros — falou, com a boca cheia.

Philip aperta o gatilho mais algumas vezes.

— Talvez pudéssemos ligar esta belezinha a uma bateria.

Nick olha para ele.

— Você fala de uma bateria de carro?

— Não, eu falo de uma coisa que seja mais fácil de carregar, como uma daquelas baterias de lanternas grandes ou tirada de um aparador de grama.

Nick dá de ombros.

Bobby come.

Philip continua andando de um lado para o outro e pensando.

Brian olha fixamente para a parede.

— Tem alguma coisa a ver com o cérebro deles — resmunga ele.

Philip se vira para o irmão.

— O que você disse? Pode repetir, Bri?

Brian olha para ele.

— Aquelas coisas... a doença delas... Basicamente, fica no cérebro, não é? Tem que ser. — Ele faz uma pausa e olha para o prato. — Eu insisto que nós nem sabemos se eles estão mortos mesmo.

Nick olha para Brian.

— Você quer dizer, depois que nós damos cabo deles? Depois que nós... destruímos eles?

— Não, eu falo de *antes* — responde Brian. — Falo da condição em que eles estão.

Philip para de andar.

— Puta que o pariu, cara... Na segunda, eu vi um deles ser esmagado por um trator e, dez minutos depois, lá estava ele se arrastando pela estrada com as tripas de fora. Todos os noticiários dizem isso. Eles estão mortos, amigo. *Bem* mortos.

— Eu só estou dizendo, cara, que o sistema nervoso central é uma coisa complicada. Toda essa merda no nosso meio ambiente, e todas essas novas fontes de tensão.

— Ei, se quiser levar um deles para fazer um check-up no médico, fique à vontade.

Brian suspira.

— Eu só estou dizendo que nós ainda não *sabemos* o suficiente. Nós não sabemos de porra nenhuma.

— Nós sabemos de tudo o que precisamos saber — rebate Philip, olhando firme para o irmão. — Nós sabemos que todo dia aparecem mais dessas porras e tudo o que parece é que elas querem almoçar a gente. E é por isso que nós vamos passar um tempo aqui e ver como é que as coisas se desenvolvem.

Brian solta um suspiro cansado e doloroso. Os outros permanecem em silêncio.

No silêncio, eles conseguem ouvir os ruídos baixos que ouviram a noite inteira, vindos da escuridão lá fora: os passos abafados e intermitentes de figuras sem sentido batendo na barricada que improvisaram.

Apesar de todo o esforço de Philip para erguer a barragem rápida e silenciosamente, o transtorno da construção acabou atraindo mais mortos-vivos até lá.

— Quanto tempo você acha que nós vamos conseguir ficar aqui? — pergunta Brian, baixinho.

Philip se senta, pousa o martelo na mesa e bebe mais um pouco de bourbon. Ele aponta para a sala de estar, de onde vêm as vozes de criança da programação infantil.

— Ela precisa de um descanso — responde Philip. — Está exausta.

— Ela gosta muito daqueles brinquedos lá de trás — diz Brian, com um sorriso tímido.

Philip concorda.

— Ela pode ter uma vida normal aqui, por algum tempo.

Todos olham para ele. Todos ruminam silenciosamente essa ideia.

— Um brinde a todos os filhos da puta ricos do mundo — diz Philip, erguendo o copo.

Os outros brindam, sem saber exatamente por que estão brindando... ou quanto tempo aquela vida vai durar.

QUATRO

No dia seguinte, no sol claro de outono, Penny brinca no quintal sob o olhar atento de Brian. Ela passa a manhã inteira brincando, enquanto os outros fazem um levantamento e uma avaliação dos mantimentos. À tarde, Philip e Nick pregam mais tábuas nas janelas do porão e tentam, sem sucesso, alimentar o martelo pneumático em corrente contínua, enquanto Bobby, Brian e Penny jogam cartas na sala de estar.

A proximidade dos mortos-vivos é um fator que sempre tem de ser levado em consideração, nadando como um tubarão por baixo de cada decisão e cada atividade deles. Mas, no momento, apenas ocasionalmente um andarilho errante bate na cerca de proteção e se afasta logo depois. Em sua maioria, as atividades atrás dos 2 metros de cerca da Green Briar Lane passaram despercebidas pela horda.

Naquela noite, com as cortinas abaixadas, todos assistiram a um filme de Jim Carrey na sala de estar e quase se sentiram normais de novo. Estavam começando a se acostumar ao lugar. O baque surdo ocasional do lado de fora mal chamava a atenção. Brian tinha praticamente se esquecido do menino desaparecido e, depois de Penny ir para a cama, os homens começaram a fazer o planejamento de longo prazo.

Eles discutem as consequências de ficarem na casa colonial, enquanto houver mantimentos. Contam com provisões suficientes para várias semanas. Nick considera se devem mandar um batedor, para ver como está a situação nas estradas para Atlanta, mas Philip está irredutível quanto a continuar ali.

— Quem estiver lá fora que lide com isso sozinho — aconselha.

Nick continua monitorando o rádio, a TV e a internet... e, como as funções corporais de um paciente terminal, a mídia também parece apresentar falência, um órgão de cada vez. A essa altura, a maioria das estações de rádio ou está tocando músicas pré-gravadas, ou informações de emergência totalmente inúteis. As redes de televisão — as poucas da TV a cabo que continuam funcionando — se restringem a anúncios automáticos da defesa civil, 24 horas por dia, ou reprises inexplicáveis e sem sentido dos comerciais da madrugada.

No terceiro dia, Nick percebe que a maioria das estações de rádio só transmite chiados, a maioria das TVs a cabo está fora do ar e a conexão de Wi-Fi da casa se perdeu. As conexões discadas não funcionam e os telefonemas frequentes que ele tem feito para os números de emergência — que, até então, reproduziam gravações — agora respondem com o tradicional "foda-se" da companhia telefônica: *O número que você ligou não está disponível no momento. Por favor, tente novamente mais tarde.*

No final daquela manhã, o tempo fica encoberto.

Durante a tarde, uma névoa fria e lúgubre baixa na comunidade e todo mundo se encolhe dentro da casa, tentando ignorar o fato de que há uma linha tênue entre estar protegido e ser um prisioneiro. Com exceção de Nick, a maioria já está cansada de falar sobre Atlanta. A cidade agora parece *ainda mais longe*, como se, quanto mais falassem sobre os 30 quilômetros que separam Wiltshire da cidade, mais intransponíveis eles parecessem.

Naquela noite, depois que todo mundo foi dormir, Philip monta a guarda solitária na sala de estar, ao lado de uma Penny sonolenta.

A névoa havia se transformado num espetáculo de raios e trovões.

Philip mete o dedo entre duas persianas e olha para a escuridão do lado de fora. Pelo buraco, ele pode ver, acima da barricada, as sinuosas ruas laterais e as imensas sombras dos carvalhos, com os galhos se curvando ao vento.

Raios iluminam os céus.

A 200 metros dali, mais ou menos uma dúzia de vultos humanoides se materializam na luz cintilante, movimentando-se sem destino pela chuva.

Do ângulo de visão de Philip, é difícil dizer com exatidão, mas parece que as coisas estão se movendo — daquele jeito pesado e retardado, como se fossem vítimas de um derrame — *na direção da casa*. Será que conseguem sentir o cheiro de carne fresca? Será que o barulho da atividade humana os atrai? Ou será que ficam apenas se movimentando a esmo, como peixinhos dourados num aquário?

Nesse momento, pela primeira vez desde que chegaram a Wiltshire Estates, Philip Blake começa a se perguntar se os dias naquele ninho de tapetes de parede a parede e de sofás ultramacios estariam contados.

O quarto dia começa frio e carregado de nuvens. O céu de chumbo parece achatar a grama molhada e as casas abandonadas. Apesar de ninguém tocar no assunto, o novo dia traz uma espécie de marco: é o início da segunda semana da praga.

Agora, Philip está tomando café na sala de estar, olhando pelas persianas para as barricadas temporárias. Na pálida luz da manhã, ele pode perceber o canto nordeste da cerca balançando e tremendo.

— Filho de uma fruta — sussurra, baixinho.

— Qual é o problema? — A voz de Brian tira Philip do estupor.

— Estão vindo mais desses caras.

— Merda. Quantos?

— Não dá pra saber.

— E o que você pretende fazer?

— Bobby!

O grandão aparece na sala de estar descalço e de calças de pijama, comendo banana. Philip se vira para o robusto amigo e diz:

— Se veste aí.

Bobby engole um pedaço enorme da banana.

— O que está acontecendo?

Philip ignora a pergunta e se vira para Brian.

— Mantenha Penny na sala de TV.

— Pode deixar — responde Brian, e sai apressado.

Philip parte na direção das escadas, gritando:

— Pega o martelo pneumático e o máximo de extensões que puder. E as machadinhas também!

FFFFFFAMP! O número cinco é abatido como uma enorme boneca de pano vestindo calças esfarrapadas, os olhos mortos e leitosos rolando para trás enquanto ele desliza do outro lado da cerca, o corpo pútrido desabando no estacionamento. Philip dá um passo para trás, ofegante pelo esforço, o suor molhando a jaqueta e as calças jeans.

Os números um a quatro — três homens e uma mulher — foram abatidos com a facilidade com que se atira num peixe dentro de um barril. Philip se aproximou de todos de fininho com o martelo pneumático, enquanto batiam ou subiam pelo ponto fraco no canto da cerca. Até então, tudo o que Philip tinha que fazer era ficar na viga mais baixa, que dava um bom ângulo das cabeças deles. Ele os abateu rapidamente, um após o outro: *FFFFAAMP! FFFFAAMP! FFFFAAMP! FFFFAAMP!*

O número cinco foi mais evasivo. Desviou da linha de tiro no último momento, se arrastou um pouco para o lado e esticou o pescoço na direção de Philip, com o maxilar aberto. Philip teve que desperdiçar dois pregos — que ricochetearam na calçada —, antes de finalmente acertar um no córtex cerebral do idiota de terno.

Agora, Philip recupera o fôlego, com os joelhos dobrados de exaustão, o martelo pneumático ainda na mão e ligado na tomada da casa, graças a 8 metros de extensão. Ele volta a se empertigar e a apurar o ouvido. O estacionamento à frente agora está silencioso. A cerca parece quieta.

Olhando por cima do ombro, Philip vê Bobby Marsh no pátio dos fundos, a uns 100 metros de distância. O grandalhão está sentado sobre a enorme bunda, tentando recuperar o fôlego, recostado numa casa de cachorro abandonada. A casinha tem um teto simples de telha e o nome LADIE BOY acima da porta.

Esses ricos idiotas e seus cachorrinhos de merda, pensa Philip, tristemente, ainda um pouco maluco e totalmente elétrico. *Provavelmente comia melhor que a maioria das crianças.*

Na cerca de trás, a uns vinte metros de Bobby, os resquícios de uma mulher morta continuam presos às estacas, com uma machadinha enterrada no crânio, exatamente onde Bobby Marsh deu cabo dela.

Philip acena para Bobby e lhe manda um olhar rigoroso e inquisitivo: *Tudo bem?*

Em resposta, Bobby põe o polegar para cima.

E aí... quase que sem aviso... as coisas começam a acontecer com muita rapidez.

O primeiro indício de que alguma coisa com certeza *não* ia bem acontece uma fração de segundo depois de Bobby fazer o sinal de positivo para o amigo, líder e mentor. Empapado de suor, o coração ainda aos pulos com o peso da enorme figura, recostado na casa do cachorro, Bobby consegue fazer o sinal de positivo ser acompanhado por um sorriso... sem prestar a menor atenção ao som abafado que vem de dentro da casa do cachorro.

Há muitos anos Bobby Marsh tenta, secretamente, agradar Philip Blake, e a perspectiva de dar a Philip um sinal de positivo depois de um trabalho duro e bem feito enche-lhe de uma espécie de satisfação sinistra.

Filho único, após concluir o Ensino Médio com muita dificuldade, Bobby se agarrou a Philip nos anos antes de Sarah Blake morrer e, depois disso — quando Philip se afastou dos amigos de bebida —, Bobby tentou desesperadamente retomar a amizade. Bobby ligava demais para Philip; falava demais quando estavam juntos; e geralmente fazia papel de bobo tentando acompanhar o ritmo do vigoroso macho alfa do grupo. Mas agora, de um jeito muito estranho, Bobby sente que essa epidemia bizarra permitiu — entre outras coisas — que ele voltasse a se conectar com Philip.

E tudo isso é a razão pela qual, provavelmente, Bobby não ouve, a princípio, o ruído que vem de dentro da casa do cachorro.

Quando percebe o baque surdo — como se um coração gigantesco estivesse batendo naquela casinha minúscula —, o sorriso de Bobby congela no rosto e o polegar que estava apontando para cima cai ao lado. E na hora em que a percepção de que tem alguma coisa dentro da casa do cachorro — alguma coisa se movendo — consegue passar pelas sinapses do cérebro de Bobby com clareza suficiente para ele se mexer, já é tarde demais.

Alguma coisa pequena e rasteira dispara pela portinha arqueada da casa do cachorro.

Philip já cruzou metade do pátio, correndo a toda velocidade, quando fica claro que o que acabou de sair a toda da casa do cachorro é um minúsculo ser humano — ou pelo menos um fac-símile azulado, apodrecido e contorcido de um minúsculo ser humano — com cocô de cachorro e folhas presas nos cabelos louros, sujos e foscos e correntes enroladas na cintura e nas pernas.

— PU-TA MERRRDA! — grita Bobby e pula, recuando do cadáver de 12 anos, enquanto a coisa que um dia foi um garoto investe contra a perna gigantesca do homem.

Bobby pula de lado, libertando a perna bem em cima da hora, justamente quando o rostinho retorcido — como uma abóbora murcha com buracos vazios no lugar dos olhos — engole grama exatamente onde a perna estivera frações de segundo atrás.

Philip, a essa altura, está a 15 metros de distância, correndo na direção da casa do cachorro a toda velocidade, erguendo o martelo pneumático como se fosse uma forquilha apontada para o monstro em miniatura. Bobby rasteja como um caranguejo pelo gramado úmido, o cofrinho aparecendo pateticamente acima das calças, a respiração sôfrega e aguda como a de uma menina.

O inimigo em miniatura se move com a energia deselegante de uma tarântula, correndo pelo gramado atrás de Bobby. O gordão tenta se levantar e correr, mas a perna fica presa e ele volta a perder o equilíbrio, dessa vez caindo para trás.

Philip está a 7 metros de distância, quando Bobby começa a ganir num tom mais alto. A criança zumbi prendeu a mão em formato de garra no tornozelo de Bobby e, antes que ele consiga soltar a perna, o menino enfia a boca de dentes putrefatos nas pernas do grandão.

— MERDA! — ecoa Philip, se aproximando com o martelo.

Trinta metros atrás dele, a extensão se solta da tomada.

Philip bate com a ponta do martelo atrás do crânio da coisa, enquanto o monstrengo se atraca com o corpo trêmulo de Bobby.

O gatilho do martelo solta um estalo... mas nada acontece. O zumbi se entranha ainda mais na coxa flácida de Bobby, como se fosse uma piranha, rompendo a artéria femoral e engolindo um dos escrotos dele. Os gritos de Bobby decaem para um uivo ensurdecedor, conforme Philip instintivamente joga a arma para longe e se joga em cima da fera. Ele arranca a coisa de cima do amigo, como se estivesse retirando uma sanguessuga gigantesca e a atira (com uma cambalhota) para o outro lado do gramado, antes que ela tenha a chance de dar mais uma dentada.

A criança morta faz uma pirueta e rola na grama, a 7 metros dali.

Nick e Brian saem correndo da casa, Brian agarrando o fio da extensão e Nick urrando pelo gramado com um machado na mão. Philip agarra Bobby e tenta fazê-lo parar de gritar e de se contorcer, porque o esforço extra só está aumentando a velocidade da hemorragia, com a ferida aberta jorrando rios de sangue no mesmo ritmo dos batimentos acelerados de Bobby. Philip mete a mão na perna do amigo, estancando levemente o sangue, que escorre entre os dedos oleosos de Philip, conforme outras figuras se movem em seu campo de visão. A coisa morta voltou a rastejar pela grama úmida na direção de Philip e Bobby, mas Nick não hesita, correndo a toda velocidade e levantando o machado com os olhos arregalados de raiva e de pânico. O machado risca o ar, com a ponta enferrujada acertando a parte de trás da cabeça da criança zumbi, e se enterrando 7 centímetros na cavidade do cérebro. O monstro murcha imediatamente. Philip grita com Nick, algo sobre um *cinto*, um *CINTO* e então Nick começa a se mexer, tirando o próprio cinto. Philip não tem qualquer treinamento formal em primeiros socorros, mas ele sabe o suficiente para tentar parar um sangramento com uma espécie de torniquete. Ele enrola o cinto de Nick em volta da perna do amigo trêmulo e Bobby está tentando falar novamente, mas parece um homem que sente frio extremo, os lábios se movem, tremem em silêncio. Enquanto tudo isso está acontecendo, Brian está a 30 metros de distância, ligando a extensão de volta na tomada, porque essa é a única coisa que ele consegue pensar em fazer. O martelo pneumático está na grama, 5 metros atrás de Philip. E, a essa altura, Philip está gritando para Nick pegar *UNS CURATIVOS, ÁLCOOL, O QUE TIVER!!!* Nick sai correndo, ainda carregando o machado, quando Brian se aproxima, encarando o troço morto de bruços no gramado, o crânio esmagado. Brian passa bem longe. Pega o martelo pneumático — para qualquer eventualidade — e vasculha o morro atrás da cerca traseira, enquanto Philip segura Bobby nos braços como se fosse um bebê gigante. Bobby está chorando, respirando rapidamente — uma respiração superficial e irregular. Philip tenta confortar o amigo, murmurando frases de coragem e garantindo que tudo vai dar certo... mas está mais do que claro, conforme Brian se aproxima com cuidado, que as coisas *com certeza* não vão dar certo.

Segundos mais tarde, Nick volta com um bolo de algodão limpo nas mãos, mais uma garrafa plástica com álcool num dos bolsos traseiros e um rolo de esparadrapo no outro. Mas alguma coisa mudou. A emergência se transformou em algo mais lúgubre: uma vigília da morte.

— Nós temos que levar ele para dentro — afirma Philip, agora empapado com o sangue do amigo. Mas Philip nem faz esforço para levantá-lo. Bobby Marsh está morrendo e isso é claro para todos ali.

E principalmente para o próprio Bobby Marsh, agora em estado de choque, olhando para o céu de chumbo e lutando para falar.

Brian está de pé ali perto, com o martelo pneumático ao lado do corpo, olhando para Bobby. Nick deixa os curativos caírem e solta um suspiro angustiado. Está com cara de que vai desatar a chorar, mas, em vez disso, ele simplesmente se ajoelha do outro lado de Bobby e segura a cabeça dele.

— E-eu... n-n-nn... — Bobby Marsh tenta desesperadamente fazer com que Philip ouça alguma coisa.

— Ssshhh... — diz Philip e acaricia o ombro dele.

Philip não consegue pensar corretamente. Ele se vira, pega um rolo de gaze e começa a fazer um curativo.

— N-n-não! — grita Bobby, empurrando os curativos.

— Porra, Bobby!

— NN-Não!

Philip para, engole em seco e encara os olhos marejados de lágrimas do amigo moribundo.

— Vai dar tudo certo — declara Philip, mudando o tom de voz.

— N-ão v-ai... — fala Bobby com dificuldade. Em algum lugar do céu, um corvo grasna. Bobby já sabe o que vai acontecer. Eles viram um homem numa vala em Covington se transformar em menos de dez minutos. — P-para de dizer isso, Philly.

— Bobby...

— Acabou — diz finalmente, numa voz muito fraca, e os olhos rolam para trás da cabeça por um minuto. Então ele vê o martelo pneumático na mão de Brian. Com os dedos inchados e ensanguentados, Bobby tenta pegar a arma.

Brian deixa o martelo cair, assustado.

— Puta merda, a gente tem que levar ele lá para dentro! — A voz de Philip está carregada de desesperança, enquanto Bobby Marsh tenta às cegas alcançar o martelo. Ele consegue envolver o cabo com a mão gorda, e tenta apontá-lo para a têmpora.

— Deus do céu! — exclama Nick.

— Afasta essa coisa dele! — Philip gesticula para Brian se afastar do amigo.

As lágrimas de Bobby descem pela lateral da enorme cabeça, limpando o sangue.

— P-por favor, Philly — murmura Bobby. — Apenas *faça*...

Philip se levanta.

— Nick! Vem cá!

Philip se vira e dá alguns passos na direção da casa.

Nick também se põe de pé e vai até onde está Philip. Os dois ficam a 5 metros de Bobby, num ponto onde não dá para ouvi-los, de costas para ele, as vozes baixas e tensas.

— A gente tem que cortar ele — diz Philip, rapidamente.

— A gente tem que o quê?

— Amputar a perna dele.

— O quê?!?

— Antes de a doença se alastrar.

— Mas como é que você...?

— A gente não sabe com que velocidade ela se alastra, mas temos que tentar. A gente deve a ele *no mínimo isso.*

— Mas...

— Eu vou precisar que você pegue a serra lá no galpão e também traga a...

Uma voz ecoa atrás deles, interrompendo as instruções tensas de Philip.

— Gente...

É Brian, e pelo som lúgubre da voz anasalada, é bem provável que a notícia seja ruim.

Philip e Nick se viram para ele.

Bobby Marsh está duro como pedra.

Os olhos de Brian ficam cheios d'água e ele se ajoelha ao lado do gordo.

— É tarde demais.

Philip e Nick vão até onde Bobby está deitado, de olhos fechados. O peito grande e flácido não se mexe. A boca está seca.

— Ai, não... Meu Deus, não — grita Nick, olhando fixo para o amigo morto.

Por muito tempo, Philip não fala nada. Ninguém fala.

O imenso cadáver fica quieto, ali na grama molhada, por minutos que parecem uma eternidade... até que alguma coisa se move nas extremidades do homem, nos tendões daquelas pernas portentosas e nas pontas dos dedos inchados.

No começo, o fenômeno parece com típicos espasmos nervosos residuais que agentes funerários testemunham de vez em quando, os resquícios do sistema nervoso central do cadáver. Mas enquanto Nick e Brian acompanham tudo boquiabertos e de olhos arregalados levantando-se devagar e então recuando lentamente, Philip chega mais perto e se ajoelha, com uma expressão séria e determinada.

Os olhos de Bobby Marsh se abrem.

As pupilas ficaram brancas como pus.

Philip pega o martelo pneumático e o encosta na testa do grandão, acima da sobrancelha esquerda.

FFFFFAMP!

Horas mais tarde. Dentro de casa. É noite. Penny está dormindo. Nick está na cozinha, afogando as mágoas no uísque... Brian não está em parte alguma... O corpo frio de Bobby está no quintal, envolto em lona, junto aos outros cadáveres... e Philip agora está de pé, em frente à janela da sala de estar, olhando pelas persianas o número crescente de vultos escuros na rua, que perambulam como sonâmbulos, de um lado para o outro, atrás da barricada. Agora são mais. Talvez uns trinta. Talvez até quarenta.

As luzes da rua penetram os buracos da cerca e as sombras ambulantes interrompem os feixes de luz em intervalos regulares, fazendo-os piscarem e deixando Philip maluco. Ele ouve a voz silenciosa na cabeça — a mesma voz que ouviu pela primeira vez depois que Sarah morreu: *Incendeia esse lugar. Incendeia o mundo inteiro, porra.*

Por um instante, mais cedo naquele dia, depois que Bobby morreu, a voz queria mutilar o corpo do menino de 12 anos. A voz queria esquartejá-lo. Mas Philip a havia abafado e agora lutava contra ela de novo. *O pavio está aceso, irmão, e o tempo está passando...*

Philip olha para longe da janela e coça os olhos cansados.

— Não tem nada de errado em botar tudo para fora — diz uma voz diferente, vinda da escuridão.

Philip se vira e vê a silhueta do irmão do outro lado da sala, no arco de entrada para a cozinha.

Virando-se para a janela, Philip não responde. Brian vai até ele. Nas mãos trêmulas, segura um frasco de xarope contra tosse. Na escuridão, as lágrimas brilham nos olhos febris. E ele fica ali, parado, por um momento.

Então fala, numa voz baixa e suave, tomando o cuidado de não acordar Penny no sofá ao lado deles.

— Não é nenhuma vergonha botar tudo para fora.

— Botar *o quê* para fora?

— Olha — diz Brian —, eu sei que você está sofrendo. — Ele funga e limpa a boca na manga da camisa. A voz está rouca e embargada. — Tudo o que eu queria dizer é que eu realmente sinto muito pelo Bobby. Eu sei que vocês dois eram...

— É o fim.

— Philip, vamos lá...

— É o fim deste *lugar*. Acabou.

Brian olha para ele.

— O que você quer dizer com isso?

— Que nós vamos dar o fora daqui.

— Mas eu pensei que...

— Dá só uma olhada. — Philip aponta para um número crescente de sombras na Green Briar Lane. — Nós estamos atraindo eles como lixo atrai moscas.

— É, mas a barricada continua...

— Quanto mais tempo a gente ficar aqui, Brian, mais vai parecer uma prisão. — Philip olha pela janela. — A gente tem que ir em frente.

— Quando?

— Logo.

— Amanhã?

— A gente começa a empacotar tudo de manhã e colocar o máximo de mantimentos que puder no Suburban.

Brian olha para o irmão.

— Você está bem?

— Estou. — Philip continua com o olhar fixo. — Vai dormir.

No café, Philip decide contar à filha que Bobby teve que voltar para casa "para cuidar dos pais" e a explicação parece satisfazer a garotinha.

Mais tarde, Nick e Philip cavam um túmulo nos fundos da casa, num lugar onde a terra do jardim é mais fofa, enquanto Brian mantém Penny ocupada dentro de casa. Brian acha que deveriam contar a Penny alguma coisa sobre o que aconteceu, mas Philip manda o irmão não se meter e ficar de bico calado.

Agora, em frente à treliça de rosas no quintal, Philip e Nick erguem o enorme corpo envolvido em lona e o baixam para dentro do túmulo escavado na terra.

Demora um bom tempo até reencherem a cova, cada um jogando uma pá depois da outra do belo solo negro da Geórgia no amigo. Enquanto trabalham, os gemidos desafinados dos mortos-vivos chegam trazidos pelo vento.

É mais um dia nublado e feio, com o barulho da horda de zumbis cruzando os céus e o alto das casas. Isso deixa Philip maluco, conforme ele sua nos jeans ao despejar terra no túmulo. O cheiro gorduroso e fétido de carne podre está mais forte do que nunca. Faz o estômago de Philip se embrulhar, enquanto ele despeja as últimas pás de terra na cova.

Agora, Philip e Nick fazem uma pausa, um de cada lado da pilha de terra, apoiando-se nas pás, o suor esfriando na nuca. Os dois passam muito tempo sem dizer uma palavra, cada um perdido nos próprios pensamentos. Finalmente, Nick levanta a cabeça e, muito lentamente e muito cansado, fala com grande deferência:

— Você quer dizer alguma coisa?

Philip olha para o amigo do outro lado do túmulo. Os gemidos vêm de todas as direções como zumbidos de gafanhotos, tão alto que Philip mal consegue pensar direito.

Nessa hora, por uma estranha razão, Philip se lembra da noite em que os três amigos ficaram bêbados e invadiram a sala de projeção do Starliter Drive-In, na Waverly Road. Mexendo os dedos gordos na frente do projetor, Bobby fez sombras aparecerem na tela. Philip riu com tanta força naquela noite que achou até que fosse vomitar, vendo as silhuetas de coelhos e patos se sobrepondo às imagens de Chuck Norris dando pontapés nos nazistas.

— Tinha gente que achava que o Bobby era um sujeito simplório — declarou Philip de cabeça baixa —, mas elas não conheciam o cara. Ele era leal e engraçado e um amigo excelente... e morreu como homem.

Nick olha para baixo, os ombros tremendo um pouco, a voz falhando; as palavras são quase inaudíveis acima da barulheira à volta deles:

— Deus Todo-Poderoso, que o Senhor, na Sua misericórdia, transforme a escuridão da morte no nascer de uma nova vida e a dor da despedida na alegria do paraíso.

Philip sente lágrimas se acumularem e aperta os dentes com tanta força que o maxilar estala.

— Por nosso Salvador, Jesus Cristo — continua Nick, com a voz trêmula —, que morreu, ressuscitou e vive para sempre. Amém.

— Amém — Philip ainda consegue dizer numa voz baixa e embargada, que é quase estranha a ele.

A barulheira inclemente dos mortos-vivos diminui e depois volta com muito mais força.

— CALEM A PORRA DA BOCA! — grita Philip para os zumbis, as vozes agora vindo de todas as direções. — SEUS MORTOS-VIVOS *DE MERDA*! — Philip se afasta do túmulo, girando devagar sobre os calcanhares: — EU VOU ACERTAR O CÉREBRO DE TODOS VOCÊS, SEUS CANIBAIS FILHOS DA PUTA!!! VOU ARRANCAR TODAS AS CABEÇAS DE CADA UM DE VOCÊS E CAGAR EM CIMA DOS SEUS PESCOÇOS PODRES!!!

Ao ouvir isso, Nick começa a soluçar e Philip fica sem forças e cai de joelhos.

E enquanto Nick chora, Philip apenas olha fixo para a terra fresca, como se houvesse alguma resposta logo ali.

Se ainda restava alguma dúvida sobre quem era o líder do grupo — não que algum dia ela tenha existido —, agora estava mais do que claro que Philip era o início e o fim de tudo.

Eles passaram o resto do dia arrumando as malas, Philip monossilábico ordenando, a voz baixa e grave de tanto estresse.

— Pega a caixa de ferramentas — grunhe. — E pilhas para as lanternas — murmura. — E aquela caixa de cartuchos — resmunga. — E mais cobertores.

Nick acha que talvez eles devessem levar dois carros.

Apesar de a maioria dos veículos abandonados na comunidade estar pronta para partir — muitos deles modelos de luxo mais recentes e vários com a chave na ignição —, Brian teme dividir o grupo em dois. Ou talvez agora ele esteja apenas mais agarrado ao irmão. Talvez Brian queira ficar mais próximo do centro de gravidade.

Eles decidem ficar com o Chevrolet Suburban. O carro é um verdadeiro tanque de guerra.

Que é exatamente do que vão precisar para chegar até Atlanta.

Com o resfriado que não passa agora se instalando nos pulmões e causando um chiado que pode ser ou não o primeiro estágio de pneumonia, Brian Blake se concentra na tarefa à frente. Ele carrega três coolers grandes com a comida que tem as datas de validade mais longas: carnes defumadas para o almoço, queijos duros, embalagens fechadas de suco, iogurte, refrigerantes e maionese. Enche uma caixa de papelão com pão, carne seca e café instantâneo e também água mineral, barrinhas de proteína e vitaminas, pratos de papel e utensílios de plástico. Decide colocar também uma série de facas de carne: de serra, de desossar e cutelos, para eventuais contatos imediatos com os quais eles possam se defrontar.

Brian enche mais uma caixa com papel higiênico, sabão, toalhas e retalhos. Dá uma busca nos armários de remédios e pega comprimidos para gripe, analgésicos e soníferos e, ao fazer isso, tem uma ideia: uma coisa que deveria fazer antes de irem embora.

No porão, Brian encontra uma lata pela metade de tinta vermelha e um pincel macio de 5 centímetros de cerdas de cavalo. Encontra um quadrado de compensado de 1 x 1 metro e, rápida mais cuidadosamente, escreve uma mensagem: cinco palavras simples em letras maiúsculas, grandes o suficiente para serem vistas por qualquer carro que passe por ali. E prega dois pedaços de pau na parte de baixo da placa.

Depois, ele a leva para cima e mostra para o irmão.

— Acho que a gente devia pregar isso do lado de fora do portão — diz para Philip.

O irmão simplesmente dá de ombros e diz que Brian pode fazer o que bem entender.

Eles esperam escurecer para sair. Pontualmente às 19 horas — com o sol frio e metálico se pondo atrás dos telhados —, eles enchem rapidamente o Suburban. Trabalhando rápido e nas sombras, enquanto os monstros acossam a barricada, eles formam uma espécie de linha de montagem, passando rapidamente as malas e os contêineres da porta lateral da casa até o capô aberto da minivan.

Carregam os machados originais junto a uma série de novas pás e picaretas, machadinhas, serras e facas do galpão de ferramentas dos fundos da casa. Trazem cordas, cabos, mais casacos, botas para a neve e pederneiras de magnésio. Eles também carregam um tubo de sucção e vários tanques de plástico com gasolina adicional, o máximo que couber no porta-malas.

Agora o tanque do Suburban está cheio — mais cedo, naquele dia, Philip conseguiu puxar quase 60 litros de gasolina de um sedã abandonado, na garagem de uma casa vizinha — pois eles não têm a menor pista sobre a situação dos postos de gasolina da região.

Nos últimos quatro dias, Philip descobriu uma série de armas esportivas nas residências vizinhas. Os ricos adoram a estação dos patos por ali. Adoram caçar as cabecinhas verdes de dentro do luxo das tendas aquecidas, com rifles de longo alcance e cães de caça puros-sangues.

O pai de Philip costumava fazer isso do jeito mais difícil, com nada a não ser botas impermeáveis, a luz da lua e a má intenção.

Agora, Philip pode se dar o luxo de escolher três armas para colocar num estojo de vinil no porta-malas — uma espingarda Winchester .22 e dois rifles Marlin, modelo 55, particularmente úteis, apelidados de "armas para caçar patos". Rápidas, precisas e poderosas, são desenhadas para matar aves migratórias que voam em altas altitudes... ou, nesse caso, cabeças a cem metros de distância.

São quase 20 horas quando eles terminam de abastecer o Suburban e acomodam Penny no centro do banco de trás. Toda enroscada num casaco, com o pinguim de pelúcia ao lado, ela parece estranhamente calma, com o rostinho pálido lânguido e recolhido, como se estivesse indo ao pediatra.

As portas se abrem e se fecham. Philip se põe ao volante. Nick fica no banco do passageiro e Brian se senta ao lado de Penny. A placa está no chão, entre os joelhos de Brian.

É dada a partida. O ronco do motor ecoa na escuridão, fazendo os mortos-vivos se remexerem do outro lado da barricada.

— Vai ser tudo muito rápido, gente — diz Philip entre os dentes, engatando com força a marcha a ré. — Segura aí.

Philip mete o pé no pedal até o fim e a tração nas quatro rodas entra em ação.

A inércia joga todo mundo para a frente, enquanto o Suburban avança para trás.

Pelo espelho retrovisor, o ponto fraco da barricada improvisada vai ficando cada vez mais perto até que... BANG! O veículo passa explodindo pelas tábuas de madeira e entra na luz fraca da Green Briar Lane.

Imediatamente, a parte traseira esquerda do carro bate num morto-vivo, exatamente quando Philip freia e põe a marcha em Drive.

Atrás deles, o zumbi voa 6 metros no ar, fazendo uma pirueta murcha em meio a uma nuvem de sangue um pedaço do braço desfigurado se solta e é catapultado na direção oposta.

O Suburban explode na direção da rua principal, esmagando outros três zumbis e fazendo-os voar para a estratosfera. A cada choque, os baques surdos que irradiam pelo chassi — assim como a gosma amarela que fica presa no para-brisa — fazem Penny estremecer e fechar os olhos.

No fim da rua, Philip gira o volante com força e canta os pneus na esquina, então acelera para o norte, em direção à entrada.

Minutos mais tarde, Philip dá outra ordem:

— Tudo bem. Vai rápido. E é rápido MESMO!

Ele freia com toda a força, jogando todo mundo para a frente nos bancos do carro. Acabaram de chegar ao grande portão de entrada, iluminado pela luz de um poste, do outro lado do caminho de cascalho e dos arbustos que o ladeiam.

— É só um segundo — diz Brian, agarrando a placa e abrindo a porta. — Deixa ligado.

— Anda logo.

Brian sai rápido do carro, carregando a placa de 1 x 1 metro.

No ar frio da noite, ele corre sobre o cascalho da entrada, os ouvidos hiperalertas e sensíveis ao barulho distante dos grunhidos: estão vindo naquela direção.

Brian escolhe um lugar logo à direita do portão de entrada, um lugar onde a parede de tijolos não é tapada pelos arbustos, e ergue a placa ao lado do muro.

Enfia as pontas de madeira na terra fofa para estabilizá-la e então corre de volta para o carro, satisfeito por ter feito sua parte para a humanidade, ou o que quer que tenha sobrado dela.

Conforme se afastam dali, todos eles — inclusive Penny — olham pelo espelho retrovisor para a pequena placa que vai ficando a distância:

TODOS ESTÃO MORTOS

NÃO ENTRE

CINCO

Eles partem para o oeste, em meio aos campos escuros, mantendo uma velocidade constante de 50 km/h. As quatro pistas da rodovia Interestadual 20 estão cheias de carros abandonados, enquanto o carro serpenteia na direção do horizonte que está tingido de um cor-de-rosa enjoativo, onde a cidade os espera como um facho de luz no céu noturno. Eles se veem obrigados a manobrar, com uma lentidão angustiante, em meio a uma pista de obstáculos de destroços, mas conseguem avançar quase 8 quilômetros antes de as coisas começarem a dar errado.

Na maior parte desses 8 quilômetros, Philip fica pensando em Bobby e em tudo o que poderiam ter feito para salvá-lo. A dor e o arrependimento se instalam cada vez mais fundo no âmago de Philip, como um câncer em metástase, se tornando algo mais soturno e mais venenoso que a dor. Para afastar as emoções, ele fica pensando na velha filosofia dos caminhoneiros: *olhe ao redor, e não em frente.* Agarrando firme o volante com as mãos experientes de um velho motorista de caminhão, ele se senta bem à frente no banco e mantém os olhos atentos às margens da rodovia.

Durante 8 quilômetros, só uns poucos mortos-vivos passam à luz fantasmagórica dos faróis.

Nos arredores de Conyers, eles ultrapassam dois trapos se arrastando pelo acostamento da estrada como soldados desertores ensanguentados. Passando pelo Stonecrest Mall, veem um aglomerado de vultos escuros curvados sobre uma vala, aparentemente se refestelando com alguma coisa que morreu na estrada, humana ou animal, impossível identificar na luz bruxuleante. Contudo, foi só isso — pelo menos por 8 quilômetros — e Philip mantém a velocidade em constantes (porém seguros) 50 km/h. Se fossem mais devagar, arriscariam enganchar um monstro desnorteado; se fossem mais depressa, correriam o risco de arrastar o carro no número cada vez maior de destroços e veículos abandonados que entulham as pistas.

O rádio não funciona e os outros seguem em silêncio, com os olhares fixos na paisagem.

O perímetro da região metropolitana de Atlanta passa por eles em câmera lenta, uma série de florestas de pinheiros interrompidas por uma eventual cidade-dormitório ou um shopping de estrada. Passam por concessionárias tão escuras quanto um necrotério, o mar sem fim de modelos novos como caixões que refletem a luz branca da Lua. Passam por restaurantes da cadeia Waffle House totalmente abandonados, as janelas quebradas lembram chagas abertas, e condomínios de escritórios vazios como zonas de guerra. Passam por restaurantes Shoney's, por campings, por várias lojas da Kmart e por concessionárias de trailers RV Center, cada um mais desolado e destroçado que o outro. Pequenos focos de incêndio aparecem aqui e ali. Os estacionamentos parecem mais salas de brinquedo de crianças insanas, os carros abandonados jogados sobre o espaço como brinquedinhos arremessados com raiva. Cacos de vidro brilham por todos os lados.

Em menos de uma semana, a praga aparentemente destruiu os subúrbios da periferia de Atlanta. Ali, nas comunidades rurais e nos condomínios de escritórios, para onde as famílias de classe média emigraram ao longo dos anos a fim de evitar as árduas viagens até o local de trabalho, as hipotecas muito caras e o estresse da vida urbana, a epidemia pôs fim à ordem social em questão de dias. E, por alguma razão, é a imagem de todas as igrejas devastadas o que mais perturba Philip.

Cada santuário pelo qual passam está num estado cada vez pior: o Centro Batista Missionário do Renascimento, perto de Harmon, ainda solta a fumaça de um incêndio recente, com o resto chamuscado da cruz se erguendo em direção ao céu. Dois quilômetros mais à frente, o Seminário Luther Rice exibe placas rabiscadas rapidamente à mão, alertando os pedestres de que o fim está próximo e o arrebatamento é aqui, e o mundo vai dar um chute na bunda de todos os pecadores. A Catedral Cristã da Fé Unida parece que foi saqueada, limpa e depois levou uma mijada. O estacionamento do Palácio Pentecostal São João Evangelista lembra um campo de batalha entulhado de corpos, muitos dos quais ainda se movem com a fome sonâmbula e característica dos mortos-vivos. *Que tipo de Deus deixaria isso acontecer? E, aproveitando o assunto, que tipo de Deus deixaria um cara simples e inocente como Bobby Marsh morrer daquele jeito? Que tipo de...*

— Merda!

A voz vem do banco de trás e desperta Philip dos pensamentos sombrios.

— O quê?

— Olha ali — responde Brian, com a voz fraca de frio ou de medo, ou talvez os dois. Philip olha pelo retrovisor e nota a expressão ansiosa do irmão sob a luz esverdeada do vidro. Brian aponta para o horizonte, a oeste.

Philip volta a olhar para a frente, pisando no freio instintivamente.

— O que é? Eu não estou vendo nada.

— Puta que o pariu — exclama Nick, do banco do carona. Ele olha por uma clareira do pinheiral à direita, onde a luz passa pelas árvores.

A uns 500 metros de distância, a rodovia vira na direção nordeste, em meio a uma série de pinheiros. Além das árvores, pelas lacunas nas folhagens, chamas são visíveis.

A Interestadual está pegando fogo.

— Puta *que o pariu* — suspira Philip, muito tenso. Ele reduz significativamente a velocidade do carro, ao fazer a curva.

Em mais alguns segundos, o caminhão-tanque capotado se torna visível, engolfado pelas chamas como um dinossauro de ponta-cabeça. A carcaça do caminhão bloqueia as duas pistas que seguem para o oeste. A cabine se desprendeu e está aos pedaços, enrolada a outros três carros nas pistas central e da direita. As carcaças destruídas dos outros carros estão viradas para baixo atrás dos destroços flamejantes.

Mais além, as pistas parecem um estacionamento, com inúmeros carros, alguns pegando fogo, a maioria presa em um engavetamento.

Philip encosta o Suburban e o estaciona no acostamento, a 50 metros das chamas que vão diminuindo.

— É simplesmente fantástico — diz, sem se dirigir a ninguém em especial, querendo disparar uma enxurrada de palavrões e mal conseguindo se conter (porque os ouvidos de Penny estão a centímetros dele).

Dessa distância, mesmo na escuridão oscilante, várias coisas ficam claras. Primeiro, e acima de tudo, é evidente que eles vão ter que encontrar uma equipe de bombeiros e um reboque capaz de remover veículos pesados para seguirem em frente; ou vão ter que descobrir uma porra de um desvio. Segundo, parece que o que quer que tenha acontecido ali foi há muito pouco tempo, talvez no mesmo dia, mais cedo, talvez há apenas algumas horas. O asfalto ao lado dos destroços está escurecido e todo marcado, como se tivesse sido atingido por um meteoro, e até as árvores na beira da estrada sofreram com o choque. Mesmo pelas janelas fechadas do Suburban, Philip pode sentir o cheiro acre de óleo diesel queimando e borracha derretida.

— E agora? — pergunta Brian, finalmente.

— A gente tem que voltar — responde Nick, por cima do ombro.

— Deixa eu pensar um segundo — diz Philip, olhando para a cabine caída do caminhão, o teto cortado como se fosse a tampa de uma lata de alumínio. Na escuridão, corpos destroçados se espalham por toda aquela lameira. Alguns se contorcem com o lento rastejar sinuoso de cobras despertando.

— Vamos lá, Philip. Não dá para contornar isso — diz Nick.

Brian também opina.

— Talvez a gente consiga achar um atalho para a 278 — opina Brian.

— *PUTA QUE O PARIU, PORRA! CALA A BOCA E DEIXA EU PENSAR!*

A súbita descarga de raiva faz a cabeça de Philip pulsar com uma enxaqueca e ele trinca os dentes, cerra os punhos e segura a voz dentro de si: *Vai lá, quebra tudo, abra agora, arranca o coração...*

— Desculpe — responde Philip, enxugando a boca e olhando por cima do ombro para a menininha amedrontada e encolhida na escuridão do banco de trás. — Desculpa mesmo, meu amorzinho. O papai perdeu o controle por um segundo.

A menina só olha para o chão.

— O que você quer fazer? — pergunta Brian, baixinho, e pelo tom de desespero na voz, parece que seria capaz de atravessar as chamas com o irmão, se Philip achasse que essa era a melhor opção no momento.

— A última saída lá atrás foi o quê... há 1,5 quilômetro, mais ou menos? — Philip olha para trás. — Eu acho que a gente devia...

O estalo surge do nada, cortando Philip no meio da frase.

Penny solta um gritinho.

— CACETA!

Nick se afasta da janela do carona, onde um cadáver carbonizado se materializou no meio da escuridão.

— Se abaixa, Nick. Agora!

A voz de Philip é seca e sem emoção, como um operador de rádio, enquanto ele se inclina rapidamente na direção do porta-luvas, abre o compartimento e pega algo. A coisa do lado de fora da janela fica pressionando o vidro, totalmente irreconhecível como ser humano, a carne cheia de bolhas.

— Brian, cubra os olhos de Penny.

— MERDA, MERDA! — Nick se abaixa e cobre a cabeça, como se estivesse num bombardeio aéreo. — MERDA! MERDA, MERDA!

Philip acha a pistola Ruger .22 onde deixou, já com um cartucho na câmara.

Num movimento rápido, Philip ergue a arma com a mão direita, ao mesmo tempo em que abaixa o vidro elétrico com a esquerda. O zumbi queimado enfia o braço mole e chamuscado pela abertura, gemendo no fundo da garganta, mas antes que ele consiga agarrar a camisa de Nick, Philip dá um único tiro, à queima-roupa, no meio da cabeça daquela coisa.

O estampido da Ruger faz um barulhão dentro do Suburban e todo mundo pula nos bancos, enquanto o cadáver destroçado é empurrado para longe — um tiro direto acima da têmpora esquerda, que faz a massa encefálica jorrar por todo o para-brisa.

O troço escorrega pelo exterior da porta do carona, o som grave do corpo batendo no asfalto quase inaudível por cima do zumbido nos ouvidos de Philip.

Semiautomáticas de calibre .22 como a Ruger têm um estampido singular. O tiro parece uma bofetada rápida e dura, como uma marreta batendo no concreto, e a arma invariavelmente salta na mão do atirador.

Naquela noite, apesar do efeito atenuante do interior do Suburban, aquele único tiro ecoou por toda a escuridão, reverberando sobre as copas das árvores e dos prédios de escritórios, levado pelo vento.

A reverberação pôde ser ouvida a 1 quilômetro de distância, rasgando o silêncio da floresta espessa, penetrando nos mortificados canais auditivos das criaturas sombrias, acordando sistemas nervosos centrais já mortos.

— Todo mundo bem? — Philip dá uma olhada no interior do carro, repousando a arma ainda quente no encosto acarpetado ao lado. — Tudo certo?

Nick só agora se levanta, com os olhos quentes e arregalados, aspirando todos os resíduos no interior do carro. Penny, encolhida nos braços de Brian, mantém os olhos fechados, enquanto Brian olha freneticamente em volta, espiando por cada uma das janelas, à procura de mais algum intruso.

Philip põe o Suburban em marcha à ré e mete o pé no acelerador, enquanto rapidamente sobe o vidro do carro. Todo mundo é lançado para a frente enquanto o carro canta pneus andando para trás — trinta metros, cinquenta, setenta — se distanciando do fumegante caminhão-tanque.

Aí o Suburban derrapa até parar, e eles ficam em silêncio, em choque, por um minuto.

Do lado de fora, nada se move nas sombras mal-iluminadas. Ninguém fala nada por muito tempo, mas Philip tem certeza de que não é o único que está se perguntando se o trecho de 30 quilômetros até a cidade não vai ser muito mais difícil do que eles haviam imaginado.

Eles ficam ali, dentro do Suburban ocioso, por bastante tempo, debatendo o melhor plano de ação, o que deixa Philip inquieto. Ele não gosta de ficar muito tempo no mesmo lugar, especialmente com o motor ligado e gastando tempo e gasolina, com aquelas sombras se movendo atrás das árvores incendiadas, mas o grupo não parece chegar a um consenso, e Philip está fazendo o possível para ser um ditador benevolente nessa república de bananas.

— Olha, eu continuo achando que a gente devia passar em volta dele — diz Philip, apontando o queixo para a escuridão ao sul.

Lá na frente, o acostamento das pistas está repleto de veículos fumegantes, mas há uma estreita abertura — talvez da largura do Suburban, com uns poucos centímetros de sobra — entre o acostamento de cascalho e a floresta de pinheiros que margeia a estrada. As últimas chuvas, combinadas com o óleo que derramou do tanque, transformaram o terreno num verdadeiro pântano. Mas o Suburban é um veículo grande e pesado, com pneus largos, e Philip já o dirigiu em condições muito piores.

— É muito íngreme, Philly — afirma Nick, limpando a massa cinzenta do interior do para-brisa com uma toalha encardida.

— É, cara, eu concordo — diz Brian dos confins do banco de trás, com o braço em volta de Penny e as feições angustiadas do rosto perfeitamente visíveis à luz do fogo. — Eu acho que a gente deve voltar para a última saída.

— Mas nós não sabemos *o que* vamos encontrar na 278. Pode ser bem pior.

— Nós não temos certeza disso — aponta Nick.

— A gente tem que continuar indo em frente.

— Mas e se as coisas piorarem na cidade? Parece que, quanto mais a gente se aproxima, piores elas ficam.

— Nós ainda estamos a uns 20 ou 30 quilômetros de distância. Não dá para ter a menor ideia de como estão as coisas em Atlanta.

— Não sei não, Philly.

— Já sei — diz Philip. — Eu vou dar uma olhada.

— O que você quer dizer com isso?

Ele pega a pistola.

— Uma olhada rápida.

— Espera! — grita Brian. — Philip, por favor. A gente tem que ficar junto.

— Eu só vou avaliar o terreno. Ver se a gente consegue passar.

— Papai... — começa Penny, mas então desiste de falar.

— Está tudo bem, meu amorzinho. Eu já volto.

Brian olha pela janela, ainda não convencido.

— A gente fez um pacto de que ia ficar junto, não importa o que acontecesse. Para com isso.

— São só dois minutos. — Philip abre a porta, enfiando a Ruger no cinto.

O ar frio, o som do fogo crepitando e o cheiro de ozônio e de borracha queimando adentram o Suburban como hóspedes indesejados.

— Fiquem quietos que eu já volto.

Philip sai do carro.

E bate a porta.

Brian passa um tempo quieto no Suburban, ouvindo o coração bater no peito. Nick olha por todas as janelas, verificando a vizinhança imediata, que está cheia de sombras tremulantes. Penny fica totalmente quieta. Brian olha para ela. A menina parece se retrair cada vez mais, como um botão de flor se contraindo, fechando as pétalas.

— Ele já vai voltar, garota — diz Brian para ela. Ele morre de pena da sobrinha. Isso não está certo, uma menina passar por isso, mas em certo sentido Brian sabe como ela se sente. — Philip é um cara valente. Posso te garantir que ele assusta qualquer monstro que aparecer.

Do banco da frente, Nick se vira para ela e diz:

— Acredite no seu tio, querida. O seu pai sabe se cuidar muito bem e dá conta de mais alguns.

— Uma vez vi seu pai pegar um cão raivoso — conta Brian. — Ele devia ter uns 19 anos, e o cachorro era um pastor alemão que aterrorizava os garotos da vizinhança.

— Eu me lembro disso — confirma Nick.

— Seu pai caçou aquela coisa de boca espumando por todo o leito seco do rio e acabou arrastando o troço para dentro de uma lata de lixo.

— Eu me lembro bem disso — conta Nick. — Ele agarrou o cachorro com as mãos e o atirou do outro lado da vala, antes de jogar a lata de lixo em cima dele, como se estivesse prendendo uma mosca.

Brian estica a mão e carinhosamente afasta uma mecha de cabelo do rosto da menina.

— Ele vai ficar bem, bonitinha. Pode acreditar. Ele é um *muchacho* muito mau.

Do lado de fora do veículo, um pedaço dos destroços em chamas desaba no chão. O barulho faz todo mundo pular. Nick olha para Brian.

— Ei... Você se importaria de pegar aquela sacola, perto do pneu?

Brian olha para Nick.

— Do que você precisa?

— De uma daquelas espingardas de patos.

Brian o encara por um instante, depois se vira e se debruça sobre o encosto do banco. Fisga a grande sacola de caça presa entre um cooler e uma mochila. Abre o zíper e encontra uma das Marlins 55.

Passando a arma para Nick, no banco da frente, ele diz:

— Vai precisar de munição também?

— Acho que já está carregada — comenta Nick, abrindo o cano e olhando lá dentro.

Brian pode perceber que Nick tem prática em lidar com aquilo, provavelmente já caçou antes, mesmo que ele pessoalmente nunca tenha visto. Brian nunca foi do tipo que participasse das atividades de machão do irmão mais novo e dos amigos, embora fosse exatamente isso o que desejava.

— Tem duas balas na ponta da agulha — diz Nick, estalando a arma e fechando.

— Só tome cuidado com isso.

— Eu costumava caçar javalis com uma coisinha destas — conta Nick, engatilhando a arma e travando-a.

— Javalis?

— É... Porcos selvagens... Na reserva de Chattahoochee. Costumava caçar de noite com meu pai e o tio Verne.

— Você está falando de porcos? — pergunta Brian, sem conseguir acreditar.

— Basicamente, sim. Um javali é só um porco bem grande. Talvez também sejam mais antigos, eu não...

Outro estalo metálico alto vem do lado de fora da janela de Nick.

Ele aponta o cano na direção do barulho, o dedo no gatilho e os dentes trincados de tanta tensão. Do lado de fora da janela, nenhum movimento. Dentro do Suburban, os músculos relaxam e Nick solta um longo suspiro de alívio. Brian começa a dizer:

— A gente tem que se mandar daqui, antes que...

Mais um barulho.

E esse vem do lado do motorista. Passos se arrastando...

... e antes que Nick possa sequer vislumbrar a identidade do vulto sombrio que se aproxima da janela do motorista, ele aponta o cano da Marlin para a janela, mira, e está prestes a disparar dois tiros de boas-vindas, quando uma voz conhecida ecoa do lado de fora do carro.

— MEU DEUS!

Na janela, só dá para ver Philip por um segundo, antes de ele desaparecer da linha de tiro.

— Ai, meu Deus, desculpa! Desculpa! — fala Nick, reconhecendo na hora o erro.

A voz de Philip, fora do carro, fica mais baixa e controlada, mas ele continua espumando de raiva.

— Você poderia apontar essa coisa para longe da janela?

Nick abaixa o cano.

— Desculpa, Philly. Eu errei. Desculpa.

A porta se abre com um estalo e Philip volta a entrar no carro, respirando fundo, o rosto molhado de suor. Ele fecha a porta e solta um longo suspiro.

— Nick...

— Philip, me desculpa... É que eu estou meio assustado.

Por um momento, parece que Philip vai torcer o pescoço do outro, mas aí a raiva começa a passar.

— Todos nós estamos meio assustados. Eu entendo.

— Desculpa mesmo.

— Da próxima vez, presta mais atenção.

— Eu presto. Eu presto.

É a vez de Brian falar.

— O que você encontrou?

Philip põe a mão na alavanca de marcha.

— Um jeito de contornar essa merda.

Ele aciona a tração nas quatro rodas e empurra o freio de mão para baixo.

— Todo mundo aí, segura firme.

Philip gira o volante e depois passa lentamente por cima de um monte de cacos de vidro. Os cacos se estilhaçam debaixo das enormes rodas do Suburban e ninguém fala nada, mas Brian pensa na possibilidade de aquilo estourar um pneu.

Ele guia o carro através do canteiro central — uma vala rasa, coberta de capim, erva daninhas e taboas. As rodas de trás afundam na terra fofa. Ao se aproximar do outro lado, Philip acelera um pouco mais e o Suburban começa a subir na direção das pistas que vão para o leste.

Philip mantém as mãos coladas ao volante, enquanto se aproximam do acostamento.

— Segurem-se! — grita ele, enquanto despencam por um barranco de mato enlameado.

O Suburban balança para os lados como se fosse um navio afundando. Brian agarra Penny e Nick se segura no descanso central. Puxando o volante com força, Philip mete o pé no acelerador.

A traseira do carro derrapa na direção de uma pequena abertura no meio dos destroços. Os galhos das árvores roçam na lataria do utilitário. As rodas traseiras deslizam de um lado a outro, e então mergulham na lama. Philip luta com o volante. Todo mundo prende a respiração, enquanto o Suburban vai passando pela abertura.

Quando o carro consegue chegar ao outro lado, explode uma comemoração espontânea. Nick dá um tapa nas costas de Philip e Brian dá um pulo e um grito de alegria. Até Penny parece ficar um pouco mais alegre, esboçando um sorriso no canto dos lábios em forma de tulipa.

Pelo vidro, eles podem ver o amontoado de veículos na escuridão à frente — pelo menos, uns vinte carros, utilitários e caminhões leves nas pistas que vão para o oeste —, a maioria acidentada no engavetamento. Todos abandonados, muitos com a lataria incendiada. Os veículos vazios se estendem por no mínimo 100 metros.

Philip pisa no acelerador até o fim, utilizando a força do utilitário para colocá-lo de volta na estrada. Ele gira o volante. A traseira do carro se sacode violentamente.

Tem alguma coisa errada. Brian sente a perda de tração como um zumbido na coluna, com o motor morrendo de repente.

A comemoração chega ao fim.

O carro atolou.

Por um momento, Philip mantém o pedal pressionado, empurrando forte com a perna para a coisa seguir em frente, como se a raiva e a pura força de vontade — além da contração dos músculos — pudessem fazer aquele trator ir em frente. Mas o Suburban continua derrapando de lado e logo tudo o que ele faz é girar as quatro rodas e esguichar lama na escuridão atrás deles, iluminada pela Lua.

— MAS QUE MERDA! MERDA, MERDA, MERDA! — Philip dá um murro no volante, com força suficiente para rachá-lo e mandar uma pontada de dor pelo braço. Ele quase empurra o pedal do acelerador até atravessar o chão, e o motor segue guinchando.

— Para com isso, cara! — grita Nick por cima do barulho. — Só está atolando ainda mais a gente!

— MERDA! — Philip tira o pé do acelerador.

O motor perde a força e o Suburban pende para um lado, como um barco afundando em águas traiçoeiras.

— A gente vai ter que empurrar — diz Brian, depois de um momento de silêncio bem tenso.

— Pega o volante — ordena Philip para Nick, abrindo a porta e saindo. — Quando eu mandar, você senta o pé. Vem comigo, Brian.

Brian abre a porta de trás, sai e vai se juntar ao irmão à luz da lanterna do carro.

Os pneus traseiros afundaram no mínimo uns 15 centímetros naquela lama espessa e os painéis traseiros estão totalmente sujos. As rodas da frente não estão em melhor situação. Philip põe as mãos grandes e nodosas na caçamba do utilitário e Brian vai para o outro lado, colocando-se o mais distante possível, para ter um melhor apoio na lama.

Nenhum dos dois percebe os vultos sombrios pairando atrás das árvores, do outro lado da estrada.

— Muito bem, Nick! Agora! — grita Philip, empurrando com toda força.

O motor ronca.

As rodas fazem um estrondo e cospem jatos de lama, enquanto os dois Blakes empurram sem parar. Empurram com toda a força do mundo, inutilmente, conforme as figuras vagarosas atrás deles se aproximam mais.

— De novo! — grita Philip, jogando todo o peso naquele empurrão.

As rodas traseiras giram e afundam ainda mais na lama, enquanto Brian é totalmente borrifado de sujeira.

Atrás dele, movendo-se atrás de um banco de neblina, sombras e fumaça, os indesejados se aproximam; estão a 15 metros dali, se arrastando pelos cacos de vidro com movimentos desleixados, arrastados e confusos de lagartos machucados.

— Volta para o carro, Brian. — Philip mudou de voz abruptamente. Está mais baixa e contida. — Agora.

— O que foi?

— Apenas volte... — Philip está abrindo o compartimento traseiro. As dobradiças guincham na hora em que ele estica a mão e pega alguma coisa. — Sem fazer perguntas.

— Mas e o... — As palavras ficam presas na garganta, quando, pela visão periférica, ele percebe no mínimo 12 vultos, talvez mais, fechando o cerco, vindos de várias direções.

SEIS

Os vultos se aproximam do outro lado do canteiro central, por trás dos destroços dos carros queimando e dos bosques das redondezas. São de todos os tipos e tamanhos, os rostos da cor de argamassa, os olhos brilhando como bolas de gude à luz do fogo. Alguns estão queimados. Alguns estão destroçados. Alguns estão tão bem-vestidos e arrumados que parece que acabaram de chegar da igreja. A maioria tem o lábio erguido e os dentes incisivos expostos, a expressão da fome insaciável.

— Que merda. — Brian olha para o irmão. — O que vai fazer? Em que está pensando?

— Volta para a porra do carro, Brian.

— Merda! Merda! — Brian corre para a porta lateral, abre e se instala ao lado de Penny, que olha tudo com uma expressão de espanto. Brian bate a porta e abaixa o pino. — Tranca tudo, Nick.

— Eu vou ajudá-lo — Nick pega a arma de caçar patos e abre a porta, mas para abruptamente quando ouve o som estranho da voz fria, metálica e ríspida de Philip vinda do compartimento traseiro.

— Deixa comigo. Faz o que ele disse, Nick. Tranca tudo e fica abaixado.

— Mas são muitos! — Nick já está com a Marlin em posição e colocando a perna direita para fora do carro, a bota tocando o asfalto.

— Fica no carro, Nick.

Philip está tirando duas machadinhas. Há alguns dias, ele as encontrou no jardim de uma mansão de Wiltshire Estates — dois instrumentos idênticos e afiadíssimos de aço — e por um momento ele se perguntou por que um homem gordo e rico como aquele (que provavelmente pagava alguém para cortar a lenha) iria querer duas machadinhas como aquelas.

No banco da frente, Nick puxa a perna para dentro do utilitário, bate a porta e abaixa o trinco. Ele observa tudo com os olhos em chamas e a arma aninhada nas mãos.

— Que merda é essa? O que você está fazendo, Philly?

O compartimento da mala é fechado.

O silêncio se abate sobre o interior do carro.

Brian olha para a menininha.

— Acho que você devia se abaixar, mocinha. — Penny não fala nada. Só desliza pelo banco e se coloca em posição fetal. Tem alguma coisa na expressão dela, alguma coisa naqueles suaves olhos arregalados que faz o coração dele apertar. Ele lhe dá um tapinha no ombro. — A gente vai sair dessa.

Brian se vira e olha sobre o banco de trás, por cima da mala e pelo vidro traseiro.

Philip está com uma machadinha em cada mão e se encaminha calmamente para a horda de zumbis.

— Meu Deus — murmura Brian, baixinho.

— O que ele está fazendo, Brian? — A voz de Nick é alta e seca, os dedos tocam o ferrolho da Marlin.

Brian não consegue formular uma resposta, está totalmente envolvido pelo que vê do lado de fora da janela.

Não é bonito. Não é gracioso, legal, heroico, másculo ou sequer bem executado. Mas a sensação é boa.

— Deixa comigo — sopra Philip baixinho para si mesmo, ao partir para cima do zumbi mais próximo, um grandalhão com roupa de fazendeiro.

A machadinha corta o lobo do gordão, do tamanho de uma lima, e manda um jato de fluido cor-de-rosa pelo ar daquela noite. O zumbi cai. Mas Philip não para por aí. Antes que o segundo o alcance, ele se põe a trabalhar no imenso corpo flácido caído no chão, manejando o aço frio de cada mão em cima daquela carne morta.

— Minha é a vingança e eu retribuirei, disse o Senhor. — Sangue e tecidos jorram. A cada golpe espocam faíscas no asfalto. — Deixa comigo, deixa comigo, deixa comigo — sussurra Philip para ninguém em especial, liberando toda a raiva e a mágoa acumuladas numa enxurrada de golpes brutais. — Deixa comigo, deixa comigo, deixa comigo, deixa comigo, deixa comigo...

A essa altura, outros se aproximaram — um jovem raquítico com um fluido preto escorrendo pelos lábios, uma mulher gorda de rosto morto e inchado, um cara com o terno ensanguentado — e Philip se livra do corpo estraçalhado no chão e parte para cima dos outros. Ele berra a cada golpe... *DEIXA COMIGO!*... a cada crânio partido... *DEIXA COMIGO!*... ao cortar uma carótida... *DEIXA COMIGO!*... permitindo que a raiva guie o aço frio pelas cartilagens, pelos ossos e pelas cavidades nasais... *TOME ISSO!*... o sangue e a massa encefálica jorram diante de seus olhos conforme se lembra da boca espumante e das garras do cão raivoso vindo em sua direção, quando criança, e Deus levando a mulher, Sarah, e os monstros matando o melhor amigo, Bobby Marsh... *DEIXA COMIGO!... DEIXA COMIGO!... DEIXA COMIGO!*

Dentro do Suburban, Brian desvia os olhos da cena que se desenrola do outro lado do vidro traseiro, tosse e sente o bolo no estômago subir diante dos sons nauseantes que penetram pelo interior hermético do Suburban. Ele tem de controlar a ânsia de vômito. Brian se abaixa e de um jeito carinhoso põe as mãos sobre os ouvidos de Penny, um gesto que, lamentavelmente, está se tornando rotina.

No banco da frente, Nick não consegue tirar os olhos da carnificina que acontece lá atrás. No rosto dele, Brian pode ver um misto de repulsa e admiração — o tipo de respeito que diz "graças a Deus que ele está do nosso lado" —, mas isso só serve para aumentar ainda mais o nó no estômago de Brian. Ele não vai vomitar, droga. Tem que ser forte por Penny.

Brian desce para o assoalho do carro e abraça forte a garota, que está fraca e encharcada. O cérebro de Brian nada em confusão.

O irmão é tudo para ele. O irmão é a chave de tudo. Mas alguma coisa está acontecendo com Philip, algo horrível, e isso está começando a incomodar Brian. Quais são as regras? Essas aberrações ambulantes merecem tudo o que Philip está fazendo com elas... mas quais são as regras de combate?

Brian tenta expulsar esse pensamento da cabeça quando percebe que o barulho de mortes parou. Então, ouve os passos pesados das botas de uma pessoa do lado de fora da porta do motorista, que se abre com um clique.

Philip Blake entra no Suburban, largando as machadinhas ensanguentadas no chão, na frente de Nick.

— Mais virão — declara, ainda frenético, o rosto coberto de suor. — O tiro os acordou.

Nick olha pelo vidro traseiro e vê o batalhão de corpos à luz do fogaréu no barranco. Sua voz sai monótona, uma combinação de nojo e respeito:

— Impressionante, cara. Impressionante mesmo.

— A gente tem que sair daqui — comenta Philip, limpando uma gota de suor do nariz, recuperando o fôlego e olhando pelo espelho retrovisor, procurando por Penny na sombra do banco traseiro, como se nem estivesse ouvindo Nick.

É a vez de Brian falar.

— Qual é o plano, Philip?

— A gente tem que encontrar um lugar seguro para passar a noite. Nick olha para Philip.

— O que você quer dizer com isso? Um lugar fora do Suburban?

— Aqui no escuro, é muito perigoso.

— É, mas...

— A gente desatola ele pela manhã.

— Tá, mas e os...

— Pega tudo o que precisar para passar a noite — ordena Philip, pegando a Ruger.

Nick segura o braço de Philip.

— Espera! Você está querendo dizer que vamos sair do carro e deixar todas as nossas coisas aqui?

— É só por esta noite, vamos — diz Philip, abrindo a porta e saindo.

Brian suspira e olha para Nick.

— Cala a boca e me ajuda com as mochilas.

Eles acampam naquela noite uns 400 metros a oeste do caminhão-tanque virado, dentro de um ônibus escolar abandonado, parado no acostamento, bem iluminado pela luz fria de uma lâmpada de vapor de sódio.

O ônibus ainda está bem quente e seco e fica alto o suficiente acima do asfalto para lhes dar uma boa visão dos dois lados da rodovia. Tem duas portas, uma na frente e uma na traseira, que facilitam a fuga. E os bancos são unidos, compridos o bastante para que todos possam se esticar e descansar um pouco. As chaves continuam na ignição e a bateria ainda funciona.

O cheiro no interior do ônibus é como o de uma marmita cheia de comida mofada, os fantasmas de crianças suadas e indisciplinadas, com luvas molhadas e suor, pairam naquele ar bolorento.

Eles comem carne enlatada, sardinhas e umas torradas caras que provavelmente serviam para enfeitar as bandejas de alguma festa no clube de golfe. Usam lanternas tomando cuidado para não apontá-las pela janela e acabam espalhando os sacos de dormir nos bancos de trás para tirar um cochilo, ou pelo menos algo que chegue perto disso.

Eles se revezam de vigia na cabine, segurando uma das Marlins e utilizando os enormes espelhos laterais para ter uma visão completa da traseira do ônibus. Nick é o primeiro a ficar de sentinela e tenta, sem sucesso, por quase uma hora captar alguma estação no rádio portátil. O mundo acabou, mas pelo menos aquela parte da Interestadual 20 está quieta. As margens da floresta continuam tranquilas.

Quando chega a vez de Brian ficar de sentinela — até agora, ele só conseguiu cochilar por alguns poucos minutos num banco barulhento da traseira do ônibus —, ele alegremente assume o lugar na cabine cheia de alavancas, com odorizador de pinheiro e a fotografia laminada do filhinho do motorista, que há muito já se foi. Não que Brian esteja muito animado com a perspectiva de ser a única pessoa acordada, ou, para todos os efeitos, ter de usar a espingarda de caçar patos. Mesmo assim, ele precisa de um tempo para raciocinar.

Em algum momento antes do sol nascer, Brian ouve a respiração de Penny — quase imperceptível por sobre o leve assobio do vento, que passa entre as janelas — ficando errática e ofegante. A menina dormia a algumas poltronas da cabine, perto do pai.

Agora, a menininha se levanta com um leve susto.

— Ah... Eu peguei... Quer dizer... — A voz dela mal passa de um sussurro. — Acho que peguei.

— Ssshhh... — pede Brian, saindo da cadeira, seguindo pelo corredor até onde está a menina e sussurrando: — Está tudo bem, bonitinha... O Tio Brian está aqui.

— Hm...

— Está tudo bem... Ssshhh... Não vamos acordar o papai.

Brian olha para Philip, todo enrolado num cobertor, o rosto se retorcendo com algum sonho difícil. Ele tomou meia caneca de conhaque antes de deitar e apagar.

— Eu estou bem — murmura Penny com voz de ratinho, olhando para o pinguim de pelúcia nas mãos pequenas e o abraçando como se fosse um talismã. O bichinho está todo sujo e puído, e Brian fica com o coração partido.

— Você teve um pesadelo?

Penny faz que sim.

Brian olha para ela e pensa um pouco.

— Eu tenho uma ideia — sussurra ele. — Por que você não vem até a cabine e me faz um pouco de companhia?

A menina assente.

Ele a ajuda a se levantar e, enrolando um cobertor em volta dela e pegando-a pela mão, silenciosamente a conduz até a cabine. Abaixa um pequeno assento retrátil ao lado da poltrona do motorista e diz:

— Aí está. — Brian dá tapinhas no estofamento gasto. — Você vai ser o copiloto.

Penny se ajeita no banco, com o cobertor bem enrolado em volta dela e do pinguim.

— Está vendo isso aqui? — Brian aponta para um monitor de vídeo pequeno e todo sujo acima do painel, mais ou menos do tamanho de um livro de bolso, onde uma imagem em preto e branco toda granulada mostra como está a estrada atrás deles. O vento faz as árvores farfalharem, e as lâmpadas de sódio iluminam as capotas dos carros despedaçados. — É uma câmera de segurança, por garantia, entendeu?

A garota assente.

— Aqui a gente está seguro, garota — afirma Brian, da maneira mais convincente possível. No início do turno, ele descobriu como girar a chave sem dar partida, acendendo o painel como se fosse uma velha máquina de fliperama sendo ligada. — Está tudo sob controle.

A menina assente.

— Você quer me contar agora? — pergunta Brian baixinho, segundos mais tarde.

Penny parece confusa.

— Contar o quê?

— Sobre o pesadelo. Às vezes ajuda... *contar* para alguém, sabe... Faz o pesadelo desaparecer... *puf*!

Penny dá de ombros levemente.

— Eu sonhei que tinha ficado doente.

— Doente... como as pessoas lá fora?

— É.

Brian respira profunda e longamente, cheio de angústia.

— Escuta só, garota. Seja qual for a doença que esse pessoal pegou, você não vai pegar. Entendido? O seu pai não vai permitir que isso aconteça, nem em um milhão de anos. E *eu* não vou permitir que isso aconteça.

Ela faz que sim com a cabeça.

— Você é muito importante para o seu pai. E é muito importante *para mim* também. — Brian sente um aperto inesperado no peito, a compreensão das próprias palavras, e sente os olhos queimarem. Pela primeira vez desde que saíram da casa dos pais, há mais de dez dias, ele percebe o que sente por aquela menina.

— Tive uma ideia — diz ele, depois de controlar a emoção. — Você sabe o que é uma senha?

Penny o encara.

— É como um código secreto?

— Isso mesmo. — Brian lambe o dedo e então tira uma mancha de poeira da bochecha dela. — Nós dois vamos ter uma senha secreta.

— OK.

— E é uma senha muito especial, tá legal? De agora em diante, sempre que eu disser essa palavra secreta, eu quero que você faça uma coisa para mim. Será que você consegue? Será que você consegue... digamos... sempre se lembrar de fazer isso quando eu disser a palavra secreta?

— Claro. Eu acho.

— Sempre que eu disser a senha, quero que você tape os olhos.

— Tapar os olhos?

— É. E também os ouvidos. Até que eu diga que já pode olhar, tudo bem? E tem mais uma coisinha.

— Tá.

— Sempre que eu falar a senha, quero que você se lembre de uma coisa.

— O que é?

— Eu quero que você se lembre de que vai chegar um dia em que não vai ter mais que fechar os olhos. Vai chegar um dia em que tudo vai melhorar e que toda essa gente doente não vai mais existir. Entendeu?

Ela faz que sim.

— Entendi.

— Então, qual vai ser a palavra?

— Você quer que eu escolha?

— Sim, senhora. A senha é sua. É você quem deve escolher.

A menininha franze o nariz enquanto pensa numa palavra adequada. Vê-la refletindo tanto — e tão intensamente que parece que está calculando o teorema de Pitágoras — volta a apertar o coração de Brian.

Finalmente, a garota olha para Brian e, pela primeira vez desde a erupção da praga, um raio de esperança aparece em seus enormes olhos.

— Já sei.

Ela sussurra a palavra para o bichinho de pelúcia e então volta a olhar para cima.

— E o pinguim aprovou.

— Que ótimo. Então, deixa de fazer suspense.

— *Longe* — diz ela. — O código secreto vai ser *longe*.

O alvorecer cinzento chega em etapas. Primeiro, uma calma sinistra se instala na rodovia, com o vento parando de soprar as árvores e então um luminoso alvorecer amarelo sobre a borda da floresta acorda a todos e os coloca em ação.

O sentimento de urgência é quase imediato. Eles se sentem nus e expostos fora do veículo, de modo que todos se concentram no que têm a fazer: empacotar tudo, voltar ao Suburban e tirar aquela coisa do atoleiro.

Eles percorrem os 400 metros de volta até o utilitário em 15 minutos, carregando os cobertores e o excesso de comida nas mochilas. Encontram um único zumbi no trajeto, uma adolescente perdida, e Philip dá cabo dela rapidamente, enfiando a machadinha em seu crânio, enquanto Brian murmura a senha para Penny.

Quando chegam até o Suburban, trabalham em silêncio, sempre atentos às sombras na floresta vizinha. Primeiro, tentam jogar mais peso à traseira do carro, com Nick e Philip no compartimento traseiro e Brian tentando acelerar no banco do motorista e empurrando com a perna do lado de fora. Não dá certo. Aí eles procuram nas redondezas alguma coisa para fazer tração debaixo das rodas. Precisam de uma hora inteira, mas acabam descobrindo duas paletas quebradas jogadas numa vala de escoamento, levam-nas até o carro e as inserem debaixo das rodas.

Também não funciona.

De alguma maneira, a lama debaixo do utilitário está tão saturada de umidade, dejetos, óleo e sabe lá Deus mais o quê que ela simplesmente só faz o veículo afundar ainda mais, com o Suburban se inclinando cada vez mais na direção da ribanceira. Mas eles se recusam a desistir. Movidos por uma ansiedade implacável a respeito de alguns ruídos inexplicáveis que vêm do pinheiral próximo — galhos se partindo, batidas graves e surdas à distância —, assim como o temor constante e velado de perderem todos os suprimentos e posses que estão dentro do Suburban, que segue afundando, ninguém está disposto a encarar o fato de que a situação fica mais desesperadora a cada instante.

No meio da tarde, depois de trabalharem várias horas, só pararem para o almoço, e então trabalharem por mais duas horas, tudo o que conseguiram foi fazer com que o utilitário deslizasse mais 2 metros pela enlameada ribanceira, enquanto Penny fica dentro do veículo, às vezes brincando com o pinguim e às vezes grudando o rosto irritado na janela.

Nesse ponto, Philip se ergue no meio do atoleiro e olha para o horizonte que se estende a oeste.

O céu carregado começou a escurecer e virar noite, e a perspectiva de ela cair em breve faz com que os instintos de Philip se agucem. Coberto de lama e empapado de suor, ele tira a bandana e enxuga o pescoço.

Ele está prestes a falar alguma coisa quando mais uma barulheira vinda das árvores desvia sua atenção para o sul. Há muitas horas que os estalos e os ruídos de galhos partindo — talvez passos, talvez não — se aproximam.

Nick e Brian, ambos enxugando as mãos com retalhos de pano, vão se juntar a Philip. Nenhum deles diz nada por um momento. As expressões de todos refletem a dura realidade e quando mais um estalo vem do lado das árvores, tão sonoro quanto um tiro, Nick decide falar:

— Acho que está tudo mais do que claro, né?

— A noite vai cair em breve — diz Philip, e enfia o lenço no bolso.

— O que você acha, Philly?

— Que está na hora de acionar o Plano B.

Brian engole em seco, olhando para o irmão.

— Eu não sabia *havia* um Plano B.

Philip olha longamente para o irmão e, por um momento, sente um misto esquisito de raiva, pena, impaciência e afeição. Então Philip olha para o Suburban velho e enferrujado e sente uma pontada de melancolia, como se estivesse prestes a dizer adeus a um velho amigo.

— Agora tem.

Eles tiram a gasolina do Suburban e passam para os tanques de plástico que trouxeram de Wiltshire. Depois, têm sorte suficiente de encontrar um Buick LeSabre grande, último modelo, com as chaves ainda na ignição, abandonado no acostamento da estrada, a cerca de 200 metros dali. Eles ligam o Buick e o levam até onde está o utilitário atolado. Enchem o Buick de gasolina e transferem o máximo de suprimentos que conseguem espremer no imenso porta-malas do carro.

Então partem com o sol se pondo, todos olhando para o utilitário atolado, que fica a distância, como um navio naufragando no esquecimento.

As indicações da chegada do Apocalipse surgem dos dois lados da estrada com uma frequência assustadora. À medida que se aproximam da cidade, serpenteando com crescente dificuldade entre os destroços abandonados — a floresta diminuindo e dando espaço a um número cada vez maior de condomínios residenciais, shoppings e edifícios de escritórios —, os sinais da maldição estão por toda parte. Eles passam por um Wal-Mart escuro e deserto, com as vidraças quebradas e um mar de roupas e mercadorias espalhadas pelo estacionamento. Percebem a crescente falta de energia elétrica, com comunidades inteiras no escuro e silenciosas como túmulos. Passam por shoppings totalmente saqueados e advertências bíblicas rabiscadas nas chaminés. Veem até um avião monomotor emaranhado numa imensa torre de eletricidade, ainda soltando fumaça.

Em algum lugar entre Lithonia e Panthersville, a traseira do Buick começou a tremer freneticamente e Philip se dá conta de que o carro está com dois pneus furados. Talvez já estivessem furados quando o pegaram — quem é que vai saber? Mas não há tempo para parar e consertar, nem para discutir o assunto.

A noite volta a coagi-los e, quanto mais se aproximam dos arredores de Atlanta, mais as ruas estão apinhadas com carcaças dos destroços de carros abandonados. Ninguém fala em voz alta, mas estão todos começando a imaginar se não chegariam mais rápido a pé. Mesmo as avenidas próximas como Hillandale e Fairington estão totalmente bloqueadas por carros vazios, espalhados como peças de dominó no meio da rua. Nesse ritmo, vão demorar uma semana para entrar na cidade.

E é por isso que, nesse ponto, Philip toma a decisão de comando de deixar o Buick ali mesmo, empacotar tudo o que for humanamente possível carregar, e seguir a pé. Ninguém fica extasiado com a ideia, mesmo assim eles vão em frente. A alternativa de procurar no escuro, no meio daquele engarrafamento congelado, dois pneus novos ou um veículo adequado para substituir o Buick não parece viável no momento.

Eles rapidamente tiram o que é imprescindível da mala do Buick e enchem as mochilas de suprimentos, cobertores, comida, armas e água. Estão ficando craques em se comunicar por sussurros, gestos e meneios de cabeça — e totalmente atentos ao barulho distante dos mortos, sons que se erguem e diminuem na escuridão além da estrada, misturando-se às árvores e vindo de trás dos edifícios. Philip tem as costas mais fortes, por isso fica com a mochila mais pesada. Nick e Brian também carregam mochilas mais do que abarrotadas. Até Penny aceita carregar uma pequena mochila com roupa de cama.

Philip pega a pistola Ruger, duas machadinhas — cada uma enfiada de um lado do cinto — e uma ferramenta que também se parece com um machado para ir cortando os arbustos, que ele põe junto à coluna, entre a mochila e a manchada camisa de cambraia. Brian e Nick carregam, cada um, uma Marlin 55, além de uma picareta amarrada na lateral das respectivas mochilas.

E assim eles começam a caminhar para o oeste e, dessa vez, ninguém olha para trás.

Quatrocentos metros adiante, eles chegam a uma travessa obstruída por um trailer Airstream todo quebrado. A cabine está enroscada num poste da companhia telefônica. Todas as luzes da rua se apagaram e, na mais completa escuridão, pode-se ouvir o barulho de alguma coisa se debatendo no interior do trailer destruído.

Isso faz todo mundo parar de repente no acostamento debaixo do viaduto.

— Meu Deus, pode ser alguém... — Brian se interrompe, quando vê o irmão levantar a mão.

— Sssshhhhh!

— Mas e se....

— Quieto! — Philip estica a cabeça para ouvir. Sua expressão é totalmente fria e imóvel. — Por aqui. Vamos!

Philip conduz o grupo por um barranco pedregoso no lado norte do cruzamento, todos descendo o morro com agilidade e cuidado para não escorregar no cascalho molhado. Brian está no fim da fila, perguntando-se o que aconteceu com as normas de conduta, perguntando-se se acabaram de abandonar um ser humano à própria sorte.

Mas seus pensamentos são interrompidos pelo mergulho na escuridão ainda maior do campo.

Eles seguem por uma rua asfaltada de mão dupla chamada Miller Road, para o norte, no meio da escuridão. Por cerca de 1,5 quilômetro, eles não encontram mais do que uma área esparsamente ocupada por parques industriais e fundições, com placas tão enigmáticas como desenhos nas cavernas: Barloworld Máquinas, Atlas Ferramentas e Pintura, Hughes Materiais de Construção, Simcast Eletrônica, Aços Peachtree. O ritmo arrastado dos passos no asfalto se mistura à respiração, cada vez mais ofegante. O silêncio começa a irritá-los. Penny está ficando cansada. Eles ouvem um farfalhar na floresta, imediatamente à direita.

Finalmente, Philip ergue a mão e aponta para uma fábrica baixa e comprida, que se estende por vários metros.

— Esse lugar serve — diz ele, num leve murmúrio.

— Serve *para quê*? — pergunta Nick, resfolegante e parando ao lado de Nick.

— Para passar a noite — diz Philip, sem nenhuma emoção na voz.

Ele lidera o grupo para além de uma placa baixa e não iluminada que diz CORPORAÇÃO GEORGIA PACIFIC.

Philip entra pela janela do escritório. Ele fez todo mundo se abaixar nas sombras do lado de fora da porta principal, enquanto passava pelos corredores vazios e entulhados até o galpão que fica no centro do edifício.

O lugar é escuro como um túmulo. Philip ouve o próprio coração bater conforme caminha com as duas machadinhas nas laterais do corpo. Ele tenta acender um interruptor, sem sucesso. Mal percebe o aroma pungente de celulose que permeia a atmosfera — o cheiro pegajoso de seiva — e quando chega até as portas de segurança, ele as abre devagar com a ponta do pé.

O galpão tem mais ou menos o tamanho de um hangar de avião, com gruas gigantescas penduradas acima, várias fileiras de refletores apagados e um cheiro de papel sufocante como o de talco. Um feixe de luar passa por entre as enormes claraboias. O chão é dividido em duas fileiras com imensos rolos de papel, tão grandes como troncos de sequoia, e tão brancos que parecem brilhar na escuridão.

Algo se move a certa distância.

Philip prende as machadinhas dos dois lados do cinto e então pega o coldre da Ruger. Ele saca a arma, prepara-se para atirar e levanta o cano na direção de um vulto escuro que sai cambaleante de detrás de uma pilha de estrados. O vagabundo da fábrica se move pelas sombras na direção de Philip, lentamente, esfomeado, a frente do macacão jeans coberto de sangue e vômito seco, o rosto indolente cheio de dentes brilhando à luz do luar que passa pela claraboia.

Um tiro abate o moribundo; o som ecoa como se fosse um tambor de latão naquele depósito cavernoso.

Philip faz uma varredura do resto do galpão e encontra mais dois zumbis: um homem mais velho e gordo — o antigo vigia, pelo que dava para perceber do uniforme rasgado e um sujeito mais novo; cada um saiu arrastando a droga do esqueleto de detrás das prateleiras de armazenamento.

Philip não sentiu nada ao explodir a cabeça dos dois, à queima-roupa.

No caminho de volta até a entrada, ele encontra um quarto zumbi nas sombras, preso entre dois imensos rolos de papel. A metade inferior do antigo operador de empilhadeira está comprimida entre dois cilindros que refletem um branco ofuscante, totalmente irreconhecível de tão esmagada, todos os fluidos do homem formando uma poça seca no chão de cimento abaixo dele. A parte de cima da criatura se contorce e estremece, os olhos leitosos ainda estupidamente abertos.

— O que houve, amigo? — pergunta Philip, enquanto se aproxima com a arma na cintura. — Mais um dia, mais dinheiro no bolso, né?

O zumbi mordisca inutilmente o ar entre o rosto dele e o de Philip.

— Perdeu a hora do almoço?

Chomp.

— Então coma isso.

O tiro da .22 ecoa na hora em que a bala atravessa o osso orbital do operador da empilhadeira, deixando o olho leitoso todo preto e mandando uma parte do hemisfério parietal pelos ares. O jato — uma mistura de sangue, tecidos e fluido cerebrospinal — esguicha sobre os rolos de papel imaculadamente brancos, enquanto a metade superior daquela coisa murcha como macarrão.

Philip fica admirando a obra de arte — a tinta escarlate sobre a área de alvura celestial — por algum tempo, antes de voltar para os outros.

SETE

Eles passam a noite na sala do gerente, cercada de vidro, bem acima do andar principal do armazém da Georgia Pacific. Utilizam as lanternas à pilha, arrastam mesas e cadeiras para o lado e esticam os sacos de dormir por sobre o piso de linóleo.

O antigo ocupante devia praticamente morar naquele pequeno ninho de quase 20 metros quadrados, porque havia CDs, um aparelho de som, um forno de micro-ondas, um pequeno refrigerador (a comida já estava quase toda estragada), gavetas cheias de chocolates, ordens de trabalho, garrafas de bebida pela metade, material de escritório, camisas novas, cigarros, canhotos de talão de cheque e revistas pornôs.

Philip passa a noite inteira sem falar uma palavra. Fica simplesmente sentado ao lado da janela com vista para o chão do armazém, às vezes sorvendo um gole do uísque que encontrou na mesa, enquanto Nick fica do outro lado, sentado no chão, lendo uma brochura bíblica em silêncio, à luz de uma lanterna. Nick diz que carrega o livrinho cheio de orelhas aonde quer que vá; mas os outros raramente o viram lendo... até agora.

Brian se obriga a engolir um pouco de sardinha em lata e biscoitos salgados, e tenta fazer Penny comer um pouco, mas ela recusa. Parece estar se retraindo cada vez mais, o olhar mostra uma espécie de brilho fixo que para Brian parece ligeiramente catatônico. Mais tarde, Brian dorme ao lado dela, enquanto Philip cochila na cadeira giratória ao lado da janela engordurada com tela de arame, pela qual os antigos gerentes vigiavam os vagabundos. Essa é a primeira vez que Brian vê o irmão imerso demais nos próprios pensamentos para dormir ao lado da filha, o que não lhe parece um bom sinal.

Na manhã seguinte, eles acordam ao som de latidos de cães do lado de fora.

A luz pálida e pardacenta entra pelas janelas no alto e eles se arrumam rapidamente. Ninguém tem o menor apetite para tomar café da manhã, então usam o banheiro, põem esparadrapos nos pés para evitar bolhas e vestem um par de meias por cima do outro. Os calcanhares de Brian já estão doendo por conta dos poucos quilômetros que tiveram que percorrer e não há como dizer o quanto caminharão hoje. Cada um leva uma muda de roupa, mas ninguém tem energia para vestir nada limpo.

Na saída, cada um — com exceção de Philip — evita escrupulosamente olhar para os corpos caídos nas poças de horror, espalhados pelo armazém.

Philip parece fissurado pela visão dos corpos iluminados pela luz do dia.

Do lado de fora, eles descobrem a fonte dos latidos. A cerca de 100 metros a oeste do armazém, uma matilha de cachorros de rua, a maioria vira-latas, está lutando por alguma coisa esfarrapada e cor-de-rosa no chão. Quando Philip e os outros se aproximam, os cachorros fogem, deixando na lama o objeto da atenção. Brian identifica o que é quando passam por ele e gentilmente sopra para Penny a senha: *longe*.

A coisa é um braço humano decepado e tão mastigado que parece pertencer a uma boneca de pano molhada.

— Não olhe, meu amorzinho — sussurra Philip para a filha, e Brian puxa Penny para perto, cobrindo os olhos da menina.

Eles se arrastam para o oeste, silenciosamente, os passos leves e cuidadosos, como ladrões se esgueirando ao sol da manhã.

* * *

Seguem por uma rua paralela à rodovia, chamada Snapfinger Drive. O asfalto negro serpenteia por reservas florestais vazias, vilas residenciais abandonadas e shoppings saqueados. À medida que passam pelas regiões cada vez mais povoadas, as margens da rua exibem horrores que nenhuma menina jamais deveria ver.

O campo de futebol de uma escola repleto de corpos decapitados. O necrotério foi coberto de tábuas e lacrado *por fora* — com os terríveis sons dos mortos-vivos arranhando a porta para tentar sair. Philip procura ardorosamente um veículo adequado para pegar, mas a maioria dos carros na Snapfinger está jogada em valas com as carcaças queimadas, ou parada no acostamento com dois ou até mesmo três pneus furados. Sinais de trânsito, a maioria piscando amarelo ou totalmente apagada, se erguem acima dos cruzamentos obstruídos.

A rodovia, que pode ser vista de um planalto a uns 100 metros à esquerda, está cheia de mortos-vivos. Frequentemente os restos destroçados de uma pessoa cruzam os raios distantes do sol nascente, ao que Philip faz sinal para todo mundo se abaixar e ficar quieto. Mas, apesar de todo o árduo processo de se esconder atrás das árvores ou dos destroços toda vez que sentem a presença de alguém por perto, eles conseguem cobrir uma boa distância naquele dia.

Sem encontrar outros sobreviventes.

Mais para o fim da tarde, o tempo fica claro e ensolarado — ironicamente, em qualquer outro contexto, aquela seria uma bela tarde de início de outono —, a temperatura em torno dos 15 graus. Às 17 horas, os homens estão suados e Penny amarrou o moletom na cintura. Philip calcula o progresso deles, tirando meia hora de descanso para o almoço, e imagina que tenham caminhado uns 800 metros por hora, atravessando quase 12 quilômetros em meio à selva suburbana.

Mesmo assim, nenhum deles se dá conta do quanto estão perto da cidade até chegarem a uma colina enlameada que se ergue no meio dos pinheiros, a oeste de Glenwood, com uma igreja batista no alto ainda soltando fumaça de algum distúrbio recente e o campanário totalmente em ruínas.

Exaustos, esgotados e famintos, eles seguem pela rua sinuosa até o alto do morro e, quando chegam ao estacionamento da igreja, todos ficam parados por um momento, olhando para o horizonte no lado oeste, inesperadamente maravilhados.

O horizonte de edifícios, a apenas 5 quilômetros de distância, é quase radiante ao pôr do sol.

Para garotos que foram criados a cerca de 300 quilômetros da grande capital do Novo Sul, Philip e Brian Blake passaram muito pouco tempo em Atlanta. Nos dois anos e meio em que dirigiu caminhões para a Harlo Electric, Philip fez algumas entregas por lá. E Brian viu alguns shows no Civic Center, no Earl, no Georgia Dome e no Fox Theater. Mas nenhum deles conhecia bem a cidade.

Na beira do estacionamento da igreja, com o cheiro acre do apocalipse no nariz, os prédios a distância refletem a luz com uma espécie de grandiosidade inatingível. Sob a luz tênue, eles podem ver o alto do capitólio com a torre dourada, os monólitos espelhados do Complexo Concourse, as imensas torres do Peachtree Plaza e o topo do edifício Atlantic, mas tudo isso tem um ar de *miragem*, que dá uma sensação de "cidade perdida de Atlântida".

Brian está prestes a falar alguma coisa sobre aquilo estar tão perto e tão longe ao mesmo tempo — ou talvez fazer um comentário sobre eles não saberem as condições das ruas lá embaixo —, quando vê um borrão pelo canto do olho.

— Olha lá!

Penny saiu em disparada, inesperada e rapidamente, gritando de emoção.

— PENNY!

Brian sai correndo atrás da menina, que está partindo para o lado leste do estacionamento da igreja.

— SEGURA ELA! — grita Philip, correndo atrás de Brian, que está a toda velocidade atrás da menina.

— Olha lá! Olha lá! — As perninhas de Penny correm freneticamente enquanto ela dispara para uma estrada lateral, cujas curvas descem pelo outro lado do morro. — Um policial! — Aponta enquanto corre. — Ele vai salvar a gente!

— PENNY, PARA!

A menininha dá a volta num portão de saída e parte para a estrada.

— Ele vai salvar a gente!

Brian consegue chegar ao fim da cerca numa corrida desabalada e vê um carro de patrulha a cerca de 50 metros, estacionado ao lado da estrada, debaixo de um imenso carvalho. Penny se aproxima do Ford Crown Victoria azul-marinho com o emblema da polícia de Atlanta na porta, o tradicional friso vermelho e a sirene no teto, onde uma silhueta está curvada atrás do volante.

— Para, querida!

Brian percebe que Penny estacou de repente do lado de fora da porta do motorista, ofegante da corrida, e olha fixamente para o homem debruçado ao volante.

A essa altura, Philip e Nick já alcançaram Brian, e Philip passa à frente do irmão. Ele corre até a menininha e a recolhe do chão, como se a estivesse tirando de um incêndio.

Brian se aproxima do carro da polícia e olha pela janela semiaberta do lado do motorista.

Um dia, aquele policial foi um sujeito branco e grande, com longas costeletas.

Ninguém diz nada.

No colo do pai, Penny solta um gritinho ao ver o homem de uniforme pela janela, lutando contra o cinto de segurança. Pela roupa dele e pela insígnia, assim como pela palavra TRÁFEGO escrita na parte da frente do carro, percebe-se que algum dia foi um oficial de baixo escalão, provavelmente designado para os subúrbios da cidade, levando carros abandonados para os depósitos da Fayetteville Road.

Agora o homem se revira no assento, preso ao cinto de segurança, do qual não consegue se livrar, com a boca aberta e babando diante da bela refeição à sua frente. Suas feições estão inchadas e deformadas, da cor do orvalho, os olhos como moedas sujas. Ele rosna para os seres humanos, estalando os dentes com um apetite feroz.

— Isso é absolutamente patético — declara Philip, sem se dirigir a ninguém em particular.

— Eu fico com ela — diz Brian, se aproximando e estendendo os braços para Penny.

O policial morto, sentindo o cheiro de comida, tenta morder Brian, forçando o cinto e fazendo a lona ranger.

Brian dá um pulo para trás, assustado.

— Ele não pode te machucar — responde Philip baixinho, num tom de voz assustadoramente casual. — Não consegue nem tirar o cinto.

— Tá de brincadeira — comenta Nick, olhando por cima do ombro de Philip.

— Um pobre coitado filho da puta.

O policial morto solta um grunhido.

Penny sobe nos braços de Brian, que recua um passo, segurando a garota com força.

— Vamos lá, Philip. Vamos embora.

— Só um minuto. Aguenta aí.

Philip saca a .22 do cinto.

— Vamos lá, cara — resmunga Nick. — O barulho só vai atrair mais deles. Vamos dar o fora daqui.

Philip aponta a arma para o policial, que se cala ao ver o cano apontado para ele. Mas Philip não puxa o gatilho. Apenas sorri e faz um barulho, como se estivesse silenciando uma criança: *sssh-sssh-sssh...*

— Philip, vamos embora — murmura Brian, ajeitando o peso de Penny nos braços. — Esse troço nem...

Brian para e olha fixamente.

O policial morto está completamente hipnotizado pela visão da Ruger apontada para ele. Brian se pergunta se naquele rudimentar sistema nervoso existe algum sinal sendo enviado para uma memória muscular distante, nas profundezas daquelas moribundas células cerebrais. A expressão dele se modifica. Aquele rosto abominavelmente monstruoso murcha como se fosse um suflê estragado e o troço fica quase triste. Ou até mesmo assustado. É difícil dizer o que está se passando por trás daquela boca rosnante e aquela máscara de tecidos necrosados, mas alguma coisa faísca nos olhos cinzentos: seria um traço de medo?

Uma inesperada onda de emoção se apodera de Brian Blake, tomando-o de surpresa. É difícil especificar o que é: em parte é repulsa, em parte é pena, em parte é nojo, em parte é tristeza e em parte é raiva. De repente, ele põe Penny no chão e gentilmente faz ela se virar na direção da igreja.

— Este é um momento para *longe*, bonitinha — informa Brian mansamente e então se vira para encarar o irmão.

Philip está provocando o zumbi.

— Apenas relaxe e acompanhe o círculo indo de um lado para o outro — diz para a criatura babona, sacudindo o cano da arma lentamente, para trás e para a frente.

— Deixa eu fazer — diz Brian.

Philip congela. Ele se vira e olha para o irmão.

— O que foi?

— Me dá o revólver. Eu acabo com ele.

Philip olha para Nick e Nick olha para Brian.

— Ei, cara. Você não está querendo dizer que...

— Me dá essa arma!

O sorriso que começa a se formar na ponta dos lábios de Philip é complexo e sem graça.

— Como quiser, meu caro.

Brian pega a arma e, sem hesitar, dá um passo à frente, enfia-a no carro e pressiona o cano contra a cabeça do policial morto, se preparando para disparar um único tiro. Mas... o dedo simplesmente não responde. O dedo no gatilho simplesmente não obedece ao comando que o cérebro está lhe dando.

Naquele silêncio confuso, o zumbi simplesmente baba, como se estivesse esperando alguma coisa.

— Devolve a arma, meu caro.

Para Brian, a voz de Philip parece estar a quilômetros de distância.

— Não... Eu acabo com ele.

Brian trinca os dentes e tenta puxar o gatilho, mas o dedo está congelado. Os olhos estão queimando. O estômago está apertado.

O policial morto rosna.

Brian começa a tremer e Philip dá um passo à frente.

— Devolve essa arma.

— Não.

— Vamos lá, homem. Devolve para mim.

— Este aqui é meu! — Brian esfrega os olhos com a manga da camisa. — É meu, caramba!

— Vamos. — Philip pega a arma. — Já chega.

— *Merda!* — diz Brian, abaixando a arma, as lágrimas se acumulando nos olhos. Ele não consegue. Precisa admitir isso. Devolve a arma ao irmão e dá um passo atrás, cabisbaixo.

Philip acaba com o sofrimento do policial com um único tiro que manda um jato de sangue na direção do interior do para-brisa. O estampido ecoa pela paisagem desoladora.

O tira morto desaba sobre o volante.

Passam-se muitos segundos enquanto Brian luta contra as lágrimas e tenta esconder a tremedeira. Ele olha para os restos do policial pela janela. Sente vontade de lhe dizer "sinto muito", mas acaba não fazendo. Só fica olhando para o corpo desfalecido que o cinto mantém no lugar.

A voz fraca de uma criança faz-se ouvir atrás deles, como se fossem asas batendo.

— Pai... Tio Brian... Tio Nick? Tem... uma coisa ruim acontecendo.

Os três dão meia-volta quase que simultaneamente. Os olhares se voltam para o estacionamento da igreja, para onde Penny aponta.

— Puta que o *pariu* — reage Philip, vendo o pior dos casos se materializar bem diante dos olhos.

— Meus Deus — diz Nick.

— Merda, merda... e merda! — Brian sente a coluna ficar toda fria ao olhar para a frente da igreja.

— Vamos lá, querida. Por aqui. — Philip vai até a menina e a cutuca gentilmente. — Nós vamos pegar emprestado o carro desse policial gentil.

Ele mete o braço pela janela do motorista, destrava o trinco, abre a porta, solta o cinto de segurança e puxa o corpo desfalecido de dentro do veículo. O zumbi se estira no chão com o sonoro ruído de uma fruta madura caindo.

— Todo mundo para dentro. Rápido! Joguem as coisas lá atrás e entrem!

Brian e Nick dão a volta para o outro lado, abrem as portas, jogam as mochilas lá dentro e entram.

Philip empurra Penny pelo centro do carro e a coloca no banco do carona. Senta atrás do volante. As chaves estão na ignição.

Philip gira as chaves.

O motor só estala.

O painel mal se ilumina. Só restou um pouquinho de bateria.

— Puta que o pariu! QUE INFERNO! — Philip olha pela janela, na direção da igreja. — Tudo bem. Só um minuto. Peraí... espera. — Ele olha rapidamente pelo para-brisa e vê que a rua se transforma numa descida bastante íngreme, que vai dar numa cancela ferroviária. Olha para Brian e Nick.

— Vocês dois, para fora. Agora!

Brian e Nick se entreolham assustados. O que eles veem saindo da igreja — provavelmente atraídos pelas vozes e pelo disparo da arma — ficará na memória por muitos e muitos anos. Infelizmente, também ficaria na imaginação de Penny, e talvez de maneira até mais impressionante: mortos-vivos se materializando por trás das aberturas dos vitrais e das portas semiabertas, alguns deles ainda vestidos com hábitos esfarrapados e ensanguentados, alguns em paletós de domingo e vestidos de crepe ensopados de bile. Alguns roem partes de corpos que foram arrancadas, enquanto outros carregam consigo outras partes, os órgãos ainda pendurados, da orgia asquerosa que aconteceu no interior da capela. São pelo menos cinquenta criaturas, talvez mais, caminhando lado a lado, se dirigindo lascivamente para onde está o carro da polícia.

Por um único momento, antes de abrir a porta e se juntar a Nick do lado de fora do carro, um pensamento estranho passa pela cabeça de Brian: *Eles caminham como um só — mesmo na morte, como se formassem uma congregação unida —, como marionetes de uma mente superior.* Mas a ideia rapidamente foge de sua cabeça quando ele ouve mais um grito do irmão, no volante do carro de polícia.

— EMPURREM ESSE TROÇO COM TODA A FORÇA QUE TIVEREM E PULEM PARA DENTRO!

Agora Brian se junta a Nick atrás do carro e, sem sequer pensar muito a respeito, começa a empurrar. A essa altura, Philip colocou o carro em ponto morto e está com a porta aberta e a perna do lado de fora, empurrando o veículo com todas as suas forças.

Demora alguns momentos para eles pegarem velocidade — com a horda que vem da igreja se aproximando constantemente, deixando cair seus horríveis tesouros diante da promessa de carne fresca —, mas logo o carro acelera colina abaixo, cada vez mais rápido, até o ponto em que Brian e Nick têm que pular para dentro. Nick consegue agarrar a antena para se apoiar. Brian consegue passar metade do corpo pela porta traseira, mas não consegue passar o resto sem cair, por isso segura com toda a força a moldura da porta.

A essa altura, o carro já desceu metade da encosta e colocou uma boa distância entre eles e o sem número de mortos-vivos que vêm se arrastando lá atrás. O próprio peso do carro aumenta a inércia. Agora, o Crown Victoria mais parece um carro desgovernado, quicando pelo asfalto na direção do cruzamento ao pé do morro. O vento bate nos cabelos de Brian enquanto ele se segura, temendo pela própria vida.

Nick grita alguma coisa, mas o barulho do vento e dos pneus quicando abafa a voz. Ao pé do morro fica um pátio de manobras da Conrail desativado, com um labirinto de trilhos fossilizados no solo da Geórgia e um amontoado de depósitos e de escritórios como se fossem ruínas podres, enegrecidas e pré-históricas. Philip está gritando alguma coisa que Brian não consegue escutar.

Eles chegam ao pé da montanha e o volante trava.

O carro da polícia bate nos trilhos e vai deslizando até o pátio de manobras. Philip não tem como girar o volante. O carro derrapa. As rodas atravessam as cinzas e o atrito do chassi com o ferro provoca fagulhas.

Brian e Nick se seguram com força, até o carro finalmente parar, no meio de uma nuvem de fumaça preta.

— Peguem as coisas! Todo mundo! Agora! — Philip já está com a porta aberta e puxando Penny para fora. Brian e Nick saem pelas portas de trás e se juntam a Philip, que joga a mochila sobre um ombro e segura a filha no outro braço.

— Por aqui! — diz e aponta com o queixo para uma rua estreita a oeste.

E eles saem correndo do pátio de manobras.

Uma série de lojas fechadas com tábuas e edifícios incendiados se estende por uma transversal de paralelepípedos.

Eles passam rapidamente, permanecendo embaixo de uma fila de toldos do lado sul da rua, os ombros roçando em portas pichadas e janelas manchadas. A noite está caindo e as sombras ficam mais longas no chão, o que os enche de tristeza.

A sensação de estar cercado é arrebatadora, embora, no momento, não vejam nenhuma criatura, só um longo corredor de lojas sujas e obsoletas que um dia serviram a esse subúrbio abandonado e carcomido de Atlanta: casas de penhor, de câmbio, fiadores, lojas de autopeças, tavernas e brechós de má qualidade.

Enquanto passam pelas vitrines quebradas, ofegantes com todo o peso que têm de carregar, não se atrevendo a fazer qualquer barulho desnecessário, a necessidade de entrar em algum lugar começa a tomar conta deles. A noite está caindo e o lugar vai se tornar um breu em menos de uma hora. Eles não têm mapa, GPS, bússola e nenhuma referência de onde estão, a não ser o horizonte de edifícios vários quilômetros a oeste dali.

Brian sente a ansiedade espetar a nuca como se fosse um dedo frio.

Eles dobram uma esquina.

Brian é o primeiro a ver a oficina mecânica, mas Philip a percebe uma fração de segundo depois e acena em direção a ela.

— Estão vendo ali na esquina?

— Sim, sim... parece bom — diz Nick, vendo-a agora.

E *realmente* parece ser um bom lugar: na esquina sudoeste de um cruzamento deserto, a apenas uma quadra dali, a Oficina de Consertos Donlevy parece ser o único lugar na área abandonada dotado de algum tipo de vida — embora aparentemente esteja fechada pela temporada.

Eles correm para o edifício.

Ao se aproximarem, percebem que o terreno de 2.000 metros quadrados foi pavimentado recentemente. As duas ilhas de bombas de gasolina na frente, limpas e aparentemente funcionando, ficam bem embaixo de uma imensa placa da Chevron. O edifício em si — ladeado por várias colunas de pneus novos, com duas portas de garagem gigantescas de um lado — é uma estrutura reluzente de aço e vidro reforçado. Há também um segundo andar, onde deve ficar um escritório ou mais uma parte da loja de conveniência.

Philip os conduz até os fundos. O lugar é limpo, com duas latas de lixo recém-pintadas encostadas na parede. Eles procuram uma porta ou uma janela, mas não encontram nada.

— E que tal a porta da frente? — pergunta Brian quase sem voz e sem fôlego, ao pararem ao lado das latas de lixo. Dá para ouvir a congregação se aproximando pela rua, os passos arrastados, o coro de grunhidos daqueles mais de cinquenta zumbis.

— Tenho certeza que está trancada — responde Philip, o rosto duro e fechado brilhando com o esforço de carregar a mochila e a filha. No ombro dele, Penny chupa o polegar nervosa e compulsivamente.

— Como você sabe?

Philip dá de ombros.

— Talvez valha a pena tentar.

Eles dão a volta na parte de trás do edifício e se postam nas sombras formadas pelos toldos da Chevron, enquanto Philip põe a mochila e Penny no chão e corre até a porta de entrada. Puxa a maçaneta.

Está aberta.

OITO

Eles se escondem um tempo no escritório do posto de gasolina, debaixo do balcão do caixa e ao lado de uma coluna de barras de chocolate e batatas-fritas.

Philip fecha a porta e rasteja até os outros nas sombras, vendo a parada de zumbis passar pela rua, ultrapassando a loja, sem ter ideia de onde a caça está escondida, vagando estupidamente com os olhos pequenos, como se fossem cachorros atrás de sons agudos demais para o ouvido humano.

Do ponto onde estão, olhando pelas janelas reforçadas de malha de fibra de vidro, Brian tem a chance de examinar o clérigo morto e os paroquianos esfarrapados que passam atabalhoadamente diante do posto de gasolina. Como foi que todos os crentes dessa igreja se transformaram? Será que se reuniram como cristãos amedrontados depois da praga, agarrando-se uns aos outros em busca de apoio e conforto? Será que ouviram sermões incendiários dos pregadores sobre o Apocalipse de São João? Será que os pastores cantaram furiosamente as parábolas de advertência: "E o quinto anjo tocou a trombeta e vi uma estrela que do céu caíra sobre a terra. E foi-lhe dada a chave do poço do abismo!"

E como foi que o primeiro deles virou zumbi? Foi alguém na última fileira que teve um infarto? Terá sido um ritual de suicídio? Brian imagina uma daquelas senhoras negras — com o corpo entupido de colesterol, as mãos inchadas e enluvadas se abanando — de repente contorcendo o imenso corpo ao primeiro sinal de um ataque cardíaco. E minutos depois, ou talvez em uma hora, ou algo assim, a mulher se levanta com o rosto porcino tomado por uma *nova religião*, uma fé selvagem e peculiar.

— Fiéis de merrrda! — grunhe Philip do outro lado do caixa. Então se vira para Penny e engole em seco. — Desculpe o palavreado, meu amorzinho.

Eles exploram a oficina. O lugar é seguro e bem-conservado, frio, mas limpo, com o chão varrido, as prateleiras em ordem, o ar frio tomado pelo cheiro de borracha nova e a fragrância até que agradável de combustível e fluidos. Eles percebem que podem passar a noite ali, mas é só quando vão investigar o imenso pátio da oficina que fazem a descoberta mais impressionante de todas.

— Puta merda, é um tanque! — grita Brian, de pé no cimento frio, apontando a lanterna para a belezinha preta estacionada num canto, debaixo das cobertas de lona.

Os outros se reúnem em volta daquele único veículo parado no meio da escuridão. Philip retira as lonas. É o último modelo do Cadillac Escalade, em excelente estado, a pintura ônix brilhando na luz amarela.

— Provavelmente era do dono disso aqui — arrisca Nick.

— Recebemos um presente de Natal antecipado — declara Philip, chutando um dos enormes pneus com a bota toda enlameada. O utilitário de luxo é enorme, com grandes para-choques feitos sob medida, gigantescos faróis verticais e imensas e reluzentes rodas cromadas. O tipo de automóvel que integraria a frota de uma agência secreta do governo, os vidros escuros sinistros refletindo o facho da lanterna.

— E não tem ninguém dentro, né? — Brian joga a lanterna sobre os vidros escurecidos.

Philip saca a .22 do cinto, abre a porta e aponta o cano para o interior vazio e completamente limpo, com acabamentos de madeira, bancos de couro e um painel que mais parece de um avião.

— Aposto um dólar que as chaves estão em alguma gaveta por aí — diz Philip.

A situação toda com o policial e o pessoal da igreja parece ter jogado Penny num estupor ainda maior. Naquela noite, ela dorme em posição fetal, no chão da oficina, toda enrolada nos cobertores e com o dedão na boca.

— Não a vejo fazer isso há um bom tempo — observa Philip, ali perto, sentado num saco de dormir com o que restou do uísque. Ele está de camiseta sem mangas e calças jeans sujas, as botas ao lado. Toma mais um gole e enxuga a boca.

— Fazer o quê? — Brian está sentado de pernas cruzadas, enrolado no casaco ensanguentado, do outro lado da menininha, tomando o cuidado de não falar alto demais. Nick cochila em cima de uma bancada, dentro de um saco de dormir. A temperatura caiu para cerca de 4 graus.

— Chupar o dedão desse jeito.

— Ela está lidando com muita coisa.

— Nós também.

— É. — Brian olha para as próprias pernas. — Mas a gente vai sair dessa.

— Sair e chegar aonde?

Brian olha para ele.

— Ao centro de refugiados. Onde quer que seja... a gente vai encontrar.

— Ah, claro. — Philip esvazia a garrafa e a coloca de lado. — A gente vai encontrar esse lugar e aí o sol vai nascer de manhã e todos os órfãos vão achar uma casa para morar e os Braves vão ganhar o campeonato.

— Tem alguma coisa te incomodando?

Philip balança a cabeça.

— Meu Deus, Brian! Abre o olho!

— Você está puto comigo?

Philip se levanta e alonga o pescoço dolorido.

— Por que diabos eu estaria puto *com você*, amigo? É sempre igual. Nada demais.

— O que você quer dizer com isso?

— Nada... Vai dormir. — Philip caminha até o Escalade, se ajoelha e procura alguma coisa embaixo do chassi.

Brian se levanta, com o coração acelerado. Está meio tonto. A garganta inflamada melhorou e ele parou de tossir depois de alguns dias de descanso e recuperação na casa de Wiltshire, mas ele ainda não está se sentindo totalmente melhor. E quem está? Ele vai até o irmão e fica atrás dele.

— O que você quer dizer com "é sempre igual"?

— É o que é — murmura Philip, olhando embaixo do utilitário.

— Você está puto por causa do policial?

Philip se levanta lentamente, se vira e fica frente a frente com o irmão.

— Eu já mandei você dormir.

— Desculpa se para mim não é tão fácil matar alguém que um dia foi um ser humano.

Philip agarra Brian pela gola da camiseta, dá meia-volta com ele e o prensa contra a lateral do Escalade. O impacto quase faz Brian perder o ar. O barulho acorda Nick e até Penny se remexe.

— Escuta aqui — rosna Philip, num tom rascante e ameaçador; ele parece sóbrio e bêbado ao mesmo tempo. — Da próxima vez que você tirar uma arma da minha mão, trate de fazer bom uso dela. Aquele policial era inofensivo, mas quem sabe o que vai acontecer na próxima vez? E não sou eu quem vai cuidar de você com nada além das minhas bolas nas mãos, está entendendo? Captou?

Brian faz que sim com a cabeça, a garganta totalmente seca de terror.

— S-sim.

Philip aumenta a pressão na camisa de Brian.

— É melhor você superar essa postura de veadinho que foi protegido a vida inteira, começar a andar com as próprias pernas e rachar algumas cabeças de zumbis, porque as coisas ainda vão piorar muito antes de melhorar!

— Entendi.

Philip ainda não solta o irmão. Seus olhos estão faiscando de raiva.

— Nós vamos sobreviver a esse pesadelo, e vamos fazer isso nos transformando em monstros piores que eles, está me entendendo? Agora não existem mais regras! Não existe filosofia, não existe misericórdia, não existe perdão, agora somos só nós e eles e tudo o que eles querem fazer é *devorar* a gente! E por isso *nós* é que vamos devorar a porra dos *zumbis*! A gente vai mastigar eles e depois cuspir no chão e nós vamos sobreviver a essa situação, ou então eu vou destruir toda a droga desse mundo! Você entendeu o que eu falei? ENTENDEU O QUE EU FALEI?

Brian faz que sim loucamente.

Philip o larga e sai de perto.

A essa altura, Nick está acordado e sentado, e acompanha tudo de olhos esbugalhados.

Penny também está de olhos arregalados e chupa furiosamente o dedão, vendo o pai disparar enraivecido pela oficina. Ele vai até as imensas portas reforçadas, faz uma pausa e fica olhando a noite pelas barras horizontais, com os punhos nodosos bem fechados.

Do outro lado da oficina, ainda grudado à lateral do Escalade, Brian Blake trava uma batalha silenciosa para não chorar como um veadinho que foi protegido a vida inteira.

Na manhã seguinte, na fresta de luz que entrou pela oficina, eles tomam um café às pressas com barra de cereais e água mineral e então derramam três galões de 20 litros de gasolina no tanque do Escalade. Eles encontram as chaves em uma das gavetas do escritório e carregam todas as coisas na mala do utilitário. Os vidros escuros estão cobertos de orvalho. Brian e Penny se acomodam no banco de trás, enquanto Nick fica na porta da garagem esperando o sinal de Philip. Como não há energia — aparentemente em toda a parte —, eles são obrigados a abrir a porta automática com a manivela manual.

Philip se posiciona atrás do volante do Escalade e o liga. O enorme motor V-8 6.2 começa a rugir. O painel se acende. Philip passa a marcha e segue em frente, fazendo sinal para Nick.

Nick puxa a porta mais próxima da oficina e as ripas relincham enquanto a porta vai subindo. A luz e o ar do dia explodem no para-brisa enquanto Nick corre até a porta do passageiro e se acomoda no banco do carona. A porta bate com força.

Philip faz uma rápida pausa, olhando para o painel.

— Qual é o problema? — pergunta Nick com a voz trêmula, ainda um tanto nervoso de questionar qualquer coisa que Philip faça. — A gente não devia sair logo?

— Só um segundinho — responde Philip, esticando a mão para abrir uma gaveta.

Dentro de uma caixa de mapas, ele encontra mais de vinte CDs cuidadosamente organizados pelo antigo proprietário — Calvin R. Donlevy, da Greencove Lane S.E., 601 (segundo os documentos encontrados no porta-luvas).

— Lá vamos nós — diz Philip, dando uma geral nos discos. Aparentemente, Calvin R. Donlevy da Greencove Lane é fã de rocks clássicos, a julgar por todos os CDs de Led Zeppelin, Black Sabbath e Jimmy Hendrix na coleção.

— Uma musiquinha para ajudar a me concentrar.

Imediatamente um disco do Cheap Trick entra e Philip engata a marcha.

A força gravitacional dos 450 cavalos empurra todos contra o banco, enquanto o vasto Escalade cruza rugindo a abertura, mal passando pela porta sem arranhar na armação de metal. A luz do dia entra no interior do carro. A guitarra de introdução do hino "Hello There" sai pelo surround system Bose 5.1, enquanto eles avançam pelo estacionamento em direção à rua.

O vocalista do Cheap Trick pergunta se todas as senhoras e senhores estão prontos para curtir um rock.

Philip faz o carro rugir dobrando a esquina e parte para o norte, pela Maynard Terrace. A rua fica mais larga. As casas de classe baixa viram um borrão dos dois lados do veículo. Um zumbi perdido, num casaco rasgado, surge à direita e Philip lança o carro contra ele.

Mal dá para ouvir o baque asqueroso por cima do motor do carro (e da estrondosa bateria do Cheap Trick). No banco de trás, Brian se abaixa ainda mais, sentindo o estômago embrulhar e preocupado com Penny. Ela se encolhe no banco ao lado dele, olhando fixamente para a frente.

Brian estica o braço, passa o cinto de segurança em volta dela e tenta sorrir para a menina.

— Tem que ter uma rampa de entrada mais para o norte — diz Philip por cima da barulheira, mas o som da voz dele é quase que totalmente abafado pela música e pelo rugido do motor. Dois outros mortos-vivos aparecem à esquerda, um homem e uma mulher totalmente esfarrapados, talvez até mendigos, se arrastando na calçada, e Philip alegremente faz o carro cantar e acaba com os dois, como se fossem pinos de boliche molhados.

Uma orelha decepada fica grudada ao para-brisa e Philip liga o limpador.

Eles chegam ao ponto mais ao norte da Maynard Terrace e a rampa de entrada está logo à frente. Philip freia com força. O Escalade guincha e para na frente de um engavetamento de seis carros ao pé da rampa, com um punhado de mortos-vivos cercando o local do acidente como urubus preguiçosos.

Philip engata a ré. Pisa o pedal até o fim, ao som estrondoso da música. A força gravitacional empurra todos para a frente. Brian segura Penny no banco.

Com um giro no volante o Escalade roda 180 graus e segue pela McPherson Avenue, que corre paralela à rodovia.

Em dois minutos, eles atravessam 1,5 quilômetro de terreno, com o baixo e a bateria ditando o ritmo da escabrosa destruição de mortos andarilhos, que são lentos demais para desviarem do caminho e acabam sendo atingidos pelos enormes para-choques e jogados no ar como gigantescos pássaros doentes. Cada vez mais eles surgem das sombras, acordados pelo rugido estrondoso do utilitário.

O queixo de Philip está totalmente tenso de mórbida determinação quando se aproximam de mais uma rampa de acesso.

Ele freia na Faith Avenue, onde uma lanchonete do Burger Win está sendo consumida por um incêndio fora de controle e toda a área se encontra encoberta por uma fumaça cinza. O bloqueio nessa rampa é pior que na outra. Philip solta um palavrão estridente e então engata de novo a ré, partindo como um raio para trás.

O Escalade derrapa e arranca para uma rua lateral adjacente. Mais uma guinada no volante. Mais uma vez o pé vai até o fundo. Agora eles estão queimando borracha outra vez, indo para o oeste, desviando dos obstáculos no caminho e avançando em direção aos arranha-céus que aparecem no horizonte, que vão ficando cada vez maiores, como vultos aparecendo no meio da neblina.

O número crescente de ruas interditadas, destroços, carros estraçalhados e mortos-vivos parece intransponível, mas Philip Blake não será detido. Ele está debruçado sobre o volante, respirando profundamente, os olhos fixos no horizonte. Passa por um armazém da Publix que parece ter sido bombardeado por uma ofensiva de guerra alemã, o estacionamento infestado de mortos.

Philip aumenta a velocidade para abrir caminho entre um monte de zumbis no meio da rua.

Os jatos de bile que se esparramam pelo enorme capô do utilitário são espetaculares — uma exibição lúgubre de tecidos mórbidos esguichando e tomando conta do para-brisa. Os limpadores trabalham com toda a força para afastar os restos macabros.

No banco traseiro, Brian se vira para a sobrinha.

— Querida? — Ela não responde. — Penny?

O olhar perdido da menina está fixo no filme em Technicolor que se vê no para-brisa. Ela não parece ser capaz de ouvir a voz de Brian por cima do som do rock'n'roll, do barulho do motor, ou talvez tenha optado por *não* ouvi-lo, ou talvez esteja longe demais para escutar qualquer coisa.

Brian dá um tapinha de leve no ombro da sobrinha e ela volta o olhar para ele.

Então Brian estica o braço e escreve cuidadosamente uma única palavra no vidro embaçado ao lado dela:

LONGE

Brian se lembra de ter lido em algum lugar que a região metropolitana de Atlanta tinha quase seis milhões de habitantes. Lembra-se de ter se surpreendido com a cifra. Atlanta sempre lhe pareceu uma espécie de minimetrópole, um mero símbolo do Progresso do Sul, isolada numa região de feudos caipiras sem importância. As poucas vezes em que esteve pessoalmente na cidade lhe deram a impressão de que era um gigantesco subúrbio. É verdade que tinha o seu desfiladeiro de arranha-céus — a sede da Turner, da Coca-Cola, da Delta, os Falcons e tudo o mais —, mas parecia ser uma irmã menor das grandes cidades do norte. Brian tinha ido uma vez a Nova York, para visitar a família da ex-mulher, e aquele imenso formigueiro claustrofóbico e encardido é que parecera uma cidade *de verdade* para ele. Atlanta lembrava mais o *simulacro* de uma cidade. Talvez uma parte disso se devesse à própria história, que Brian se lembrava de ter aprendido numa pesquisa da faculdade: durante a Reconstrução, depois que Sherman incendiou o lugar, os planejadores decidiram fazer com que os antigos pontos históricos da cidade tivessem o mesmo destino do pássaro dodô; e, nos 150 anos seguintes, Atlanta acabou sendo recheada de concreto e aço. Ao contrário de outras cidades sulistas, como Savannah e Nova Orleans — às quais o sabor do Velho Sul ainda permeia —, Atlanta se dedicou a ser uma exibição do mais perfeito expressionismo moderno. *Olha só, mamãe,* parecia dizer, *nós somos cosmopolitas, progressistas, legais. Não temos nada a ver com aqueles caipiras de Birmingham.* Mas Brian sempre achou que Lady Atlanta "se exibia demais". Para Brian, Atlanta sempre pareceu uma cidade de mentira.

Até hoje.

No decorrer dos tenebrosos 25 minutos seguintes, enquanto Philip ziguezagueava sem parar pelas desoladas ruas secundárias da cidade e por terrenos baldios que corriam paralelamente à estrada, abrindo caminho em direção ao coração da cidade, Brian vê a verdadeira Atlanta como se fosse uma rápida apresentação de fotos de medicina legal do lado de fora dos vidros escuros do utilitário hermeticamente fechado. Vê becos sem saída entupidos de destroços, montes de lixo pegando fogo, conjuntos habitacionais saqueados e abandonados, janelas quebradas por toda a parte, lençóis manchados pendurados do lado de fora dos edifícios com pedidos desesperados de socorro. Isso é *realmente* uma cidade, uma necrópole primitiva, superpopulosa e com o fedor da morte. E o pior de tudo é que eles ainda nem chegaram ao centro.

Aproximadamente às 10h22 da manhã no fuso horário da Região Central dos Estados Unidos, Philip Blake consegue encontrar a Capital Avenue, uma ampla avenida de seis pistas que passa pelo Turner Field e leva até o centro. Ele desliga o som estéreo, e o silêncio ecoa nos ouvidos deles, enquanto viram na Capital Avenue e seguem lentamente para o norte.

A avenida está atulhada de carros abandonados, mas há espaço suficiente para o Escalade driblá-los. As torres dos arranha-céus agora estão tão próximas — mais à esquerda — que parecem brilhar na neblina como as velas de um navio de resgate.

Ninguém pronuncia uma palavra conforme passam por oceanos de cimento dos dois lados da rua. Os estacionamentos do estádio estão quase totalmente vazios. Uns poucos carrinhos de golfe aparecem virados aqui e ali. Trailers de comida estão nos cantos, fechados e cobertos de pichações. Uns poucos mortos-vivos, bem distantes, andam por aquele território nu e cinzento, na luz de um dia frio de outono.

Parecem vira-latas prestes a morrer desnutridos.

Philip abaixa o vidro da janela e começa a escutar. O vento assobia. Tem um cheiro esquisito — uma mistura de borracha queimada, fios derretidos e alguma coisa oleosa difícil de identificar, como sebo apodrecido — e algo faz um barulho repetido à distância, fazendo o ar vibrar como se fosse um imenso motor.

Uma revelação faz o estômago de Brian se revirar. Se os campos de refugiados estivessem abertos em algum lugar do oeste — em algum lugar dos ventrículos da cidade —, não haveria carros de emergência ali? Com placas? Postos de controle? Pessoal de resgate armado em algum lugar? Helicópteros da polícia? Não haveria alguma indicação — agora que estavam tão próximos do centro — de que a ajuda estava por perto? Até então, em toda a viagem até a cidade, eles só viram uns poucos sinais potenciais de vida. Na Glenwood Avenue, pensaram ter visto uma moto passar rapidamente, mas não tinham como ter certeza. Depois, na Sydney Street, Nick disse que viu alguém sair correndo por uma porta, mas não podia garantir.

Brian tira esses pensamentos da cabeça quando vê um imenso emaranhado de avenidas formando um trevo, 400 metros mais à frente.

Um enorme emaranhado de grandes vias marca a face leste do perímetro urbano de Atlanta — o lugar onde a rodovia Interestadual 20 se encontra com as de número 85, 75 e 403 — e agora lá estava, banhado pelo sol frio como um campo de batalha abandonado, entupido de destroços e de carros destruídos. Brian sente o Escalade começando a subir uma ladeira íngreme.

A Capital Avenue se ergue sobre enormes pilares acima do entroncamento. Philip sobe a ladeira devagar, serpenteando no meio daquela pista de obstáculos composta de carros abandonados, a cerca de 25 km/h.

Brian sente alguém lhe dando um tapinha no ombro e vê que Penny está tentando chamar sua atenção. Ele se vira e olha para ela.

Ela se inclina e cochicha alguma coisa para ele. Parece "esqueci".

Brian olha para ela.

— Você se esqueceu?

Ela faz que não com a cabeça e cochicha de novo. Dessa vez, Brian entende.

— Não dá para esperar um minuto, querida?

Philip ouve a frase e olha pelo retrovisor.

— Qual é o problema?

— Ela quer fazer xixi.

— Ai, não — responde Philip. — Desculpe, meu amor, mas você vai ter que cruzar as pernas por mais alguns minutos.

Penny cochicha para Brian que tem muito *mesmo* que fazer xixi. Brian informa ao irmão.

— Ela precisa ir, Philip. Está muito apertada.

— Espera só mais um pouquinho, meu amor.

Eles estão se aproximando do alto do morro. De noite, a vista dessa parte da cidade, quando o motorista atravessa a Capital Avenue, é maravilhosa. Em certo momento, a uns 100 metros dali, o Escalade vai passar pela sombra de um imenso edifício a oeste. De noite, é a partir desse ponto que dá para ver a luminosa constelação das luzes da cidade, proporcionando uma visão extraordinária da cúpula do capitólio à frente e das reluzentes catedrais de arranha-céus ao fundo.

Passam pela sombra do edifício e veem a cidade se estender à frente, em toda a sua glória. Philip pisa forte no freio.

O Escalade dá um rugido e para.

Eles ficam ali por um momento interminável, sem conseguir dizer uma palavra.

A rua à esquerda passa pela frente do antigo e venerado prédio de mármore do capitólio. É uma via de mão única que vai na direção errada, totalmente apinhada de carros abandonados. Mas não é por isso que todo mundo está embasbacado. O motivo pelo qual eles não conseguem dizer uma palavra — um silêncio que dura só um segundo, mas parece demorar uma eternidade — é por causa do que veem seguindo na direção deles pela Capital Avenue, vindo do norte.

Penny faz xixi nas calças.

O comitê de recepção, tão portentoso quanto o exército romano e tão desastrado como um enxame de aranhas gigantes, vem da Martin Luther King Drive, a pouco mais de uma quadra dali. Os zumbis saem das sombras frias dos edifícios públicos que bloqueiam o sol e são tantos que o olho humano precisa de um instante para simplesmente se acostumar com o que está vendo. De todos os tipos e tamanhos e em todos os estágios de deterioração, eles saem de portas e janelas, de becos e de praças cobertas de árvores, de todo e qualquer cantinho e lotam a rua com a profusão de uma banda de música desorganizada, atraídos pelo barulho, pelo cheiro e pela chegada de um novo automóvel cheio de carne fresca.

Velhos e jovens, brancos e negros, homens e mulheres, ex-empresários, donas de casa, funcionários públicos, trapaceiros, crianças, bandidos, professores, advogados, enfermeiras, policiais, lixeiros e prostitutas, todos os rostos uniformemente pálidos e em decomposição, como um pomar sem fim de frutas mirradas apodrecendo no sol — mil pares de olhos cinza-chumbo vidrados unicamente no Escalade, mil sistemas primitivos e ferinos de rastreamento fixos, esfomeados, nos recém-chegados.

No decorrer daquele momento único de silêncio cavernoso, Philip percebe uma série de coisas com a velocidade de uma sinapse neural.

Ele percebe que pode sentir o cheiro característico da horda chegando pela janela aberta e provavelmente até pelo sistema de ventilação do carro: aquele cheiro horrível e rançoso, que parece uma mistura de bacon e bosta. Porém, mais do que isso, ele percebe que o estranho trovejar que ouviu mais cedo, quando baixou a janela — aquele zumbido que pairava no ar, igual à vibração de um milhão de fios de alta tensão —, era o som de uma cidade repleta de mortos-vivos.

O grunhido coletivo da massa, que agora caminha como um gigantesco organismo multifacetado na direção do Escalade, faz um calafrio percorrer a pele de Philip.

Tudo isso leva à percepção final que atinge Philip na testa com a força de um martelo de ferro. Ele se dá conta — tendo em vista o movimento quase em câmera lenta que se desenrola diante dele — de que a ideia de encontrar um centro de refugiados na cidade, para não falar de alguém ainda vivo, está rapidamente se tornando algo tão prudente quanto um garoto procurando um pônei no meio de um monte de bosta de cavalo.

Naquele microssegundo de terror — aquele minúsculo soluço de quietude fria —, Philip percebe que o sol provavelmente não vai mais nascer no dia seguinte e que os órfãos vão continuar sendo órfãos e os Braves nunca mais vão ser campeões de coisa nenhuma.

Antes de engatar a marcha, ele se vira para os outros numa voz encharcada de amargura e desafia:

— Levanta a mão quem ainda acha que vai encontrar o tal campo de refugiados!

PARTE 2

Atlanta

Não enfrentes monstros sob pena de te tornares um deles, e se contemplas o abismo, a ti o abismo também contempla.

— Nietzsche

NOVE

São muito poucos os carros de passeio em circulação — pelo menos nos Estados Unidos — capazes de atingir uma velocidade significativa em marcha a ré. Em primeiro lugar, tem a questão das marchas. A maioria dos carros, vans, picapes e utilitários esportivos que saem da linha de montagem conta com cinco ou seis marchas para a frente, mas só uma para a ré. Em segundo lugar, a maioria dos veículos tem suspensões dianteiras desenhadas para fazer o carro ir para a frente, e não para trás. Isso evita que os motoristas alcancem grande velocidade de ré. E, em terceiro lugar, ao andar para trás, você geralmente está olhando por cima do ombro, e fazer um carro andar em alta velocidade desse jeito geralmente termina em espetaculares derrapagens.

Por outro lado, o veículo que Philip Blake comanda no momento é um Cadillac Escalade Platinum, modelo 2011, com tração nas quatro rodas e barras de suspensão projetadas para qualquer uso *off-road* que o supermecânico Calvin R. Donlevy, de Greencove Lane, quisesse empreender em seu recanto da Geórgia Central (num momento mais alegre da vida). O automóvel pesa quase quatro toneladas e tem cerca de 6 metros de comprimento, com um sistema eletrônico de controle de estabilidade chamado StabiliTrak (característica de série em todos os modelos Platinum). O melhor de tudo é que ele é equipado com uma câmera de ré que mostra as imagens num generoso monitor de navegação embutido no painel.

Sem hesitar e com o sistema nervoso conectado à mão direita, Philip encaixa a marcha a ré e gruda os olhos na trêmula imagem amarela que aparece na tela de navegação. A imagem mostra o céu parcialmente nublado acima da linha do asfalto atrás dele: *o alto do viaduto.*

Antes que o regimento de zumbis tenha a chance de se aproximar 50 metros, o Escalade parte como um foguete para trás.

A força da gravidade joga todo mundo para a frente — com Brian e Nick se contorcendo para olhar pelo escuro vidro traseiro o viaduto que se aproxima —, enquanto o rabo do Escalade trepida levemente e o carro ganha velocidade. Philip senta o pé. O motor ruge, mas ele nem se vira. Mantém o olhar grudado na tela, a pequena imagem amarela mostrando o alto do viaduto se aproximando cada vez mais.

Um pequeno erro de cálculo — uma mínima pressão no volante para qualquer lado — pode fazer o Escalade derrapar. Mas Philip mantém a mão firme na direção, o pé no acelerador e os olhos no monitor, enquanto o carro anda para trás cada vez mais rápido; o motor agora já é um verdadeiro soprano de ópera, num tom próximo a dó sustenido. Na tela, Philip vê alguma coisa mudar.

— Ai, merda... Olha!

A voz de Brian se sobrepõe ao barulho do motor, mas Philip não precisa nem olhar. Na pequena tela amarela, ele vê uma série de figurinhas escuras aparecendo a uns 100 metros de distância, bem na direção deles, no alto do viaduto, como se fossem os paus de uma cerca. Eles se movem devagar, numa formação desordenada, os braços abertos para receber o veículo que vai direto para cima deles. Philip solta um grunhido de raiva.

Ele enfia as duas botas no pedal do freio e o Escalade derrapa e vai fritando os pneus até parar repentinamente na ladeira.

Nessa hora, Philip percebe, assim como com os outros, que eles só têm uma chance, e a janela dessa oportunidade está se fechando rapidamente. Os mortos-vivos que seguem na direção deles, pela frente, ainda estão a uns 100 metros de distância, mas as hordas que cercam por trás, se arrastando pelo alto do viaduto, saindo dos edifícios e dos estacionamentos em volta do Turner Field, estão se aproximando com espantosa rapidez, considerando os movimentos lentos e pesados que lhes são característicos. Philip vê, por um dos espelhos laterais, que uma rua adjacente chamada Memorial Drive está acessível por entre dois trailers virados, mas o exército de zumbis que se aproxima cada vez mais pelo retrovisor vai bloqueá-la em pouquíssimo tempo.

Ele toma uma decisão instantânea e afunda o pé no acelerador.

O Escalade rosna em marcha a ré. Todo mundo se segura. Philip acelera na direção da massa de corpos se arrastando. No monitor, a imagem mostra colunas de zumbis esticando as mãos, excitados, as bocas babando, à medida que crescem cada vez mais na tela.

Na câmera, já dá para ver a Memorial Drive e Philip mete o pé no freio.

A traseira do Escalade derruba uma fila de mortos-vivos com o barulho nojento e abafado de batidas de tambor, quando Philip põe a alavanca de novo em Drive e sua bota pisa o acelerador até o fim. Todos se encolhem nos bancos quando o veículo parte para a frente e Philip faz uma forte curva para a esquerda, tirando um fino dos dois trailers.

Fagulhas voam pelos ares quando o utilitário raspa numa proteção lateral, entra pela brecha e foge pela rua relativamente desobstruída e graças a Deus livre de zumbis que é a Memorial Drive.

Nem um minuto se passa antes de Brian ouvir o som de alguma coisa arranhando. É um barulho rouco, molhado e insistente, que vem de baixo do chassi. Os outros também ouvem. Nick olha para trás.

— Que diabo de barulho é esse?

— Alguma coisa ficou presa debaixo do carro — responde Brian, tentando ver a lateral do carro pela janela. Mas não consegue para enxergar nada.

Philip está mudo, as mãos grudadas no volante, o queixo tenso e decidido.

Nick olha pelo espelho lateral.

— Uma daquelas coisas ficou presa debaixo do carro!

— *Mas que ótimo* — diz Brian, se remexendo no banco. Ele percebe pequenas gotas de sangue escorrendo pelo vidro de trás. — O que é que nós vamos...

— Deixa ele pegar carona — responde Philip sem emoção e sem tirar os olhos da rua. — Em alguns minutos, vai ter virado suco.

Eles ainda percorrem uns seis quarteirões, batendo em alguns trilhos de trem e entrando ainda mais na cidade, antes de encontrar algo mais do que alguns destroços isolados e cadáveres ambulantes. As ruas que passam por entre os prédios estão cobertas de destroços, restos de explosões, carros queimados cheios de esqueletos carbonizados, vidros quebrados e pilhas de lixo e de detritos acumuladas nas frentes das lojas. Em algum lugar do caminho, o barulho de algo arranhando cessa, embora ninguém tenha visto o que aconteceu com o clandestino.

Philip decide pegar uma rua que corta a cidade de norte a sul e leva direto ao centro, mas, ao dobrar à direita, tendo que driblar um caminhão de entrega virado no meio de um cruzamento, ele pisa no freio. O Escalade para com força.

Eles ficam ali por alguns momentos, com o motor ligado. Philip não se mexe, as mãos ainda grudadas no volante, forçando os olhos a ver em meio às sombras distantes dos altos edifícios que assomam à frente.

A princípio, Brian não consegue ver qual é o problema. Ele estica o pescoço para olhar a rua apinhada de lixo que se estende por vários quarteirões. Pelo vidro escuro, vê arranha-céus dos dois lados da avenida de quatro pistas. O lixo gira com o vento de setembro.

Nick também estranha a súbita parada.

— Qual é o problema, Philip?

Philip não responde. Só fica olhando fixo para a frente naquele silêncio desconfortável, os dentes trincados e mexendo o maxilar.

— Philip...?

Nenhuma resposta.

Nick se vira para o para-brisa e encara a rua. Seu rosto fica tenso. Agora ele sabe o que Philip vê. E fica muito quieto.

— Será que alguém pode me dizer o que está acontecendo? — pergunta Brian, se inclinando para a frente para enxergar melhor.

Por um momento, tudo o que consegue divisar é o imenso desfiladeiro de arranha-céus e muitos quarteirões de asfalto cheios de lixo. Mas logo percebe que o que está vendo é o retrato em natureza-morta de uma cidade desolada que começa a se transformar rapidamente num organismo gigante, que reage à invasão de uma bactéria estrangeira. O que Brian vê pelo vidro escuro do carro é tão tenebroso que ele começa a mexer a boca sem dizer nada.

Naquele único momento de assombro entorpecedor, a mente de Brian Blake faz um *flashback* a uma ridícula memória de infância; é a loucura do momento que toma conta do cérebro. Uma vez, a mãe levou ele e Philip ao circo Barnum & Bailey na cidade de Athens. Os meninos deviam ter 13 e 10 anos, respectivamente, e adoraram os números perigosos, os tigres saltando pelos arcos incandescentes, o algodão-doce, os elefantes, os números menores, o engolidor de espadas, o alvo humano, os engolidores de fogo, as mulheres barbadas e o encantador de serpentes. Mas a lembrança que mais ficou na memória de Brian — e na qual ele pensa justamente naquele momento — é a do carro dos palhaços. Naquele dia em Athens, no auge do show, um carrinho patético foi até o centro do picadeiro. Era um sedã que parecia saído de um desenho animado, com as janelas pintadas, mais ou menos do tamanho de um furgão, que corria bem próximo do chão, e era pintado com cores fluorescentes. Brian se lembra muito claramente de como morreu de rir com os palhaços saindo aos montes do carro, um depois do outro, e como no começo isso que parecia engraçado, depois ficou meio estranho e acabou parecendo simplesmente grotesco, porque os palhaços não paravam de sair: seis, oito, dez, vinte, grandes, pequenos, eles simplesmente não paravam de sair do carro, como se fosse um caixote mágico de palhaços pré-fabricados. Mesmo com 13 anos, Brian ficou embasbacado com o número, certo de que tinha que haver algum truque, provavelmente um alçapão escondido debaixo da serragem sob o carro, mas isso não importava porque o número em si era hipnotizante.

Aquele mesmo fenômeno — ou pelo menos uma cópia perversa dele — estava se desenrolando agora diante de seus olhos, numa avenida urbana nos rincões do centro de Atlanta. Por um instante, Brian fica olhando quieto e boquiaberto, tentando transformar aquele espetáculo grotesco em palavras.

— Vamos voltar, Philip. — A voz de Brian soa oca e esganiçada até para os próprios ouvidos, enquanto ele olha as inúmeras colunas de mortos-vivos se erguendo em todas as esquinas à sua frente. Se a horda que eles encontraram havia pouco, ao chegar à cidade, era um regimento do exército romano, aquilo ali... era o império todo.

Até onde a vista alcançava, pelo estreito canal formado pelas quatro pistas da avenida, os mortos-vivos emergem dos prédios, de trás de carros, do meio dos destroços, das sombras das ruelas, das vitrines quebradas, dos pórticos de mármore dos prédios públicos, das árvores de decoração e do que sobrou dos cafés de rua. Dá para vê-los até a linha do horizonte, onde o ponto em que a rua desaparecia se misturava com as sombras dos arranha-céus, as silhuetas esfarrapadas surgindo como um enxame de insetos de movimentos lentos, acordados da escuridão de uma pedra caída. A quantidade de mortos-vivos desafiava a lógica.

— Nós temos que sair daqui — diz Nick, a voz enferrujada agora com um tom esganiçado.

Philip, estoico e calado, está com os dedos agarrados ao volante.

Nick olha nervoso por cima do ombro.

— A gente tem que voltar.

— Ele tem razão, Philip — diz Brian, pousando a mão suavemente no ombro de Penny.

— Qual é o problema? O que você está fazendo? — Nick olha para Philip. — Por que não dá meia-volta?

Brian olha para a parte de trás da cabeça do irmão.

— São muitos, Philip. Há muitos deles. São muitos.

— Meu Deus do céu, a gente tá fodido... *fodido* — fala Nick, estarrecido pela visão escabrosa que se forma no caminho deles. Os mais próximos estão a cerca de meio quarteirão, como a ponta de um *tsunami*. Parecem funcionários de escritório de ambos os sexos, ainda vestidos com a roupa de trabalho que parece rasgada, puída e mergulhada na graxa... e se arrastam daquele jeito, como sonâmbulos rosnantes.

Atrás deles, e por muitos quarteirões, inúmeros outros perambulam pelas calçadas e no meio da rua. Se existe "hora do rush" no inferno, não deve chegar nem aos pés *daquilo*. Pela ventilação do Escalade e pelas janelas, a sinfonia desafinada de cem mil gemidos causa um calafrio na nuca de Brian e ele se inclina para a frente e dá um tapinha no ombro do irmão.

— A cidade está perdida, Philip.

— É isso mesmo. Ele tem razão. Este lugar já era. A gente tem que voltar — balbucia Nick.

— Só um instante. — A voz de Philip está fria como o gelo. — Segura aí.

— Vamos lá, Philip — diz Brian. — A cidade agora é deles.

— Eu mandei segurar aí.

Brian olha fixamente para a nuca do irmão e um calafrio percorre sua espinha. Ele percebe que o que Philip quer dizer com *segura aí* não é "segura aí um instantinho que eu preciso pensar um pouco" ou "segura aí um instantinho para ver se eu tenho uma ideia".

O que Philip Blake quer dizer com *segura aí* é...

— Todo mundo está com cinto de segurança? — A pergunta é retórica, o que deixa a pele de Brian totalmente gelada.

— Philip, você não vai...

Philip enfia o pé no pedal e o Escalade mostra as garras. Ele arremete o carro direto na direção da horda, interrompendo os comentários de Brian e fazendo todos grudarem nos bancos.

— PHILLY, NÃO!

O grito de Nick acaba sendo diluído por uma saraivada de baques surdos, como o bater de um gigantesco tambor das selvas, enquanto o Escalade sobe na calçada e atropela mais de trinta zumbis.

Tecidos e líquidos escorrem pelo carro.

Brian está tão fora de si que se joga no chão e se junta a Penny naquele lugar que ela chama de *longe*.

Os menores são destruídos como patos num estande de tiro, explodindo debaixo das rodas e deixando uma trilha de vísceras podres. Os maiores são atirados ao longe pelo para-choque e voam pelos ares, batendo nas laterais dos prédios e se desfazendo como frutas maduras.

Os mortos parecem não ter a menor capacidade de aprendizagem. Até uma mariposa voa para longe quando chega perto demais de uma chama. Mas a imensa sociedade de cadáveres ambulantes de Atlanta aparentemente não tem a menor ideia de por que não consegue comer aquele carro preto reluzente que rosna para eles — o mesmo trovão metálico que, instantes atrás, transformou seus companheiros zumbis numa poça de sangue —, de modo que continua se aproximando.

Debruçado sobre o volante, dentes trincados, os dedos completamente brancos, Philip usa os limpadores de para-brisa, com jatos periódicos de solução detergente, para manter o vidro da frente suficientemente limpo enquanto vai abrindo caminho para o norte, arremetendo as quatro toneladas de ferro de Detroit por aquele mar revolto de zumbis. Com a velocidade variando entre 50 e 80 km/h, ele vai abrindo caminho em direção ao centro da cidade.

Às vezes, está literalmente cortando a multidão, tão densa que parece que abre uma trilha em uma floresta espessa de frutas de sangue — os braços decepados e os dedos curvados como galhos de árvores agarrando-se às janelas laterais, enquanto o Escalade avança em meio àqueles excrementos ambulantes. Outras vezes, o carro atravessa breves trechos de ruas limpas, com uns poucos zumbis se arrastando numa calçada ou no meio-fio, e isso dá a oportunidade para Philip acelerar e jogar o carro um pouco para a direita para atingir mais alguns, e depois à esquerda para matar outros, aí ele tem que enfrentar mais um grupo que bloqueia a rua inteira e essa provavelmente é a parte mais divertida, porque é aí que a merda toda literalmente voa.

É quase como se as vísceras estivessem caindo do céu, como chuva, em vez de estarem subindo por debaixo das rodas, ou escorrendo pela lataria, ou esguichando da grade frontal, enquanto o Escalade vai triturando os corpos. A matéria líquida se esparrama pelos vidros, ininterruptamente, com o ritmo de um gigantesco cata-vento, um caleidoscópio colorido, um arco-íris de tecidos humanos — vermelho-sangue-de-boi, verde-lodo-de-lago, amarelo-ocre e preto-piche. Para Philip, é quase lindo.

O carro ruge ao dobrar uma esquina e arremete contra mais uma horda de zumbis que vem pela rua.

O mais estranho é a repetição contínua do espocar de tecidos e órgãos semelhantes — alguns reconhecíveis, outros nem tanto. Entranhas voam em todas as direções, esparramando-se sobre o para-brisa e escorrendo pelo capô. Pequenos pedaços de dentes periodicamente se acumulam nos limpadores de para-brisa e uma outra coisa, uma coisa cor-de-rosa, como as pequenas pérolas das ovas de peixe, é pescada pelo capô.

Philip encara um rosto morto depois do outro, todos passando num flash pela janela — num momento estão visíveis, no outro já se foram — e agora ele está em outra dimensão, outro lugar que não aquele utilitário, não atrás do volante, mas *dentro* da horda, dentro da cidade dos zumbis, abatendo fileiras deles, devorando aqueles filhos da puta. Philip é o pior monstro de todos, e vai atravessar aquele oceano de merda, mesmo que tenha que destruir o mundo inteiro.

Brian percebe o que está acontecendo sem precisar sequer olhar. Dez minutos excruciantes depois de começarem a arremeter contra o mar de zumbis, depois de avançar por quase 23 quarteirões, o Escalade começa a derrapar e a girar.

A força centrípeta prende Brian no chão e ele ergue a cabeça, para olhar por cima do banco, na hora que o utilitário derrapa de lado sobre os fluidos de 50 mil cadáveres. Ele não tem tempo de gritar ou fazer nada a respeito. Só pode aguentar firme e segurar Penny contra o banco, à espera do impacto inevitável.

Com as rodas totalmente escorregadias com tanta gosma, o carro gira 360 graus, com a traseira moendo os últimos cadáveres que ainda estão perdidos por ali. A cidade vira um borrão do lado de fora da janela e Philip luta com o volante, tenta endireitá-lo, mas os pneus estão aquaplanando sobre uma camada de intestinos, sangue e outros dejetos.

Brian solta um grito estrangulado — em parte de alerta, em parte só um ganido inarticulado —, enquanto o carro desliza na direção de uma fileira de lojas.

Nos angustiantes momentos antes da batida, Brian vê uma série de vitrines de lojas alquebradas: bustos sem chapéu de manequins carecas, mostradores de joalherias vazios, fios rasgados saindo de assoalhos soltos, tudo borrado por trás das vitrines destruídas. O que fica é uma vaga impressão de tudo isso, já que a visão de Brian é distorcida pelo rodopio violento do carro.

E então a lateral direita do Escalade colide com uma das vitrines.

A batida deixa em Brian aquela sensação de que o tempo parou. A vidraça se esfacela, o barulho do vidro quebrado é igual ao de uma onda batendo num quebra-mar, enquanto o Escalade arromba as grades antirroubo e entra de lado nas escuras sombras do Centro Goldberg de Joias de Atlanta.

Balcões e mostruários explodem em todas as direções, uma chuva reluzente e prateada de entulho, enquanto a força gravitacional atira todos os passageiros para a direita. Os airbags do Escalade vão se abrindo com pequenas explosões — grandes e pesados balões de nylon que enchem o interior do carro, antes que ele seja totalmente destruído — e Nick é jogado de lado contra o tecido branco. Philip é lançado para cima de Nick enquanto Penny desliza pelo chão do banco traseiro na direção de Brian.

O utilitário segue derrapando de lado de dentro da loja vazia por uma eternidade.

E finalmente para depois de bater com força numa pilastra bem no meio da loja, jogando todo mundo contra a parede de airbags. Por alguns momentos, ninguém se mexe.

Entulhos brancos como plumas chovem no ar escuro e empoeirado da joalheria e o barulho de alguma coisa caindo atrás deles interrompe o breve silêncio. Brian olha pelo vidro traseiro quebrado e vê a frente da loja, com uma pilha de traves e vigas caídas bloqueando o buraco da janela e uma nuvem de poeira atrapalhando a visão da rua.

Philip está se revirando no banco, o rosto todo cinza e consumido pelo pânico.

— Querida? Queridinha? Você está bem? Fala comigo, filhinha! Você está bem?

Brian olha para a menina, que ainda está no chão, meio zonza e talvez em estado de choque, mas fora isso sem ferimentos.

— Ela está bem, Philip. Ela está bem — diz Brian, apalpando a nuca da menina à procura de um sinal de sangue ou de algum ferimento. Mas aparenta estar bem.

— E o resto de vocês, tudo bem? — Philip olha em volta das nuvens de poeira, naquele interior escuro. Um pequeno raio de sol que entra pela loja é a única fonte de luz. Na penumbra, Brian pode ver as fisionomias dos outros dois homens: suadas, paralisadas de terror, os olhos brilhando.

Nick levanta o polegar.

— Eu estou bem.

Brian também diz que está bem.

Philip já abriu a porta do motorista e está lutando para se desvencilhar do airbag.

— Peguem tudo o que der para carregar — grita ele —, principalmente todas as armas e munições. Entenderam?

Sim, eles entenderam, e agora Brian e Nick estão saindo do utilitário. Durante o próximo minuto, Brian faz uma série de observações — a maioria, aparentemente, já calculada por Philip —, começando pela frente da loja.

A julgar pelo coral de gemidos e de milhares de passos se arrastando, parece mais do que claro para Brian que a horda de zumbis está cercando o local do acidente. O Escalade está acabado, a frente totalmente destruída, os pneus furados e a lataria inteira lambuzada de entranhas.

Os fundos da loja vão dar num corredor. Estreito, escuro e constituído de placas de gesso, ele pode ou não levar a uma saída. Não há tempo para investigar. Tudo o que têm a fazer é pegar as coisas, as mochilas e as armas. Ainda zonzos pela batida, tontos de pânico, totalmente esfolados, os ouvidos zunindo, Brian e Nick pegam uma espingarda cada um e Philip pega o máximo de armas brancas que consegue armazenar no corpo, uma machadinha em cada lado do cinto, a Ruger e mais três cartuchos extras.

— Vamos lá, menina. A gente tem que fugir — diz Brian para Penny, mas a menina parece letárgica e confusa. Ele tenta tirá-la do interior destruído do carro, mas ela ainda se agarra ao banco de trás.

— Leva ela no colo — diz Philip, que deu a volta pela frente do utilitário.

— Vamos lá, bonitinha. Você pode vir de cavalinho — diz Brian para ela.

Relutante, Penny salta do carro e Brian a coloca nas costas.

Rapidamente, os quatro escapam pelo corredor dos fundos da joalheria.

Estão com sorte. Logo depois da porta de vidro de uma salinha nos fundos, eles encontram uma discreta porta de aço. Philip a destranca, entreabre alguns centímetros e olha do outro lado. O cheiro é inacreditável: um ranço de gordura enegrecida, que faz Brian se lembrar da excursão que fez no sexto ano ao matadouro Turner, perto de Ashburn.

O cheiro no chão do abatedouro era igual àquele. Philip ergue a mão, fazendo sinal para todo mundo parar.

Sobre o ombro de Philip, Brian pode ver um corredor longo, escuro e estreito, cheio de caminhões de lixo entulhados até não poder mais. Mas é o *conteúdo* das caçambas que fica marcado com mais força no cérebro de Brian: braços humanos pálidos pendurados nas laterais, pernas ulcerosas estraçalhadas, mechas de cabelo penduradas e poças de sangue velho e coagulado embaixo dos caminhões.

Philip faz sinal para os outros.

— Todo mundo atrás de mim, e tratem de fazer exatamente o que eu mandar — ordena, enquanto destrava o mecanismo de segurança da Ruger (oito cartuchos .22 prontos para entrar em ação) e vai em frente.

Os outros o seguem.

O mais rápido e o mais silenciosamente possível, caminham no meio das sombras e do fedor de um beco que mais parece um matadouro abandonado, na direção de uma rua lateral visível de uma das saídas do beco. Sobrecarregado pelo peso da mochila no ombro e da menina às suas costas, Brian manca entre Philip e Nick — os 30 quilos de Penny nunca pesaram tanto quanto agora. Nick, que vem cobrindo a retaguarda, carrega a Marlin calibre .20 nos braços. Brian tem uma pistola só dele alojada abaixo da mochila, mesmo que não tenha a menor ideia de como usar aquela coisa.

Eles chegam ao fim do beco e estão prestes a entrar na rua lateral completamente deserta quando Philip, sem querer, pisa na mão de alguém que desponta de debaixo de uma lata de lixo.

A mão — ligada a um zumbi cuja bateria não foi inteiramente gasta — imediatamente se recolhe para baixo do contêiner. Philip leva um susto e recua um passo.

— CARA! — grita Nick, quando a mão volta a sair do lixo e agarra o tornozelo de Philip.

Philip cai no chão, a Ruger sai rodopiando pelo asfalto.

O morto-vivo — um mendigo barbado e de rosto cinzento, vestindo trapos ensanguentados — engatinha na direção de Philip com a agilidade de uma aranha gigante.

Philip rasteja até onde está a arma. Os outros tentam sacar as suas, Brian tentando encontrar a pistola ao mesmo tempo em que procura equilibrar a menina que leva nas costas. Nick engatilha o cano da Marlin.

O morto-vivo agarra a perna de Philip e abre a mandíbula com o barulho mortal de uma dobradiça enferrujada, enquanto Philip tenta sacar a machadinha.

O zumbi está prestes a morder um pedaço da panturrilha de Philip quando o cano da espingarda de Nick encosta na base do crânio do monstro.

A explosão atravessa o cérebro do zumbi, mandando metade do rosto dele pelas alturas, num esguicho de sangue e massa encefálica, o eco da espingarda reverberando pelo desfiladeiro de vidro e de aço.

— Agora é que a gente se fodeu — afirma Philip, se levantando com dificuldade e pegando a Ruger.

— Qual é o problema? — pergunta Brian, ajustando o peso da menina nas costas.

— Ouve só.

No frágil silêncio, eles escutam a onda de gemidos se modificar de repente, alterando o rumo como se fosse uma mudança de vento, as massas de zumbis atraídas pela explosão da espingarda.

— Então, a gente tem que voltar para a loja — grita Nick, numa voz tensa e estridente. — A joalheria tem que ter um segundo andar.

— Tarde demais — diz Philip, conferindo a Ruger e olhando a culatra. Ele tem quatro balas de ponta oca na agulha e três cartuchos com oito balas cada um nos bolsos de trás. — Aposto que eles já inundaram a loja.

— Então, o que você sugere?

Philip olha para Nick e para o irmão.

— Com que velocidade você acha que pode correr com esse peso todo?

* * *

Eles seguem num ritmo moderado, com Philip à frente, Brian capengando atrás dele e Nick fechando a retaguarda, passando por vitrines destruídas e petrificadas e pilhas de corpos humanos destroçados, queimados pelos poucos sobreviventes que restaram.

Brian não tem muita certeza, mas parece que Philip está desesperadamente procurando uma saída segura numa das ruas — um vão livre, uma escada de incêndio, *qualquer coisa* —, mas acaba se desconcentrando por causa de um número cada vez maior de zumbis ambulantes que parecem estar em cada esquina.

Philip estoura o primeiro espécime, que está a uns cinquenta passos de distância, mandando um projétil bem no meio da testa do zumbi, que desaba como um temporal. O segundo o surpreende a uma distância menor, saindo de um portal escuro, e Philip o abate com o segundo tiro. Mais zumbis vão se materializando das varandas e das vitrines estilhaçadas. Nick faz bom uso do rifle e de vinte anos de experiência caçando javalis para matar pelo menos uma dúzia deles, em dois quarteirões.

Os tiros ecoam no céu como trovões supersônicos na estratosfera.

Eles dobram uma esquina e correm por uma rua menor de tijolos, talvez um marco do período pré-Guerra Civil, por onde um dia passaram cavalos e carruagens, mas agora ladeada por condomínios e escritórios lacrados com tábuas. A boa notícia é que eles parecem estar se afastando da região mais congestionada, encontrando menos mortos-vivos a cada quarteirão.

A má notícia é que agora estão encurralados. Sentem a cidade se fechar em volta deles, engolindo-os completamente numa garganta de aço e de vidro. A essa altura, o sol já começa a se por e as sombras lançadas pelos enormes arranha-céus começam a se alongar.

Philip vê alguma coisa no horizonte — talvez a uma quadra e meia dali — e instintivamente se abaixa sob os destroços de um toldo rasgado.

Os outros se agacham com ele junto à janela tapada de uma antiga lavanderia e se escondem nas sombras para recuperar o fôlego.

Brian está ofegante de tão cansado, enquanto Penny se agarra sonolentamente às suas costas, como um macaco traumatizado.

— O que é? Qual é o problema? — pergunta Brian, percebendo que Philip está esticando o pescoço, tentando ver alguma coisa a distância.

— Me diz que eu estou vendo coisas — replica Philip.

— O quê?

— O edifício cinza ali à direita — continua Philip, apontando para o norte. — Está vendo? A umas duas quadras daqui? Está vendo a porta?

A distância, um prédio de apartamentos de três andares se sobressai numa fila de edifícios de dois andares em ruínas. É uma imensa pilha de tijolos brancos e de varandas do período do pós-Guerra; o maior edifício do quarteirão, e seu topo se ergue além das sombras, refletindo o sol frio e pálido com o amontoado de antenas e exaustores.

— Meu Deus do céu. Estou vendo, sim — murmura Brian, ajoelhando e equilibrando Penny nas costas doloridas. A menina se agarra forte aos ombros dele, desesperada.

— Não é miragem, Philly — comenta Nick, com um traço de admiração na voz.

Todos olham fixamente para um vulto humano no horizonte, longe demais para saber se é homem ou mulher, adulto ou criança, mas lá está... *acenando para eles*.

DEZ

Philip se aproxima com cuidado pelo outro lado da calçada, com a pistola .22 a seu lado, não exatamente levantada, mas pronta para disparar. Os outros o seguem em fila, todos os sentidos atentos, os olhos arregalados e preparados para qualquer eventualidade.

A jovem do outro lado da rua os chama numa voz baixa e sussurrante:

— Vamos logo!

Ela parece ter 30 anos, com longos cabelos castanhos com mechas louras presos num rabo de cavalo firme. Veste calças jeans e um suéter de tricô bem solto e bastante manchado, os borrões vermelhos são visíveis mesmo a distância enquanto acena para eles com um revólver de baixo calibre, talvez um .38 da polícia, agitando-o no ar como se fosse um bastão para controle do tráfego aéreo.

Philip enxuga a boca, pensando, recuperando o fôlego, tentando avaliar a mulher.

— Vamos logo! — grita ela. — Antes que eles sintam o nosso cheiro! — Ela obviamente está ansiosa para que eles a acompanhem até lá dentro e muito provavelmente não quer lhes fazer mal algum. Do jeito que agita o revólver, Philip não ficaria surpreso se a arma não estivesse sequer carregada. Ela grita: — E não deixem nenhum desses Mordedores ver vocês entrarem aqui!

Philip está atento, a guarda levantada, e para na calçada antes de atravessar a rua.

— *Quantos* vocês são? — pergunta.

Do outro lado da rua, a loura suspira exasperada.

— Pelo amor de Deus, nós estamos oferecendo comida e abrigo. Vamos logo!

— Quantos?

— Meu Deus. Vocês querem ajuda ou não?

Philip aperta a mão na Ruger.

— Antes você vai ter que responder à minha pergunta.

Mais um suspiro nervoso.

— Três. Está bem? Nós somos três. Ficou contente? Essa é a sua última chance, porque, se vocês não vierem agora, eu vou entrar e o azar vai ser de vocês. — Ela fala com o leve sotaque arrastado de uma nativa da Geórgia, mas a voz também tem marcas de cidade grande. Talvez até um pouco do Norte.

Philip e Nick trocam olhares. O coro distante de gemidos enferrujados chega um pouco mais perto, trazido pelo vento como se fosse um temporal prestes a desabar. Brian ajusta nervosamente o peso de Penny nas costas e então lança um olhar trêmulo sobre o ombro, para o fim do quarteirão. Ele encara o irmão.

— Quais são as outras opções, Philip?

— Eu concordo, Philly — sussurra Nick baixinho e engolindo o medo.

Philip olha para a jovem do outro lado da rua.

— Quantos homens e quantas mulheres? — rosna Philip.

— Você está querendo que eu preencha um questionário? Então vou entrar. Boa sorte! Vocês vão precisar! — replica ela.

— Espera!

Philip assente para os outros e cautelosamente atravessa a rua com eles.

* * *

— Vocês têm cigarros? — pergunta a jovem, levando o grupo até o hall de entrada e fechando a porta com uma tranca improvisada. — Nós chegamos às últimas guimbas.

Está um pouco machucada, com cicatrizes no queixo, arranhões na lateral do rosto e um dos olhos tão vermelho que parece ser uma pequena hemorragia. Mas, tirando esses detalhes, Philip acha até que é bem bonita, com olhos azul-escuros e o tipo de pele dourada que se esperaria de uma garota do campo: uma beleza fácil, que não precisa de cosméticos para manter. Mas pela maneira como ela inclina a cabeça em desafio e pelas curvas proporcionais escondidas debaixo das roupas grandes, ela passa a imagem de guerreira sexy, e não se deve brincar com uma dessas.

— Desculpe, nós não fumamos — responde Philip, segurando a porta para Brian.

— Vocês parecem ter passado por maus bocados aí fora — diz a mulher, conduzindo-os por uma sala cheia e fedorenta, que tem de um lado 18 conjuntos de caixas de correio e campainhas alinhados. Com cuidado, Brian coloca Penny no chão. A menina cambaleia por um momento, estudando o território. O ar tem cheiro de musgo e de zumbis. O prédio não parece ser um lugar seguro.

A jovem se ajoelha ao lado de Penny.

— Como você é uma gracinha.

Penny não fala nada. Só olha para baixo.

A mulher olha para Brian.

— É sua?

— É minha — anuncia Philip.

A mulher tira uma mecha de cabelos pretos de cima do rosto de Penny.

— O meu nome é April, queridinha. E o seu?

— Penny.

A voz que sai da boca da menina é tão meiga e nervosa que mais parece um miado de gato. A mulher chamada April sorri e acaricia o ombro da menina, depois se levanta e olha para os homens.

— Vamos entrar antes que a gente acabe atraindo mais dessas coisas. — Ela vai até o interfone e aperta um botão. — Pai, deixa a gente entrar.

No meio de um monte de estática, uma voz responde:

— *Não tão rápido, garotinha.*

Philip segura o braço dela.

— Vocês têm *luz elétrica* aí dentro? Eletricidade?

Ela balança a cabeça.

— Infelizmente, não. O interfone funciona com uma bateria. — Ela aperta o botão. — Vamos logo, pai.

— *Quem me garante que a gente pode confiar nesses idiotas?* — Eles ouvem pela estática.

Um clique do botão e:

— Você vai deixar a gente entrar ou não?

A estática responde:

— *Manda eles entregarem as armas.*

Ela solta mais um suspiro angustiado e se vira para Philip, que balança a cabeça com veemência querendo dizer "de jeito nenhum".

Botão:

— Eles estão com uma menininha. Garanto que são de confiança.

Estática:

— *E o Hitler pintava rosas... a gente não sabe nada sobre eles.*

Botão:

— Pai, abre logo a porra da porta!

Estática:

— *Você viu o que aconteceu até Druid Hills.*

April soca o botão do interfone:

— Nós não estamos em Druid Hills! Agora deixa a gente entrar, porra, antes que a nossa bunda fique cheia de mofo!

Um zumbido alto e metálico é seguido por um barulho alto, o do trinco automático da porta se destravando. April os faz entrar e os conduz por um corredor gasto e malcheiroso, com três portas de cada lado. No final do corredor, há uma porta de metal com a palavra ESCADA, com tábuas de madeira em cruz pregadas por cima.

April bate na última porta à direita — apartamento 1C — e, segundos mais tarde, uma versão mais velha, mais pesada e mais rústica de April abre a porta.

— Meu Deus, que menininha bonita! — diz a grandalhona ao ver Penny, que agora segura a mão de Brian. — Entre, gente... Eu não posso nem dizer como é bom ver pessoas que não babam.

A irmã de April, que se apresenta como Tara, é bem gorducha e grandalhona. Tem cheiro de cigarro e de xampu barato e se veste com um vestido havaiano de estampa florida esmaecida, para esconder o excesso de peso. Na parte de cima do vestido, os peitos dela emergem como dois pães enormes e há uma pequena tatuagem do Pica-Pau no colo. Tem os mesmos lindos olhos azuis da irmã caçula, mas são fortemente delineados e decorados com uma sombra azul-metálico. As unhas postiças são bem longas e parecem capazes de abrir uma lata de alumínio.

Philip entra primeiro no apartamento, com a Ruger ainda na mão, ao lado do corpo.

Os outros vão atrás.

A princípio, Philip nem nota a atulhada sala de estar, as cadeiras cobertas de panos, as malas surradas enfileiradas em uma parede e as estranhas caixas de instrumentos musicais ao lado da porta de correr, também lacrada com madeira. Nem percebe a pequena cozinha americana à esquerda, os caixotes de mantimentos e a pia cheia de pratos sujos. O cheiro de cigarro, de roupas mofadas e do suor que paira no ar mal é captado pelas narinas de Philip.

No momento, tudo o que ele pode ver é o cano de uma espingarda calibre .12 apontado diretamente para ele, da cadeira de balanço do outro lado da sala.

— Aí está bom — diz o homem que empina a arma. Um velho atrapalhado e magricela, com o rosto enrugado e a pele queimada de sol como a de uma estátua de índio que se vê em tabacarias, cabelos grisalhos cortados rentes e olhos azuis que parecem lascas de gelo. Um fino tubo de oxigênio está preso ao nariz adunco dele e a bomba de oxigênio repousa como um cachorrinho fiel. Ele mal cabe nas calças jeans boca de sino e na camisa de flanela, os tornozelos brancos e cabeludos aparecem acima das botas de cano curto e solado grosso.

Philip instintivamente levanta a pistola .22 e logo entra no espírito de faroeste mexicano. Ele mira o velho e diz:

— Meu caro, nós já temos problemas suficientes lá fora. Não precisamos de mais um aqui.

Os outros ficam gelados.

April se mete no meio dos homens.

— Pelo amor de Deus, pai, abaixa essa arma.

O velho manda a garota sair da frente.

— Você fica quietinha, menina.

April fica ali, com as mãos na cintura e uma expressão de nojo no rosto.

— Será que nós não podíamos abaixar um pouco o volume? — pede Tara do outro lado da sala.

— De onde vocês vêm? — pergunta o velho a Philip, com a arma ainda erguida e apontada.

— De Waynesboro, Geórgia.

— Nunca ouvi falar.

— É no município de Burke.

— Caramba. É quase na Carolina do Sul.

— Exatamente.

— Vocês usam drogas? Crack, speed, coisas do gênero?

— Não, senhor. Por que o senhor pensaria isso?

— Tem alguma coisa nos seus olhos. Parece que você acabou de usar speed.

— Eu não uso drogas.

— Como vocês vieram parar na nossa porta?

— A gente ouviu que tinha uma espécie de centro de refugiados por aqui. Mas não é o que parece.

— Nisso você está certo.

— Parece que nós temos alguma coisa em comum — comenta April.

— O que isso quer dizer? — diz Philip para April, mas mantém os olhos no velho.

— É o mesmo motivo *de a gente ter* vindo parar aqui, nessa porra de lugar. Viemos procurar o tal centro de refugiados de que todo mundo estava falando.

Philip continua olhando a arma.

— Era o melhor plano disponível, imagino.

— Exatamente — diz o velho, com o leve chiado do oxigênio saindo da bomba. — E eu imagino que vocês nem percebem o que fizeram com a gente.

— Estou escutando.

— Você conseguiu atiçar todos aqueles malditos Mordedores. Quando o sol se puser, vai ter uma convenção e tanto deles lá fora.

Philip funga um pouco.

— Lamento, mas parece que não tínhamos escolha.

O velho suspira.

— É... Imagino que isso seja verdade.

— Foi a sua filha que tirou a gente da rua. A gente não tinha nenhuma má intenção... Aliás, não tínhamos intenção alguma... só queríamos evitar ser mordidos.

— É. Eu posso entender isso.

Segue-se um longo silêncio, onde todos esperam. As duas armas vão se abaixando.

— Para que são aquelas caixas? — pergunta Philip finalmente, apontando o queixo para a fila de caixas de instrumentos musicais surradas, mais para o fundo da sala. A arma ainda está levantada, mas aquela adrenalina de lutar ou fugir já não existe mais. — Vocês têm algum fuzil ali dentro?

O velho enfim dá uma risada leve. Ele põe a arma no colo, na horizontal e solta o gatilho. Toda a tensão se esvai de seu rosto. A bomba de oxigênio continua chiando.

— Meu amigo, você está diante do que sobrou da mundialmente famosa Chalmers Family Band, astros do teatro, do cinema e das feiras de negócios de toda a região Sul. — O velho põe a arma no chão, com um grunhido. Olha para Philip. — Desculpe pela péssima recepção. — Ele se esforça para se levantar. Quando consegue, parece um Abraham Lincoln abatido. — Meu nome é David Chalmers, vocalista, bandolinista e pai dessas duas mocreias.

Philip guarda a arma na parte de trás do cinto.

— Philip Blake. Esse é meu irmão, Brian. E aquele moço ali se chama Nick Parsons... e eu agradeço muitíssimo por ter salvado nossa pele.

Os dois patriarcas apertam as mãos e a tensão desaparece da sala com a rapidez de uma luz sendo apagada.

Havia também um *quarto* integrante da Chalmers Family Band, a Sra. Chalmers, uma robusta matrona de Chattanooga que era a soprano nos antigos números do grupo. Segundo April, foi uma verdadeira bênção que a matriarca tenha sucumbido à pneumonia cinco anos antes. Se tivesse vivido para ver a merda horrível que recaiu sobre a raça humana, provavelmente teria ficado arrasada, interpretado a situação como o fim do mundo e se atirado do píer do lago Clark's Hill.

E assim a Chalmers Family Band ficou reduzida a um trio e continuou tocando no circuito caipira dos estados de Tennessee, Geórgia e Alabama, com Tara no baixo, April no violão e o pai no bandolim. Como pai solteiro de 66 anos, David tinha muito o que fazer. Tara era esquentada e April puxara o astral da mãe e sua maneira simples e teimosa de fazer as coisas.

Quando a praga surgiu, eles estavam no Tennessee, num festival de música country, e voltaram para casa no trailer do grupo. Conseguiram chegar até a fronteira da Geórgia antes que o trailer quebrasse. Lá, ainda tiveram a sorte de pegar um trem da Amtrak que fazia a rota de Dalton a Atlanta. Infelizmente, o trem os largou no meio da região sudeste, na estação King Memorial, que àquela altura já estava cheia de mortos-vivos. De algum jeito, eles conseguiram ir para o norte sem serem atacados, viajando em carros roubados, em busca do mítico centro de refugiados.

— E foi assim que nós viemos parar neste pequeno paraíso barato — contou April baixinho para Philip mais tarde, naquela noite. Ela está na ponta do sofá desgastado, enquanto Penny cochila, cansada, ao lado dela, enrolada em cobertores. Philip está sentado ali perto.

Velas foram acesas na mesa de centro. Nick e Brian dormem no chão da sala, enquanto David e Tara roncam em tons diferentes, em seus respectivos quartos.

— O problema é que estamos morrendo de medo de ir para o andar de cima — acrescenta April, lamentando-se. — Mesmo que a gente pudesse utilizar todos os mantimentos que encontrasse lá. Pilhas, comida enlatada, o que for. Meu Deus, eu daria o meu peito esquerdo por um pouco de papel higiênico.

— Nunca troque *isso* por papel higiênico — sorri Philip, sentado, descalço, vestindo camiseta e calças jeans manchadas, na outra ponta do sofá, com a barriga cheia de arroz e feijão.

Os mantimentos dos Chalmers já estão acabando, mas eles ainda têm metade dos cinco quilos de arroz que pilharam de uma loja quebrada há uma semana e feijão suficiente para todo mundo jantar. Foi April quem cozinhou. A gororoba até que estava boa. Depois do jantar, Tara enrolou uns cigarros com o resto de fumo Red Man e um pouquinho de skank. Philip tragou um pouco, apesar de ter jurado havia alguns anos que nunca mais fumaria maconha — a droga costumava fazê-lo ouvir coisas que ele preferia não ouvir. Agora, seu cérebro parece ao mesmo tempo leve e pesado, numa onda estranha.

April sorri com tristeza.

— É... Tão perto e, ao mesmo tempo, tão longe...

— O que você quer dizer? — Philip olha para ela e então, lentamente, para o teto. — Ah, sei... — Ele se lembra de ter ouvido o barulho mais cedo e de ter feito uma nota mental. Agora estavam mais quietos, mas os estalos e os passos arrastados nos andares acima cruzaram o teto a noite inteira, movendo-se como a presença invisível e insidiosa de cupins. O fato de Philip quase ter se esquecido dos ruídos era uma prova do quanto tinha ficado insensível à proximidade dos zumbis. — E os outros apartamentos do térreo?

— A gente fez uma limpa. Tiramos tudo o que pudemos deles.

— E o que aconteceu em Druid Hills? — pergunta ele, depois de um instante de silêncio.

April emite um longo suspiro.

— As pessoas disseram que havia um centro de refugiados lá. Mas não havia.

Philip olha para ela.

— E...?

April dá de ombros.

— A gente chegou lá e encontrou um monte de gente escondida atrás dos portões de um imenso ferro-velho. Gente como nós. Confusas, assustadas. Nós tentamos convencer algumas delas a virem com a gente. Que seríamos mais fortes unidos, esse tipo de papo.

— E o que aconteceu?

— Acho que elas estavam assustadas demais para ir embora e assustadas demais para ficar. — April olha para baixo, a luz das velas reflete em seu rosto. — Tara, eu e papai encontramos um carro que funcionava. A gente pegou uns mantimentos e foi embora. Mas nós ouvimos umas motos chegando, enquanto estávamos indo embora.

— Umas motos?

Ela assente e enxuga os olhos.

— Nós avançamos uns 500 metros, talvez nem isso. Tínhamos dado a volta no morro e de repente a gente ouviu, bem longe, uns gritos. E quando a gente olhou para o vale, para o tal pátio de segurança, parecia... sei lá... aquele filme *Mad Max II*, ou coisa parecida.

— Parecia o quê?

— Uma gangue de motoqueiros está destruindo tudo, atropelando as pessoas, famílias inteiras, e fazendo sabe Deus mais o quê. Uma coisa muito feia. E o mais esquisito é que não foi o fato de termos escapado por pouco que nos atormentou. Não foi a bala de que desviamos. Acho que foi a culpa. Todos nós queríamos voltar para lá e ajudar, dar uma de bons cidadãos e coisa e tal, mas não voltamos. — Ela olha para ele. — Porque não somos mais bons cidadãos. Não sobrou mais ninguém desse tipo.

Philip olha para Penny.

— Eu posso entender por que seu pai não gostou da ideia de aceitar novos moradores.

— Desde o fracasso lá no ferro-velho, ele ficou realmente paranoico quanto a encontrar outros sobreviventes. Talvez mais paranoico do que quanto a encontrar os Mordedores.

— *Mordedores*... Eu ouvi vocês usarem este termo antes. Quem inventou?

— Foi meu pai. E pegou.

— Gostei. — Philip volta a sorrir para ela. — E gosto de seu pai. Ele sabe tomar conta de si mesmo e não o culpo por não confiar na gente. Ele parece ser um velho durão e eu respeito isso. A gente precisa de mais gente como ele.

Ela suspira.

— Ele não é mais tão durão quanto era antigamente. Isso eu posso garantir.

— O que é que ele tem? Câncer de pulmão?

— Enfisema.

— Nada bom — responde Philip e então vê uma coisa que o deixa gelado.

April Chalmers está com a mão no ombro de Penny e, quase sem perceber, acaricia a menina adormecida. É um gesto tão terno e inesperado — e tão natural — que toca Philip profundamente e desperta alguma coisa dentro dele, alguma coisa que estava dormente há muito tempo. No começo, ele não entende o sentimento, e a confusão deve estar transparecendo em seu rosto, porque April olha para ele.

— Você está bem?

— Eu... é... estou.

Ele toca o Band-Aid na têmpora, onde bateu mais cedo, no acidente daquele dia. Os Chalmers lançaram mão de seu kit de primeiros socorros e remendaram todo mundo antes do jantar.

— Vamos fazer o seguinte — diz ele —, você dorme um pouco e, de manhã, eu e os rapazes vamos limpar os apartamentos de cima.

Ela o encara por um momento, como se estivesse se perguntando se pode ou não confiar nele.

No dia seguinte de manhã, depois do café, Philip mostra que é um homem de palavra. Ele convoca Nick e pega mais alguns cartuchos extras para a Ruger e uma caixa de balas para as Marlins. Enfia as machadinhas no cinto e dá uma pequena picareta para Nick, para o caso de algum confronto direto.

Parando junto à porta, Philip se agacha para amarrar os cadarços das botas, tão sujos de lama e sangue coagulado que parecem ter sido trançados com fios pretos e roxos.

— Tratem de ter cuidado lá em cima — diz o velho Chalmers, na entrada da cozinha. À luz da manhã, ele parece mais cinzento e desbotado, se apoiando no carrinho de aço onde fica a bomba de oxigênio. O tubo sob o nariz chia levemente a cada respiração. — Nunca se sabe o que se vai encontrar.

— A gente sempre tem cuidado — responde Philip, enfiando a camisa de brim dentro da calça jeans e verificando se as machadinhas estão facilmente acessíveis. Nick está de pé junto a ele, esperando com o rifle no ombro. A expressão em seu rosto é bem rígida, uma triste mistura de determinação e emoção.

— A maioria vai estar no segundo andar.

— A gente dá cabo deles no caminho.

— Tratem de se cuidar.

— Pode deixar — responde Philip, se levantando e checando as machadinhas.

— Eu também vou.

Philip dá meia-volta e vê Brian de pé com uma camiseta limpa do REM — o orgulho de Athens — e uma expressão abatida e determinada no rosto. Carrega uma pistola nos braços como se ela fosse um ser vivo.

— Tem certeza?

— Absoluta.

— E Penny?

— As garotas vão tomar conta dela.

— Não sei, não.

— Por favor — diz Brian. — Vocês vão precisar de mais dois olhos lá em cima. Eu estou disposto.

Philip pensa um pouco. Ele olha para o outro lado da sala e vê a filha sentada de pernas cruzadas no chão entre as duas irmãs Chalmers. As garotas jogam Mau Mau com um baralho todo esfolado, e volta e meia Penny sorri e bate numa carta. Há muito tempo que ela não sorri. Philip olha para o irmão e sorri também.

— É exatamente assim que tem que ser.

Eles sobem as escadas no final do corredor do primeiro andar — os elevadores do outro lado estão tão mortos quanto os zumbis —, mas primeiro têm que tirar a proteção de madeira das portas. O barulho das machadadas e dos pregos se soltando parece atiçar o movimento acima deles, nas câmaras escuras que ficam atrás das portas dos apartamentos. Num dado momento, Philip peida com toda força, um resquício do feijão de April da noite anterior.

— Esse pum vai matar mais zumbis do que qualquer bala na cabeça — comenta Nick.

— Há-há-há — responde Philip, arrancando a última tábua de proteção.

No caminho para a escada, Philip ainda comenta:

— Lembrem-se de *serem rápidos*. Esses filhos da puta podem ser ardilosos, mas são lentos como umas lesmas. E mais burros que o Nick aqui.

— Há-há-há de volta — responde Nick, inserindo com a habitual experiência duas balas calibre .20 na espingarda.

Chegam ao andar de cima e encontram a saída de incêndio para o segundo andar bem fechada. Eles param. Brian está tremendo.

— Calma, meu chapa — diz Philip ao irmão, percebendo que o cano da espingarda está ligeiramente trêmulo. Philip afasta gentilmente o cano da região das suas costelas. — E vê se não manda sem querer uma bala dessas para dentro de um de *nós*.

— Está tudo sob controle — responde Brian numa voz tensa e trêmula, mostrando claramente que *nada* está sob controle.

— Lá vamos nós — diz Philip. — E lembrem-se: vão atrás deles com força e rápido.

Um chute só, bem firme, com o calcanhar da bota faz a porta se abrir.

ONZE

Por um milésimo de segundo, eles param, o coração disparado. Além de uns poucos invólucros de bala e garrafas quebradas e vazias, e um bocado de poeira, o hall do segundo andar — que é igual ao do primeiro — está vazio. Um feixe de luz do sol passa pelas janelas e ilumina pequenos grãos de poeira no ar, que vão se acumulando perto das portas fechadas: 2A, 2C e 2E de um lado e 2B, 2D e 2F do outro.

— Estão todos trancados nos apartamentos — cochicha Nick.

Philip assente.

— Vai ser como atirar em peixes num barril.

— Vamos logo. Em frente — diz Brian, sem convencer. — Vamos acabar com isso.

Philip olha para o irmão e então para Nick.

— Olha o Rambo falando!

Eles se dirigem para a primeira porta da direita — 2F — e erguem os canos das armas. Philip destrava a Ruger.

E depois arromba a porta com um chute.

Uma enorme onda de fedor os atinge como se fosse um soco na cara. É a primeira coisa que eles registram: um cheiro horroroso de degradação humana, de fezes e de urina — e o fedor dos zumbis — tentando dominar os cheiros igualmente fortes de comida estragada, banheiros cheios de limo e roupas mofadas. É tão avassalador e insuportável que literalmente faz os homens recuarem um passo.

— Minha mãe do céu — exclama Nick, quase que sufocando e desviando o rosto sem querer, como se o cheiro fosse vento batendo nele.

— Ainda acha meu peido fedorento? — pergunta Philip, enquanto entra cuidadosamente na malcheirosa escuridão do apartamento. Levanta a Ruger .22.

Nick e Brian vão atrás com as armas em posição, os olhos abertos e brilhando de tensão.

Um segundo mais tarde, eles encontram quatro zumbis repousando no chão da sala totalmente revirada, cada um esparramado num canto, catatônicos e de queixo caído, grunhindo preguiçosamente ao ver os intrusos. Mas são doentes demais, burros demais ou muito dementes para se mexer, como se tivessem ficado cansados daquela sina miserável e se esquecido de como usar os móveis. É difícil de dizer com a pouca luz, especialmente com os rostos deles todos inchados, escurecidos e com a pele em decomposição, mas é como se fosse outra família: pai, mãe e dois filhos crescidos. As paredes têm manchas estranhas de arranhões, como uma gigantesca pintura abstrata, uma prova de que aquelas coisas procuraram seguir um último instinto para rastejar para o lado de fora.

Philip vai até o primeiro, os olhos de tubarão brilhando ao ver a Ruger apontada para ele. O tiro faz o cérebro do zumbi se misturar ao quadro estilo Jackson Pollock formado pelos arranhões atrás dele. E então a coisa esmorece no chão. Enquanto isso, Nick está do outro lado da sala, dando cabo de mais um, com o tiro da Marlin parecendo um grande saco de papel explodindo. A massa encefálica forma uma pintura na parede. Philip atinge o terceiro conforme ele se levantava lentamente e Nick se move na direção do quarto e BUUUM!... o som da parede se cobrindo de fluidos é amortecido pelo zunido nos ouvidos.

Brian está dez passos atrás deles, a arma em posição, com o espírito naufragando em seu corpo numa onda de repulsa e náusea.

— Isso aí... isso não é... — começa a dizer, mas um rápido movimento vindo da esquerda o interrompe.

* * *

A zumbi cambaleante se aproxima de Brian vinda das profundezas de um corredor na lateral, saindo das sombras como um palhaço monstruoso de peruca preta e olhos que parecem doces. Antes de Brian ter sequer a chance de identificá-la como filha ou namorada de alguém, vestida num robe rasgado com um peito murcho exposto como se fosse um pedaço de carne mastigada, a coisa o atinge com a força de um zagueiro bloqueando um adversário.

Brian cai de costas no chão e tudo acontece tão rápido que Philip e Nick não têm tempo de intervir. Estão longe demais.

O cadáver ambulante aterrissa em cima de Brian e rosna com os dentes pretos e gosmentos. Naquela fração de segundo antes de Brian perceber que ainda está segurando a arma, o zumbi escancara tanto a boca que parece que o crânio está prestes a se soltar.

Brian tem uma visão tenebrosa do interior daquela garganta — um poço sem fundo que vai até o inferno —, antes de instintivamente erguer a arma. Quase que por acidente, o cano se aloja no buraco que é a boca daquela coisa e Brian dá um grito estrangulado enquanto dispara o único tiro.

A parte de trás da cabeça do monstro explode, mandando pelos ares uma nuvem de sangue e de tecido. Os fluidos lavam o teto com sangue arterial roxo escuro e Brian fica perplexo por um momento, as costas ainda grudadas no chão. A cabeça do troço ainda pende sobre o cano da arma. Ele pisca. Os olhos de prata da filha ou namorada, ou *quem quer* que aquilo fosse, agora estão petrificados e fixos em Brian.

Ele tosse e vira o rosto conforme a cabeça da garota desliza devagar pelo cano da arma, como um espetinho de carne gigante, os olhos mortos ainda fixos em Brian. Ele sente a gosma do rosto dela nas mãos e fecha os olhos. É incapaz de se mexer. Com a mão direita ainda colada no gatilho e a esquerda na coronha, ele faz uma careta de horror.

Uma risada fria faz com que Brian volte ao mundo dos vivos.

— Olha só quem marcou o primeiro gol da vida — comemora Philip, se erguendo sobre o irmão em meio a uma nuvem de fumaça de pólvora e sorrindo de orelha a orelha, totalmente encantado.

* * *

Nick é quem encontra a saída para o terraço, e Philip tem a ideia de depositar os corpos em putrefação ali em cima, para não empestearem ainda mais o apartamento (ou tornar o saque dos andares de cima mais desagradável do que o estritamente necessário).

Eles levam pouco mais de uma hora para carregar todos os restos não humanos pela escada até o terceiro andar e de lá por uma escada estreita até a saída de incêndio. Eles têm que abrir a porta a tiros e depois trabalhar numa espécie de linha de montagem improvisada, arrastando os sacos de carne fedorenta pelos corredores e subindo dois lances de escada até o teto, deixando trilhas de gosma no carpete cor-de-rosa.

Eles conseguem levar todos os corpos — deram cabo de 14 zumbis ao todo, usando dois cartuchos de balas calibre .22 e meia caixa de munição para espingarda — pela escada que vai dar no terraço.

— Olha só para isso aqui — maravilha-se Nick ao colocar a última carcaça na cobertura de papel alcatroado que corre do lado leste do terraço; o vento levanta as pernas de suas calças e bagunça seus cabelos. Os corpos estão deitados em fila como lenha pronta para ser usada no inverno. Brian está na outra ponta, olhando para os zumbis mortos com uma expressão estranha e implacável no rosto.

— Legal — comenta Philip, andando até a beira do terraço.

Daquela altura, eles podem ver a distância os edifícios do exclusivo bairro de Buckhead, a Peachtree Plaza e os arranha-céus de vidro a oeste. As torres petrificadas da cidade se erguem em picos impassíveis e imaculados, estoicas à luz do sol e intocadas pelo Apocalipse. Lá embaixo, Philip vê uns poucos mortos-vivos saindo das sombras, como soldadinhos de chumbo quebrados que ganharam vida.

— Lugarzinho legal para passar o tempo — declara Philip, virando-se e dando uma geral no resto do terraço.

Em volta de um imenso emaranhado de antenas, máquinas de aquecimento e de ar-condicionado, agora frias e impotentes, um canteiro de cascalho tem espaço suficiente para se jogar futebol americano. Uma pilha de móveis de jardim repousa próximo a um duto de ar.

— Peguem uma cadeira dessas e relaxem um pouco.

Eles arrastam umas espreguiçadeiras quebradas até a beira do terraço.

— Eu poderia me acostumar com isto aqui — diz Nick, se recostando numa cadeira e olhando para os prédios no horizonte.

Philip se senta ao lado dele.

— Você está falando do terraço ou do prédio inteiro?

— Do prédio inteiro.

— Positivo.

— Como é que vocês conseguem? — pergunta Brian, de pé atrás deles, tendo que lutar contra os próprios nervos. Ele se recusa a se sentar, recusa-se a relaxar. Ainda está tenso do encontro com a cabeça empalada.

— Conseguem o quê? — pergunta Philip.

— Não sei, matar e tal e, no minuto seguinte, já estão...

Brian estaca, incapaz de transformar o raciocínio em palavras, e Philip se vira para encarar o irmão. Vê que as mãos dele estão tremendo.

— Senta aí, Brian. Você se saiu muito bem naquela hora.

Brian puxa uma cadeira e se senta, esfregando as mãos e ruminando.

— O que eu estava dizendo é que...

E de novo ele não consegue articular o que "estava dizendo".

— Isso não é matar, meu velho. Assim que você entender isso, vai ficar bem melhor.

— Então o que é?

Philip dá de ombros.

— Como é que você chamaria, Nicky?

Nick está olhando os prédios.

— O trabalho de Deus?

Philip solta uma sonora gargalhada e então diz:

— Eu tenho uma ideia.

Ele se levanta e vai até o cadáver mais próximo, um dos menores.

— Olhem só para isso — diz, e arrasta a coisa até a borda do terraço.

Os outros o seguem. O vento rançoso levanta os cabelos deles, enquanto olham para a rua, quase 5 metros abaixo.

Philip empurra o cadáver com a ponta da bota, até que ele escapole da borda.

O troço parece cair em câmera lenta, os membros flácidos batendo como se fossem asas quebradas. Ele aterrissa no chão de cimento lá embaixo, na frente do prédio, e se desfaz com o som, a cor e a textura de uma melancia excessivamente madura, numa explosão de tecido cor-de-rosa.

No quarto principal do apartamento do primeiro andar, David Chalmers está sentado de camiseta e cueca samba-canção, respirando por um inalador e tentando mandar Atrovent suficiente para os pulmões para fazer frente ao enfisema, quando ouve a barulheira do outro lado da porta de correr, na parte de trás do apartamento.

O som imediatamente arrepia os pelos atrás da nuca dele e David rapidamente se veste, atrapalhado, enfiando por dentro das roupas o tubo de oxigênio, o qual só consegue inserir pela metade — a outra cânula fica pendurada debaixo da narina cabeluda.

Ele dispara pelo quarto com os joelhos bambos, arrastando consigo a bomba de oxigênio, como uma criança teimosa sendo contida por uma babá impaciente.

Atravessando a sala, ele vê de relance três vultos tensos e horrorizados na porta da cozinha. April e Tara estavam fazendo biscoitos com a menininha — gastando o resto da farinha e do açúcar — e agora as três mulheres estão ali, de boca aberta, olhando na direção do barulho.

David caminha trôpego até a porta de correr, coberta de tábuas para se proteger dos ladrões.

Por uma fresta entre as madeiras de compensado e por entre os galhos das árvores, ele consegue ver o canto do pátio e, além dele, uma nesga da rua que passa pela frente do apartamento.

Mais um corpo caiu do céu, como se tivesse sido atirado por Deus, batendo na calçada e fazendo um som molhado e sinistro, bem parecido com o de uma gigantesca melancia explodindo. Mas não é esse o barulho que incomoda David. Não é o barulho que está penetrando no apartamento, vindo em ondas, numa ampla, desafinada e distante sinfonia.

— Minha Nossa Senhora — balbucia, numa voz que é quase um sopro, virando-se tão rápido que quase tropeça na bomba de oxigênio.

Ele arrasta o carrinho na direção da porta.

No terraço, Philip e Nick fazem uma pausa depois de jogar o quinto corpo do parapeito.

Com a respiração pesada devido ao esforço e com uma espécie de vertigem mórbida, Philip comenta:

— Eles explodem que é uma beleza, né?

Nick está fazendo força para não rir, mas sem sucesso.

— É um absurdo total a gente fazer isso, mas eu tenho que dizer que lava a alma.

— É isso aí.

— E qual é o objetivo disso, gente? — pergunta Brian, atrás dos dois.

— O objetivo é que não *tem* objetivo — responde Philip, sem encarar o irmão.

— E isso é o quê? Algum ditado zen?

— Isso é o que é.

— Certo, agora estou perdido. Quero dizer, eu não vejo como o fato de atirar essas porras do terraço está *levando* a alguma coisa.

Philip se vira e olha duro para o irmão.

— Dá um tempo, meu chapa. Você conseguiu o seu primeiro troféu hoje. Não foi bonito, mas deu conta do serviço. A gente só está espairecendo um pouco.

Nick vê alguma coisa no horizonte que não tinha percebido até então.

— Ei, olha lá...

— O que eu estou querendo dizer — interrompe Brian — é que a gente tem que manter a cabeça no lugar e coisa e tal. — Ele mantém as mãos no bolso, manuseando nervoso o canivete e as moedas que ainda guarda ali. — April e a família são gente boa, Philip. E a gente tem que se comportar.

— Tá bem, mãe — responde Philip com um sorriso frio.

— Gente, dá só uma olhada naquele edifício ali da esquina.

Nick aponta para um edifício feio e atarracado de tijolos, na esquina nordeste do cruzamento mais próximo. Enegrecido nas pontas pela fumaça da cidade, o letreiro esmaecido pintado acima da vitrine do primeiro andar diz DILLARD — MÓVEIS PARA O LAR.

Philip vê.

— Sei. E daí?

— Olha para o canto do prédio, tem uma daquelas coisas para pedestres.

— Uma o quê?

— Uma passarela, ou um caminho, ou seja lá como se chama. Estão vendo?

E, certamente, Philip percebe uma ponte de vidro suja que atravessa a rua lateral, ligando a ponta do prédio de escritórios que fica à diagonal deles até o segundo andar da Dillard. A passarela está vazia e fechada dos dois lados.

— No que você está pensando, Nicky?

— Eu não sei. — Ele olha para a ponte de pedestres e reflete um pouco. — Mas pode ser que...

— Senhores!

A voz rascante de um velho os interrompe.

Brian se vira e vê David Chalmers cambaleando na direção deles, saindo da porta aberta da escada. Os olhos do homem estão queimando de urgência e ele arrasta a bomba de oxigênio como quem já está acostumado. Brian dá um passo na direção dele.

— Sr. Chalmers, o senhor subiu até aqui sozinho?

O velho respira com dificuldade quando se aproxima. No meio da respiração cheia de chiados e dificuldades, ele diz:

— Eu posso estar velho e doente, mas não sou inválido... E trate de me chamar de David. Estou vendo que vocês realmente limparam os andares direitinho e eu sinceramente agradeço muito por isso.

Philip e Nick se viram para encarar o homem.

— Tem algum problema? — pergunta Philip.

— Oh, sim, temos um problema, sim — responde o homem, com os olhos faiscando de raiva. — Que diabos vocês estão fazendo aqui, jogando os corpos desse jeito? Vocês só estão dando um tiro *no próprio pé*!

— O que quer dizer?

O velho solta um grunhido.

— Vocês estão surdos, ou coisa parecida? Não conseguem ouvir isso?

— Ouvir o quê?

O velho se move até a ponta do prédio.

— Dá só uma olhada.

Ele aponta um dedo retorcido para dois edifícios no horizonte.

— Estão vendo o que vocês fizeram?

Philip olha para o norte e imediatamente percebe porque passou os últimos 15 minutos ouvindo o zunido infernal de 1.001 gemidos. Legiões de zumbis estão migrando para o edifício, provavelmente atraídas pelo barulho e pelo espetáculo do sangue explodindo na calçada.

Talvez a dez ou 12 quadras de distância, eles agora andam como um coágulo ondulante que viaja pelas artérias. Por um momento, Philip não consegue desviar os olhos daquela horrível expedição.

Os zumbis vêm de todas as direções. Perambulando pelas sombras, saindo das ruelas, infestando as ruas principais, eles se encontram e se multiplicam nos cruzamentos como uma ameba gigante ganhando força e tamanho, atraídos inexoravelmente pelos seres humanos ali no meio, que servem de catalisadores. Philip finalmente desvia o olhar e dá um tapinha no ombro do velho.

— Nossa culpa, David... Nossa culpa.

Naquela noite, eles tentam jantar e fingir que é só uma refeição normal entre amigos, mas o barulho insistente de garras do lado de fora acaba com todas as conversas. O som é uma lembrança constante do exílio em que se encontram, da ameaça mortal que está logo ali fora, do isolamento. Contam uns aos outros suas histórias de vida, se esforçam ao máximo, mas o barulho ameaçador deixa todos os nervos à flor da pele.

Considerando que há outros 17 apartamentos no prédio, eles tinham esperado colher um belo saque de provisões. Mas tudo o que encontraram foram alguns mantimentos secos nas despensas, cereais e macarrão duro, uma meia dúzia de latas de sopa, alguns biscoitos mofados e umas poucas garrafas de vinho barato.

Já fazia semanas desde que o prédio fora abandonado, sem energia e infestado de gente morta, e toda a comida havia apodrecido. As larvas tinham tomado conta da maioria das geladeiras e até as roupas de cama e de vestir estavam mofadas e impregnadas com o cheiro dos zumbis. Talvez as pessoas tivessem levado os objetos essenciais com elas quando fugiram. Talvez tivessem levado todas as pilhas, lanternas, água mineral, os fósforos e as armas com elas.

No entanto, deixaram os armários de remédios intactos e Tara conseguiu juntar uma caixa de sapato inteira de comprimidos: calmantes como Xanax e Valium, estimulantes como Adderall e Ritalina, remédios para a pressão, comprimidos para emagrecer, betabloqueadores, antidepressivos e remédios para baixar o colesterol. Ela também encontrou dois vidros de broncodilatadores que vêm bem a calhar para o velho. Philip se diverte com a maneira falsa como Tara finge que está cuidando do bem-estar de todos, quando sabe perfeitamente que ela está mais interessada em encontrar alguma coisa que lhe faça se divertir um pouco. E quem pode culpá-la? Um alívio farmacêutico agora seria uma fuga tão boa quanto qualquer outra.

A verdade é que, naquela segunda noite, mesmo com toda a barulheira dos zumbis do lado de fora, Philip começou a simpatizar com a família Chalmers. Gosta deles. Gosta do jeito boêmio interiorano, da garra deles e simplesmente gosta de estar junto de outros sobreviventes. Nick também parece se sentir energizado pela união das duas famílias e Penny até voltou a falar, com os olhos brilhando pela primeira vez em várias semanas. A presença de outras mulheres, pensa Philip, era exatamente o que o médico tinha recomendado para a filha.

Até Brian, que praticamente se curou da gripe, parece mais forte e confiante. Na humilde opinião de Philip, ele ainda tem um longo caminho pela frente, mas parece energizado pela possibilidade de viver numa comunidade, por menor e mais estraçalhada que seja.

No dia seguinte, eles começam a entrar numa espécie de rotina. Do terraço, Philip e Nick monitoram o número de zumbis na rua, enquanto Brian verifica os pontos fracos do primeiro andar: as janelas, as saídas de incêndio, o quintal e o pátio da frente. Penny está se enturmando mais com as irmãs Chalmers e David permanece, na maioria das vezes, reservado. O velho está lutando com a doença nos pulmões da melhor maneira que pode. De vez em quando cochila, mas leva o inalador e faz companhia aos visitantes o máximo possível.

De tarde, Nick começa a fazer uma passarela improvisada, a qual planeja ligar do terraço do prédio em que estão ao terraço do edifício vizinho. Ele meteu na cabeça que pode chegar até a passarela de pedestres da esquina, sem precisar pôr os pés no chão. Philip acha que a ideia é maluca, mas manda o amigo ir em frente e perder tempo, se é isso o que deseja.

Nick, porém, acredita que esse plano é crucial para a sobrevivência deles, principalmente porque estão todos secretamente preocupados — dá para ver pela expressão de todo mundo que vai até a cozinha — que a comida logo logo acabe. A água foi fechada no edifício e carregar baldes de excremento humano do banheiro até a janela dos fundos para jogar no quintal é o menor dos problemas. Eles contam com um suprimento limitado de água e é isso o que preocupa todo mundo.

Naquela noite, depois do jantar, um pouco depois das 20 horas, quando um silêncio desagradável na conversa faz todo mundo se lembrar do barulho incessante que vem da escuridão lá fora, Philip tem uma ideia.

— Por que vocês não tocam alguma coisa para a gente? Para abafar esses filhos da mãe de uma vez?

— Ei — diz Brian animado. — Essa ideia é ótima.

— Nós estamos um pouco enferrujados — diz o velho, na cadeira de balanço. Essa noite, ele parece mais cansado e retraído, ação da doença. — Para falar a verdade, nós não tocamos nem uma nota desde que esta confusão toda começou.

— Medroso — comenta Tara do sofá, enrolando um cigarro com um pouco de fumo, sementes e raminhos que estão no fundo da caixinha de Band-Aid. Os outros estão espalhados pela sala, com as orelhas erguidas ante a perspectiva de ouvir a mundialmente famosa Chalmers Family Band.

— Vamos lá, pai — incentiva April. — A gente podia tocar "The Old Rugged Cross" para eles.

— Nããо, não querem ouvir uma baboseira religiosa numa situação como esta.

Tara já está manobrando o imenso corpo pela sala na direção do enorme contrabaixo, com o cigarro improvisado pendurado na boca.

— É só escolher, pai. Eu acompanho no baixo.

— Bem... Que mal pode fazer? — conforma-se David Chalmers, enquanto ergue o corpo frágil da cadeira de balanço.

Os Chalmers tiram os instrumentos das caixas e os afinam. Quando estão prontos, se posicionam como uma verdadeira trupe antes de começarem, com a sincronia de um exército em manobra, com April à frente, no violão, e David e Tara atrás, um de cada lado, ele no bandolim e ela no contrabaixo. Philip pode muito bem imaginá-los no palco do Grand Ole Opry e pode ver que Brian está curtindo tudo, do outro lado da sala. Um fato sobre Brian Blake é que ele entende de música. Philip sempre apreciou o quanto o irmão entende do assunto e agora, com esse bônus inesperado, Philip acha que o irmão deve estar maravilhado.

Eles começam a tocar.

Philip fica totalmente quieto.

E parece que seu coração começa a ficar mais leve que um balão.

* * *

Não é só a beleza crua e inesperada da música — a primeira é uma velha canção irlandesa, com a cadência do baixo triste e um violão que soa como um violino de roda, de cem anos atrás. Nem o fato de que a pequena e doce Penny parece se transportar com aquela melodia e ficar sentada no chão, com os olhos sonhadores. Nem o fato de que uma simples música, uma delicada música, no meio de todo aquele horror quase consegue partir o coração de Philip. É a hora em que April começa a cantar que enche a alma de Philip de mel:

There's a shadow on my wall, but it don't scare me at all
*I'm happy all night long in my dreams**

Clara e perfeita como um sino de vidro. Afinadíssima. O contralto de April, espetacular e aveludado, toma conta da sala. Parece acariciar as notas e tem até um toque religioso, um tempero de *soul* que lembra Philip de uma cantora do coral de uma igreja da região:

In my dreams, in my dreams
I'm happy all night long in my dreams
I'm safe here in my bed, happy thoughts are in my head
*And I'm happy all night long in my dreams***

A voz levanta um desejo louco em Philip — uma coisa que não sentia desde que Sarah morreu. De repente, ele desenvolve uma visão de raios X. Pode ver detalhes de April Chalmers enquanto ela toca as seis cordas do violão e canta maravilhosamente; coisas que ele não havia percebido antes. Vê uma pequena tornozeleira nela e uma rosa

---

* Tem uma sombra na minha parede, mas ela não me assusta
Eu passo a noite inteira feliz com meus sonhos
** Com meus sonhos, com meus sonhos
Eu passo a noite inteira feliz com meus sonhos
Estou segura aqui na cama, pensando em coisas bonitas
E eu passo a noite inteira feliz com meus sonhos

tatuada num cantinho do braço e as meias-luas brancas que formam seus peitos — brancos como madrepérola — entre os botões da blusa.

A música termina e todo mundo aplaude; e Philip, mais alto que todo mundo.

No dia seguinte, depois de um magro café da manhã composto de cereais mofados e leite em pó, Philip percebe que April está sozinha, perto da porta da frente, calçando as botas de escalada e prendendo as mangas do moletom com fita adesiva.

— Achei que gostaria de mais uma xícara — oferece Philip, indo a ela inocentemente, com uma xícara de café em cada mão. — É café instantâneo, mas dá para o gasto. — Ele percebe que ela está enrolando fita adesiva no tornozelo também. — O que você está fazendo?

Ela olha para o café.

— Você usou o resto da jarra só para isso?

— Acho que sim.

— Nós só temos uma jarra para nós sete até sabe Deus quando.

— Em que você está pensando?

— Não precisa fazer escândalo. — Ela sobe o zíper do moletom e aperta o elástico do rabo de cavalo, escondendo-o sob o capuz. — Eu já venho planejando isso há algum tempo e quero fazer sozinha.

— Planejando o quê?

Ela põe a mão dentro do armário dos casacos e tira um taco de beisebol de ferro.

— Nós encontramos isto num dos apartamentos. Eu sabia que um dia poderia ser útil.

— O que você vai fazer, April?

— Sabe aquela escada de incêndio no lado sul do edifício?

— Você não vai sair na rua sozinha.

— Eu posso sair pelo 3F, descer pela escada e afastar os Mordedores do edifício.

— Não... *Não mesmo!*

— Afastá-los o suficiente para pegar mais mantimentos e voltar.

Philip olha para as botas sujas de lenhador ao lado da porta, onde as deixou na noite anterior.

— Você poderia me passar aquelas botas? Se está decidida, então com certeza não vai sozinha.

DOZE

Mais uma vez, o cheiro atinge Philip violentamente no rosto, assim que põe a cabeça para fora da janela sul do apartamento 3F — um caldeirão de dejetos humanos cozinhando em fogo brando, em gordura de bacon —, um fedor tão horroroso que faz Philip estremecer. Os olhos dele começam a marejar assim que põe a cabeça pela janela. Ele não acredita que *algum dia* vai conseguir se acostumar com aquele cheiro.

Philip salta para um parapeito enferrujado e bambo de ferro fundido. A plataforma, ligada a uma escada que ziguezagueia três andares abaixo até uma rua lateral, balança com o peso de Philip. Seu estômago se encolhe com a súbita mudança de gravidade e ele tem que se agarrar ao corrimão.

O tempo ficou feio e úmido, com o céu da cor do asfalto e um vento nordeste cortando pelos distantes cânions de concreto. Felizmente, lá embaixo, há apenas uma quantidade mínima de Mordedores perambulando pela ruela que ladeia a parede sul do edifício. Philip olha o relógio.

Em cerca de um minuto e 45 segundos, April vai arriscar a vida na frente do prédio e é esse sentimento de urgência que faz Philip ir em frente. Ele desce rapidamente o primeiro lance, com a escada bamba gemendo sob o seu peso e tremendo a cada passada.

Enquanto desce, Philip sente que os olhos prateados dos mortos-vivos o observam, atraídos pelo ranger metálico das escadas, os sentidos primitivos o rastreando, sentindo o cheiro dele e as vibrações que emana, como aranhas sentem que um inseto caiu na teia. Silhuetas escuras, que Philip nota pela visão periférica, se arrastam lentamente na direção dele, se amontoando a partir da frente do prédio, para investigar.

Eles ainda não viram nada, pensa Philip ao cair no chão e sair correndo pela rua. Sessenta e cinco segundos. O plano é entrar e sair rapidinho, e Philip passa pelas vitrines fechadas com tábuas com a destreza de um fuzileiro naval da Delta Force. Ele chega ao lado leste do prédio e encontra um Chevrolet Malibu abandonado, com placa de outro estado.

Trinta e cinco segundos.

Philip pode ouvir os passos arrastados se aproximando dele na hora em que se agacha atrás do Malibu e rapidamente tira a mochila das costas. Suas mãos não tremem quando ele tira uma garrafa de 300 ml de Coca-Cola cheia de gasolina (April achou um bujão de plástico de reserva no porão do prédio, na sala de manutenção).

Vinte e cinco segundos.

Ele tira a tampa, enfia lá dentro o pano ensopado de gasolina e prende o lado fino da garrafa no cano de descarga do carro, deixando um trapo de 30 centímetros pendurado. Vinte segundos. Ele pega um isqueiro Bic, acende e põe fogo no trapo. Faltam 15 segundos e Philip sai correndo.

Dez segundos.

Ele consegue atravessar a rua, chegando a roçar em alguns Mordedores, e se mete num refúgio escuro, mergulhando atrás de uma fila de latas de lixo, antes de ouvir o *BAAM* da primeira erupção — a garrafa pegando fogo —, seguida por uma explosão muito maior.

Philip abaixa a cabeça e se protege quando um barulho supersônico sacode a rua e manda para os ares uma bola de fogo que transforma aquele mundo de sombras num lugar muito bem iluminado.

Bem na hora, pensa April, agachada nas sombras do hall de entrada, o estouro fazendo a porta de vidro tremer. A luz que espocou sobre ela parece o flash de um fotógrafo invisível. Ela sai por baixo das tábuas que protegem a porta e vê a enorme mudança naquele mar de mortos.

Como uma maré de rostos lívidos e esfarrapados, que mudam com a força gravitacional da Lua, eles começam a seguir o barulho e a luz e partem, como uma massa desengonçada, para o lado sul do edifício.

Festões metálicos refletindo o sol não conseguiriam atrair uma revoada de corvos tão bem quanto o efeito da explosão nos Mordedores. Em mais ou menos um minuto, a rua diante do prédio está praticamente deserta.

April se prepara. Respira fundo. Aperta as alças das mochilas. Fecha os olhos. Faz uma prece rápida e silenciosa... e então dispara, puxa a barra da porta e a empurra.

Ela espia do lado de fora. O vento balança seus cabelos e o cheiro é de matar. Ela se mantém abaixada enquanto corre na rua.

O excesso de sensações ameaça distraí-la — o fedor, a proximidade do bando a meia quadra de onde está, o coração batendo como um trovão —, enquanto April rapidamente passa da frente de uma loja para outra. Felizmente, ela conhece o bairro o bastante para saber onde fica a loja de conveniência.

Medindo pelo relógio, April Chalmers só demora 11 minutos e 33 segundos para passar pelo vidro quebrado e entrar no interior da loja de conveniência saqueada. Só 11,5 minutos foram suficientes para ela encher meia sacola de lona com água e comida suficientes e várias outras coisas para eles se manterem por algum tempo.

Mas, para April Chalmers, naqueles 11,5 minutos, parece que o mundo parou.

Ela agarra quase 10 quilos de compras da loja de conveniência, incluindo uma pequena lata de presunto, com conservantes o suficiente para durar até o Natal, 9 litros de água filtrada, três pacotes de Marlboro vermelho, isqueiros, carne seca, vitaminas, remédios para gripe, pomadas antibacterianas e seis muito abençoados rolos extragrandes de papel higiênico. April joga tudo dentro da mochila com a velocidade de um raio.

Os pelos atrás da nuca ficam arrepiados, enquanto ela trabalha sempre consciente de que o tempo está passando. Logo a rua vai voltar a se encher e o exército de Mordedores bloqueará o caminho se ela não voltar em mais alguns minutos.

Philip usa a metade de mais um cartucho de balas .22 para ir até os fundos do edifício. A maioria dos Mordedores se reuniu em volta das chamas do Malibu, uma multidão de cadáveres ambulantes atraídos como mariposas para a luz. Philip abre caminho até o pátio dos fundos dando mais dois tiros. Um abre o crânio de um cadáver que perambula com roupa de corrida, o zumbi cai no chão como uma marionete que teve o barbante cortado. O outro tiro explode a cabeça do que parece que um dia foi uma mendiga, os olhos se apagando enquanto ela desfalece.

Antes de os outros Mordedores terem a chance de encurtar a distância, ele pula a cerca dos fundos e corre pela grama morta e amarronzada.

Philip sobe pela parede dos fundos, apoiando-se num toldo. Uma segunda escada de incêndio está dobrada mais ou menos no meio do primeiro andar, e Philip a agarra e começa a subir até o alto.

Mas, de repente, ele para e pensa se aquele é realmente um bom plano.

April agora está chegando no ponto crítico da missão — já se passaram 12 minutos desde que saiu do prédio —, mas ela se arrisca a visitar outra loja.

A meia quadra para o sul, uma loja Ace Hardware está vazia, com a vidraça quebrada e os portões antifurto soltos o suficiente para uma mulher de corpo mignon entrar. Ela passa pelo buraco e entra na loja escura.

April enche o que sobrou da segunda sacola de lona com filtros de água (para que a água parada nas privadas se torne potável), uma caixa de pregos (para renovar o estoque que usaram para reforçar as barricadas), canetas e rolos de cartolina (para fazer avisos para eventuais sobreviventes), lâmpadas, pilhas, algumas latas de álcool em gel e três lanternas pequenas.

Ao voltar para a frente da loja, agora carregando cerca de 20 quilos de mercadoria nas duas mochilas, ela passa por uma figura esparramada no chão de um corredor cheio de fibra de vidro.

April estaca. A garota morta no chão, esticada e recostada na parede ao fundo, não tem uma das pernas. Pela trilha de gosma que se estende pelo chão, fica claro que ela se arrastou até ali. A menina não é muito mais velha que Penny. April fica sem ar por um momento.

Ela sabe que tem que sair dali, mas não consegue desviar o olhar do corpo patético e esfarrapado sentado sobre os próprios fluidos, que evidentemente vazaram pelo cotoco apodrecido onde antes ficava a perna direita.

— Ai, meu Deus. Eu não consigo — fala April baixinho para si mesma, sem saber exatamente o que não consegue: acabar com o sofrimento daquela coisa ou abandoná-la para sofrer eternamente na loja de hardware deserta.

April pega o taco de ferro que está no cinto e pousa as mochilas no chão. Aproxima-se da menina com cuidado. O corpo no chão mal se mexe, só olha vagarosamente para cima com o estupor trêmulo de um peixe que morre no deque de um barco.

— Desculpe — sussurra April e afunda a ponta do taco na cabeça da garota. O golpe emite o estalo molhado de madeira nova se rachando.

O zumbi desliza silenciosamente para o chão. Mas April fica ali em pé e fecha os olhos por um instante, tentando tirar aquela imagem da cabeça, uma imagem que provavelmente irá atormentá-la pelo resto da vida.

Ver a ponta de um taco rachar e abrir um crânio já é suficientemente desagradável, mas o que April viu no tenebroso momento antes de baixar o taco, enquanto ainda o estava levantando, foi o seguinte: talvez por um último instinto dos nervos já mortos, ou por um sentimento mais profundo de compreensão, a menina morta virou o rosto exatamente no momento em que o taco partia para desfechar o golpe.

Um barulho perto da frente da loja desperta a atenção de April, que corre para pegar as mochilas, joga as alças nas costas e corre para a saída. Mas ela não vai muito longe. Tem que pisar no freio assim que vê uma *segunda* menina morta obstruindo o caminho.

Está a 5 metros de distância, bem perto do portão antifurto retorcido, com um vestido sujo absolutamente idêntico ao da garota que April acabou de despachar.

A princípio, April acha que os olhos estão lhe pregando uma peça. Ou talvez seja o fantasma da garota que ela acabou de sacrificar. Ou então April está simplesmente enlouquecendo. Mas quando a segunda garota começa a se arrastar pelo corredor em direção a April, com uma gosma preta escorrendo pelos lábios entreabertos — e essa tem as duas pernas —, April percebe que é uma *gêmea.*

É a gêmea idêntica da outra garota.

— E lá vamos nós — diz April, erguendo o taco, colocando as coisas no chão e preparando-se para lutar.

Ela dá um passo na direção daquele monstro mirim e ergue o taco, quando um estampido seco faz-se ouvir por trás da gêmea e April pisca.

A bala estilhaça o canto da vidraça e arrebenta a parte de cima da cabeça da menina. April recua e faz uma careta ao ver aquela nuvem de sangue surgindo e a garota desabar no chão. April solta um doloroso suspiro de alívio.

Philip Blake está do lado de fora da loja, no meio da rua vazia, colocando mais um cartucho na Ruger .22.

— Você está aí? — pergunta ele.

— Estou. Estou bem!

— Eu sei que é falta de educação apressar uma dama, mas eles estão voltando!

April pega os tesouros, pula por cima dos restos ensanguentados que obstruem o corredor e passa pelo portão antifurto, saindo para a rua. Na mesma hora, ela se dá conta do problema: a horda de zumbis está voltando, dobrando a esquina com o fervor coletivo de um *chorus line* fora do ritmo.

Philip pega uma mochila e os dois saem correndo em direção ao prédio.

Eles atravessam a rua em segundos, com pelo menos cinquenta Mordedores fechando o cerco de cada lado.

Brian e Nick estão olhando pelo vidro reforçado da porta exterior da sala, quando veem a situação na rua se modificar rapidamente.

Veem alcateias de zumbis descendo a rua de ambos os lados, voltando sabe lá Deus de onde. No meio de tudo isso, dois seres humanos, um homem e uma mulher, como se estivessem com o domínio da bola de algum esporte maluco, desconhecido e surreal, disparam na direção do prédio, com mochilas de lona se balançando e quicando nas costas deles. Nick se anima.

— São eles!

— Graças a Deus — diz Brian, abaixando a espingarda até a coronha tocar o chão. Está trêmulo. Ele enfia a mão esquerda no bolso e tenta se controlar. Não quer que o irmão o veja tremendo.

— Vamos abrir essa porta — fala Nick, encostando a espingarda num canto.

Ele abre a porta no exato instante em que Philip e April estão avançando a passos largos pela calçada, com uma multidão de Mordedores nos calcanhares. April entra primeiro, trêmula e ofegante de tanta adrenalina.

Philip vem logo atrás, os olhos escuros brilhando com a descarga de testosterona.

— É disso que eu estou falando!

Nick bate a porta em cima da hora, fazendo três Mordedores darem de cara com o vidro externo, sacudindo a porta impregnada de aço, as bocas salivantes deixando um rastro. Vários pares de olhos leitosos acompanham pelo vidro engordurado as pessoas no saguão de entrada. Os dedos mortos tentam se agarrar à porta. Outros Mordedores vão se acumulando na calçada.

Brian está com a arma apontada para os vultos do lado de fora da porta. Ele recua um pouco.

— Mas que diabo aconteceu, cara? Onde vocês estavam?

Nick os conduz pela porta interna que dá no saguão. April solta a mochila abarrotada.

— Essa foi... essa foi... *meu Deus*, essa foi por pouco!

Philip põe a mochila no chão.

— Garota, você tem colhões, preciso reconhecer!

Nick vai até eles.

— Que ideia foi essa, Philly! Vocês dois simplesmente desapareceram sem dizer nada a ninguém?

— Fala com *ela* — responde Philip sorrindo, enfiando a Ruger no cinto.

— A gente tava apavorado! — repreende Nick. — Nós estávamos a alguns segundos de sair para procurar vocês!

— Fica frio, Nick.

— Ficar frio? Ficar *frio*? Nós reviramos o edifício inteiro procurando vocês! Tara estava prestes a ter uma crise de diarreia!

— A culpa foi minha — diz April, limpando a gosma que ficou presa na nuca.

— Mas olha só o que trouxemos, cara! — Philip indica o material que abarrota as mochilas.

Nick está de punhos cerrados.

— E então a gente ouve uma merda de *explosão*! O que a gente ia pensar? Foram *vocês*? Vocês tiveram alguma coisa a ver com aquilo?

Philip e April trocam um olhar e Philip diz:

— Essa ideia foi realmente de nós dois.

April não consegue conter o sorriso de vitória quando Philip dá um passo na direção dela, erguendo a mão espalmada.

— Bate aqui, querida?

Eles batem as mãos no ar, com Nick e Brian encarando-os incrédulos. Nick está prestes a dizer alguma coisa, quando um vulto aparece do outro lado da sala, entrando pela porta interna.

— Ai, meu Deus! — Tara avança pela sala e vai até a irmã. Dá um abraço apertado em April — Graças a Deus! Eu estava tão apavorada! Graças a Deus que você está bem! Graças a Deus! Graças a *Deus*!

April dá um tapinha no ombro da irmã.

— Desculpa, Tara, mas foi uma coisa que eu tive que fazer.

Tara solta a irmã, o rosto vermelho de raiva.

— Eu devia era te dar uma *surra*! É sério! Eu fiquei dizendo para a menininha que você estava apenas lá em cima, mas ela está tão assustada quanto eu! O que eu podia fazer? Essa foi uma coisa burra e irresponsável de se fazer! O que aliás é muito típico de você, April!

— Que diabos você quer dizer com isso? — pergunta April, encarando a irmã. — Por que você não diz logo o que pensa, só para variar um pouco?

— Sua *puta* idiota. — Tara se empertiga como se fosse dar um tapa na cara da caçula, quando Philip de repente se coloca entre as duas.

— Alto lá, Tonto! — Ele dá um tapinha amigável nas costas de Tara. — Calma. Respira fundo. — Philip aponta para as duas mochilas. — Eu quero te mostrar uma coisa, tá legal? Esfria a cabeça um segundo.

Ele se ajoelha e abre uma das mochilas, revelando o conteúdo.

Os outros olham os mantimentos em silêncio. Philip se levanta e encara Tara direto nos olhos.

— Essa "puta idiota" salvou a pele de todo mundo aqui. Aí tem água e comida. A "puta idiota" arriscou a própria pele, sem saber se ia dar certo e sem querer que ninguém mais se machucasse. Você devia era beijar os pés da "puta idiota".

Tara tira os olhos das mochilas e olha para o chão.

— Estávamos preocupados, é só isso — diz, numa voz baixa e fraca.

A essa altura, Nick e Brian já estão ajoelhados junto às mochilas e examinam o tesouro.

— Philly — diz Nick —, eu tenho que admitir: vocês dois mandaram *bem.*

— Arrebentaram — murmura Brian, baixinho e maravilhado, enquanto passa as mãos pelo papel higiênico, a carne e os filtros de água. A atmosfera emocional na sala começa a mudar, do mesmo jeito que as nuvens vão se desfazendo. Todo mundo começa a sorrir.

Logo, até Tara está olhando de soslaio para o conteúdo das mochilas.

— Tem cigarro também?

— Três pacotes de Marlboro — responde April, tirando os cigarros. — Aproveite, puta idiota.

Com um sorriso bem-humorado, ela joga os pacotes em cima da irmã.

Todo mundo ri.

Ninguém vê a pessoinha que está de pé, do outro lado da sala, na porta do apartamento. Até que Brian ergue os olhos.

— Penny? Você está bem, menina?

A menina abre a porta e entra na sala. Ela ainda está de pijama e o pequeno rostinho pêssego e creme traz uma aura de seriedade.

— Aquele homem lá dentro? O senhor Chaa-merz? Ele acabou de cair.

Eles encontram David Chalmers caído no chão do quarto principal, no meio de vários lenços e remédios. Os cacos de um vidro de loção pós-barba brilham como um halo em volta da cabeça trêmula.

— Meu Deus...! Papai!

Tara se ajoelha ao lado do velho caído, soltando o tubo de oxigênio. O rosto embranquecido de David é da cor de nicotina e ele involuntariamente tenta inspirar, como um peixe fora d'água tentando respirar na atmosfera venenosa.

— Ele está sufocando!

April corre para o outro lado da cama, verificando a bomba de oxigênio, que está no chão ao lado do pai, perto da janela, enrolada nos tubos. O velho deve tê-la derrubado da mesa de cabeceira quando tropeçou.

— Papai? Você pode me ouvir? — Tara dá vários tapinhas no rosto cinzento do homem.

— Verifique a língua dele!

— Pai? Pai?

— A língua dele, Tara!

April corre em volta da cama, com a bomba de oxigênio e alguns metros de tubo na mão. Enquanto isso, os outros (Philip, Nick, Brian e Penny) observam da porta. Philip se sente inútil. Não sabe se deve interferir ou ficar só observando. As garotas parecem saber o que estão fazendo.

Tara abre suavemente a boca do velho, verificando a goela.

— Está limpa.

— Pai? — April se ajoelha do outro lado, inserindo o pequeno aparelho de respiração debaixo do nariz adunco. — Papai, você consegue me ouvir?

David Chalmers continua puxando o ar em silêncio, o fundo da garganta parece emitir um cacarejo, como um disco arranhado. As pálpebras — velhas e translúcidas como as asas de uma mariposa — começam a tremer. Tara apalpa freneticamente atrás da cabeça, para ver se há uma lesão.

— Eu não estou vendo nenhum sangramento — diz. — Pai?

April passa a mão na testa dele.

— Está gelado.

— O oxigênio está funcionando?

— Perfeitamente.

— Pai? — April ajeita o velho suavemente, para que ele fique com o peito para cima e com o tubo de oxigênio sobre o lábio superior. Mais uma vez, as mulheres lhes dão uns tapinhas.

— Pai? Papai? Pai, você consegue ouvir a gente? Pai?

O velho tosse. Seus olhos tremem. Ele pisca. Tenta respirar uma boa lufada de ar, mas a respiração frágil não consegue passar da garganta. Ele revira os olhos e parece estar apenas semiconsciente.

— Pai, olha para mim! — implora April, a mão gentilmente virando o rosto dele em direção ao dela. — Você consegue me ver?

— Vamos colocar ele na cama — sugere Tara. — Rapazes, vocês podem dar uma mãozinha?

Philip, Nick e Brian entram no quarto. Philip e Nick seguram um lado do velho e Tara e Brian o outro e, ao contarem até três, eles levantam o velho com o maior cuidado e o colocam na cama, fazendo as molas rangerem e embolando a cânula de um lado.

Segundos mais tarde, a cânula está desenrolada e o velho está envolto em cobertores. Só o rosto pálido e apagado está visível, os olhos fechados, a boca semiaberta, a respiração intermitente. Parece mais um motor a combustão que não consegue dar a partida. Volta e meia, as pálpebras tremem e alguma coisa parece se acender atrás delas. Os lábios fazem uma careta, mas depois o rosto volta a ficar pálido. Ele ainda respira... mas muito mal.

Tara e April se sentam cada uma de um lado da cama, acariciando o ser humano frágil debaixo dos cobertores. Por muito tempo, ninguém diz nada. Mas é bem possível que elas estejam pensando na mesma coisa.

— Você acha que foi um derrame? — pergunta Brian com cuidado, alguns minutos mais tarde, apoiado na porta de correr.

— Eu não sei. Eu não sei. — April anda de um lado para o outro na sala, roendo as unhas, enquanto os outros se sentam ao redor, olhando para ela. Tara está no quarto, fazendo companhia ao pai. — Mas sem assistência médica, que chance que ele tem?

— Ele já passou por alguma coisa desse tipo?

— Ele já teve dificuldade de respirar, mas nada assim. — April para de andar. — Meu Deus, eu sabia que este dia chegaria. — Ela enxuga os olhos, que estão úmidos de lágrimas. — É a última bomba de oxigênio.

Philip pergunta sobre os remédios.

— Nós temos os remédios dele, sim, mas isso não vai adiantar muito agora. Ele precisa é de um médico. E esse velho teimoso desmarcou a última consulta no mês passado.

— E o que nós temos de medicamentos? — pergunta Philip.

— Eu não sei. Nós temos algumas coisas dos apartamentos de cima. Antialérgicos e coisa e tal. — Ela volta a andar de um lado para o outro. — Temos um kit de primeiros socorros. E daí? Isso é coisa séria. Não sei o que podemos fazer.

— Vamos ficar calmos e pensar um pouco no assunto. — Philip passa a mão na boca. — Agora ele está descansando, não está? As vias aéreas estão desobstruídas. Uma coisa dessas... nunca se sabe... Ele pode se recuperar.

— Mas e se ele não se recuperar? — Ela para de andar e olha para ele. — E se ele não se recuperar?

Philip se levanta e vai até ela.

— Olha. Nós temos que tirar isso da cabeça. — Ele dá um tapinha no ombro de April. — Nós temos que acompanhar ele de perto. A gente vai dar um jeito. Ele é um velho durão.

— Ele é um velho durão que está morrendo — responde ela, uma única lágrima escorrendo no rosto.

— Nunca se sabe — diz Philip, enxugando a lágrima do rosto dela.

April olha para ele.

— Valeu a tentativa, Philip.

— Não pense assim.

— Valeu a tentativa. — Ela desvia o olhar, a expressão perdida desconsolada como uma máscara da morte. — Valeu a tentativa.

Naquela noite, as irmãs Chalmers montam vigília ao lado da cama do pai, as cadeiras puxadas uma de cada lado da cama e uma lanterna de pilha jogando uma débil luz sobre o rosto pálido do homem. O apartamento parece um frigorífico de tão gelado. April pode sentir a respiração de Tara do outro lado do quarto.

O velho fica ali deitado a maior parte da noite como se fosse uma pedra, o rosto oco se contraindo periodicamente com a respiração difícil. O cavanhaque grisalho no queixo parece uma lixa de metal, se movimentando em um campo magnético, mexendo-se de vez em quando com os tiques do frágil sistema nervoso. Volta e meia, os lábios secos e rachados tentam falar inutilmente, sem conseguir formar uma palavra. Com exceção de alguns sopros secos, não sai nada deles.

Em algum momento da madrugada, April percebe que Tara caiu no sono, com a cabeça recostada na ponta da cama. April pega outro lençol e, com cuidado, o estende sobre a irmã. Ouve uma voz.

— Lil...?

A palavra foi dita pelo velho. Os olhos dele continuam cerrados, mas a boca se movimenta furiosamente, a expressão denotando raiva. Lil é o apelido de Lillian, a falecida esposa de David. April não ouvia o apelido há anos.

— Pai, é April — sussurra ela, tocando o rosto dele. O velho se recolhe, com os olhos ainda fechados. A boca está contorcida e a voz arrastada e embargada, devido a uma lesão neural de um lado do rosto.

— Lil, traga os cachorros para dentro! Tem uma tempestade se aproximando... e das grandes... de vento nordeste!

— Pai, acorda — sussurra April suavemente, a emoção tomando conta dela.

— Lil, onde você está?

— Pai?

Silêncio.

— Papai?

Nesse ponto, Tara já está se sentando, piscando assustada com a voz esganiçada do pai.

— O que está acontecendo? — pergunta ela, esfregando os olhos.

— Papai?

O silêncio continua, com a respiração do velho agora muito rápida e pesada.

— Pa...

A palavra fica presa na garganta de April quando ela vê uma expressão horrível atravessar o rosto do homem. Suas pálpebras ficam semicerradas, mostrando o branco dos olhos e ele começa a falar com uma voz assustadoramente clara:

— O diabo tem planos para nós.

Na penumbra formada pela lanterna, as irmãs trocam um olhar mortificado.

A voz que vem de David Chalmers é grave e arrastada, como se fosse um motor de caminhão.

— O dia do Juízo Final se aproxima... O Impostor caminha entre nós.

Ele fica em silêncio, com a cabeça caída num lado do travesseiro, como se as ligações para o cérebro tivessem sido cortadas.

Tara verifica o pulso do pai.

E olha para a irmã.

April olha para o rosto do pai, a expressão dele está agora descontraída e relaxada, transformou-se na máscara tranquila e esperançosa de um sono profundo e infinito.

Com a luz da manhã, Philip se mexe no saco de dormir estendido no chão da sala. Ele se senta e esfrega o pescoço dolorido, as juntas duras de frio. Por um momento, permite que o olhar se ajuste à luz fraca e se orienta pelos arredores. Ele vê Penny no sofá, encapsulada num monte de cobertores, dormindo profundamente. Vê Nick e Brian do outro lado da sala, igualmente enrolados em cobertores, também dormindo. A lembrança da vigília da noite anterior retorna em etapas, a luta agonizante e sem esperanças para ajudar o velho e abrandar os temores de April.

Ele olha além da sala. Nas sombras do corredor ao lado, dá para ver a porta para o quarto principal, ainda fechada.

Philip sai de dentro do saco de dormir e se veste em silêncio e com pressa. Ele põe as calças e as botas. Passa os dedos pelo cabelo e vai até a cozinha fazer um bochecho. Ouve o murmúrio de vozes atrás das paredes. Vai até a porta do quarto e fica ouvindo. É a voz de Tara.

Ela está rezando.

Philip bate suavemente à porta.

No segundo seguinte, a porta se abre e April está ali de pé, com a expressão de alguém que teve ácido jogado nos olhos. Estão tão vermelhos e úmidos que parece que foram golpeados.

— Bom dia — diz ela, quase sem voz.

— Como ele está?

Os lábios dela tremem.

— Não está.

— O quê?

— Ele se foi, Philip.

Philip olha para ela.

— Ai, meu Deus... — Engole em seco. — Eu sinto muito, April. Sinceramente.

— Está bem.

Ela começa a chorar. Depois de um momento constrangedor — uma onda de emoções atingindo o estômago de Philip —, ele a puxa para perto de si e a abraça. Fica ali segurando a moça e acaricia a cabeça dela. April estremece nos braços dele como uma criança perdida. Philip não sabe o que dizer. Por cima do ombro dela, ele pode ver o que se passa no quarto.

Tara Chalmers está ajoelhada ao lado da cama, rezando em silêncio, com a cabeça encostada no monte de lençóis. Uma das mãos está pousada na mão fria e nodosa do pai. Por alguma razão que Philip não consegue explicar, é difícil para ele tirar os olhos da mão da garota acariciando os dedos sem vida do falecido.

— Eu não consigo tirar ela de lá. — April está sentada na mesa da cozinha, bebericando uma xícara de chá morno e fraco, fervido numa lata de álcool gel. Seus olhos estão secos pela primeira vez desde que saiu da câmara mortuária, naquela manhã. — Tadinha... Acho que está rezando para ver se ele ressuscita.

— Não há vergonha nenhuma nisso — garante Philip. Ele se senta diante de April à mesa, com uma tigela de arroz pela metade à frente. Não está com fome.

— Você já pensou no que quer fazer? — pergunta Brian, na cozinha. Ele está na pia, colocando no filtro a água que pegou das privadas dos andares de cima.

O barulho de Nick jogando cartas com Penny na sala ao lado chega até eles.

April olha para Brian.

— Fazer sobre o quê?

— Sobre o seu pai... sabe... do enterro?

April suspira.

— Você já passou por isso antes, não é? — pergunta a Philip.

Philip olha para o arroz que não comeu. Não faz a menor ideia se ela está falando de Bobby Marsh ou Sarah Blake, sobre os quais ele contou a April na noite anterior.

— Sim, senhora. É verdade. — Ele olha para ela. — Mas o que quer que você decida, nós vamos te ajudar.

— É claro que nós vamos enterrá-lo. — A voz fica um pouco embargada. Ela olha para baixo. — Eu só nunca pensei que fosse ser num lugar como este.

— Nós vamos enterrar ele juntos — assegura Philip. — Vamos fazer com toda a dignidade.

April olha para baixo, uma lágrima cai no chá.

— Eu detesto isso.

— Nós temos que ficar juntos — diz Philip, sem muita convicção. Só fala porque não sabe mais o que dizer.

April enxuga os olhos.

— Tem um pouco de terra fofa lá nos fundos, debaixo do...

Um barulho forte a interrompe, vindo do corredor, e todas as cabeças se viram para lá.

Um baque surdo é seguido por algo se quebrando e móveis sendo revirados.

Philip já pulou da cadeira, antes mesmo de os outros perceberem que o barulho vem de trás da porta fechada do quarto principal.

TREZE

Philip abre a porta com um pontapé. Velas acesas caíram no chão. O tapete queima em alguns lugares. O ar esfumaçado vibra com os gritos. Um borrão de movimentos pincela a escuridão e passam-se alguns nanossegundos resfolegantes até que Philip se dê conta do que está vendo em meio às sombras trêmulas.

A mesa de cabeceira virou — a fonte do barulho de algo se quebrando — e foi parar a centímetros de Tara, que está no chão, rastejando com um instinto animal, tentando desesperadamente se livrar dos dedos mortos agarrados às pernas dela.

Dedos mortos?

No início, e só por um instante, Philip imagina que alguma coisa entrou pela janela, mas então ele vê a forma murcha de David Chalmers — completamente transformado — no chão, em cima das pernas de Tara, enfiando as unhas amareladas no corpo dela. O rosto cadavérico do velho agora está lívido, da cor de limo, os olhos cobertos pelo branco cor de gelo da catarata. Ele solta um grunhido cavernoso, vindo da garganta.

Tara consegue se livrar e pôr-se de pé, então se atira de lado contra a parede.

Nessa hora, várias coisas acontecem ao mesmo tempo: Philip se dá conta do que está ocorrendo e também de que deixou a arma na cozinha, e que ele tem pouquíssimo tempo para acabar com a ameaça.

Este é o ponto: o simpático tocador de bandolim já não existe mais, e *isso* que está à frente dele, esse amontoado de tecidos mortos se levantando e dando um uivo longo, estrangulado e cheio de baba, é uma *ameaça*. Mais do que as chamas correndo pelo tapete, mais do que a fumaça — que já está formando uma névoa perigosa no quarto —, *aquela coisa* que se materializou no santuário deles é a maior ameaça no momento.

Uma ameaça a todos na casa.

No mesmo instante, antes que Philip tenha sequer uma chance de se mexer, os outros também chegam, se amontoando na entrada do quarto. April solta um grito angustiado — não exatamente alto, mais um gritinho de dor, como um animal recebendo um tiro fatal. Ela tenta empurrar os outros e entrar no quarto, mas Brian a segura. April se debate nos braços dele.

Tudo isso acontece em menos de um segundo, na hora em que Philip vê o taco.

No meio de toda a comoção da noite anterior, April havia deixado o taco de aço autografado por Hank Aaron no cantinho ao lado da janela. E agora ele está ali, brilhando à luz das labaredas, a uns 5 metros de Philip. Não dá tempo de calcular a distância, nem de mapear a manobra na cabeça. Tudo o que ele tem tempo para fazer é avançar pelo quarto.

A essa altura, Nick já se virou e saiu correndo pelo apartamento, atrás da arma. Brian tenta tirar April do quarto, mas ela é forte, está desesperada e já está gritando.

Philip só precisa de uns poucos segundos para cobrir a distância entre a porta e o taco. Mesmo assim, nesse exíguo espaço de tempo, aquela coisa que outro dia fora David Chalmers avança para cima de Tara. Antes que a mulher robusta consiga cair na real e fugir, o morto-vivo já está em cima dela.

Os dedos frios e cinzentos apertam meio que sem jeito a garganta dela. Tara se debate com as costas na parede, tentando se esquivar, tentando empurrar aquela coisa. As mandíbulas podres se abrem e bafejam o hálito fétido no rosto dela. Dentes pretos preparam o bote. A coisa avança na direção da curva pálida e carnuda da jugular.

Tara dá um gritinho de horror, mas antes que os dentes tenham uma chance de entrar em contato com a pele, o taco desce.

Até aquele momento — especialmente para Philip —, o ato de acabar com um morto-vivo tinha se tornado uma ação quase banal, tão mecânica e obrigatória como amarrar um porco para o abate. Mas aquela situação pareceu totalmente diferente. Foram precisos apenas três golpes firmes.

O primeiro — um golpe duro na região temporal anterior do crânio de David Chalmers — faz o zumbi paralisar e evita que ele continue o ataque ao pescoço de Tara. Ela desliza para o chão, numa mistura de lágrimas e muco.

O segundo golpe atinge a lateral do crânio, agora que a coisa, involuntariamente, se volta contra quem a ataca, e o aço temperado do taco arrebenta o osso parietal e parte da cavidade nasal, liberando esguichos de matéria cor-de-rosa no ar.

O último e derradeiro golpe destrói todo o hemisfério esquerdo da cabeça, na hora em que o troço está caindo — e o som é como o de uma cabeça de repolho sendo esmagada por uma prensa. O monstro em que David Chalmers se transformou aterrissa todo molhado em cima de uma das velas derrubadas, com fios de baba, sangue e matéria cinzenta pegajosa atingindo as chamas e chamuscando no chão.

Philip se ergue acima do corpo, sem fôlego, as mãos ainda segurando o taco. Quase que como uma pontuação sonora para aquele horror, um bipe agudo começa a soar. Alarmes de incêndio movidos a bateria em todo o primeiro andar estão estrilando e Philip precisa de um segundo para identificar que som é aquele nos ouvidos. Ele solta o taco ensanguentado.

E é aí que ele percebe a diferença. *Dessa* vez, depois *desse* extermínio, ninguém se mexe. April fica olhando da porta. Brian solta o braço dela, *também* embasbacado. Até Tara, apoiada na parede do outro lado do quarto, acometida por lágrimas de repulsa e agonia, fica num estado quase catatônico.

O estranho é que, em vez de estarem olhando para aquele monte de sangue no chão, todos olham fixamente para Philip.

Finalmente, eles apagam todos os focos de incêndio e arrumam o quarto. Embrulham o corpo e o transferem para o corredor, onde vai ficar seguro até o enterro.

Felizmente, Penny viu muito pouco da cena no quarto. Mas ela *ouviu* o suficiente para fazê-la se retrair ainda mais em sua concha muda e invisível.

Aliás, por bastante tempo, *ninguém* tem muito o que dizer também e aquele silêncio desagradável se prolonga por todo o restante do dia.

As irmãs parecem estar em algum tipo de estado de choque, apenas limpando tudo mecanicamente, sem falar uma com a outra. As duas choraram até não poder mais. Mas continuam encarando Philip. Ele quase pode sentir, como dedos frios na nuca. Mas o que elas esperavam? O que elas queriam que ele fizesse? Deixar o monstro comer Tara? Queriam que Philip tentasse *negociar* com aquela coisa?

Ao meio-dia do dia seguinte, eles fazem um funeral improvisado, numa parte do quintal protegida por uma cerca de segurança. Philip fez questão de cavar a cova pessoalmente, recusando até mesmo a ajuda de Nick. Isso tomou várias horas. A argila da Geórgia é resistente nessa parte do estado. No meio da tarde, Philip está ensopado de suor e pronto.

As garotas cantam a música favorita de David — "Will the Circle Be Unbroken" — à beira do caixão, o que leva Nick e Brian às lágrimas. O som é de partir o coração, especialmente conforme se eleva ao céu azul e se mistura com o onipresente coral de grunhidos que vem do outro lado da cerca.

Mais tarde, todos se sentam na sala, dividindo as bebidas que pegaram de um dos apartamentos (e que guardaram para sabe lá

Deus que ocasião). As irmãs contam histórias do pai, da infância dele, do início da carreira na Barstow Bluegrass Boys Band e do tempo em que ele foi DJ da rádio WBLR, em Macon. Falam da personalidade dele, da generosidade, de como era mulherengo e da devoção a Jesus Cristo.

Philip deixa-as falar e fica só escutando. É bom voltar a ouvir a voz delas de novo, e a tensão do dia parece estar arrefecendo um pouco. Talvez tudo isso seja parte do processo de se despedir do pai, ou talvez elas só precisem de um tempo para se acostumar.

Mais tarde naquela noite, Philip está sozinho na cozinha, enchendo o copo com os últimos dedos de uísque de malte moído, quando April entra.

— Olha... Eu queria falar com você... sobre tudo o que aconteceu...

— Esquece — responde Philip, olhando para o líquido caramelo no copo.

— Não. Eu devia ter falado alguma coisa antes, mas acho que estava numa espécie de choque.

Ele olha para ela.

— Eu lamento que tenha sido daquele jeito. Lamento mesmo. E sinto muito por você ter visto.

— Você fez o que tinha que ser feito.

— Obrigado por dizer isso. — Philip acaricia o ombro dela. — Eu simpatizei com seu pai desde o começo. Era uma figura. Viveu uma vida boa e longa.

Ela morde a bochecha por dentro e Philip pode ver que está lutando para não chorar.

— Eu achei que estivesse preparada para a perda dele.

— Ninguém está.

— É, mas *desse jeito*... Ainda estou tentando digerir tudo.

Philip assente.

— É mesmo muito desagradável.

— Quer dizer... a gente não tem... ninguém tem um ponto de referência para uma merda dessas.

— Eu entendo o que você quer dizer.

Ela olha para as mãos, que estão trêmulas. Talvez a lembrança de Philip arrebentando a cabeça do pai ainda esteja presente.

— Eu acho que tudo o que eu queria dizer é que... eu não culpo você pelo que fez.

— Muito obrigado.

Ela olha para a bebida.

— Será que tem mais um pouco daquele vinho barato?

Ele ainda encontra um pouco numa garrafa e serve para ela. Passam um bom tempo bebendo em silêncio. Finalmente, Philip diz:

— E sua irmã?

— O que tem ela?

— Ela não me parece... — Ele deixa a frase no ar, sem saber exatamente que palavras usar.

April concorda.

— ... capaz de perdoar?

— Algo assim.

April dá a ele um sorriso amargo.

— Ela ainda me culpa por ter roubado o dinheiro do almoço dela, no Ensino Fundamental em Clark's Hill.

Nos dias seguintes, aquela nova mistura de famílias se solidifica, à medida que as irmãs Chalmers passam pelo processo de luto, às vezes brigando por qualquer coisinha, às vezes se calando diante de todos, às vezes se enfurnando no quarto por longos períodos de choro e desolação.

April parece estar lidando com a transição melhor do que a irmã. Ela tira as coisas do pai e passa para o quarto principal, dando a Philip o quarto que anteriormente lhe pertencera. Philip prepara um lugarzinho agradável para Penny, com prateleiras e alguns livros de desenho que ele encontrou no andar de cima.

A menina está se apegando a April. Elas passam várias horas juntas, explorando os andares de cima, jogando e dando um jeito de transformar as magras provisões em criativos jantares cozinhados nas chamas do álcool em gel, como carne seca cheia de nervos, caçarola de pêssego e passas e uma surpresa de vegetais em lata (a surpresa sendo, infelizmente, mais um pouco de carne seca).

Gradativamente, as hordas de mortos-vivos vão se afastando da vizinhança, deixando para trás só uns poucos retardatários, o que dá aos Blake e a Nick a chance de testar os limites de suas missões de reconhecimento até os edifícios mais próximos. Philip percebe que Brian está ficando mais ousado, disposto a se aventurar de vez em quando para fora do prédio, em rápidas expedições. Mas é Nick quem realmente parece estar gostando do lugar.

Nick se instala sozinho num apartamento conjugado no segundo andar (o 2F), no extremo leste do corredor. Ele encontra livros e revistas nos outros apartamentos e arrasta mais alguns móveis para o seu flat. Passa um tempo na varanda, desenhando as ruas vizinhas num papel, mapeando a vizinhança e pensando bastante no que aconteceu com a raça humana.

Ele também termina a passarela improvisada entre os dois prédios vizinhos.

A estreita ponte é feita de compensado e escadas unidos com corda e fita isolante (além de muitas orações). A passarela parte dos fundos do edifício, cobre os 8 metros de uma viela e se liga ao alto de uma escada de incêndio no terraço mais próximo.

A conclusão da passarela representa uma virada para Nick. Juntando toda sua coragem, um dia ele vai se equilibrando na estrutura absolutamente precária e, exatamente como previsto, consegue chegar até a esquina sudeste do quarteirão sem precisar colocar os pés no chão. De lá, ele vê que dá para passar pela passarela normal de pedestres até a loja de departamentos. Quando volta à noite com um monte de mantimentos da Dillard's, a casa o recebe como um herói de guerra.

Ele leva nozes e balas de qualidade, roupas quentes, sapatos novos e material de escritório chique, canetas caras, um fogareiro desmontável, lençóis de cetim e de 300 fios e até uns bichinhos de pelúcia para Penny. Até Tara fica um pouco menos rabugenta ao ver cigarros europeus embrulhados em plástico. E Nick está fazendo mais uma coisa nesses voos solos — uma coisa que, no início, ele guarda só para si.

No aniversário de uma semana da morte de David Chalmers, Nick convence Philip a acompanhá-lo numa missão de reconhecimento, para poder revelar ao amigo o que vinha fazendo. Philip não fica particularmente empolgado em atravessar a ponte feita de escadas — diz que tem medo de se quebrar com o peso dele, mas do que Philip realmente tem medo é de altura. Nick o convence, apelando para a curiosidade.

— Você tem que ver isso, Philly — atiça ele, no terraço. — Toda essa região é uma verdadeira mina de ouro, cara. Eu te juro que é perfeita.

Com enorme relutância, Philip toma coragem e se obriga a atravessar a ponte, engatinhando atrás de Nick, reclamando o tempo todo — e totalmente apavorado por dentro. Ele não se atreve a olhar para baixo.

Eles chegam ao outro lado, descem pela escada de incêndio e então entram no edifício vizinho por uma janela aberta.

Nick conduz Philip pelos corredores desertos de um escritório de contabilidade, os chãos cheios de formulários e documentos esquecidos e muitas folhas caídas.

— Estamos quase chegando — diz Nick, conduzindo Philip por uma escada e por um salão desolado, cheio de móveis revirados.

Philip está mais do que atento aos ecos dos passos, pisando em cima dos escombros. Ele sente todos os pontos cegos e espaços vazios com o plexo solar e ouve cada estalo e cada tique como se alguma coisa pudesse saltar para cima deles a qualquer momento. A mão permanece no cabo da pistola calibre .22, aninhada nas calças jeans.

— É logo ali, ao lado da garagem — diz Nick, apontando para uma alcova nos fundos do salão principal.

Depois de uma esquina e passando por uma máquina de comida virada, sobem um pequeno lance de escadas. Depois, passam por uma porta de aço comum e, quase sem aviso prévio, um mundo inteiro se abre para Philip.

— Minha mãe do céu — maravilha-se Philip, enquanto segue atrás de Nick pela passarela. Ela é suja, tem lixo espalhado, cheiro de urina e o blindex grosso e reforçado está tão cheio de imundície que chega a distorcer a paisagem que os cerca. Mas a vista é espetacular. A passarela é bem iluminada e a sensação é que dá para se ver a quilômetros de distância.

Nick também para.

— Legal, né?

— Cara, é legal para cacete! — Dez metros acima da rua, com o vento batendo na armação, Philip pode olhar para baixo e ver alguns zumbis perambulando por ali, como peixes exóticos vistos pelo chão de um navio de vidro. — Se não fosse por esses filhos da puta, eu mostraria isso aqui a Penny.

— E o que eu queria te mostrar é *aquilo*. — Nick vai até o extremo sul da passarela. — Está vendo aquele ônibus? A mais ou menos meia quadra daqui?

Philip vê um enorme ônibus prateado da Rede Metropolitana de Transportes de Atlanta, no meio-fio.

— Olha em cima da porta da frente do ônibus, do lado do espelho, à direita. Está vendo aquela marca? — diz Nick.

Com certeza, Philip pode ver um símbolo feito à mão em cima da entrada dos passageiros: uma estrela de cinco pontas rabiscada rapidamente com colorjet vermelho.

— E isso que eu estou vendo é o quê?

— Uma zona de segurança.

— Uma o quê?

— Eu fiquei indo e vindo entre aquela rua e esta daqui — conta Nick, com o orgulho inocente de um garoto que mostra ao pai um brinquedo que ele mesmo fez. — Tem uma barbearia ali, limpinha, segura como um banco, e a porta está destrancada. — Aponta mais para o fim da rua. — Tem uma espécie de semirreboque ali parado, em bom estado, com uma bela e forte... como é que se chama mesmo?... *porta de sanfona?...* nos fundos.

— E o que tudo isso significa, Nicky?

— São zonas de segurança. Lugares em que você pode se esconder. Se estiver buscando mantimentos e se encontrar em apuros, ou alguma coisa desse tipo. Eu encontro essas zonas cada vez mais longe na rua. Colocando marcas para não as perder depois. Eu encontrei todo tipo de esconderijo, você não vai acreditar.

Philip olha para ele.

— E você foi seguindo até o fim daquela rua sozinho?

— É. Sabe como é...

— *Porra, Nick,* você não devia vir até aqui sem ter ninguém na retaguarda.

— Philly...

— Não, não... Não vem com essa de "Philly" para cima de mim. Eu estou falando sério. Você tem que tomar mais cuidado. Está me entendendo? Estou falando sério.

— Tudo bem, tudo bem. Você tem razão. — Nick dá um tapinha simpático no braço de Philip. — Eu vou me lembrar disso.

— Ainda bem.

— Mas você tem que admitir que isso tudo é o máximo. Considerando o tipo de situação em que a gente está.

Philip dá de ombros, olhando para baixo pelo vidro imundo e vendo os peixes carnívoros circulando.

— É. Acho que sim.

— Podia ser bem pior, Philly. Nós não estamos num edifício alto. É plano o suficiente para ver tudo o que está em volta. Tem bastante espaço para a gente se espalhar pelo edifício, um monte de lojas perto. Eu acho até que a gente pode encontrar um gerador num lugar desses, talvez até fazer ligação direta num carro para levá-lo até o prédio. Eu acho que a gente pode ficar por aqui, Philly... sei lá... por muito tempo. — Nick pensa um pouco mais. — Eu diria até... indefinidamente.

Philip olha pelo vidro imundo para aquela necrópole de edifícios vazios e para os monstros esfarrapados entrando e saindo de vista.

— Atualmente, *tudo* é indefinido, Nicky.

Naquela noite, Brian volta a tossir. O tempo está ficando mais frio e mais úmido a cada dia que passa e cobrando caro do sistema imunológico dele. Depois que escurece, a temperatura no apartamento parece congelar. De manhã, fica um verdadeiro frigorífico e o chão lembra uma pista de patinação nas solas dos pés cobertos de meias de Brian. Ele passou a usar três suéteres e um cachecol de lã que Nick arranjou na Dillard's. Com as luvas sem dedos, a cabeleira revolta e os olhos vazios de Edgar Allan Poe, Brian está começando a se parecer com um pobretão de um romance de Charles Dickens.

— Acho que este lugar é muito bom para Penny — comenta Brian com Philip naquela noite, na varanda do segundo andar. Os irmãos tomam uma bebida depois do jantar (mais vinho barato) e olham para os desolados arranha-céus. O vento frio da noite bagunça os cabelos e o fedor dos zumbis mal se esconde sob o cheiro de chuva.

Brian olha fixamente para as distantes silhuetas dos edifícios escuros, como se estivesse num transe. Para alguém que mora nos Estados Unidos do século XXI, é quase incompreensível ver uma imensa metrópole totalmente às escuras. Mas é exatamente isso o que os Blake estão vendo: prédios no horizonte tão mortos e tão escuros que mais parecem uma cordilheira de montanhas numa noite sem luar. Volta e meia, Brian acha que viu um pequeno lampejo de fogo, ou uma luz piscando naquela imensa escuridão. Mas pode perfeitamente ser só a imaginação.

— Acho que *April* é o que mais está fazendo bem à Penny — comenta Philip.

— É. Ela é muito boa para a menina. — Brian vem simpatizando com April e percebe que Philip também pode estar gostando dela. Nada deixaria Brian mais feliz do que ver Philip encontrar um pouco de paz agora, um pouco de estabilidade com uma namorada.

— Mas a outra é um porre, né? — pergunta Philip.

— Tara? É. Essa vive emburrada.

Nos últimos dias, Brian procurou evitar Tara — uma verdadeira úlcera ambulante, sempre paranoica, irascível, ainda chorando de dor pelo pai. Brian acha que ela vai acabar superando isso. Acha que é uma pessoa decente.

— A mulher não se toca que eu salvei a porra da vida dela — declara Philip.

Brian solta uma saraivada de tosse seca. Então diz:

— Era sobre isso que eu queria falar com você.

Philip olha para ele.

— Sobre o quê?

— O velho se transformar daquele jeito? — Brian mede as palavras com cuidado. Sabe que não é a única pessoa que se preocupa com isso. Desde que David Chalmers voltou do mundo dos mortos e tentou devorar a filha mais velha, Brian vem ruminando sobre o fenômeno, as implicações do que aconteceu e as regras desse mundo novo e selvagem e talvez até o prognóstico para toda a raça humana. — Pensa só, Philip. Ele não foi mordido, foi?

— Não. Não foi.

— Então, por que virou zumbi?

Por um momento, Philip apenas encara Brian e a escuridão parece aumentar em volta deles. A cidade parece se estender até a eternidade, como a paisagem de um sonho. Brian sente a pele toda arrepiada, como se o simples fato de colocar isso em palavras — de falar em voz alta — tivesse soltado o gênio do mal de uma garrafa. E eles nunca, nunca mais vão conseguir colocar o gênio de volta.

Philip bebe um pouco do vinho. Na escuridão, seu rosto está triste e contraído.

— Tem muita coisa que a gente não sabe. Talvez ele já tivesse se infectado com alguma coisa antes, ou talvez tenha entrado em contato com isso o suficiente para que a coisa começasse a agir no sistema. Ele já ia morrer mesmo.

— Se esse for o caso, então todos nós...

— Ei, professor, dá um tempo! Todo mundo aqui está saudável e vai continuar assim.

— Eu sei. Eu só estava dizendo... que talvez a gente devesse pensar em tomar mais precauções.

— Que precauções? Eu estou com todas elas bem aqui. — E toca na coronha da Ruger .22, na parte de trás do cinto.

— Eu falo de se limpar melhor, de esterilizar as coisas.

— Com o quê?

Brian solta um suspiro e olha para o céu pesado da noite, um aglomerado de nuvens tão escuras quanto um novelo de lã preta. As chuvas de outono estão se aproximando.

— Nós temos água nos banheiros de cima. Temos filtros, gás liquefeito e acesso a produtos de limpeza logo ali na rua. Sabonetes, limpadores e tudo.

— Nós já estamos filtrando a água, meu caro — diz Philip.

— Eu sei, mas...

— E a gente está se lavando com aquela coisa que o Nicky encontrou.

A tal coisa é um chuveiro de acampamento que Nick achou na seção de esportes da Dillard's. Mais ou menos do tamanho de um cooler pequeno, tem um tanque dobrável de 20 litros e um chuveirinho que funciona a bateria. Faz cinco dias que eles desfrutam do luxo periódico de tomar um rápido banho, reciclando a água o máximo possível.

— Eu sei, eu sei... Eu só estava dizendo que talvez seja melhor sermos neuróticos com limpeza no momento. Só isso. Até a gente descobrir mais.

Philip olha duro para ele.

— E se não houver mais nada para descobrir?

Brian não tem resposta para isso.

A única resposta vem da cidade, zumbindo sinistramente para eles, com um vento podre e um enorme e silencioso "foda-se".

* * *

Talvez seja a alarmante mistura de ingredientes pouco simpáticos que April e Penny prepararam para o jantar — uma mistureba de aspargos e carne enlatados e batatas fritas amassadas, cozidas sobre um fogareiro de propano — que parece pesar como uma âncora no fundo do estômago de Philip. Ou talvez seja o efeito acumulado de todo aquele estresse, aquela raiva e das noites insones. Ou talvez tenha sido a conversa que teve com o irmão na varanda. Mas, seja lá qual for a causa, depois que se deita e mergulha num sono difícil, Philip tem um sonho lúgubre, com riqueza de detalhes.

Ele sonha em seus novos aposentos (o antigo quarto de April era aparentemente o escritório da casa de alguém — enquanto tiravam as coisas do antigo dono, Philip e April encontraram caixas de cosméticos da Mary Kay, formulários e amostras de maquiagem). Mas agora, deitado na cama *queen* encostada na parede, Philip se contorce, semi-inconscientemente, entrando e saindo de um verdadeiro filme de horror. É o tipo de sonho que não tem forma. Não tem começo, meio ou fim. Só fica girando em círculos, numa espécie de eixo de terror.

Ele se vê de volta à casa em que morava quando criança, em Waynesboro — um pequeno bangalô desbotado na Farrel Street —, no quarto dos fundos que compartilhava com Brian. No sonho, Philip não é mais criança. Já é adulto e, de alguma maneira, a praga viajou no tempo até a década de 1970. O sonho é tão vivo que parece até ser em três dimensões. Lá está o papel de parede cor de lírio branco, os pôsteres do Iron Maiden, a escrivaninha rabiscada, e Brian está em algum lugar da casa, fora da vista, chorando, e Penny também está ali, no quarto ao lado, chorando e chamando pelo papai. Philip corre pelos corredores, que se transformam num labirinto sem fim. O gesso está rachando. A horda de zumbis está do lado de fora, tentando entrar. As janelas, fechadas com tábuas, já estão tremendo. Philip tem um martelo nas mãos e tenta reforçar as janelas com pregos, mas a cabeça do martelo se desprende e cai no chão. Barulho de coisas se quebrando. Philip vê uma porta sendo arrombada e corre para lá, mas a maçaneta se desprende e fica em sua mão. Ele procura por armas nas gavetas e nos armários, mas as portas se desprendem dos armários e o gesso cai do teto. A bota de Philip abre um buraco no chão. As paredes estão desabando, o linóleo está cedendo, as janelas se desprendem das esquadrias e Philip continua ouvindo a vozinha desesperada de Penny gritando por ele:

— PAPAI!

Braços esqueléticos penetram pelas esquadrias da janela, que vão se desfazendo. Dedos nodosos e escurecidos a agarram.

— PAPAI?

Crânios brancos brotam do chão, como se fossem tenebrosos periscópios.

— PAPAI!

Philip solta um grito silencioso, enquanto o sonho se estilhaça como vidro.

QUATORZE

Philip se levanta sobressaltado, inspirando com dificuldade. Ele se ergue na cama, pisca os olhos e os aperta para enxergar na fraca luz da manhã. Tem alguém ao pé da cama. Não. São duas pessoas. Agora ele consegue ver: uma grande e uma pequena.

— Bom dia, flor do dia — cumprimenta April, com a mão em torno do ombro de Penny.

— Meu Deus! — Philip se recosta na cabeceira da cama, com o pijama e as calças de moletom. — Que horas são agora?

— Quase meio-dia.

— Meu Deus do céu — balbucia Philip, se recompondo. Todo o corpo musculoso está coberto por uma camada de suor frio. O pescoço dói e a boca está com gosto de caixa de areia para gatos. — Eu não acredito.

— Você precisa ver uma coisa, pai — diz a menina, com os olhos arregalados cheios de animação. A visão da filha tão contente manda uma espécie de onda de alívio por todo o corpo de Philip, espantando da mente febril os últimos resquícios do sonho.

Ele se levanta e se veste, mandando as duas se acalmarem.

— Me dá só um minuto para eu me ajeitar — fala, numa voz rouca e regada a uísque, enquanto passa os dedos pelos cabelos sebentos.

* * *

Elas o levam até o terraço. Quando saem pela porta de incêndio e mergulham para o ar frio e a luz, Philip tem que proteger os olhos. Mesmo o dia estando escuro e carregado, Philip está de ressaca e a luz faz seus olhos latejarem. Ele aperta os olhos na direção do céu e vê as nuvens que prenunciam uma tempestade entrando na região, vindas do norte.

— Parece que vai chover — atesta.

— O que é muito bom — diz April, acenando para Penny. — Mostre por quê, querida.

A menininha pega a mão do pai e o arrasta pelo terraço.

— Olhe só, pai, eu e April fizemos um canteiro para poder plantar coisas.

Ela lhe mostra uma pequena horta improvisada no meio do terraço. Demora um instante para Philip perceber que o canteiro é constituído por quatro carrinhos de mão que tiveram as rodas removidas e então foram unidos com fita adesiva. Uma camada de 15 centímetros de terra preenche cada um dos quatro carrinhos e algumas mudas verdes que ele não consegue identificar foram transplantadas para lá.

— Isso é muito bom — declara Philip, dando um abraço na filha. Olha para April. — Muito bom mesmo.

— Foi ideia de Penny — responde April, com um brilho de orgulho nos olhos. Ela aponta para uma série de baldes. — E também vamos coletar água.

Philip estuda o rosto bonito e levemente machucado de April Chalmers, os olhos azuis, o cabelo louro despenteado que cai por cima do colarinho do suéter encardido. Ele simplesmente não consegue tirar os olhos dela. E mesmo quando Penny começa a falar alegremente das coisas que pretende plantar — pés de algodão-doce, arbustos de chiclete —, Philip não consegue evitar ler as entrelinhas: a maneira como April se ajoelha ao lado da menina, ouvindo com atenção e com a mão pousada nas costas dela, o olhar afetuoso no rosto da mulher, a facilidade com que as duas se entrosam, o sentimento de ligação... tudo isso sugere algo mais do que uma simples luta pela sobrevivência.

Philip mal se permite pensar na palavra, e mesmo assim ela vem na mesma hora, naquele precipício assolado pelo vento, de supetão: *família*.

— Com licença!

A voz desagradável vem da porta de incêndio atrás deles, do outro lado do terraço. Philip se vira. Ele vê Tara na porta, vestindo uma das roupas havaianas manchadas e naquele humor que é marca registrada. Ela segura um balde. Está com o rosto fechado e os olhos ainda mais delineados e azedos do que de costume.

— Eu estaria atrapalhando muito se pedisse um pouquinho de ajuda?

April se levanta e vira para ela.

— Eu disse que ia ajudar num minutinho.

Philip percebe que Tara andou tirando água da privada. Ele pensa em apartar a discussão, mas acaba desistindo.

— E isso foi há meia hora. Enquanto isso, eu estava pegando água, e você aqui, desperdiçando tempo no jardim de infância.

April suspira.

— Tara, se acalme um pouco, vai... É só um segundo. Eu já vou ajudar.

— Tudo bem. Como você quiser! — Tara se vira carrancuda e desce as escadas com raiva e fazendo barulho, deixando pelo caminho uma vibração amarga.

April olha para baixo.

— Eu peço desculpas. Ela ainda está tentando lidar com... você sabe... as *coisas*.

Pela expressão de derrota no rosto de April, fica claro que ela teria que gastar muita energia para explicar o fastio que acomete a irmã. Philip não é burro. Ele sabe que é complicado e tem a ver com inveja e rivalidade entre irmãs, e talvez até com o fato de April estar superando o período de luto com uma pessoa que não é Tara.

— Você não tem que se desculpar — garante Philip. — *Eu* é que queria falar uma coisa.

— Sim?

— Eu só queria que você soubesse o quanto fico grato pela maneira como trata a minha filha.

April sorri.

— Ela é uma grande garota.

— Sim, senhora... ela é... e você também não é tão má.

— Que bom. Muito obrigada! — Ela se inclina e dá um beijinho na bochecha de Philip. Não é nada de mais, só um beijinho rápido. Mas que causa uma boa sensação.

— Agora eu tenho que voltar antes que minha irmã me dê um tiro.

April vai embora, deixando Philip extasiado e sonhando ao vento.

Em matéria de beijo, não foi nada de especial. Sarah, a falecida mulher de Philip, era campeã em beijos. E, bem, Philip tinha conhecido prostitutas nos anos após a morte de Sarah que haviam se dedicado no departamento de beijos. Até as putas têm sentimentos e, no início do programa, Philip perguntava se elas se incomodariam muito se ele desse alguns beijos, só por decência, para fingir que havia um pouco de amor na relação. Mas o selinho de April serve mais como uma entrada, um aperitivo do que está por vir. Philip nem chamaria de provocação. E também não diria que é o tipo de beijo platônico que uma irmã daria no irmão. Ele está no meio do limbo irresistível entre esses dois extremos. Da perspectiva de Philip, é uma batida na porta, um teste para ver se alguém responde.

Naquela tarde, Philip espera a chuva cair, mas ela não vem. Eles já estão em meados de outubro — não faz a menor ideia do dia — e todo mundo espera as tradicionais tempestades que varrem a região central da Geórgia nessa época do ano, mas alguma coisa as vem mantendo a distância. A temperatura está caindo e o ar chega a zumbir com a umidade latente, mas a chuva ainda não chegou. Talvez a seca tenha alguma coisa a ver com a praga. Mas, por alguma razão, o céu instável, com a coroa de nuvens carregadas parece refletir a tensão estranha e inexplicável que vai se formando dentro de Philip.

Mais tarde no mesmo dia, ele pede a April para acompanhá-lo numa rápida saída até a rua.

Dá trabalho convencê-la — apesar de o número de zumbis ter caído dramaticamente desde a última vez em que saíram. Philip diz a April que precisa de ajuda para procurar um Home Depot nas redondezas, ou uma Lowes que possa ter uns geradores disponíveis. O tempo está ficando cada vez mais frio, especialmente à noite, e eles logo vão precisar de energia para sobreviver. Ele diz que precisa de alguém que conheça a região.

E também diz que quer mostrar a ela as rotas seguras que Nick andou traçando. Nick se oferece para acompanhar, mas Philip diz que é melhor que ele fique em casa e vigie o lugar, junto com Brian.

April está disposta a sair, e quer ir, mas tem sérias dúvidas sobre a ponte trêmula e improvisada. E se começar a chover enquanto eles estiverem nas escadas? Philip garante que é moleza, especialmente para um peso pena como ela.

Eles pegam os casacos, as armas — dessa vez, April leva uma das Marlins — e se preparam para a expedição. Tara está espumando de raiva por causa dos dois, com asco daquilo que chama de "uma perda de tempo burra, imatura, perigosa e típica de gente retardada". Philip e April a ignoram com educação.

— Não olhe para baixo!

Philip já passou da metade da ponte de escadas sobre o beco dos fundos. April está 3 metros atrás dele, se agarrando à própria vida. Olhando para ela por cima do ombro, ele ri consigo mesmo. Colhões enormes tem a garota.

— Eu estou bem — responde ela, engatinhando com os dedos bem firmes e o maxilar trincado. O vento bagunça os cabelos dela. Lá embaixo, a 10 metros de distância, dois cadáveres ambulantes olham em volta como patetas, procurando no ar a origem daquelas vozes.

— Você já está quase lá — incentiva Philip, ao chegar do outro lado.

Ela engatinha os últimos 6 metros. Ele a ajuda a descer na escada de incêndio. As grades de ferro rangem sob o peso dos dois.

Eles encontram a janela aberta e entram na antiga sede da Stevenson & Sons, Contabilidade e Planejamento Imobiliário. Os corredores do escritório estão mais frios e mais escuros que da última vez que Philip andou por ali. A chegada da tempestade trouxe o crepúsculo para a região mais cedo do que de costume.

Eles atravessam os corredores escuros.

— Não se preocupe — garante Philip, enquanto pisam em cima de cacos de vidro e formulários amassados de impostos. — Esse é o lugar mais seguro do mundo, no momento.

— O que já não inspira muita segurança — rebate ela, acariciando a espingarda e tocando nervosamente no tambor.

Vestida de calça jeans e uma camisa rasgada, April cobriu as pernas e os braços com fita isolante. Ninguém mais faz isso. Philip um dia lhe perguntou por que e ela disse que tinha visto um adestrador de animais fazer na TV, uma última linha de defesa para uma mordida não rasgar a pele.

Eles atravessam o lobby e encontram as escadas de acesso logo atrás das máquinas de comida destruídas.

— Olhe só isso — diz Philip, enquanto sobe o único lance de escadas para a porta sem placa. Faz uma pausa, antes de abri-la. — Você se lembra do Capitão Nemo?

— Quem?

— Daquele filme *Vinte Mil Léguas Submarinas*? Aquele capitão meio doido, que tocava órgão no submarino enquanto as lulas gigantes passavam pelas janelas panorâmicas?

— Nunca assisti.

Philip sorri para ela.

— Pois agora vai ver.

* * *

A última coisa que April espera é que algo além de violência horrível venha lhe tirar o fôlego, mas é exatamente isso o que acontece quando ela sai atrás de Philip e sobe na passarela de pedestres. April para logo no portal e fica boquiaberta.

Ela já esteve em outras passarelas — talvez até naquela mesma —, mas, por algum motivo, naquela noite, naquele espaço e naquela luz, vê-la se estender sobre o cruzamento, 10 metros acima da rua, e se ligar ao segundo andar da Dillard's, parece quase um milagre. Pelo teto de vidro, os raios desenham veias no céu, costurando as nuvens de tempestade. Pelas paredes transparentes, as sombras escuras da cidade se fundem com as dos zumbis ambulantes. Atlanta parece um enorme tabuleiro de brinquedo, perdida no mais absoluto caos.

— Eu entendo o que você quis dizer. — A voz de April vem num murmúrio enquanto ela aprecia aquilo tudo, sentindo uma mistura esquisita de emoções: vertigem, medo, excitação.

Philip caminha até o meio da ponte, parando numa parede e soltando a mochila do corpo. Com o queixo, ele aponta para o sul.

— Quero que você veja uma coisa — diz ele. — Venha cá.

Ela vai até ele, encostando a arma e a mochila na parede de vidro.

Philip aponta para as marcas que Nick deixou nos veículos abandonados. Ele explica a teoria das "zonas de segurança" e comenta como Nick ficou esperto.

— Eu acho que ele realmente fez um ótimo trabalho — conclui Philip.

April concorda.

— A gente pode usar esses esconderijos, depois que encontrar o tal gerador de que todo mundo fala.

— Exatamente, garota.

— Nick é um cara legal.

— Com certeza.

A escuridão sufocante toma conta da cidade e, nas sombras azuladas da passarela, o rosto áspero de Philip parece ainda mais assustador para April. Com o bigode preto, fino e longo de Fu Manchu e os olhos cercados de rugas de sorriso, ele lembra a April de uma mistura de

Clint Eastwood mais novo e... quem mais? Seu pai quando era jovem? Será por isso que ela sente essas pontadas de atração pelo caipira grande e sem jeito? Será que April está tão retardada que se sente atraída por um homem só porque ele é uma cópia do pai? Ou será que esse ridículo amor platônico tem alguma coisa a ver com todo o estresse da luta pela vida num mundo de repente condenado à extinção? Pelo amor de Deus, esse é o cara que arrebentou o crânio do pai dela. Mas talvez isso também não seja justo. Aquele *não era* David Chalmers. O espírito dele, como diz a música, já tinha se esvaído. Sua alma havia partido muito antes de ele ter saído da cama e tentado jantar a filha mais velha.

— Eu tenho que dizer — continua Philip, olhando para os vultos maltrapilhos que, como vira-latas, perambulam pelas ruas à procura de restos de comida —, que se conseguir acertar algumas coisas, a gente vai poder ficar muito tempo naquele prédio.

— Acho que sim. Tudo o que a gente tem que fazer é encontrar um jeito de colocar um pouco de Valium no mingau da Tara.

Philip ri — uma risada boa e limpa —, o que revela um lado dele que April não tinha visto. Ele olha para ela.

— A gente tem uma oportunidade de fazer tudo isso dar certo. A gente pode fazer mais do que simplesmente sobreviver. E eu não falo só de arranjar um gerador.

April olha nos olhos dele.

— O que quer dizer?

Ele se vira para ela.

— Eu já estive com muitas garotas, mas nunca encontrei alguém como você. Dura como um prego... mas o carinho que você demonstra pela minha filha...? Eu nunca vi Penny se afeiçoar tanto a alguém como se afeiçoou a você. Caramba, você salvou a nossa vida, tirando a gente da rua. Você é uma mulher muito especial, sabia?

De repente, April sente a pele ficar vermelha e quente, nota um arrepio, a barriga treme, então vê que Philip está olhando para ela de um jeito totalmente diferente. Agora ela sabe que ele vinha pensando o mesmo. E olha para baixo, constrangida.

— Seus padrões não devem ser altos — murmura.

Ele estende a mão e toca suavemente no contorno do queixo dela.

— Pois eu sou o cara mais exigente que conheço.

Um trovão ecoa do lado de fora do vidro, fazendo a passarela balançar e April pular.

Philip a beija na boca.

Ela recua.

— Não sei, Philip... Quero dizer... Não sei se isso... sabe...

No espaço de um instante, todo o tipo de pensamento passa pela cabeça de April. Se ela levar a relação a um novo patamar, o que vai acontecer com Tara? Como isso vai destruir toda a dinâmica no apartamento? Vai complicar ainda mais as coisas? Como vai afetar a segurança de todo mundo, as chances de sobrevivência e o futuro (se é que existe um)?

A expressão de Philip a traz de volta para a Terra. Do jeito que ele está olhando para ela, o olhar quase vidrado de emoção, a boca seca de desejo.

Ele se inclina e a beija de novo e dessa vez ela se vê jogando os braços em volta dele e aceitando o beijo, sem perceber que as gotículas de chuva começam a pingar no vidro acima dela.

April sente o corpo todo entorpecer no abraço forte de Philip. Os lábios se abrem e a eletricidade toma conta do corpo dela, enquanto eles exploram as línguas um do outro, o gosto de café e de chiclete de hortelã e o cheiro almiscarado de Philip tomando os sentidos dela. Os mamilos de April se enrijecem debaixo do suéter.

Um flash de raio azul transforma o anoitecer num dia brilhante e prateado.

April perde o controle de si mesma. Aliás, perde o controle de *tudo.* Está com a cabeça girando. Não percebe a chuva batendo no teto de vidro. Nem se dá conta de que Philip está delicadamente baixando os dois para o chão da passarela. Com os lábios colados e se tocando sensualmente, as mãos grandes de Philip acariciam os seios de April e ele a apoia com cuidado na parede de vidro. Antes que April se dê conta do que está acontecendo, Philip está em cima dela.

A tempestade desce em toda sua fúria. A chuva bate forte no teto. Soam trovões, raios se acendem como eletricidade estática naquela atmosfera ansiosa, enquanto Philip levanta o suéter de April, passando pela barriga nua e expondo o sutiã dela à luz azul.

Dedos vigorosos abrem os cintos. Mais um trovão ecoa. April sente o toque urgente do membro de Philip se aninhando entre as pernas dela. Mais um raio se acende. As calças jeans já desceram até a metade e os peitos estão livres.

A ponta de uma unha roça a barriga dela e, de repente, como se um interruptor estivesse se acendendo dentro de April, acompanhado pelo estrondo de um único trovão, ela pensa: *ESPERA.*

BUUUUUM!

ESPERA!

Uma imensa onda de desejo carrega Philip Blake numa corrente portentosa.

Ele mal consegue ouvir a voz de April vinda de algum lugar distante, pedindo: *Para, espera, escuta, escuta só, isso é demais, eu ainda não estou pronta, por favor, por favor, para agora. Para.* O cérebro de Philip não registra nada disso conforme ele nada com desejo, paixão, dor, solidão e uma necessidade desesperada de *sentir alguma coisa,* porque agora todo o seu corpo está ligado a seu membro e toda a emoção represada está passando por ele.

— Meu Deus, estou implorando para você parar! — suplica a voz distante, o corpo de April se enrijecendo.

Philip cavalga a mulher arfante sob ele, como se estivesse surfando uma onda de espumas brancas, sabendo que por dentro ela o deseja, que *ela o ama,* apesar do que está falando. Então ele continua se enfiando dentro dela, de novo e de novo, em meio a grandes raios claros como magnésio, a energia mais crua, preenchendo-a, tomando-a como sua, alimentando-a, transformando-a, até que ela fica entorpecida embaixo dele, entorpecida e agora calada.

A suave explosão branca de prazer irrompe como um foguete dentro de Philip.

Ele sai de cima dela e deita no chão ao lado da mulher, olhando para a chuva que cai, sem se preocupar com as almas sombrias e asquerosas que estão a 10 metros deles, no chão, iluminadas pelos raios como figuras silenciosas num filme mudo.

Ele considera o silêncio de April como um sinal de que talvez, apenas talvez, tudo acabe bem. Enquanto a tempestade se transforma numa simples chuva forte, com o barulho de jato distante tomando conta da passarela, os dois voltam a se vestir e ficam deitados lado a lado por muito tempo, olhando para a cortina de chuva que despenca em cima do teto.

Philip está em estado de choque, o coração acelerado, a pele fria e pegajosa. Ele se sente como um espelho quebrado, como se um caco da alma tivesse se partido e o que estivesse vendo fosse o rosto de um monstro. O que ele acabou de fazer? Ele sabe que fez algo errado, mas é quase como se fosse outra pessoa.

— Eu acho que me empolguei um pouco — fala ele, finalmente, depois de vários minutos de um silêncio terrível.

April não diz uma palavra. Ele olha para ela e vê o rosto da garota no escuro, refletindo as sombras líquidas da chuva que escorre pelos dois lados da passarela. Ela parece estar semiconsciente, como se sonhando acordada.

— Desculpe por isso — continua ele, e as palavras parecem vazias para o próprio Philip. Ele olha mais uma vez para April, tentando ter uma ideia de como ela está se sentindo. — Você está bem?

— Estou.

— Tem certeza?

— Tenho.

A voz dela parece mecânica, totalmente sem cor, quase inaudível sobre o barulho da chuva. Philip está prestes a dizer mais alguma coisa quando um enorme trovão interrompe os pensamentos. O barulho ecoa pela armação de ferro da passarela, com uma vibração violenta que leva Philip a se encolher.

— April...

— Sim.

— A gente devia voltar.

A viagem de volta é feita toda em silêncio. Philip segue alguns passos atrás de April pelo salão deserto, depois sobem pela escada e passam pelos corredores vazios e cheios de papel. Volta e meia, Philip pensa em falar alguma coisa, mas acaba não falando. Acha que é melhor deixar tudo se assentar. Deixar April digerir o que aconteceu. O que quer que ele diga, só vai piorar as coisas. Ela segue à frente, com a arma no ombro, parecendo um soldado cansado que volta de uma patrulha rigorosa. Eles chegam ao último andar da empresa de contabilidade e encontram a janela aberta, a chuva entrando pelo vidro quebrado. Trocam apenas poucas palavras — "você primeiro" e "cuidado com o degrau" —, enquanto Philip a ajuda a descer a escada de incêndio totalmente alagada. O vento e a chuva massacrantes, que caem em cima deles enquanto rastejam pela traiçoeira passarela improvisada, são quase uma bênção para Philip. Eles o envolvem, o mantêm acordado e lhe dão a esperança de que talvez possa vir a consertar qualquer estrago que tenha feito naquela noite àquela mulher.

Quando conseguem chegar ao apartamento — os dois molhados até os ossos, exaustos e entorpecidos —, Philip está confiante de que vai conseguir dar um jeito em tudo.

Brian está com Penny no escritório transformado em quarto, colocando-a na cama. Nick está na sala, fazendo um mapa das zonas de segurança.

— E aí, como foi? — pergunta ele, levantando o olhar. — Vocês estão parecendo dois ratos afogados. Encontraram algum Home Depot?

— Hoje, não — responde Philip, indo para o quarto, sem parar nem para tirar os sapatos.

April não diz nada. Nem sequer olha para Nick enquanto se dirige para o corredor.

— Olhem só para vocês — reclama Tara, saindo da cozinha com cara de rabugenta e um cigarro aceso pendurado no canto da boca. — Exatamente o que eu pensei. Uma burrice total!

Ela fica ali, com as mãos na cintura, enquanto a irmã desaparece sem dizer uma palavra no quarto que fica no final do corredor. Tara olha duro para Philip e então bate em retirada atrás da irmã.

— Eu vou dormir — diz Philip secamente para Nick, indo para o quarto.

Na manhã seguinte, Philip acorda e rola na cama, logo antes do amanhecer. A chuva continua castigando as ruas lá fora. Ele pode ouvi-la tamborilando na janela. O quarto está escuro, frio e úmido e tem cheiro de mofo. Ele passa um bom tempo sentado na ponta da cama, olhando para Penny, que dorme na cama do outro lado do quarto, com o corpo todo enroscado em posição fetal. As lembranças disformes de um sonho ainda se prendem ao cérebro meio zonzo de Philip, bem como a sensação nauseante de não saber onde terminam os pesadelos e onde começa o episódio com April da noite anterior.

Se ele só tivesse *sonhado* com os acontecimentos que se passaram na passarela de pedestres, em vez de realmente tê-los vivido. Mas a face dura e brutal da realidade retorna a ele naquele quarto escuro, numa série de flashes, como se estivesse vendo outra pessoa perpetrar o crime. Philip segura a cabeça, tentando expulsar a sensação de horror e de culpa da mente.

Passando os dedos pelos cabelos, ele se convence de que o melhor é ter esperança. Ele pode resolver tudo com April, dar um jeito de seguir em frente, colocar uma pedra em cima disso, pedir desculpas, se redimir.

Ele olha para Penny dormindo.

Nas duas semanas e meia desde que o grupo de Philip uniu forças com os Chalmers, Philip viu a filha sair da concha. No começo, percebeu pequenos detalhes: a maneira como Penny começou a gostar de preparar aqueles jantares horríveis e a maneira como ela se iluminava quando April entrava no quarto. E, a cada dia que passava, a garota ficava mais tagarela, lembrando de coisas do período antes da "transformação", fazendo comentários sobre as mudanças bruscas do tempo e perguntando sobre a "doença". Será que os animais também ficam doentes? Será que ela passa? Será que Deus está furioso com eles?

O peito de Philip arde de emoção quando olha para a filhinha dormindo. Tem que haver um jeito de proporcionar uma vida a essa garota, constituir uma família, um lar — mesmo no meio de todo o pesadelo sem fim —, tem que haver um jeito.

Por um rápido momento, Philip imagina uma ilha deserta e uma cabana aninhada no meio de um monte de palmeiras. A praga está a milhões de anos-luz de distância. Imagina April e Penny nos balanços, brincando no meio de uma horta. Ele se vê sentado na varanda dos fundos, saudável, bronzeado de sol e olhando alegremente para as duas mulheres de sua vida compartilhando momentos de felicidade. Imagina tudo isso enquanto vê a filha dormir.

Ele se levanta e vai até ela, ajoelhando-se e passando a mão de leve no cabelo macio da menina. Ela precisa tomar um banho. O cabelo está sem brilho e gorduroso e o corpinho começa a cheirar mal. De alguma maneira, o cheiro atinge Philip, que sente uma pontada no estômago. Os olhos ficam marejados. Ele nunca amou ninguém a não ser essa garota. Até Sarah, a quem adorava, vinha em segundo lugar. Seu amor por Sarah — como o de todas as pessoas casadas — era complicado, fluido e condicional. Mas na primeira vez que viu a menininha, um pacotinho recém-nascido, há sete anos e meio, aí sim ele aprendeu o que é o amor.

Significa ter medo e se sentir vulnerável pelo resto da vida.

Do outro lado do quarto, uma coisa chama a atenção de Philip. A porta está entreaberta. E ele se lembra de tê-la fechado antes de ir dormir. Aliás, se lembra perfeitamente. Agora, ela está uns 15 centímetros entreaberta.

No início, isso não causa uma grande impressão ou preocupação. Talvez ele tenha se esquecido, sem querer, de passar o trinco e a porta acabou se abrindo sozinha. Ou talvez ele tenha ido fazer xixi no meio da noite e se esqueceu de fechar. Ou talvez *Penny* tenha ido fazer xixi e se esquecido de fechar. Caramba, Philip pode até ser sonâmbulo sem saber. Mas então, exatamente quando os olhos estão prestes a voltar para a filha, ele percebe mais uma coisa.

Alguns objetos sumiram do quarto.

O coração de Philip começa a bater mais forte. Ele deixou a mochila — a que trazia quando chegou à casa, duas semanas atrás — encostada num canto da parede, mas agora ela não está mais lá. E a pistola também sumiu. Ele deixou a Ruger .22 em cima da cabeceira com os últimos cartuchos ao lado. A munição também se foi.

Philip põe-se de pé.

Ele olha em volta. A luz do amanhecer está começando a iluminar o quarto, os vidros da janela tomados por lágrimas de chuva, os reflexos fantasmagóricos da água molhando o exterior do vidro. Suas botas não estão no lugar onde ele as largou. Ele deixou no chão, ao lado da janela. Agora não estão mais lá. Quem iria querer ficar com as botas dele? Philip se obriga a se acalmar. Tem que haver uma explicação bem simples. Não há motivo algum para agitação. Mas o que mais lhe preocupa é o sumiço da arma. Ele decide entender uma coisa de cada vez.

Silenciosamente, e com todo o cuidado para não acordar Penny, Philip atravessa o quarto e sai pela porta entreaberta.

O apartamento está quieto e silencioso. Brian cochila na sala, no sofá-cama. Philip vai até a cozinha, liga o fogareiro de propano e prepara para si mesmo um café instantâneo com um pouco da água da chuva que caiu num balde. Joga um pouco de água fria no rosto e se obriga a ficar calmo, respirando fundo algumas vezes.

Quando o café está quente, ele pega a xícara e segue o corredor até o quarto de April.

A porta também está entreaberta.

Ele olha lá dentro e vê que o quarto está vazio. Sua pulsação se acelera.

— Ela não está aí — diz uma voz.

Ele se vira e fica cara a cara com Tara Chalmers, que segura a Ruger, o cano erguido e apontado diretamente para Philip.

QUINZE

— Muito bem... Vai com calma, irmã. — Philip não se mexe. Só fica ali parado, congelado no corredor, com a mão livre levantada e o café na outra mão, meio de lado, como se fosse oferecê-lo a ela. — Seja lá qual for o problema, a gente pode dar um jeito.

— *Será...?* — Tara Chalmers fuzila Philip com o olhar, os olhos pintados faiscando. — Você acha mesmo?

— Olha... Eu não sei o que está acontecendo.

— O que está acontecendo — responde ela, sem um pingo de medo ou de nervosismo — é uma troca de comando aqui.

— Tara, seja lá o que você estiver pensando...

— Deixa eu esclarecer uma coisa. — A voz dela é firme e sem qualquer emoção. — Eu quero que você cale a porra dessa boca e faça o que eu digo, ou eu vou te matar aqui mesmo. Não pense que eu não sou capaz.

— Isso aqui não é...

— Põe essa xícara no chão.

Philip obedece e põe a xícara no chão.

— Muito bem, irmã. Como quiser.

— E pare de me chamar de irmã.

— Sim, senhora.

— Agora nós vamos pegar o seu irmão, o seu amigo e a sua filha.

Philip está quicando de adrenalina. Ele não acha que Tara tenha coragem de fazer qualquer mal a ele, e pensa em tentar agarrar a arma — a distância entre ele e o cano da Ruger é só de uns 2 ou 3 metros —, mas resiste à tentação. É melhor obedecer por enquanto e tentar fazer ela falar.

— Posso dizer uma coisinha?

— SE MEXE!

Aquele grito repentino quebra o silêncio, alto o suficiente não só para acordar Brian e Penny, mas provavelmente para ser ouvido também no segundo andar, onde Nick — que costuma acordar cedo — provavelmente já está de pé. Philip dá um passo em direção a ela.

— Se você me desse uma pequena chance de...

A Ruger solta um estampido.

O tiro passa longe — talvez de propósito, talvez não —, comendo um pedaço da parede a 45 centímetros do ombro esquerdo de Philip. O barulho que a arma faz é absurdo naquele espaço exíguo, e os ouvidos de Philip ainda estão zumbindo quando percebe que uma partícula do gesso da parede ficou presa em seu rosto.

Ele mal consegue ver o rosto de Tara através da fumaça azul da pólvora. Não sabe se ela está sorrindo ou fazendo uma careta. No momento, é difícil dizer.

— A próxima vai na sua cara — diz ela. — Agora você vai se comportar direito ou não?

Nick Parsons ouve o tiro logo depois de abrir a Bíblia para a leitura matinal. Sentado na cama, recostado na cabeceira, ele dá um pulo quando ouve o barulho e a Bíblia voa das mãos. Estava aberta no livro do Apocalipse, capítulo 1, versículo 9, na parte em que João diz para a congregação: "Eu, João, que também sou vosso irmão e companheiro na aflição, e no reino, e paciência de Jesus Cristo."

Pulando da cama, ele vai até o armário, onde a espingarda Marlin devia estar encostada num dos cantos — só que ela não está lá. O pânico faz um calafrio passar por toda a coluna de Nick, que se vira e procura pelo quarto inteiro tudo o que está faltando. A mochila... foi-se. As caixas de cartuchos para a espingarda... idem. As ferramentas, a picareta, as botas e o mapa... tudo desaparecido.

Pelo menos ainda tem as calças jeans devidamente dobradas em cima de uma cadeira. Ele as pega com força e atravessa como um raio o quarto. Percorre o conjugado. Dispara pela porta. Pelo corredor. Desce um lance de escadas e chega ao primeiro andar. Acha que ouviu o som de uma voz raivosa, mas não tem certeza. Corre direto para o apartamento dos Chalmers. A porta está destrancada e ele entra.

— O que aconteceu? O que aconteceu? — repete Nick, quando chega na sala de estar fazendo barulho. Ele vê uma coisa que não faz o menor sentido. Vê Tara Chalmers com a Ruger apontada para Philip e Philip com uma expressão estranha no rosto, e Brian de pé a alguns metros com Penny agarrada a ele, e os braços em volta da menininha para protegê-la. E o mais esquisito de tudo: Nick vê todas as coisas deles empilhadas no chão, na frente do sofá.

— Para lá — diz Tara, brandindo a arma e mandando Nick ir para onde estão Philip, Brian e Penny.

— O que houve?

— Não interessa. Faça o que eu estou mandando.

Nick obedece devagar, mas está com a cabeça tomada pela confusão. Em nome de Deus, o que foi que aconteceu? Quase que sem querer, Nick olha para Philip, procurando respostas nos olhos do grandão, mas, pela primeira vez desde que Nick o conhece, Philip parece envergonhado, quase inexpressivo entre frustração e indecisão. Nick olha para Tara.

— Cadê a April? O que aconteceu?

— Não importa.

— O que você está fazendo? Que ideia é essa de botar todas as nossas coisas numa...

— Nicky — interrompe Philip —, deixe isso para lá. A Tara vai dizer o que ela quer que a gente faça. E nós vamos obedecer e tudo vai dar certo.

Philip diz isso para Nick, mas, conforme fala, está olhando para Tara.

— Escute o seu amigo, Nick — diz Tara, que também se dirige a Nick, mas sem desviar a atenção de Philip. Seus olhos quase brilham de desprezo, raiva, vingança e alguma coisa mais: algo incompreensível para Nick, algo que ele acha perturbadoramente íntimo.

Agora é a vez de Brian fazer uma pergunta:

— E o que você quer que a gente faça, exatamente?

Tara ainda não tira os olhos de Philip ao responder:

— Que vão embora.

A princípio, Nick acha que fora uma afirmação retórica. Em suas orelhas ainda zonzas, não parece que ela esteja mandando eles fazerem alguma coisa, e sim querendo deixar algo bem claro. Mas essa impressão inicial — e qualquer pensamento mais otimista — imediatamente vai a nocaute pela expressão no rosto de Tara.

— Caiam na estrada.

Philip a encara.

— Na minha terra, isso se chama assassinato.

— Pode chamar do que quiser. Pegue essa merda toda e vá embora.

— Você vai expulsar a gente daqui sem armas.

— Eu vou fazer muito mais do que isso. Eu vou subir no terraço com uma daquelas espingardas de pombos de alto calibre para me *certificar* de que vocês vão mesmo embora.

Depois de um longo e tenebroso momento de silêncio, Nick olha para Philip.

E, finalmente, Philip desvia o olhar da garota decidida e rechonchuda que aponta a pistola.

— Pegue as suas coisas — diz para Nick. Então se volta para Brian. — Tem uma capa de chuva na minha mochila. Ponha na Penny.

A quantidade de tempo necessária para eles se vestirem e se prepararem para sair é mínima — só alguns minutos, com Tara Chalmers montando guarda como se fosse uma sentinela de pedra —, mas dá a Brian tempo suficiente para pensar furiosamente no que pode ter acontecido. Amarrando as botas e colocando a capa em Penny, ele percebe que todas as indicações apontam para a existência de um triângulo doentio. Só a ausência de April já fala muito. Assim como o ódio de Tara, descontrolado e vingativo. Mas o que teria *causado* isso? Não pode ter sido alguma coisa que Philip tenha feito ou dito. Como ele poderia ter ofendido tanto aquela mulher?

Por um doido instante, a mente de Brian volta à maluca da ex-mulher. Volúvel, compulsiva, pirada, Jocelyn fazia coisas assim. Desaparecia por semanas sem deixar vestígios. Uma vez, enquanto Brian estava na escola noturna, chegou a colocar todas as coisas dele na escada do prédio em que moravam, como se ela estivesse tirando uma mancha da vida. Mas *aquilo ali...* Era diferente. As irmãs Chalmers não tinham dado nenhum sinal de serem malucas ou irracionais.

Contudo, o que mais incomoda Brian é a maneira como o irmão está se comportando. Por baixo da superfície de raiva contida e de frustração, Philip Blake parece quase que *conformado*, talvez até sem esperança. Isso é uma pista e é importante. O problema é que não dá tempo de descobrir mais nada.

— Vamos lá, para a estrada — diz Philip, passando a alça da mochila pelo ombro. Ele também já vestiu o casaco de brim, com as manchas pretas e oleosas do início da viagem bem visíveis, e se encaminha para a porta.

— Espere! — pede Brian e se vira para Tara. — Pelo menos, deixe a gente levar um pouco de comida. Para Penny.

Ela simplesmente o encara e diz:

— Eu já estou deixando vocês saírem daqui vivos.

— Vamos lá, Brian. — Philip para na porta. — Acabou.

Brian olha para o irmão. Tem alguma coisa naquele rosto calejado e enrugado que atiça Brian. Philip é da família, sangue do seu sangue. E eles percorreram um longo caminho. Sobreviveram a muitos apertos para morrer agora, como cães sem dono abandonados no acostamento de uma estrada. Brian sente algo estranho crescer na base da coluna, enchendo-o de uma força inesperada.

— Muito bem — diz ele. — Se é assim que tem que ser...

Não termina a frase; não há mais nada a dizer. Simplesmente passa o braço em volta de Penny e a apressa até a porta, para seguir o pai.

* * *

A chuva é ao mesmo tempo uma bênção e uma maldição. Ela chicoteia os rostos deles, quando saem pela frente do prédio, mas enquanto se agacham sob as árvores esquálidas da entrada para estudar o território, percebem que a tempestade aparentemente assustou os Mordedores das ruas. Os esgotos estão transbordando, as ruas têm correnteza de inundação e as nuvens estão baixas e carregadas.

Nick força os olhos para ver a distância e percebe que, para o sul, as ruas estão relativamente livres.

— Por ali é melhor! A maioria das zonas de segurança está para lá!

— Muito bem, então vamos para o sul — diz Philip e se vira para Brian. — Você pode carregá-la nas costas de novo? Estou contando com você, amigo. Proteja ela.

Brian limpa o rosto e responde ao irmão pondo o polegar para cima.

Virando-se para a menina, Brian está prestes a colocá-la nas costas, mas para abruptamente. Por um rápido instante, ele olha espantado para a menininha. Ela também está colocando o polegar para cima. Brian olha para o irmão e os dois percebem o que aconteceu sem que uma palavra fosse pronunciada.

Penny Blake está ali de pé, esperando, batendo o queixo em desafio. Seus olhinhos suaves piscam na chuva e o olhar no rosto parece com o que a falecida mãe costumava mostrar quando não tinha paciência com as besteiras dos homens. Finalmente, a menina diz:

— Eu não sou nenhum bebê... A gente já pode ir?

Eles caminham até a esquina, abaixados, escorregando na calçada, a chuva sempre atrapalhando os avanços. Ela bate no rosto e nas roupas deles e também nas juntas, quase que imediatamente. É uma chuva gelada e enervante de outono, sem sinais de que vai espairecer.

Mais à frente, alguns zumbis maltrapilhos e cadavéricos se aglomeram perto de um ponto de ônibus abandonado, os cabelos sebentos como lodo colados nos rostos mortos. Parecem esperar um ônibus que nunca chegará.

Philip conduz o grupo pela esquina até chegarem debaixo de um toldo. Nick aponta o caminho para a primeira zona de segurança: o ônibus municipal entupido de naftalina, meia quadra ao sul da passarela de pedestres. Um rápido gesto de mão de Philip e todos correm pelas vitrines das lojas, na direção do ônibus.

— Eu acho que a gente devia voltar — resmunga Nick enquanto se senta no chão do ônibus e procura alguma coisa na mochila. A chuva faz um som meio surdo de metralhadora no teto do ônibus. Nick encontra uma camiseta, tira-a da mochila e limpa a água do rosto. — Nós estamos falando de uma garota, de quem podemos perfeitamente retomar o lugar. Eu voto por voltar lá e colocá-la para fora.

— Você acha que a gente pode retomar o apartamento, né? — Philip está na cabine do motorista, vasculhando os compartimentos, vendo se o motorista deixou alguma coisa. — Por acaso você tem algum colete à prova de balas nessa mochila?

O ônibus — uma carcaça de 10 metros de comprimento, com assentos modelados voltados um para o outro dos dois lados — tem o mau cheiro das secreções fantasmagóricas de seus ex-passageiros, como pelo de cachorro molhado. Nos fundos do ônibus, descansando na penúltima poltrona, com Penny na cadeira ao lado, Brian está todo trêmulo de moletom e calças jeans molhados. Ele sente um mau presságio, e não é só por causa da exposição à selvageria urbana e tempestuosa de Atlanta.

O mau pressentimento de Brian tem mais a ver com o mistério sobre o que aconteceu no edifício na noite anterior. Ele não pode parar de pensar no que se passou exatamente entre as 17 horas (quando Philip e April partiram em missão) e a manhã seguinte (quando, de repente, tudo explodiu na cara deles). Pela tensão grave na voz do irmão e a determinação fria no rosto dele, fica cada vez mais claro para Brian que isso agora já não adianta mais. A prioridade imediata é a sobrevivência do grupo. Mas Brian não consegue parar de pensar no assunto. O mistério diz respeito a algo mais profundo, alguma coisa que fica incomodando Brian e que ele não consegue transformar em palavras.

Um raio se acende do lado de fora do ônibus, brilhando como o flash de uma câmera.

— A gente tinha uma atmosfera boa naquele lugar — continua Nick, a voz tristonha e irregular. Ele se levanta, se apoiando numa alça de mão. — Aquelas armas eram nossas, cara. E todo o trabalho que nós tivemos? Tudo aquilo é nosso, tanto quanto é delas.

— Senta, Nick — ordena Philip, secamente. — Eu não quero que nenhuma dessas pústulas ambulantes veja a gente aqui.

Nick se abaixa.

Philip está sentado no banco do motorista, as molas guinchando. Ele vê uma caixa de mapas no painel, mas não acha nada de útil. As chaves estão na ignição. Philip gira a chave, mas não obtém nada além de um clique seco.

— Eu não vou mais repetir. Para nós, aquele lugar *acabou.*

— Mas por quê? Por que a gente não pode retomar o apartamento? A gente pode dominar aquela puta gorda. Nós três juntos?

— Deixe para lá, Nick — responde Philip e até Brian, que está lá nos fundos do ônibus, percebe o tom gélido de advertência na voz de Philip.

— Eu só não entendo — reclama Nick, baixinho — como é que uma coisa dessas pode ter acontecido...

— Bingo! — Finalmente, Philip encontrou algo de útil. Uma barra de aço de 1,20 m, com a largura e a textura de uma pequena viga de ferro, está fixa com presilhas sob a janela lateral do motorista. Com um gancho numa das pontas, é bem provável que a vara seja usada para alcançar a porta de sanfona, do outro lado da cabine (e fechá-la manualmente). Agora, enquanto Philip a agita na penumbra, ela parece uma excelente arma improvisada. — Isso já serve — murmura.

— Como é que isso foi acontecer, Philly? — insiste Nick, se agachando quando mais um raio ilumina a cabine.

— PORRA!

E de repente Philip bate com a vara de ferro no painel, mandando estilhaços de plástico pelos ares e fazendo todo mundo pular. Ele bate outra vez, quebrando o rádio de comunicação. E bate mais uma vez e depois mais outra com toda a força, arrebentando os controles e quebrando a caixa com o dinheiro das passagens, moedas voam pelos ares. E continua a quebrar o painel até ficar totalmente destruído.

Finalmente, com as veias saltando para fora do pescoço e o rosto consumido de raiva, ele se vira para Nick Parsons e enterra o olhar no amigo.

— Será que você poderia calar a porra da sua boca?!

Nick só fica olhando para ele.

Nos fundos do ônibus, sentada ao lado de Brian, Penny Blake desvia o olhar e vê, pela janela, a chuva suja escorrendo em pequenos riachos pelo vidro. Sua fisionomia se enrijece, como se ela estivesse resolvendo um complicado problema matemático, complexo demais para a idade.

Enquanto isso, lá na frente, Nick está congelado de pavor.

— Fica calmo, Philly. Eu só estava... pensando em voz alta, sabe como é? Eu não estava falando sério. É só que eu me acostumei àquele lugar.

Philip lambe os lábios. O fogo no olhar fica mais brando. Ele inspira profundamente e solta um suspiro doloroso. Põe a vara na cadeira do motorista.

— Olha... Me desculpa... Eu entendo como você se sente. Mas assim é melhor. Sem eletricidade, aquele apartamento vai ser um verdadeiro freezer no meio de novembro.

Nick continua olhando para baixo.

— É... Eu acho que entendi.

— Desse jeito é melhor, Nicky.

— É claro.

Nessa hora, Brian diz a Penny que volta logo e sai da poltrona.

Ele anda pelo corredor, abaixado, acocorado sob o nível das janelas, até se juntar a Nick e ao irmão.

— Qual é o plano, Philip?

— A gente vai encontrar um lugar onde possa fazer uma fogueira. Não dá para fazer uma fogueira dentro de um apartamento.

— Nick, quantas "zonas de segurança" além desta aqui você mapeou?

— O suficiente para sair desta parte da cidade, com um ou dois golpes de sorte.

— Mesmo assim, mais cedo ou mais tarde a gente vai ter que encontrar um carro — opina Brian.

— Não diga — resmunga Phillip.

— Você acha que este ônibus tem gasolina?

— Provavelmente, óleo diesel.

— Mas não interessa *qual* é o combustível. A gente não tem como puxar.

— Nem como armazenar — lembra Philip.

— E nem como transportar — acrescenta Nick.

— E aquela barra de ferro? — Brian aponta para a barra sobre o banco do motorista. — Você acha que ela é pontuda o suficiente para perfurar o tanque de combustível?

— Deste ônibus? — Philip olha para a barra. — Acho que sim. Mas para que isso vai servir?

Brian engole em seco. Ele tem uma ideia.

Um por um, eles saem rapidamente pela porta de sanfona e de volta para a chuva que se transformou numa garoa fria. O dia está meio encoberto. Philip carrega a barra de ferro e Nick, as três garrafas de Miller Light que Brian encontrou debaixo das poltronas. Brian mantém Penny junto dele — há vultos escuros visíveis em todas as direções, os mais próximos talvez a um quarteirão de distância — e o tempo está passando.

Volta e meia, os raios deixam a cidade da cor do magnésio, iluminando os mortos que vêm dos dois lados da rua. Alguns dos Mordedores perceberam seres humanos dando a volta rapidamente no ônibus e agora esses zumbis se aproximam com um objetivo mais definido, naquele passo lerdo.

Philip sabe onde fica o tanque de combustível, graças à experiência como motorista de caminhão.

Ele se agacha ao lado do enorme pneu dianteiro e rapidamente apalpa embaixo do chassi, procurando a base do tanque, enquanto a chuva escorre pelo queixo. O ônibus tem dois reservatórios separados, cada um contendo 400 litros de combustível.

— Rápido, cara. Eles estão vindo! — Nick se ajoelha ao lado de Philip, com as garrafas.

Philip enfia a ponta da barra de ferro no fundo do tanque dianteiro, mas ela só consegue amassar o reservatório. Ele dá um grito de raiva com toda a força e volta a enfiar a vara no tanque.

Dessa vez, a ponta perfura a cápsula do tanque e um filete de um líquido amarelo e viscoso começa a esguichar por cima dos braços e das mãos de Philip. Nick se aproxima e enche rapidamente a primeira garrafa de 350 ml.

Um trovão ecoa no céu, seguido pelo clarão de mais um raio. Brian olha por cima do ombro e vê um regimento completo de mortos-vivos — agora mais perto, no clarão que iluminou o dia, a apenas 25 metros de distância —, muitos dos rostos perfeitamente visíveis à luz branca do raio.

Um deles não tem o maxilar, outro caminha com os intestinos despontando de um buraco enorme no estômago.

— Rápido, Nick! Rápido! — Brian já está com pedaços de uma camisa rasgada prontos numa das mãos e o isqueiro na outra. Ele se mexe nervoso ao lado de Penny, que está fazendo o possível para ser corajosa, cerrando os punhos e mordendo os lábios, enquanto fica de olho no exército de cadáveres ambulantes que se aproxima.

— Aqui tem uma, vai. VAI! — Nick passa a primeira garrafa de gasolina para Brian. Ele põe o trapo na garrafa e então a vira rapidamente de cabeça para baixo, até o trapo ficar ensopado. É um movimento que demora só alguns segundos, mas Brian pode sentir que o tempo está se esgotando e a presença de centenas de Mordedores cada vez mais próxima. O isqueiro produz um fogo que o vento apaga rapidamente.

— Vamos lá, cara... Vamos. *Vamos!* — Philip se vira para a horda que se aproxima, erguendo a barra de ferro. Atrás dele, Brian protege com as mãos o pavio e finalmente consegue acendê-lo. O trapo pega fogo, as chamas passando pelo lado da garrafa, alimentando-se de combustível.

Brian joga o coquetel molotov na vanguarda da legião.

A garrafa se estilhaça a 1,5 metro dos zumbis mais próximos e explode numa bola de fogo amarela, o som ecoando na neblina. Vários cadáveres recuam diante daquele clarão e do calor inesperado, alguns deles batendo nos colegas, derrubando-os como se fossem peças de dominó. Em geral, a imagem dos monstros tropeçando uns nos outros deveria ser quase que engraçada, mas no momento não.

Agora, Philip pega a segunda garrafa e enfia o trapo dentro.

— Passa o isqueiro! — Brian passa o Bic para ele. — Agora se manda! — ordena Philip, pondo fogo no trapo e jogando a garrafa incendiária no exército de monstros vindos da direção contrária.

Dessa vez, a garrafa aterrissa bem no meio deles, pondo fogo no meio das tropas e incendiando pelo menos uma dúzia de Mordedores com a ferocidade de um ataque de napalm.

Brian nem olha para trás enquanto recolhe Penny do chão e vai atrás de Nick, numa corrida desabalada até a barbearia.

Brian, Penny e Nick já estão no meio do caminho até a próxima zona de segurança quando percebem que Philip está ficando para trás.

— Que diabo ele está fazendo? — A voz de Nick é desesperada e estridente, enquanto ele se esconde na porta de mais uma loja tapada por tábuas.

— E eu sei lá! — responde Brian, se agachando na porta com Penny e olhando para o irmão.

A 100 metros dali, Philip está gritando frases obscenas e desarticuladas para os monstros e brandindo a barra de ferro contra um atacante. O zumbi em chamas se aproxima dele em meio às fagulhas e à fumaça.

— Ai, meu Deus! — Brian protege o rosto de Penny. — Abaixa. ABAIXA!

A distância, Philip Blake se afasta da multidão com o isqueiro levantado numa das mãos e o ferro ensanguentado na outra, com uma espécie de violência viking tomando conta dele, toda a raiva reprimida aparecendo numa série de gestos exuberantes e exagerados.

Ele faz uma parada e taca fogo numa poça de combustível que escorre de debaixo do ônibus, depois se vira e corre com a velocidade de um atacante com o campo livre à frente.

Atrás dele, a poça de combustível pega fogo e se alastra, as chamas azuis se dirigindo para a enorme carroceria de aço. Philip transpõe cerca de 50 metros de asfalto molhado, arrebentando as cabeças de uma meia dúzia de Mordedores pelo caminho, enquanto o fogo sobe pelo lado do ônibus.

Um baque grave e subsônico se ergue por cima da chuva e dos gemidos dos zumbis. Philip não consegue ver Brian e os outros no meio da neblina à frente.

— PHILIP! AQUI!

O grito de Brian é um farol e Philip mergulha na direção daquele som, exatamente quando a explosão faz a terra tremer e uma tarde cinza e escura se transforma na própria superfície do sol.

Nenhum deles consegue ver direito. São todos lançados contra uma porta dentro do recinto coberto de tábuas, protegendo os rostos dos destroços flamejantes — pedaços do ônibus, estilhaços de metal e uma chuva de cacos de vidro — que passam voando pela porta. Brian consegue ver um pouco do reflexo pela vitrine de uma loja do outro lado da rua: a explosão, a meia quadra de distância, mandou um ônibus de 20 toneladas pelos ares, num enorme e horrível cogumelo de fogo, a força da explosão destruindo a carroceria, a onda de ferro quente atravessando uma multidão de zumbis com o brilho violento de uma supernova. Inúmeros corpos são varridos pela onda, incinerados pelo fogo, alguns deles despedaçados pelos estilhaços que voam pelos ares, as partes mortas dos corpos voando pelo céu da tempestade, como uma revoada de pássaros tentando fugir.

Um pedaço incendiado do para-lama cai a 5 metros de distância da porta.

Todo mundo pula com o barulho daquele escombro, os olhos arregalados de susto.

— Puta que o pariu! PUTA QUE O PARIU! — exclama Nick, protegendo o rosto com as mãos. Brian abraça Penny com força, sem dizer uma palavra, momentaneamente paralisado.

Philip enxuga o rosto com as costas da mão e olha em volta da porta, assustado como um sonâmbulo que acabou de acordar.

— Muito bem. — Ele olha por cima do ombro e então para Nick. — Onde fica a tal barbearia?

DEZESSEIS

Meia quadra dali, na direção sul — na escuridão de um quarto de azulejos sem ar e nauseante, entre os restos espalhados de revistas *True Detective*, pentes de plástico, mechas de cabelo humano e potes de gel para cabelos —, eles enxugam os rostos com toalhas e jalecos de barbeiros e depois encontram mais ingredientes para fazer coquetéis molotov.

Garrafas de tônico capilar são esvaziadas, enchidas com álcool e tapadas com chumaços de algodão. Eles também encontram um velho taco Louisville Slugger escondido atrás da caixa registradora. Provavelmente afugentou alguns clientes revoltados ou arruaceiros da vizinhança que queriam levar algum dinheiro. Agora Philip passa a arma a Nick e manda que ele a use com sabedoria.

Eles partem em busca de outros suprimentos que possam usar. Uma velha máquina de comida nos fundos lhes dá algumas barras de chocolate, dois Twinkies e um espetinho de linguiça industrializado. Enquanto enchem as mochilas, Philip pede para que não fiquem à vontade demais. Ele pode ouvir os ruídos do lado de fora — mais mortos chegando àquela região, atraídos pela explosão. A chuva está diminuindo. Os barulhos ficam mais nítidos. Eles têm que se manter em movimento se esperam sair da cidade antes do anoitecer.

— Vamos, vamos — ordena Philip. — Vamos dar o fora daqui e passar logo para a próxima zona. Nicky, você vai na frente.

Relutante, Nick os conduz para fora da barbearia, entrando na garoa e passando pela frente de mais algumas lojas. Philip cobre a retaguarda com a barra de ferro pronta para entrar em ação, mantendo um olhar atento sobre Penny, que se agarra com um instinto simiesco às costas de Brian.

No meio do caminho para a próxima zona de segurança, um zumbi isolado sai de trás de um escombro, avançando ameaçadoramente contra Brian e Penny. Philip o golpeia na parte de trás da cabeça com o gancho da barra de metal, atingindo-o logo acima da sexta vértebra cervical com tanta força que o crânio se desprende e fica pendurado sobre o peito, enquanto o corpo desaba no asfalto molhado. Penny desvia o olhar.

Mais cadáveres se materializam nas saídas dos becos e nas sombras das portas.

Nick encontra o próximo símbolo que pintou perto de um cruzamento.

A estrela foi rabiscada na porta de vidro de uma lojinha qualquer. A fachada da loja está coberta de grades contra ladrões e, tirando alguns fios partidos, lâmpadas de neon quebradas e rolos de fita isolante, as vitrines estão vazias. A porta está fechada, mas destrancada (exatamente como Nick a deixara, três dias antes).

Abrindo-a com força, Nick faz um gesto com a mão e eles entram com pressa.

Na verdade, entram tão rápido que ninguém percebe a placa acima da porta, as letras formadas por lâmpadas escuras e frias de neon: LOJINHA DE BRINQUEDOS DO PEQUENO POLEGAR.

A frente da loja, que mal chega a ter 45 metros quadrados, está cheia de destroços com cores berrantes. Prateleiras caídas despejaram todo um estoque de bonecas, carrinhos e trenzinhos de brinquedo em cima dos ladrilhos sujos do chão. Um verdadeiro tornado destruidor varreu a loja. Fios onde antes ficavam móbiles estão soltos, os resquícios plásticos de peças de Lego e aviõezinhos empilhados aqui e ali. Os enchimentos de penas dos bichos de pelúcia se mexem como folhas mortas com o rastro dos visitantes, que batem as portas enquanto passam.

Por alguns instantes, eles ficam no vestíbulo, recuperando o fôlego coletivamente, os olhos arregalados diante das espantosas ruínas diante deles. Ninguém se mexe por muito tempo. Tem alguma coisa naqueles destroços que os deixa embasbacados — e colados à entrada.

— Todo mundo quieto — diz Philip finalmente, tirando um lenço do bolso e secando um pouco do suor na nuca. Ele passa ao lado de um ursinho de pelúcia esmagado e cuidadosamente segue mais para o fundo da loja. Vê uma porta nos fundos sem nenhuma placa de aviso, talvez um estoque, talvez uma saída. Brian gentilmente põe Penny no chão e vê se ela está ferida.

Penny assiste ao triste espetáculo de Barbies decapitadas e bichinhos de pelúcia esfrangalhados.

— Quando passei por aqui — conta Nick, do outro lado da loja, procurando alguma coisa —, achei que podia ter algumas coisas úteis para a gente, aparelhos, lanternas, walkie-talkies... *qualquer coisa.* — Ele vai até o balcão da caixa registradora, sobe alguns degraus e chega a uma bancada atrás da máquina. — Um lugar como este, nesta parte da cidade... Pombas, eles são capazes até de ter uma arma.

— O que tem ali atrás, Nicky? — pergunta Philip, apontando o dedão para uma porta com cortina, nos fundos da loja. A cortina preta e opaca vai até o chão. — Você já viu?

— Eu diria que é o estoque, mas tome cuidado, Philly. Lá atrás é bem escuro.

Philip para na frente da cortina, tira a mochila das costas e apalpa o bolso lateral à procura da lanterna. Ele a acende e passa pela cortina... desaparecendo na escuridão.

No outro canto da loja, Penny está horrorizada com as bonecas quebradas e os ursinhos de pelúcia estropiados. Brian a observa de perto. Ele gostaria muito de ajudá-la, gostaria muito que tudo entrasse novamente nos trilhos, mas só o que pode fazer no momento é se ajoelhar ao lado dela e tentar distraí-la.

— Você quer um daqueles chocolates?

— Não. — A voz sai de dentro dela como se fosse o barulho de uma marionete, os olhos grudados nos brinquedos quebrados.

— Tem certeza?

— Tenho.

— A gente tem Twinkies — conta Brian, tentando preencher o silêncio, tentando fazê-la falar alguma coisa, tentando mantê-la ocupada. Mas, no momento, tudo em que Brian pode pensar é na expressão do rosto de Philip, a violência nos olhos dele e no mundo inteiro, *o mundo deles*, desmoronando.

— Não. Eu estou bem — responde Penny. Ela vê uma pequena mochila da Hello Kitty num monte de lixo e vai até lá. Pega a mochila e dá uma olhada. — Você acha que alguém ficaria bravo se eu pegasse algumas dessas coisas?

— Que coisas, querida? — Brian olha para ela. — Você está falando dos brinquedos?

Ela faz que sim.

Uma punhalada de vergonha e tristeza atinge a barriga de Brian.

— Não. Pode pegar à vontade.

Ela começa a pegar pedaços de bonecas quebradas e bichinhos de pelúcia esfolados. Para Brian, parece um ritual, como um rito de passagem para a menina, na hora que ela escolhe Barbies sem membros e ursinhos de pelúcia despedaçados. Penny enfia os brinquedos quebrados na mochila com o cuidado de uma enfermeira fazendo a triagem numa clínica. Brian solta um suspiro.

Exatamente nesse instante, a voz de Philip chama das profundezas do corredor escuro, interrompendo os pensamentos de Brian, que estava prestes a oferecer o espetinho de linguiça a Penny, e ele logo se põe de pé.

— O que ele disse?

Do outro lado da loja, Nick se empertiga.

— Não sei. Eu não ouvi.

— Philip! — Brian parte na direção da cortina dos fundos, seu corpo pinicando de tensão nervosa. — Você está bem?

Passos apressados são ouvidos de trás da cortina e, de repente, ela é aberta com força e Philip olha para eles com uma expressão exuberante tomando conta do rosto, alguma coisa entre excitação e euforia.

— Peguem todas as nossas coisas. A gente acabou de ganhar na loteria!

Philip os conduz por um corredor estreito e escuro, passando por prateleiras de brinquedos e jogos ainda fechados. Depois dá a volta num canto e passa por uma porta de segurança que os antigos ocupantes aparentemente deixaram destrancada no meio da fuga. Mais um corredor estreito e, guiados pelo facho exíguo da lanterna de Philip, eles chegam à saída de incêndio. A porta de metal está ligeiramente entreaberta, as sombras de uma passagem visíveis do outro lado.

— Dá só uma olhada no que tem do outro lado da lojinha de brinquedos. — Com a bota, Philip empurra a porta de incêndio. — Nossa passagem para fora deste inferno.

A porta de metal se abre completamente e Brian se vê olhando para outro corredor estreito, quase que uma réplica perfeita da primeira porta de incêndio.

Essa porta também está entreaberta e, pela fresta, Brian vê, encoberta pelas sombras, filas e filas de reluzentes rodas de aço.

— Meu Deus — murmura ele. — Será que isso é o que eu estou pensando?

O lugar é enorme — engloba toda a esquina do andar térreo do prédio vizinho —, com vitrines reforçadas dos três lados. Visível pela vidraça está a rua do lado de fora, por onde perambulam vultos sombrios e desgarrados, andando na chuva como almas penadas, mas *do lado de dentro* — no alegre e esfuziante mundo do Champion Cycle Center, a principal concessionária de motos de Atlanta —, tudo está quente, arrumado e brilhando de novo.

Aquele showroom parece não ter sido tocado pela praga. Pela luz difusa que penetra as enormes vitrines, motocicletas de todas as marcas e modelos estão alinhadas em quatro belas fileiras que se estendem de um lado a outro da concessionária. O ar tem cheiro de borracha nova e couro curtido e aço da melhor qualidade. Os cantos do showroom têm tapetes com o logotipo gravado, novos e exuberantes como os do saguão de um hotel luxuoso. Placas de neon apagadas estão penduradas no teto com as marcas dos produtos: Kawasaki, Ducati, Yamaha, Honda, Triumph, Harley-Davidson e Suzuki.

— Você acha que alguma delas tem gasolina? — Brian olha 360 graus ao redor, verificando todo o showroom.

— Nós tiramos a sorte grande, cara. — Philip indica os fundos do salão, atrás das mesas e dos balcões de venda e das prateleiras cheias de peças. — Eles têm uma oficina ali atrás, com uma garagem... A gente pode puxar gasolina de qualquer uma delas com a maior facilidade.

Penny olha sem emoção para aquele enorme banquete de borracha e cromo. Ela continua com a mochila da Hello Kitty presa nos pequeninos ombros.

A cabeça de Brian está nadando. Emoções contraditórias batem umas nas outras como se fossem ondas — excitação, ansiedade, esperança e medo.

— Só tem um probleminha — murmura ele baixinho, a angústia e a incerteza pesando sobre os ombros.

Philip olha para o irmão.

— O que foi agora?

Brian limpa a boca.

— Eu não tenho a menor ideia de como se dirige uma dessas coisas.

Todos caem numa sonora e muito necessária gargalhada — nervosa, meio ácida, talvez, mas mesmo assim uma gargalhada — à custa de Brian. Philip garante ao irmão que não faz a menor diferença ele nunca ter dirigido uma motocicleta; "qualquer retardado" aprende em dois minutos. O mais importante é que tanto Philip quanto Nick tiveram motocicletas durante muitos anos e, da última vez que Philip contou, eles eram só quatro. Portanto, as duas pessoas que não sabiam dirigir podiam ir na garupa das duas que sabiam.

— Quanto mais rápido a gente sair de Atlanta, mais chance a gente vai ter desarmado — comenta Philip minutos depois, passando a mão pelas roupas de couro penduradas num canto da loja: jaquetas, calças, coletes e acessórios. Ele escolhe uma jaqueta Harley marrom e um par de botas pretas pesadas. — Eu quero que todos tirem as roupas molhadas do corpo e estejam prontos em cinco minutos. Brian, você ajuda Penny.

Eles se trocam, enquanto a chuva arrefece do lado de fora dos vidros. A esquina agora está infestada de maltrapilhos — um monte de almas destroçadas e aturdidas, algumas chamuscadas pela explosão, outras em estágios avançados de decomposição. Os rostos começam a se esfacelar, alguns babando vermes e se transformando em máscaras escuras de carne pútrida. No entanto, nenhum deles percebe o movimento no salão às escuras.

— Está vendo os Mordedores se juntando ali? — murmura Nick para Philip, baixinho. Nick já vestiu as roupas secas e está puxando o zíper de uma jaqueta de couro. Com o queixo, ele aponta discretamente para a luz cinza que entra pela vitrine. — Alguns já estão bem maduros.

— E daí?

— Alguns deles já estão assim há o quê? Umas três, quatro semanas?

— No mínimo. — Philip pensa um pouco, tirando as calças jeans molhadas. A cueca está tão colada na pele que ele tem quase que "descascá-la". Ele se vira, de modo que Penny não veja nada. — Essa merda toda eclodiu há mais de um mês. E daí?

— Eles estão apodrecendo.

— Hein?

Nick diminui o tom de voz para não chegar aos ouvidos de Penny, ocupada do outro lado do salão com um pequeno casaco de inverno que Brian está descobrindo como abrir.

— Pensa um pouco, Philly. Normalmente, um corpo normal vira pó em mais ou menos um ano. — Ele abaixa a voz ainda mais. — Especialmente se estiver exposto aos elementos da natureza.

— O que você quer dizer com isso, Nick? Que tudo o que a gente tem que fazer é esperar o tempo passar? Deixar os vermes trabalharem?

Nick dá de ombros.

— É, eu acho que sim...

— Ouça — diz Philip, apontando um dedo para a cara de Nick. — Guarde suas teorias para você.

— Eu não quis...

— Eles não vão desaparecer, Nicky. Trata de meter isso nessa sua maldita cabeça. E eu não quero que a minha filha ouça essas coisas. Eles comem quem está vivo, se reproduzem e, quando apodrecerem, vai ter mais gente como eles para ficar no lugar deles e, a julgar pelo fato de que o velho Chalmers se transformou sem nem sequer ter sido mordido, os dias dessa merda de mundo estão mais do que contados. Então aceite isso, meu caro, porque já é mais tarde do que você pensa.

Nick abaixa a cabeça.

— Tudo bem, cara, já entendi... Mas se acalme, Philly.

A essa altura, Brian já conseguiu vestir Penny e os dois vão até eles.

— Estamos prontos. Na medida do possível.

— Que horas são? — pergunta Philip a Brian, que está um tanto ridículo numa jaqueta de couro da Harley um número e meio maior do que deveria.

Ele olha para o relógio.

— Quase meio-dia.

— Ótimo. Isso nos dá umas seis ou sete horas de dia claro para ir para bem longe daqui.

— Vocês já escolheram as suas motos?

Philip lhe dá um sorriso frio.

Eles escolhem duas das maiores obras de arte do lugar: duas Harley-Davidsons Electra Glides, uma azul pérola e a outra preta. A escolha é feita pelo tamanho dos motores, pelo espaço dos assentos, pelos centímetros cúbicos de espaço de armazenagem e também, cacete, porque são Harleys. Philip decide que vai levar Penny com ele e Brian vai na garupa de Nick. Os tanques de gasolina estão vazios, mas várias motos na oficina dos fundos têm combustível, de modo que transferem o máximo que podem para as Harleys.

Durante os 15 minutos de que precisam para preparar as motos, encontrar capacetes adequados e transferir todas as coisas para os bagageiros, a rua fica infestada de mortos-vivos. Centenas de Mordedores tomam o cruzamento, perambulando sem destino na garoa cinza, roçando no vidro, uivando seus gemidos enferrujados, babando aquela gosma preta e fixando os olhos cinza-chumbo nas sombras que se movem no interior do Champion Cycle Center.

— O movimento está grande lá fora — murmura Nick para ninguém em especial, conforme leva a imensa motocicleta para a saída lateral, onde uma pequena porta de garagem dá para o estacionamento que fica ao lado da concessionária. Ele põe o capacete.

— Um elemento surpresa — comenta Philip, empurrando a Harley preta até a porta. Seu estômago ronca de fome e angústia enquanto ele põe o capacete. Não come nada há quase 24 horas. Nenhum deles. Philip enfia a barra de ferro do ônibus num nicho entre o guidão e o para-brisa, para acesso fácil e rápido.

— Vamos lá, meu amorzinho. Suba aqui — diz ele para Penny, que está de pé com o olhar ingênuo, com um capacete de criança. — Vamos dar uma volta, sair deste lugar.

Brian ajuda a menina a subir no banco do carona, um banco mais alto em cima do bagageiro preto. Tem um cinto de segurança num dos compartimentos laterais e Brian o afivela em volta da cintura da menina.

— Não se preocupe, bonitinha — diz ele para ela.

— A gente vai para o sul e depois para o oeste, entenderam? — diz Philip, montando na fera. — Nicky, você vem atrás de mim.

— Positivo.

— Todos prontos?

Brian vai até a porta e faz que sim, nervoso.

— Pronto.

Philip pisa fundo na Harley, o motor roncando e enchendo o showroom escuro de barulho e de fumaça. Nick também mete o pé na moto. O segundo motor libera uma melodia um tanto dissonante do primeiro. Philip acelera a motocicleta e faz sinal para Brian abrir a porta.

Brian encaixa a manivela manual na porta e a abre inteiramente, fazendo o vento úmido entrar. Philip engata a primeira e segue em frente.

Brian sobe na garupa da moto de Nick e eles disparam atrás de Philip.

— AI, MERDA! MEU DEUS DO CÉU! PHILIP! PHILIP! OLHA PARA BAIXO! OLHA PARA BAIXO, CARA! PHILIP, OLHA PARA BAIXO!

Os gritos desesperados de Brian são abafados pelo capacete e encobertos pelo ruído das motos.

Acontece instantes depois de eles arremeterem no meio de uma massa de Mordedores que entopem o cruzamento, os corpos maltrapilhos sendo atingidos pelos para-lamas. Depois de fazer uma curva brusca para a esquerda e partir para a Water Street, ao sul, deixando as hordas no meio da poeira e da fumaça, Brian vê o corpo estropiado sendo arrastado no asfalto atrás da moto de Philip.

A metade inferior daquele troço já se foi e os intestinos ficam balançando como se fossem fios elétricos ao vento, mas o tórax ainda tem energia e a cabeça continua intacta. Com os dois braços mortos, ele ainda se prende ao para-lama traseiro e começa a se erguer ao lado da Harley.

Mas o pior é que nem Philip, nem Penny, parecem se dar conta que ele está ali.

— ALINHA COM A MOTO DELE, NICK! ALINHA COM ELE! — grita Brian, com os braços presos ao redor da cintura de Nick.

— EU ESTOU TENTANDO!

A essa altura, avançando pela deserta e úmida rua lateral, com a moto aquaplanando no asfalto, Penny se dá conta da criatura presa na moto, se esgueirando até ela, e começa a gritar. Do ponto em que Brian está, 10 metros atrás deles, não dá para ouvir o grito da menina; parece o gesto exagerado de uma atriz de cinema mudo.

Nick acelera com vontade. A Harley encurta a distância.

— PEGA O TACO! — grita ele por cima do ruído, e Brian tenta tirar o taco de beisebol do bagageiro atrás dele.

Lá na frente, sem qualquer aviso, Philip Blake percebe a coisa que está atrelada à traseira da moto. O capacete dele se inclina rapidamente conforme se abaixa para pegar a arma.

A essa altura, Nick está a menos de 2 metros da lanterna da outra Harley, mas antes que Brian possa interferir com o taco, ele vê Philip pegando a barra de ferro da bainha improvisada na frente da moto.

Com um movimento rápido e violento, que faz a Harley se desviar ligeiramente do curso, Philip se vira no banco — segurando o guidão com uma das mãos — e enfia o lado do gancho na boca do zumbi.

A cabeça disforme do monstro é atingida a poucos centímetros de onde está Penny, com a barra se alojando entre os reluzentes canos de descarga. Philip levanta a perna direita e, com a força de um aríete, chuta o cadáver (com barra e tudo) para longe da motocicleta. O troço dá uma cambalhota e sai rolando e Nick tem que fazer uma manobra brusca para não bater nele.

Philip aumenta a velocidade, mantendo-se na rota programada, rumo ao sul, sem se dar o trabalho de olhar para trás.

Eles vão em frente, ziguezagueando pela zona sul da cidade, evitando as regiões congestionadas. Um quilômetro e meio mais adiante, Philip encontra outra artéria principal que está relativamente livre de destroços e mortos-vivos e os conduz por ela. A essa altura, eles estão a 5 quilômetros do perímetro de Atlanta.

A linha do horizonte está livre, o céu, ligeiramente mais iluminado a oeste.

Eles têm gasolina suficiente para andar mais 650 quilômetros, sem precisar reabastecer.

O que quer que os espere no campo cinzento tem que ser melhor do que o que sofreram em Atlanta.

Tem que ser.

PARTE 3

A Teoria do Caos

Nenhum homem escolhe o mal por ser o mal,
mas apenas por confundi-lo com felicidade, que é o que ele busca.

— Mary Wollstonecraft

DEZESSETE

Nas imediações do aeroporto de Hartsfield, a chuva dá uma trégua, deixando para trás um céu metálico de nuvens baixas e um frio deprimente. No entanto, a sensação de avançar tanto em menos de uma hora é incrível. A rodovia 85 tem menos destroços obstruindo as pistas do que a Interestadual 20, e a população de zumbis diminuiu consideravelmente. A maioria dos prédios na beira da estrada continua intacta, as janelas e portas protegidas por tábuas de madeira e seguras. Os poucos mortos-vivos que circulam a esmo parecem quase parte da paisagem — misturando-se às árvores raquíticas, como um fungo desagradável que infesta a floresta. O próprio terreno parece ter se modificado. As *cidades* estão mortas. Viajar pela região deixa mais uma impressão de *desolação* do que de fim do mundo.

O único problema imediato é o fato de todos os postos de gasolina abandonados e paradas de caminhão estarem infestados de Mordedores e Brian estar ficando muito preocupado com Penny. A cada parada — seja para fazer xixi, ou arranjar água ou comida —, o rosto dela parece ficar mais contraído, os pequeninos lábios em forma de tulipa mais rachados. Brian está com medo de que ela esteja se desidratando. Aliás, está com medo de que *todos eles* estejam desidratando.

Um estômago vazio é uma coisa (eles podem ficar sem comer por muito tempo), mas a falta de água é um problema bem mais sério.

Quinze quilômetros ao sul de Hartsfield, quando a paisagem começa a fazer a transição para trechos de floresta e plantações de soja, Brian já está se perguntando se eles poderiam beber a água dos radiadores das motos, quando vê uma placa verde de alerta assomando à frente, com uma abençoada mensagem: PARADA — 1,5 KM. Philip faz sinal para encostarem e eles pegam a saída seguinte.

Enquanto as motos avançam morro acima e entram no estacionamento, ladeado pela cerca de um pequeno centro turístico, uma onda de alívio toma conta do corpo de Brian. Graças a Deus, o lugar está deserto, livre de qualquer sinal de gente viva *e* de gente morta.

— O que realmente aconteceu lá atrás, Philip?

Brian está sentado numa mesa de piquenique, num pequeno promontório de grama atrás da cabana do lugar. Philip anda de um lado para o outro, bebendo de uma garrafa de Evian que ele arrancou de outra máquina de comida quebrada. Nick e Penny estão a 15 metros de distância, mas ainda visíveis. Nick está rodando Penny num carrossel velho e aos pedaços, embaixo de um carvalho doente. A menina só fica ali sentada, sem alegria, como uma gárgula, olhando reto para a frente, enquanto o carrossel roda, roda e roda.

— Eu já mandei você não tocar mais nesse assunto — resmunga Philip.

— E eu acho que você ainda me deve uma resposta.

— Eu não te devo porra nenhuma.

— Alguma coisa aconteceu naquela noite — insiste Brian. Ele não tem mais medo do irmão. Sabe que Philip pode espancá-lo a qualquer momento (e o potencial para uma onda de violência entre os Blake é mais iminente agora do que em qualquer outro momento), mas Brian nem se importa mais. Alguma coisa dentro dele se modificou, como uma placa tectônica que muda com a paisagem. Se Philip quiser erguer Brian pela garganta, que seja. — Alguma coisa entre você e April.

Philip fica muito calado e olha para baixo.

— E que merda de diferença isso faz?

— *Para mim* faz muita diferença. As nossas vidas estão em jogo. Tínhamos uma boa chance de sobreviver naquele prédio e aí, de repente... *puf*?

Philip olha para cima. Ele encara fixamente o irmão e alguma coisa muito sombria se passa entre os dois.

— Esquece, Brian.

— Me diz só uma coisa. Você parecia tão ansioso para sair de lá... tem algum plano?

— Do que você está falando?

— Você tem algum tipo de estratégia? Alguma ideia de para onde estamos indo?

— Que diabo é você, um guia turístico?

— E se o número de Mordedores voltar a aumentar? Basicamente, tudo o que nós temos é um pedaço de madeira contra eles.

— A gente vai encontrar mais alguma coisa.

— Para onde é que nós vamos, Philip?

Philip vira de lado e sobe o colarinho da jaqueta de couro, com os olhos no caminho de asfalto que vai serpenteando até a linha do horizonte, a oeste.

— Em um mês, mais ou menos, já vai ser inverno. Eu estava pensando em não pararmos, seguir sempre para o sudoeste... na direção do rio Mississippi.

— E aonde isso vai levar a gente?

— É o caminho mais fácil para o sul.

— E daí?

Philip se vira e olha para Brian. Uma mistura de angústia e determinação cruza o rosto extremamente tenso de Philip, como se ele não acreditasse de verdade no que está dizendo.

— A gente vai encontrar um lugar para morar, por muito tempo, no sol. Um lugar como Mobile ou Biloxi. Talvez até Nova Orleans. Sei lá... Um lugar quente. E nós vamos morar lá.

Brian solta um suspiro exausto.

— Parece muito fácil. Só seguir para o sul.

— Se você tiver um plano melhor, sou todo ouvidos.

— Planejamento a longo prazo é um luxo no qual ainda não pensei.

— Vai dar tudo certo.

— A gente tem que arranjar comida, Philip. Eu estou realmente preocupado com a alimentação de Penny.

— Você pode deixar que com minha filha eu mesmo me preocupo.

— Ela não quis nem comer um Twinkie. Dá para acreditar? Uma criança que recusa um Twinkie?

— É comida de barata mesmo — grunhe Philip. — Eu não a culpo por isso. A gente vai encontrar alguma coisa. E ela vai ficar bem. Ela é durona. Igual à mãe.

Brian não tem como contestar isso. Ultimamente, a garota demonstrou ter uma disposição e tanto, um verdadeiro milagre. Na verdade, Brian até vem pensando se Penny não seria a verdadeira cola que mantém todo o grupo junto, que os impede de se destruírem mutuamente.

Ele olha para o outro lado da área de descanso, onde a menina continua com os olhos perdidos girando no carrossel, naquele playground escabroso. Nick já perdeu todo o entusiasmo e só dá uns poucos empurrões com a bota.

Mais além do playground, o terreno se ergue numa colina de vegetação espessa, onde um cemitério erodido repousa sob o sol fraco.

Brian vê que Penny está falando com Nick, enchendo a paciência dele por alguma coisa. Brian se pergunta sobre o que os dois estariam conversando e o que faz a menininha parecer tão preocupada.

— Tio Nick?

O rostinho de Penny está muito preocupado enquanto ela gira lentamente no carrossel. Ela já chama Nick de "tio" há muitos anos, mesmo sabendo que ele não é seu tio de verdade. Esse tratamento sempre deu a Nick uma vontade secreta de pertencer, um desejo de ser *realmente* tio de alguém.

— Sim, querida. — Uma sensação de que algo de ruim está para acontecer pesa sobre Nick Parsons, enquanto ele distraidamente empurra Penny no carrossel. Ele pode ver os irmãos Blake pelo canto do olho, discutindo alguma coisa.

— O meu pai está zangado comigo? — pergunta ela.

Nick empurra mais forte. Penny olha para baixo, enquanto vai girando lentamente. Ele procura medir as palavras.

— É claro que não. É claro que ele não está zangado com você. O que você quer dizer com isso? Por que pensaria numa coisa dessas?

— Ele não fala mais comigo como falava antigamente.

Nick para o carrossel suavemente. A garota procura equilibrar-se levemente na barra do brinquedo. Nick educadamente lhe dá um tapinha no ombro.

— Olhe só. Eu garanto. Seu pai ama você mais do que qualquer coisa no mundo.

— Eu sei.

— Ele só está vivendo sob muita pressão. É só isso.

— Você não acha que ele está zangado comigo?

— De jeito nenhum. Ele ama muito você, Penny. Pode acreditar. Ele só está... sob muita pressão.

— É. Eu acho que sim.

— Todos nós estamos.

— É.

— E eu tenho certeza que *ninguém* aqui tem falado muito ultimamente.

— Tio Nick?

— O que é, querida?

— Você acha que Tio Brian está zangado comigo?

— Meu Deus, não. Por que ele estaria zangado com você?

— Talvez porque ele tenha que ficar o tempo todo me carregando...

Nick sorri com tristeza. Estuda o olhar no rosto da menina, a testinha franzida, toda séria. Acaricia o rosto dela.

— Olhe só. Você é a menina mais corajosa que eu já vi na minha vida. Estou falando sério. E você é uma Blake... devia se orgulhar disso.

Ela pensa um pouco a respeito e sorri.

— Sabe o que eu vou fazer?

— Não, querida. O quê?

— Eu vou consertar todas aquelas bonecas quebradas. Você vai ver. Vou consertar todinhas.

Nick sorri para ela.

— Parece um bom plano.

O sorriso da menininha é algo que Nick Parsons imaginou que nunca mais veria de novo.

Instantes depois, do outro lado da área de descanso, em meio às mesas de piquenique, Brian Blake vê alguma coisa pelo rabo do olho. A 100 metros de distância, além do playground, no meio dos túmulos alquebrados, das placas apagadas e das flores de plástico amassadas, alguma coisa se move.

Brian fixa o olhar em três vultos distantes, saindo das sombras das árvores. Arrastando-se de maneira desengonçada, eles se aproximam como cães de caça preguiçosos que farejam a vítima. É difícil dizer a distância, mas é como se as roupas deles tivessem passado por uma ceifadeira, as bocas estão abertas em tormento eterno.

— Hora de a gente se mandar — diz Philip, sem muita urgência, e começa a caminhar para o playground com passos pesados e mecânicos.

Ao correr atrás dele, Brian pensa por um momento que, do jeito que o irmão está andando, com os braços vigorosos caindo ao lado do corpo e carregando o peso do mundo nas costas, ele mesmo poderia ser confundido facilmente — a distância — com um zumbi.

Eles avançam mais alguns quilômetros. Passam por cidades vazias tão paradas quanto os dioramas de um grande museu. A luz azul do anoitecer começa a projetar sombra sobre o céu carregado, o vento bate com força no visor dos capacetes conforme o grupo desvia dos escombros e de trailers abandonados, seguindo para o oeste pela rodovia 85. Brian começa a pensar que eles precisam encontrar algum lugar para passar a noite.

Aninhado na garupa atrás de Nick, com os olhos marejados e os ouvidos surdos pelo vento e pelo motor duplo da Harley, Brian tem muito tempo para imaginar o lugar perfeito para um viajante cansado, na terra dos mortos. Ele imagina uma enorme fortaleza com jardins, trilhas, fossos inexpugnáveis, cercas de segurança e torres de guarda. Ele daria metade do cérebro por um bife com batata frita. Ou uma garrafa de Coca-Cola. Ou até um pedaço daqueles bifes misteriosos dos Chalmers...

Um reflexo passa pelo interior do capacete de Brian e interrompe o fluxo de pensamentos.

Ele olha por cima do ombro.

Estranho. Por um rápido momento, no mesmo instante em que viu um borrão escuro passar pelo visor, ele pensou ter sentido alguma coisa na nuca, uma sensação muito leve, como o beijo de lábios gelados. Podia ser só imaginação, mas ele achou que também tinha visto alguma coisa piscar no espelho retrovisor. Só por um instante. Pouco antes de começarem a rumar para o sul.

Ele olha por cima do ombro e não vê nada atrás, a não ser as pistas vazias se esvaindo, diminuindo de tamanho e então desaparecendo atrás de uma curva. Brian dá de ombros e volta a seus pensamentos caóticos e desordenados.

Eles se aventuram ainda mais pelo interior, até não verem nada além de quilômetros e quilômetros de fazendas abandonadas e terras de ninguém. Dos dois lados da estrada, colinas cheias de grãos se estendem por ladeiras íngremes. É uma terra antiga — pré-histórica, cansada, que já vem sendo arada há gerações. Carcaças de máquinas velhas jazem adormecidas por toda a parte, enterradas em lama e grama.

O entardecer começa a virar noite, e o céu se transforma de cinza claro em azul-escuro. Já passa das 19 horas e Brian se esqueceu completamente do rápido flash refletido no interior do capacete. Eles precisam encontrar abrigo. O farol de Philip se acende, jogando um facho de luz prateada naquelas sombras que só fazem crescer.

Brian está prestes a gritar alguma coisa sobre encontrarem abrigo quando vê que Philip está fazendo um sinal mais à frente — um aceno meio duro e então um dedo enluvado aponta para a direita. Brian olha na direção norte e percebe para onde o irmão está apontando.

A distância, além da propriedade rural que se estende, erguendo-se acima das árvores, nota-se a silhueta de uma casa — tão longe que parece ter sido recortada de papel craft preto. Se Philip não tivesse apontado, Brian nunca a teria percebido. Mas agora ele entende por que a casa fisgou Philip com tanta facilidade: ela parece uma imensa relíquia do século XIX, talvez até do século XVIII — provavelmente uma antiga casa de fazenda.

Brian vê mais um borrão rápido e preto passar pelo canto do olho e como um flash no espelho lateral — alguma coisa atrás deles, que passou apenas por uma fração de segundo pela ponta do ângulo de visão.

E aí se foi, desaparecendo exatamente quando Brian se vira no banco para olhar para trás.

Eles pegam a saída seguinte e avançam por uma estradinha de terra, levantando poeira. À medida que se aproximam da casa — que fica sozinha no alto de uma colina, a pelo menos 800 metros da estrada —, Brian treme de frio. De repente, ele tem um péssimo pressentimento, apesar do fato de que, quanto mais se aproximam da casa, mais acolhedora ela parece. Essa região da Geórgia é famosa pelos pomares de pêssego, figo e ameixa, e enquanto as motos rugem pela estradinha sinuosa que leva até a casa, eles veem que é uma bela relíquia.

Cercada de pessegueiros, que se espalham a distância como os raios de uma roda, a edificação central é uma imensa construção de tijolos, com dois andares, belos jardins e águas-furtadas se projetando do telhado. Tem um quê de *villa* italiana antiga e meio decrépita. A varanda da frente tem uns 15 metros de comprimento com colunas, balaustradas e janelas de caixilhos encobertas por trepadeiras marrons e buganvílias. Na penumbra, parece quase um navio fantasma da esquadra de um tempo anterior à Guerra Civil.

O barulho e a fumaça das Harleys levantam poeira conforme Philip os conduz até o pátio da frente, que abriga um imenso chafariz feito de mármore e pedra. Aparentemente desativada, a fonte do chafariz tem uma camada de gosma que se estende por toda a bacia. Vários anexos — talvez estábulos — se estendem à direita. Um trator está semienterrado no meio do capim. À esquerda da fachada fica uma imensa cocheira, com espaço suficiente para seis carros.

Absolutamente nada de toda a antiga opulência é percebida por Brian enquanto eles cautelosamente chegam até uma porta lateral entre a garagem e a casa grande.

Philip estaciona a Harley no meio do redemoinho de poeira, fazendo o motor roncar por mais um momento. Depois ele a desliga e fica ali, olhando para aquela monstruosidade salmão feita de tijolos. Nick encosta a moto ao lado da dele e apoia o descanso. Todos passam um longo tempo sem dizer uma palavra. Finalmente, Philip baixa o descanso, salta da moto e diz para Penny:

— Espere aqui um instante, querida.

Nick e Brian desmontam.

— Aquele taco de beisebol está à mão? — pergunta Philip, sem olhar para eles.

— Você acha que pode ter alguém aí dentro? — pergunta Nick.

— Só tem um jeito de descobrir.

Philip espera Nick dar a volta na Electra Guide e pegar o taco, aninhado na lateral do bagageiro. Ele traz o taco e passa para Philip.

— Vocês dois fiquem com Penny — diz Philip, avançando para o pórtico.

Brian o segura, agarrando o braço do irmão.

— Philip... — Brian está prestes a dizer alguma coisa sobre vultos escuros passando como um flash pelos espelhos laterais na estrada, mas se contém. Não tem certeza se quer que Penny ouça isso.

— Qual é o seu problema?

Brian engole em seco.

— Eu acho que tem alguém seguindo a gente.

* * *

Os ex-ocupantes da *villa* já se foram há muito tempo. Aliás, o interior da casa parece que estava vazio muito antes de a praga irromper. Lençóis amarelados cobrem os móveis antigos. Os muitos quartos estão vazios, câmaras empoeiradas congeladas no tempo. Um relógio de pêndulo funciona teimoso numa sala de estar. Ornamentos de um tempo que já passou enfeitam a casa: portas francesas paramentadas e escadas circulares, duas imensas lareiras separadas com vãos do tamanho de um armário. Debaixo de um lençol está um piano de cauda, de outro, uma vitrola e noutro, um fogão a lenha.

Philip e Nick vasculham os andares de cima à procura de Mordedores e não encontram nada a não ser mais relíquias empoeiradas do Velho Sul: uma biblioteca, um corredor cheio de pinturas a óleo dos generais confederados em molduras douradas e um quarto de criança com um berço velho e empoeirado dos tempos coloniais. A cozinha é surpreendentemente pequena — outra característica do século XIX, quando só os empregados sujavam as mãos cozinhando — mas a enorme despensa tem prateleiras cheinhas de latas de conserva empoeiradas. Os grãos secos e os cereais estão todos melados e infestados de vermes, mas a quantidade de frutas e verduras é impressionante.

— Você está vendo coisas, meu caro — diz Philip, baixinho, em frente às labaredas crepitantes na sala de estar principal. Eles encontraram pilhas de lenha no pátio dos fundos, ao lado do celeiro, e conseguiram aquecer os ossos pela primeira vez desde que saíram de Atlanta. O calor e o abrigo da *villa*, além dos pêssegos e quiabos, fizeram Penny adormecer imediatamente. Agora ela cochila numa luxuosa caminha no quarto infantil, no segundo andar. Nick dorme no quarto ao lado do dela. Mas os dois irmãos não conseguem dormir. — E, de todo modo, quem é que nesse mundo iria *seguir* a gente? — pergunta Philip, tomando mais um gole do licor caro que encontrou na despensa.

— Eu só estou falando, vi o que vi — diz Brian, se balançando nervoso numa cadeira ornamentada do outro lado da lareira. Ele vestiu uma camisa seca e calças de moletom e está quase se sentindo humano outra vez. Brian observa o irmão e percebe que Philip está olhando fixamente para o fogo, como se escondesse alguma mensagem secreta e em código.

Por algum motivo, a visão do rosto consternado e angustiado de Philip refletindo as labaredas da lareira deixa Brian de coração partido. Sua mente volta às aventuras épicas de infância pela floresta e às noites passadas em cabanas e tendas improvisadas. Lembra de quando tomou a primeira cerveja na companhia do irmão, numa época em que Philip tinha apenas 10 anos e ele 13, e se lembra de que, já naquele tempo, Philip conseguia beber bem mais do que ele.

— Pode ter sido um carro — continua Brian — ou talvez uma van, não tenho certeza. Mas juro por Deus que vi, mesmo que só de relance... E realmente parecia que estavam atrás da gente.

— Muito bem, e se tiver *mesmo* alguém atrás de gente. Quem se importa?

Brian reflete por um segundo.

— A questão é que... se eles fossem amistosos... não iriam querer nos alcançar? Fazer alguma espécie de contato?

— Quem é que vai saber? — Philip continua olhando fixamente para o fogo, com os pensamentos perdidos em outro lugar. — Seja lá quem for... se estiverem por aí, a possibilidade é de que estejam tão ferrados quanto nós.

— Isso eu acho que é verdade. — Brian pensa um pouco mais. — Talvez só estejam... assustados. Talvez estejam... checando a gente.

— Ninguém vai conseguir pegar a gente de surpresa aqui em cima. Isso eu posso garantir.

— É... Acho que não.

Brian compreende perfeitamente o que o irmão está falando. A localização e a posição da casa são ideais. Situada numa colina acima de quilômetros de árvores esquálidas, a casa conta com ângulos de visão que permitem vislumbrar qualquer perigo com muita antecedência. Mesmo numa noite sem lua, os pomares estão tão quietos e silenciosos que ninguém poderia se esgueirar até ali sem ser visto ou ouvido. E Philip já está estendendo armadilhas com fios no perímetro para alertá-los quanto a qualquer intruso.

Além de tudo isso, o lugar oferece todo tipo de benefício que pode sustentá-los por algum tempo, talvez até pelo inverno. Tem um poço nos fundos, gasolina no trator, um lugar para esconder as Harleys e quilômetros de árvores com frutas comestíveis (ainda que com uma leve camada de gelo) e lenha suficiente para abastecer o fogão e as lareiras por muitos meses. O único problema é a falta de armas. Reviraram a casa inteira e só encontraram algumas ferramentas no celeiro — uma foice velha e enferrujada e um tridente —, mas nenhuma arma.

— Tudo bem com você? — pergunta Brian, depois de um longo silêncio.

— Melhor impossível.

— Tem certeza?

— Tenho, mamãe. — Philip olha para o fogo. — Todos nós vamos ficar melhores depois de mais alguns dias aqui.

— Philip?

— O que foi agora?

— Posso falar uma coisa?

— Lá vem. — Philip não desgruda os olhos da lareira. Está de suéter e calças jeans secas. As meias estão furadas e o dedão desponta de uma delas. E essa visão à beira da lareira, o dedão retorcido de Philip saindo pela meia, toca o coração de Brian. Faz com que o irmão pareça, talvez pela primeira vez na vida, quase que vulnerável. É extremamente improvável que qualquer um deles estivesse vivo naquele momento se não fosse por Philip. Brian engole a onda de emoção.

— Eu sou seu irmão, Philip.

— Estou ciente disso, Brian.

— Não. O que eu estou dizendo é que... eu não julgo você e nunca vou julgar.

— Aonde você quer chegar?

— O que eu quero dizer é... eu agradeço muito pelo que você tem feito... Arriscando a própria vida para proteger a gente. Eu queria que você soubesse. Sou grato por isso.

Philip não diz nada, mas o jeito com que olha para o fogo se modifica um pouco. Ele começa a olhar *além* do fogo, as chamas fazendo os olhos dele brilharem de emoção.

— Eu sei que você é uma boa pessoa — prossegue Brian. — Eu *sei* disso. — Uma breve pausa. — E eu sei que tem alguma coisa corroendo você por dentro.

— Brian...

— Só um instante, escuta até o fim. — A conversa foi longe demais, chegou ao ponto em que não tem mais volta. — Se não quiser me contar o que aconteceu entre você e April, está tudo bem. Eu nunca mais vou tocar neste assunto. — Segue-se uma longa pausa. — Mas para mim você pode contar, Philip. E você pode contar porque eu sou seu irmão.

Philip se vira e olha para Brian. Uma lágrima isolada escorre pelo rosto rígido. Isso faz o estômago de Brian se apertar. Ele não se lembra de uma única vez na vida em que tenha visto o irmão chorar, nem mesmo quando criança. Uma vez, o pai deles deu uma surra impiedosa em Philip, na época com 12 anos, com uma vara de nogueira. As costas do garoto ficaram tão inchadas que ele teve que passar semanas dormindo de bruços, e mesmo assim, nunca chorou. Quase que em desafio, Philip se recusou a chorar. Mas agora, encarando o olhar de Brian à luz das labaredas, a voz de Philip fica embargada ao dizer:

— Eu fodi tudo, cara.

Brian assente sem dizer nada. Só espera. Na lareira, as labaredas crepitam.

Philip abaixa a cabeça.

— Eu acho que me apaixonei por ela. — A lágrima escorre pelo rosto, mas a voz não chega a falhar. Continua monocórdia e fraca. — Não digo que fosse amor, mas que diabo é o amor? O amor é uma maldita doença. — Philip faz uma careta, como se um demônio estivesse se contorcendo dentro dele. — E eu estraguei tudo, Brian. Eu podia ter construído alguma coisa com ela, construído alguma coisa boa e sólida para Penny. — Ele franze o cenho, como se estivesse contendo uma maré de tristeza, as lágrimas assomando-lhe os olhos até piscar, quando escorrem pelo rosto. — Eu não consegui me conter. Ela mandou eu parar, mas não me contive. Não deu. Sabe... a questão é que... a sensação era tão boa... — Lágrimas escorrem. — Mesmo quando ela me empurrava, era bom... — Silêncio. — Qual é o meu problema, porra? — Mais silêncio. — Eu sei que isso não é desculpa. — Pausa. — Eu não sou burro... Só não achava que eu poderia... Não achei que iria... Eu não pensei que...

A voz falha, até que não resta nada a não ser o crepitar do fogo e o enorme silêncio sombrio do lado de fora da casa. Finalmente, depois de um período interminável de tempo, Philip olha para o irmão.

Na luz flamejante, Brian vê que Philip já gastou as lágrimas. Não há mais nada no rosto do irmão, a não ser a mais pura angústia. Brian não fala nada. Apenas assente.

Os dias seguintes levam ao mês de novembro e eles decidem ficar quietos e ver o que acontece com o tempo.

Uma geada fina cobre o pomar, numa manhã. No outro dia, uma geada forte toma conta dos campos e acaba com boa parte das frutas. Mas mesmo com todos os sinais da chegada do inverno, eles não sentem a menor compulsão de sair, por enquanto. A casa pode ser a melhor aposta para eles se protegerem dos tempos difíceis que despontam no horizonte. Há frutas e comida em conserva suficiente (se tomarem cuidado) para eles se manterem por vários meses. E bastante lenha para aquecê-los. E o pomar parece relativamente livre de Mordedores, pelo menos na vizinhança imediata.

De certa maneira, Philip parece melhor agora, depois que o peso da culpa foi tirado de seus ombros. Brian guarda o segredo só para si, pensando frequentemente no assunto, mas nunca o trazendo à tona. Os dois irmãos estão se estranhando menos e até Penny parece se adaptar lindamente à nova rotina que estão criando para si mesmos.

Ela descobre uma antiga casa de bonecas no sótão e monta um lugarzinho só para ela (e todos os brinquedos quebrados), no fim do corredor do segundo andar. Um dia, Brian vai até lá e encontra todas as bonecas alinhadas no chão, com todos os membros partidos ao lado dos corpos a que pertencem. Ele passa um bom tempo olhando para aquele mininecrotério antes que Penny o tire do torpor.

— Vamos lá, tio Brian. Você pode ser médico. Me ajuda a remendar todas elas.

— Boa ideia. Vamos remendar estas bonecas.

Outra vez, de manhã cedo, Brian ouve um som vindo do primeiro andar. Ele vai até a cozinha e encontra Penny de pé numa cadeira, toda coberta de farinha, mexendo nos potes e nas panelas, com o cabelo respingado de massa de panqueca. A cozinha está a maior zona. Os outros também chegam e os três homens ficam ali, na porta da cozinha, só olhando.

— Não fiquem irritados — diz ela, olhando por cima do ombro. — Eu prometo que depois limpo tudo.

Os homens se entreolham e Philip, abrindo um sorriso pela primeira vez em várias semanas, diz:

— Quem está irritado? Não estamos irritados. A gente só está com fome. Quando é que o café vai ficar pronto?

Com o passar dos dias, eles tomam algumas precauções. Decidem queimar lenha só à noite, quando não dá para ver a fumaça da estrada. Philip e Nick montam uma cerca de arame estendido entre pequenas estacas de madeira nos cantos da casa grande, colocando latas de alumínio em pontos estratégicos para dar o alarme contra eventuais intrusos — sejam eles humanos ou Mordedores. Eles até encontram uma velha espingarda de cano duplo, calibre .12, no sótão da casa.

A arma está coberta de poeira, tem querubins entalhados e parece que pode explodir na cara deles se tentarem usá-la. Eles nem sequer têm munição para ela — parece o tipo de arma que alguém penduraria no escritório, ao lado de velhas fotos de Ernest Hemingway —, mas Philip acha que o fato de ela estar ali tem algum valor. Parece bastante ameaçadora, como um cavalo a todo galope, como o pai costumava dizer.

— Nunca se sabe — declara Philip certa noite, encostando a arma na lareira e tratando de entorpecer a mente com um pouco mais de licor.

Os dias continuam passando com uma regularidade disforme. Eles aproveitam para pôr o sono em dia, exploram o pomar e colhem frutas. Preparam armadilhas para criaturas perdidas e chegam até mesmo a pegar uma lebre raquítica. Nick se candidata a limpar o animal e acaba fazendo um assado muito bom no fogão a lenha.

Nesse período, eles têm apenas poucos confrontos com os Mordedores. Um dia, Nick está em cima de uma árvore, tentando pegar umas ameixas cobertas de neve, quando vê um morto-vivo com macacão de fazendeiro nas sombras de um arvoredo perto dali. Ele calmamente desce da árvore e se aproxima do troço com o tridente, espetando a parte detrás da cabeça do monstro como quem estoura um balão. Outra vez, Philip está puxando gasolina de um trator quando percebe um cadáver todo ferrado numa vala ali ao lado. As pernas estão esmagadas e retorcidas e parece que a coisa que foi uma mulher precisou se arrastar por quilômetros para chegar até ali. Philip corta a cabeça dela com a foice e queima o resto com um pouco de gasolina e uma faísca do isqueiro.

Maior moleza.

E esse tempo todo, parece que a casa os adota da mesma maneira como eles a adotaram. Com todos os lençóis retirados de cima dos móveis, é um lugar que quase podem chamar de lar. Agora, cada um tem seu quarto. E embora eles continuem sendo atormentados por pesadelos, não tem nada que os acalme mais do que chegar à velha e elegante cozinha com o sol de novembro entrando pelas janelas francesas e sentir o cheiro de um bule de café que ferveu a noite inteira.

Aliás, se não fosse pela frequente sensação de estarem sendo observados, as coisas seriam quase perfeitas.

Para Brian, a sensação ficou mais forte a partir da segunda noite que passaram no local. Ele tinha acabado de se mudar para o próprio quarto no segundo andar — um austero quarto de costura, com uma pequena e singular cama de quatro colunas e um guarda-roupa do século XVIII —, quando acordou de súbito no meio da noite.

Estava sonhando que era um náufrago, perdido num bote num mar de sangue, quando viu um flash de luz. No sonho, achou que podia ser um farol numa costa distante, chamando-o, resgatando-o da praga de sangue sem fim, mas, quando acordou, percebeu que tinha visto uma luz *de verdade*, no mundo *dos acordados*, só por um segundo: um facho de luz retangular, deslizando pelo teto.

Em um piscar de olhos, havia sumido.

Ele não tinha sequer certeza de ter visto a luz, mas todos os músculos do corpo o mandaram se levantar e ir até a janela. Ele foi e, olhando pela vazia escuridão da noite, podia jurar que viu um carro de relance, a uns 500 metros de distância, fazendo a curva no lugar onde a estrada da fazenda se juntava à rodovia. Então o objeto sumiu, desaparecendo no vazio.

Brian sentiu cada vez mais dificuldade de continuar dormindo aquela noite.

Quando contou o ocorrido a Philip e Nick no dia seguinte, eles disseram que tudo não passara de um sonho. Quem sairia da estrada e depois daria meia-volta e iria embora?

Mas a suspeita aumentou dentro de Brian durante a semana e meia seguinte. De noite, ele continuava a ver feixes de luzes se movimentando lentamente na estrada, ou no final do pomar. Algumas vezes, de madrugada, podia jurar que estava ouvindo o atrito dos pneus no cascalho. O pior era exatamente a característica breve e furtiva dos sons. Dava a Brian a sensação de que, de alguma maneira, a casa estava sendo *cercada*. Mas ficou tão cansado de ver as suspeitas serem chamadas de paranoicas pelos outros que simplesmente parou de contar para eles. Talvez *realmente* estivesse imaginando coisas.

Brian não tocou mais no assunto até eles completarem duas semanas de permanência na casa, quando, em algum momento logo antes de o sol nascer, o clamor das latas de alumínio batendo o fez acordar de um sono profundo.

DEZOITO

— Que diabo é isso?

Brian acorda de repente em meio à escuridão do quarto. Ele apalpa a mesinha de cabeceira em busca de uma lâmpada de querosene, derrubando o copo do centro da lâmpada e esparramando o líquido. Ele se levanta e vai até a janela, o chão gelado contra as solas dos pés.

A luz da lua ilumina uma cristalina e fria noite de outono, permitindo divisar o contorno de todas as formas com um reluzente halo de prata. Brian ainda pode ouvir as latas colocadas nos fios dando o alarme em algum lugar lá fora. Ele também pode ouvir os outros se mexendo nos quartos atrás dele, ao longo do corredor. A essa altura, todo mundo já está de pé, acordados pelo barulho das latas.

Mas o mais estranho é que — e Brian se pergunta se não estaria imaginando coisas — o barulho das latas parece estar partindo de todas as direções. As latas de alumínio estão batendo nos arvoredos que ficam *atrás* da casa, assim como nos que ficam na frente. Brian estica o pescoço para ver melhor, quando a porta do quarto é aberta de supetão.

— Cara! Você está acordado? — Philip está sem camisa, só de jeans e botas de lenhador, que ele ainda não teve a oportunidade de amarrar. Ele ergue a espingarda numa das mãos, os olhos arregalados e alarmados. — Eu vou precisar que você pegue aquele tridente no corredor dos fundos, agora mesmo!

— São Mordedores?

— Só faz o que eu pedi!

Brian assente e sai correndo do quarto, o cérebro afogado em pânico. Ele só está com a calça do pijama e uma camiseta sem mangas. Enquanto corre pela escuridão da casa — desce as escadas, atravessa o salão e parte na direção do hall dos fundos —, sente um movimento do lado de fora das janelas e a presença de outras pessoas que o cercam de fora.

Pegando o tridente que estava encostado na porta dos fundos, Brian se vira e volta para a sala principal.

A essa altura, Philip, Nick e até Penny já desceram as escadas. Eles vão até a janela principal, que oferece uma ampla visão dos terrenos da vizinhança, da ladeira que vai dar na estrada até a ponta do pomar mais próximo. Na mesma hora veem vultos escuros — na altura do chão — se esgueirando na direção da casa grande, vindo de três direções diferentes.

— Aquilo ali são carros? — fala Nick de um jeito que mal passa como sussurro.

À medida que os olhos se ajustam à luz da lua, todos percebem que o que veem *realmente* são carros se movimentando lentamente pelo terreno da propriedade, em direção à casa. Um vem subindo pela estrada sinuosa, outro aparece pelo lado norte do pomar, um terceiro pode ser visto mais ao sul, passando lentamente sobre a estradinha de cascalho que sai das árvores.

Em sincronia quase que perfeita, eles param de repente em pontos equidistantes da casa. Ficam parados por um segundo, a uns 15 metros de distância uns dos outros, com as janelas escuras demais para mostrar os ocupantes.

— Essa não é nenhuma caravana de boas-vindas — murmura Philip, o maior eufemismo da noite.

E de novo, quase que em perfeita sincronia, os dois faróis de cada carro se acendem ao mesmo tempo. O efeito é bastante dramático — na verdade, quase teatral — quando os faróis iluminam as janelas da casa, enchendo o interior escuro com a luz fria de cromo. Philip está pronto para sair e marcar posição com a espingarda imprestável quando eles ouvem o som de uma batida, vinda dos fundos da casa.

— Querida, você fica aqui com Brian — diz Philip a Penny. Depois, lança um olhar para Nick. — Nicky, eu quero ver se você consegue escapar por uma janela lateral, pegar a machadinha e atingi-los por trás, se puder. Está me entendendo?

Nick compreende perfeitamente e sai pelo corredor lateral.

— Fique atrás de mim, mas fique próximo.

Philip levanta a espingarda, encostando a coronha no ombro. Com cuidado e concentrado com uma calma de serpente, Philip se vira como um fuzileiro na direção dos passos que vêm da cozinha e pisam em cacos de vidro.

— Vamos com calma, chefe — diz o invasor com um simpático sotaque do Tennessee, erguendo o cano de uma Glock de .9 mm, quando Philip entra na cozinha com a espingarda igualmente levantada.

Antes de ser tão bruscamente interrompido, o intruso passeava calmamente pela cozinha, como se tivesse saído da cama para fazer um lanchinho de meia-noite. Os faróis que vêm de fora cortam o ambiente com uma radiação violenta. O painel de vidro em cima da maçaneta atrás do homem está quebrado e a luz tênue do dia está começando a raiar.

Com bem mais de 2 metros de altura, calças puídas, botas enlameadas e um colete de Kevlar todo ensanguentado, o invasor é completamente careca, tem uma cabeça em forma de míssil cortada por uma cicatriz, e olhos que são como crateras cavadas por pequenos meteoros. Olhando mais de perto, ele parece doente, como se tivesse sido exposto à radiação, a pele coberta de feridas.

Philip aponta a espingarda inútil para a careca do homem — a distância entre eles é de uns 3 metros — e se esforça para fingir, talvez até acreditar, que a espingarda está mesmo carregada.

— Eu vou dar a vocês o benefício da dúvida — diz Philip — e partir do princípio que vocês achavam que a casa estava desocupada.

— É isso aí, chefe — diz o careca, a voz calma, talvez dopada, como um DJ doidão. Seus dentes são encapados de ouro e reluzem fracamente quando ele dá um sorriso amarelo.

— E por isso nós agradeceríamos muito se você nos deixasse em paz, sem causar danos.

Uma expressão de ofensa toma o rosto do homem com a Glock.

— Ah, aí você não está sendo um cavalheiro. — O homem tem um leve tremor, um tique nervoso que deixa passar uma violência latente. — Eu também vejo que você tem uma coisinha bem bonitinha lá atrás.

— Deixe ela para lá. — Philip mantém a posição. Ele consegue ouvir a porta da frente ranger e o som de passos atravessando a sala. Seu cérebro está entrando em pânico e mandando impulsos de partir para a guerra. Ele sabe que os próximos segundos serão críticos, talvez até mortais. Mas tudo o que pensa em fazer é manter a posição. — Nós não queremos nenhum banho de sangue aqui e, meu irmão, eu garanto que, aconteça o que acontecer, o seu sangue e o meu sangue vão ser os primeiros a derramar.

— Quanta educação! — O careca grita repentinamente para um de seus camaradas no escuro. — Baixinho?

Uma voz vem de trás da porta dos fundos.

— Já peguei, Tommy!

E, quase que na mesma hora, Nick aparece do lado de fora da janela quebrada da porta dos fundos, com uma imensa faca Bowie encostada na traqueia. O sequestrador é um sujeito franzino, com espinhas e um penteado rente de fuzileiro naval. Ele abre a porta e empurra Nick para dentro da cozinha.

— Desculpe, Philly — diz Nick, ao ser prensado contra os armários tão forte que precisa puxar fôlego. O jovem magro com o penteado rente mantém a faca encostada no pomo de adão de Nick e a machadinha no cinto. Um sujeito esquelético, elétrico, com luvas Carnaby sem dedos, o garoto parece que acabou de fugir da prisão de um navio de guerra. O uniforme está com as mangas rasgadas e os braços nus cobertos de tatuagens de prisão.

— Espere um pouco — diz Philip para o careca. — Vocês não têm motivo para...

— Sonny! — O careca chama outro cúmplice na mesma hora em que Philip ouve passos estalando na madeira centenária do salão principal. Philip mantém a arma levantada e apontada, mas dá uma olhadinha rápida por cima do ombro. Brian e Penny se encolhem nas sombras logo atrás de Philip, a cerca de 1,5 metro dele.

Dois outros vultos aparecem de repente atrás de Brian e Penny, fazendo a menininha pular.

— Já cobrimos aqui, Tommy! — diz um dos vultos, quando o cano de aço de um revólver de grande calibre (talvez um Magnum 357, ou um .45 do exército) fica visível a todos, pressionado atrás da cabeça de Brian... que se enrijece como um animal encurralado.

— Esperem — pede Philip.

De esguelha, ele pode ver que os dois vultos que apontam as armas para Brian e Penny são um homem e uma mulher... embora *mulher* seja um termo generoso nesse caso. A garota que segura Penny pelo colarinho é uma marionete andrógina de pele e osso, vestindo calças de couro e malhas sobrepostas, com os olhos fortemente delineados de preto e a palidez ligeiramente esverdeada de uma viciada. Na perna esquelética, ela tamborila nervosamente os dedos no cano de um revólver especial da polícia, calibre .38.

O homem ao lado dela, o tal que aparentemente se chama Sonny, também tem cara de ser bem chegado a uma agulha. Com olhos fundos, ele encara fixamente a frente, em meio a uma máscara purulenta de ignorância e crueldade, o corpo macilento vestido com retalhos de tecido camuflado.

— Eu gostaria de agradecer, irmão — diz o careca, enfiando a .9 mm no cinto, agindo como se o confronto tivesse oficialmente terminado. — Você criou um lugar bem acolhedor aqui. — Ele vai até a pia e se serve calmamente da jarra de água em cima da bancada, bebendo um copo inteiro. — Vai ser uma belíssima base para nós.

— Está tudo muito bem — diz Philip, sem dar qualquer sinal de que irá abaixar a falsa arma. — O único problema é que nós não podemos aceitar mais gente.

— Tudo bem, irmão.

— Nesse caso, o que exatamente vocês planejam...? Quais são suas intenções?

— As nossas *intenções*? — O careca pronuncia a palavra com uma falsa profundidade. — Nossa intenção é tomar este lugar de vocês.

Alguém que Philip não consegue ver solta um risinho contido, achando tudo muito divertido.

O cérebro de Philip é como um tabuleiro de xadrez quebrado. Ele sabe que é bem provável que esses vagabundos estejam realmente pensando em matar todo mundo na casa. Ele sabe que são parasitas e que provavelmente já vinham rondando o lugar como urubus há várias semanas; pelo visto, Brian não estava ouvindo coisas.

Mesmo agora, Philip ainda consegue ouvir mais gente do lado de fora — vozes baixinhas, galhos estalando — e faz um rápido cálculo mental: eles são pelo menos seis, talvez mais, e possuem no mínimo quatro carros, e todos parecem estar fortemente armados, com bastante munição — Philip pode ver automáticas e cartucheiras presas nos cintos de alguns deles —, mas a única coisa que eles parecem não ter, com a qual Philip talvez (apenas talvez) possa lidar, é um mínimo de inteligência. Até o careca grandalhão, que aparenta ser o chefe, tem um olhar de um viciado idiota. Não vai haver nenhum apelo à misericórdia, nenhum apelo a um Deus maior. Philip só tem uma chance de sobrevivência.

— Posso falar um negócio, antes de vocês fazerem qualquer coisa precipitada?

O careca ergue o copo, como se estivesse fazendo um brinde.

— À vontade, meu amigo.

— O que eu quero dizer é que nós temos duas maneiras de resolver a situação.

Isso parece atiçar a curiosidade do careca. Ele põe o copo na bancada e olha para Philip.

— Só duas?

— Uma delas é a gente sair no pau e eu já posso até prever qual vai ser o resultado.

— Diga.

— Vocês vão dominar a gente e vai estar tudo acabado, mas tem uma coisa que eu prometo que vai acontecer. Uma coisa só e eu vou ser honesto: eu nunca tive tanta certeza de algo na minha vida.

— E o que é?

— Aconteça o que acontecer, eu vou conseguir dar um único tiro, e digo isso com o maior respeito, mas garanto que a maior parte deste aço vai parar na parte de cima do seu corpo. Agora, senhor, quer ouvir a segunda opção?

O careca perdeu todo o senso de humor.

— Continue.

— A segunda opção é vocês deixarem a gente sair daqui vivos e tomarem a casa com nosso consentimento, e ninguém vai ter que limpar sujeira alguma e o senhor ainda fica com a parte de cima do corpo.

Por algum tempo, as coisas fluem de maneira ordenada (segundo as ordens do careca). O casal de drogados — em sua cabeça atormentada, Philip pensa neles como Sonny e Cher — simplesmente se afasta de Brian e Penny, permitindo que Brian pegue a menina do chão e a carregue pelo salão, até a porta.

O acordo, se é que é possível chamá-lo assim, é para Philip e o grupo simplesmente saírem da *villa*, deixando todos os pertences e ponto final. Brian vê Philip se afastando da casa com a espingarda ainda erguida. *Graças a Deus por essa antiguidade de merda.* Nick vai logo atrás. Os dois então se juntam a Brian e Penny, e Brian abre a porta com a perna, enquanto segura Penny nos braços.

Eles se arrastam para fora, ainda apontando a espingarda para os invasores, dentro da casa.

Muitas coisas inundam os sentidos de Brian: o vento frio, a luz pálida do amanhecer atrás do pomar, as silhuetas de mais dois atiradores, um em cada flanco da casa e os carros com os faróis altos ainda acesos, como se fossem os refletores de um teatro anunciando o próximo ato de uma peça de terror.

A voz do careca avisa lá de dentro:

— Meninos, deixem eles passarem!

Os dois cúmplices do lado de fora, vestidos com uniformes militares esfarrapados e com artilharia pesada nas mãos — cada um leva uma espingarda de cano curto — acompanham com o interesse de aves de rapina o momento em que Brian passa Penny cuidadosamente para os ombros, como se fosse um cavalinho. Philip sussurra em voz baixa:

— Fiquem juntos e venham atrás de mim. Eles ainda querem matar a gente. Façam apenas o que eu digo.

Brian segue Philip — que continua com o peito descoberto e aquela arma ridícula levantada, como se fosse um fuzileiro naval — pelo pátio, passando por um dos zelosos vigias e caminhando na direção de um monte de pessegueiros.

É preciso uma quantidade anormal de tempo para Philip atravessar todo mundo pela propriedade e entrar nas sombras do pomar mais próximo — no relógio, não foram mais do que alguns segundos, mas para Brian Blake foi uma eternidade —, porque agora a metódica transferência de propriedade começa a desabar.

Brian pode ouvir ruídos perigosos atrás dele enquanto apressadamente carrega Penny em direção às árvores. Ele continua descalço e as solas dos pés doem com as pedras e os galhos em que pisa. Vozes raivosas são ouvidas vindas da casa, e então passos e uma movimentação na varanda da frente.

O primeiro tiro ecoa exatamente quando Philip e o grupo estão entrando no meio das árvores. A bala voa pelo ar e atinge um galho que está a 15 centímetros do ombro direito de Brian, cuspindo um pedaço da casca da árvore no rosto dele e fazendo Penny dar um gritinho. Philip empurra Brian — ainda com Penny nos ombros — mais para dentro das sombras e ordena:

— CORRA, BRIAN! CORRA! AGORA!

Para Brian Blake, os cinco minutos seguintes se passam como um sonho borrado e caótico. Ele ouve mais tiros atrás dele, com as balas zunindo pela folhagem enquanto corre por entre as árvores. A luz aguada do amanhecer ainda não afastou as sombras densas dos pomares. Os pés descalços — cada vez mais machucados — se enterram no tapete de folhas e de líquidos das frutas, o cérebro espocando com flashes de pânico. Penny vai cavalgando nas costas dele, ofegante de tanto terror. Brian não tem a menor ideia de que distância deve percorrer, nem para onde, nem qual é a hora de parar. Ele simplesmente vai se metendo mais e mais pelas sombras do pomar.

Ele atravessa uns 200 metros em meio às sombras das árvores antes de chegar a um imenso amontoado de lenha apodrecendo e se esconde ali atrás.

Tentando puxar o ar rapidamente para os pulmões, o ar condensado totalmente visível na atmosfera fria e o coração pulsando nos ouvidos, ele delicadamente tira Penny de cima das costas e a coloca ao lado, no mato.

— Fique abaixada, querida — sussurra. — E bem, mas bem quietinha mesmo. Igual a um ratinho.

O pomar vibra com movimentos vindos de todas as direções — os tiros pararam, momentaneamente — e Brian se arrisca a esticar o pescoço por cima da lenha para ver melhor. Através das grossas colunas de pessegueiros, Brian pode divisar um vulto a cerca de 100 metros de distância, vindo na direção deles.

Com os olhos recém-ajustados às sombras, Brian percebe que é um dos sujeitos que estavam fora da casa, com a espingarda na mão, pronta para entrar em ação. Outras pessoas também estão passando pelas árvores atrás dele e uma sombra se aproxima em ângulo reto do sujeito.

Recolhendo-se atrás da lenha que apodrece, Brian tenta pesar as opções freneticamente. Se sair correndo, vão ouvi-lo. Se ficar parado, com certeza vão topar com ele ali. E onde é que Philip foi parar? E Nick?

Nessa hora, Brian ouve galhos se quebrando em outra parte do bosque. O ritmo vai aumentando. Alguém se move rapidamente na direção do homem armado.

Olhando por cima da lenha, Brian vê a silhueta do irmão, a 50 metros de distância, se esgueirando junto aos arbustos, se dirigindo ao atirador em ângulo reto. Brian sente a coluna gelar de medo e o estômago se retorcer.

Nick Parsons aparece nas sombras, do lado oposto ao do atirador, com uma pedra na mão. Ele para e arremessa a pedra, do tamanho de um limão grande, que cruza uns 30 metros do pomar.

Ela bate numa árvore, com um baque bem alto, o que assusta o atirador.

O sujeito se vira e manda um tiro no escuro, na direção de onde partiu o barulho, o estampido sônico ecoando por todo o pomar e fazendo Penny pular. Brian se abaixa, mas não antes de testemunhar, quase que na mesma hora, um borrão se movimentando na direção do atirador, antes de o sujeito sequer ter uma chance de atirar novamente no bosque.

Philip Blake sai do meio das árvores com a velha espingarda de cano duplo já em posição. A coronha petrificada de madeira atinge o atirador bem na nuca, com tanta força que ele quase salta para fora das botas. A arma que tem nas mãos sai voando. O atirador cai estirado na lama.

Brian desvia o olhar, ao mesmo tempo em que cobre os olhos de Penny, e Philip, rápida e selvagemente, termina o serviço com mais quatro golpes portentosos na cabeça do atirador caído.

E agora o equilíbrio de forças muda sensivelmente. Philip encontra uma pistola com numeração raspada, uma .38 de cano curto, atrás do cinto do atirador. Um monte de cartuchos e um carregador melhoram ainda mais a situação de Philip e Nick. Brian acompanha tudo isso a distância, do esconderijo a 50 metros dali.

Uma onda de alívio passa pelo corpo de Brian, um resto de esperança. Com isso eles vão poder fugir. Vão poder começar tudo de novo. Sobreviver mais um dia.

Mas quando Brian faz sinal para o irmão do esconderijo, e Philip e Nick vão até lá, a expressão que Philip traz no rosto, naquela luz ainda pálida, manda uma onda de pânico direto para o estômago de Brian.

— A gente vai expulsar esses filhos da puta daqui. Todos eles.

— Mas Philip, e se a gente só...

— A gente vai retomar este lugar. É nosso e eles vão ser expulsos.

— Mas...

— Escuta aqui. — Tem alguma coisa na maneira que Philip encara o irmão que faz a pele de Brian formigar. — Eu preciso que você proteja minha filha de qualquer perigo, aconteça o que acontecer. Está me entendendo?

— Estou, mas...

— Isso é tudo o que preciso que faça.

— Tudo bem.

— Trate apenas de mantê-la em segurança. Olhe para mim. Pode fazer isso por mim?

Brian assente.

— Claro... É claro que sim, Philip. Pode deixar. Só não vá dar um jeito de morrer.

Philip não diz nada, não reage, mantém o olhar fixo enquanto enfia um cartucho na espingarda calibre .20 e então olha para Nick.

Em questão de segundos, os dois homens já voltaram a entrar em ação, desaparecendo atrás de mais um amontoado de árvores, deixando Brian sentado no mato, desarmado, petrificado de terror, tomado pela indecisão e com os pés descalços sangrando. Será que Philip queria que ele apenas ficasse ali, quieto? Será que era esse o plano?

Um tiro ecoa como um trovão. Brian dá um pulo. Outro tiro vem em resposta, o eco como um bumerangue acima das árvores, no céu frio. Brian cerra os punhos com força suficiente para tirar sangue. Ele deve apenas ficar sentado ali?

Brian puxa Penny para junto de si quando mais um tiro se faz ouvir, mais perto, o som abafado e estrangulado de um suspiro de morte reverberando logo a seguir. Os pensamentos de Brian se aceleram de novo, o corpo inteiro tremendo de medo.

Ouvem passos na direção do esconderijo. Brian se aventura a dar uma rápida espiada por cima da lenha e vê o careca sinistro com a

Glock .9 mm se esgueirando rapidamente por entre as árvores, o rosto marcado espumando com ódio assassino. O corpo torcido do garoto chamado Baixinho está caído a uns 100 metros ao norte, com metade da cabeça destruída.

Mais um tiro faz Brian se abaixar, o coração quase saindo pela garganta. Ele não sabe se o careca foi atingido, ou se foi ele quem disparou o tiro.

— Vamos lá, querida — fala Brian para uma Penny quase catatônica, encolhida sob uns arbustos e cobrindo a cabeça. — A gente tem que dar o fora daqui.

Ele a retira com força dos arbustos e a conduz pela mão — ficou perigoso demais levá-la nas costas —, arrastando-a para longe do tiroteio.

Eles se esgueiram por trás das sombras dos pessegueiros, mantendo-se abaixo das moitas e evitando as trilhas que cortam o pomar. As solas dos pés estão quase entorpecidas pela dor e pelo frio e Brian ainda ouve vozes atrás dele, alguns tiros isolados e depois mais nada.

Por muito tempo, Brian não ouve nada a não ser o vento batendo nos galhos e talvez uma série de passos desvairados aqui e ali, mas ele não tem certeza, o coração está batendo alto demais nos ouvidos. Mas ele segue em frente.

Avançam mais uns 100 metros, ou algo assim, antes de se esconderem atrás de um carro de feno velho e quebrado. Recuperando o fôlego, Brian mantém Penny perto de si.

— Você está bem, querida?

Penny consegue colocar o polegar para cima, mas está com uma expressão atordoada de pavor.

Ele confere as roupas da menina, o rosto e corpo dela. Não parece ter ferimentos. Ele dá um tapinha na cabeça dela e tenta confortá-la, mas a fadiga e a adrenalina estão fazendo Brian tremer demais e ele mal consegue pensar.

Ele ouve um som e estaca. Agacha-se ainda mais e dá uma olhada por entre as tábuas da carroça apodrecida. A uns 50 metros de distância, um vulto caminha sorrateiramente por entre as sombras de uma ravina. O vulto é alto e esguio e carrega uma espingarda, mas está longe demais para ele poder identificar.

— *Papai...?*

A voz de Penny assusta Brian, saindo como um sussurro fraco, mas alta o bastante para entregar a posição deles. Brian agarra a garota. Ele lhe cobre a boca com a mão. Depois, estica o pescoço para olhar por cima do vagão. Vê de relance um vulto subindo pela ravina.

Infelizmente, o vulto que vem na direção deles não é o pai da menina.

O tiro praticamente desfaz metade do vagão, e Brian é jogado no chão num redemoinho de poeira e escombros. Ele come terra e engatinha para pegar Penny, então consegue agarrar um pedaço da camisa dela e a arrasta mais para dentro da floresta. Ele rasteja por vários metros, arrastando Penny consigo, e finalmente consegue se levantar e arrastá-la pelas sombras, mas tem alguma coisa errada.

A menininha está completamente mole nos braços dele, como se tivesse desmaiado.

Brian pode ouvir as botas correndo pelo mato atrás dele, o barulho nas folhas, enquanto o atirador encurta a distância para dar o tiro de misericórdia. Jogando Penny sofregamente nas costas, Brian corre o mais rápido que pode coberto pelas árvores, mas não vai muito longe antes de perceber que está empapado de sangue. E o sangue está escorrendo pela frente da camisa dele, deixando-o ensopado.

— Ai, não, meu Deus, não, meu Deus, não, meu Deus, não, não...

Brian coloca Penny na terra macia e a deita de costas. Seu rosto sem sangue está da cor de um lençol. Os olhos estão vidrados e fixos no céu enquanto ela soluça, um pequeno filete de sangue escorrendo pelo canto da boca.

Ele nem consegue ouvir o atirador, que corre pesado na direção dele, a espingarda soltando o estalo de mais um cartucho sendo carregado. A camisa de Penny, de algodão, está totalmente molhada de vermelho escuro, com um rombo no tecido de pelo menos 15 centímetros de diâmetro. Os grãos do cartucho de uma arma calibre .20 têm poder suficiente para penetrar o aço e parece que a menina foi atingida por pelo menos metade dos grãos, num tiro que entrou pelas costas e saiu pelo lado da barriga.

O atirador se aproxima.

Brian levanta a camisa da menina e solta um grito quase primitivo de agonia. Sua mão não consegue estancar o sangramento, e o rombo aberto parece uma lua crescente. Brian pressiona o ferimento com a mão. O sangue borbulha. Ele rasga um pedaço da camisa e tenta tapar o buraco na barriga dela, mas o sangue agora está por todos os lados. Brian gagueja, chora e tenta falar com ela, enquanto o sangue escorre como óleo por entre os dedos e o atirador se aproxima:

— Está tudo bem, vai dar tudo certo. A gente vai conseguir salvar você. Vai dar tudo certo, você vai ficar bem melhor...

A barriga e os braços de Brian são batizados com o calor da força vital que se esvai da menina. Penny solta um último e débil sussurro:

— *...longe...*

— Não, Penny, não, não, não faz isso, não... Não vai pra longe agora, não... não vai pra longe...!

Nessa hora, Brian ouve um galho se partir imediatamente atrás dele.

Uma sombra se projeta por cima de Penny.

— Que pena! — murmura uma voz rascante atrás de Brian, com o cano frio de uma espingarda pressionando a nuca dele. — Dá uma boa olhada nela.

Brian se vira e olha para o atirador, um homem barbado, tatuado e com uma barriga de cerveja, apontando a arma direto para o rosto dele. Depois, quase que pensando melhor, o homem ruge:

— Olha para ela... porque vai ser a última coisa que você vai ver nesta vida.

Em momento algum Brian tira a mão de cima da ferida da Penny, mas ele sabe que já é tarde demais.

Ela não vai sobreviver.

E agora ele está pronto — para morrer...

O tiro parece um sonho, como se Brian de repente tivesse voado para fora do corpo e ficasse pairando acima do pomar, testemunhando coisas da perspectiva de um espírito descarnado. Mas, quase que instantaneamente, Brian, que, por instinto, se lançou para a frente na hora do tiro, se empertiga chocado. O sangue espirra por cima de seus braços e por cima de Penny. Será que o impacto da bala foi tão avassalador que ele nem chegou a sentir dor? Será que Brian morreu e não sabe?

A sombra do atirador começa a cair, quase que em câmera lenta, como uma velha árvore que se vai.

Brian se vira a tempo de ver que o homem de barba foi morto pelas costas. O alto da cabeça virou uma posta vermelha, a barba tingida de sangue. Com os olhos se revirando, ele cai. Brian fica embasbacado. Como uma cortina despencando, o morto revela dois vultos atrás dele, que correm na direção de Brian e de Penny.

— MEU DEUS, NÃO! — Philip joga a espingarda (ainda fumegante) no chão e corre por entre as árvores. Nick o segue. Philip chega rugindo para Brian e o empurra para o lado. — NÃO! NÃO!

Philip cai de joelhos ao lado da menina que agora está asfixiando, quase morrendo, afogada no próprio sangue. Ele a recolhe do chão e suavemente toca o ferimento como se fosse um arranhão, uma coisinha à toa, uma topada. Ele a envolve, ficando encharcado de sangue.

Brian está caído no chão a 1 metro de distância, respirando a terra molhada, com uma cortina de choque sobre os olhos. Nick fica ali perto.

— A gente pode parar o sangramento, não pode? A gente pode dar um jeito, não pode?

Philip nina a garota ensanguentada.

Penny se esvai nos braços do pai com um último suspiro da morte, que deixa o rosto da menina branco e frio como porcelana. Philip a sacode.

— Vamos lá, amorzinho... Fica aqui... Fica aqui com a gente. Vamos lá... fica com a gente... Por favor, fica com a gente... Meu amorzinho? Meu amorzinho? Meu amorzinho?

Um silêncio terrível paira no ar.

— Meu Deus do Céu — murmura Nick, desviando o olhar para o chão.

Por bastante tempo, Philip fica abraçado à menina, enquanto Nick olha para a terra, rezando baixinho. Pela maior parte do tempo, Brian fica prostrado no chão, a 1,5 metro de distância, chorando na terra úmida, balbuciando de leve, mais para si mesmo do que para qualquer outra pessoa:

— Eu fiz de tudo... Mas foi tão rápido... Eu não consegui... Foi... Não dá para acreditar... Não dá... Penny era...

De repente, a mão grande e vigorosa de alguém puxa Brian por trás, agarrando-o pelo colarinho.

— O que foi que eu disse? — rosna Philip, num grunhido gutural, enquanto arranca o irmão da terra e o atira contra o tronco de uma árvore. Brian desfalece. Vê estrelas.

— Philly, não!

Nick tenta se interpor entre os irmãos, mas Philip o empurra com força e ele rola no chão. Continua com a mão direita fechada na garganta do irmão.

— O que foi que eu disse?

Philip volta a jogar Brian contra o tronco da árvore. A nuca de Brian bate na casca, raios de luz e de dor enchem o campo de visão dele. Mas Brian não faz força para lutar, nem para fugir. O que ele quer mesmo é morrer nas mãos do irmão.

— O QUE FOI QUE EU DISSE?

Philip arranca Brian de perto da árvore. O chão vem de encontro a Brian como se fosse um porrete, batendo num dos ombros e numa das faces e então uma saraivada de chutes é descarregada sobre Brian, enquanto ele involuntariamente rola pelo chão. Um chute da bota com ponta de aço o atinge no queixo, com força suficiente para quebrar o maxilar. Outro chute o faz fraturar três costelas, e uma onda branca de dor cobre todo aquele lado do corpo. Mais um o atinge na lombar, deslocando uma vértebra e quase perfurando o fígado. Um jato reluzente de dor estilhaça o cóccix de Brian. E, depois de algum tempo, ele mal pode sentir dor, só pode ver tudo se desenrolar lá de cima — de cima do corpo estraçalhado, enquanto se entrega àquele espancamento, tanto quanto um pecador se entrega a um bispo.

DEZENOVE

No dia seguinte, Philip passa uma hora no galpão de ferramentas atrás da casa, verificando a coleção de armas que tirou dos invasores, assim como as facas e os instrumentos da fazenda deixados pelos antigos proprietários. Ele sabe o que tem que fazer, mas escolher o modo de execução é uma agonia para ele. A princípio, opta pela semiautomática .9 mm. É a maneira mais rápida e mais limpa. Mas aí ele pensa duas vezes antes de usar uma arma. De certo modo, parece uma injustiça. Muito frio e impessoal. Porém também não consegue juntar coragem para usar uma picareta ou machadinha. É muito incerto e faz muita sujeira. E se ele errar por um centímetro e fizer tudo errado?

No fim das contas, Philip se decide pela Glock .9 mm, colocando um pente novinho de balas na agulha e armando o ferrolho.

Ele respira fundo e vai até a porta do galpão. Faz uma pausa e toma coragem. Sons de arranhões surgem esporadicamente do lado de fora do galpão. O terreno da casa está infestado de Mordedores. Toda uma multidão foi atraída pelo tiroteio do dia anterior. Philip abre a porta com o pé.

A porta bate direto numa zumbi de meia-idade vestindo uma jardineira manchada e que estava farejando do lado de fora da oficina. A força do impacto faz o corpo raquítico da zumbi cambalear para trás, os braços girando e um grito horrível saindo do rosto deformado. Philip passa por ela, erguendo a Glock casualmente, sem sequer diminuir o passo enquanto mete uma única bala na lateral do crânio da morta-viva.

O barulho da Glock ecoa conforme o cadáver feminino cambaleia para o lado, em meio a uma nuvem escarlate, e esmorece no chão.

Philip marcha pelos fundos da casa, erguendo a Glock e dando cabo de mais dois Mordedores perdidos. Um deles é um velho vestido apenas com uma cueca amarelada — talvez tenha fugido de um asilo. O outro era, muito provavelmente, um agricultor de frutas, cujo corpo inchado e enegrecido continua vestindo o macacão largo. Philip se livra deles com o mínimo de transtorno — um tiro em cada um — e faz uma nota mental para limpar aqueles dejetos mais tarde com a pá de neve presa à ceifadeira.

Já se passaram quase 24 horas desde que Penny morreu nos braços dele e o novo dia está nascendo azul e límpido, o céu rascante de outono se erguendo de novo sobre vários hectares de pessegueiros. Philip precisou de praticamente um dia inteiro para tomar coragem e fazer o que tem que ser feito. Agora ele pega o revólver na mão suada e entra no pomar.

Ainda tem cinco balas no pente.

Na sombra da floresta, um vulto se remexe e geme encostado no tronco de uma velha árvore. Amarrado com corda e fita isolante, o prisioneiro faz força para fugir, um ato fútil de desespero. Philip se aproxima e levanta a arma. Aponta o cano para o meio dos olhos dela e, por um segundo, diz a si mesmo para acabar logo com aquilo: *Abre a ferida, arranca o tumor e está feito.*

O cano treme e o dedo de Philip congela no gatilho. Ele solta um suspiro atormentado.

— Não consigo — fala baixinho.

Ele abaixa a arma e fica olhando para a filha. A 2 metros dele, amarrada ao tronco da árvore, Penny rosna com a fome feroz de um cão raivoso. Seu rostinho de porcelana se encolheu e afundou e virou uma abóbora branca apodrecida. Os olhos suaves ficaram duros como duas moedas de prata. Os lábios de tulipa, outrora inocentes, agora estão negros e retraídos, exibindo dentes apodrecidos. E ela não consegue reconhecer o pai.

Isso é o que mais maltrata a alma de Philip. Ele não consegue deixar de se lembrar do olhar de Penny sempre que ia pegá-la na creche ou na casa da tia Nina, ao fim de um longo e pesado dia de trabalho. A chama do reconhecimento e da emoção — e sim, senhor, do *amor* incondicional — naqueles olhos grandes e castanhos cada vez que Philip voltava, era o suficiente para fazê-lo tocar a vida, acontecesse o que acontecesse. Agora essa chama se perdeu para sempre — coberta pela tez cinzenta dos mortos-vivos.

Philip sabe o que tem que fazer.

Penny rosna para ele.

Os olhos de Philip queimam de tanta agonia.

— Não consigo — murmura outra vez, baixando a cabeça, sem se dirigir a Penny ou a si mesmo. Vê-la daquele jeito manda um jato de fúria por todo o sistema de Philip, como a chama de um maçarico, acendendo um fogo secreto dentro dele. Ele volta a ouvir a voz: *Vai lá, quebra tudo, manda ver agora, arranca o coração dessa merda... Agora!*

Ele recua do horror no pomar, com o cérebro girando de tanta raiva.

O terreno da casa — que agora reluz na simpática manhã de outono — tem a forma de uma meia-lua, com a casa grande ao centro. Vários anexos se erguem ao longo da curva suave atrás da casa: a cocheira, o pequeno galpão para o trator e a ceifadeira, um segundo galpão para as ferramentas, uma casa de hóspedes sobre pilares mais elevados, um grande celeiro de madeira com um imenso cata-vento e uma abóbada em cima. É para essa última construção, com a madeira carcomida e a pintura manchada de rosa pelo sol, que Philip se dirige.

Ele tem que dar vazão à corrente de veneno que corre pelo corpo. Precisa descarregar.

A entrada principal do celeiro é uma porta dupla, trancada com uma imensa tábua de madeira no meio. Philip vai até lá, solta a tábua, e as portas logo se abrem com um rangido, mostrando a poeira que flutua nas sombras de dentro. Philip entra e fecha a porta atrás de si. O ar tem cheiro de cocô de cavalo e feno mofado.

Dois outros indivíduos gemem e se remexem num canto, vivendo o próprio tormento dos infernos, amarrados e amordaçados com fita adesiva: *Sonny e Cher.*

A dupla treme, um encostado no outro no chão, as bocas amordaçadas, as costas apertadas contra a porta de um estábulo vazio, os corpos fazendo algum tipo de viagem. Ou de heroína, ou de crack, ou de alguma outra coisa. Para Philip, isso não importa. A única coisa que interessa é que os dois não têm a menor ideia do quanto a vida vai piorar para o lado deles.

Philip caminha até a dupla dinâmica. A garota esquelética treme em espasmos, os olhos pintados cobertos de lágrimas ressecadas. O homem respira com dificuldade pelas narinas.

Postando-se numa fresta estreita por onde entra a luz do sol, cheia de poeira, Philip olha para os dois como se fosse um Deus furioso.

— Você aí — diz para Sonny. — Vou perguntar uma coisa... e sei que é difícil assentir com a cabeça amordaçada desse jeito, por isso basta piscar uma vez para dizer sim e duas vezes para dizer não.

O homem olha com os olhos fundos, úmidos e crus. Pisca uma vez.

Philip o encara.

— Você gosta de assistir?

Duas piscadas.

Philip leva a mão ao cinto e começa a tirá-lo.

— É uma pena, porque eu vou dar um espetáculo e tanto.

Duas piscadas.

E de novo... duas piscadas.

Duas piscadas. Duas piscadas. Duas piscadas.

— Calma, Brian. Mais devagar — fala Nick para o amigo na noite seguinte, no quarto de costura do segundo andar. À luz das lâmpadas de querosene, Nick ajuda Brian a beber água por um canudo. A boca de

Brian ainda está inchada e ele engole com dificuldade, babando sobre si mesmo. Nick tem feito tudo o que pode para ajudar Brian a se recuperar, e mantê-lo alimentado é fundamental.

— Tente comer um pouco mais dessa sopa de verdura.

Brian come umas colheradas.

— Obrigado, Nick. — A voz dele é abafada e cheia de dor. — Obrigado por tudo.

As palavras são ligeiramente arrastadas, o céu da boca ainda está inflamado. Ele fala com dificuldade, sofregamente. Deitado na cama, vários trapos amarrados em volta de suas costelas quebradas e Band-Aids foram colocados no rosto e no pescoço, e o olho esquerdo está roxo e inchado. Ainda pode ter acontecido alguma coisa com o quadril, não dá para saber direito.

— Você vai ficar bom — afirma Nick. — Quanto ao seu irmão, já é outra história.

— O que quer dizer com isso?

— Ele pirou, cara.

— Ele passou por muita coisa, Nick.

— Como é que você pode dizer isso? — Nick se recosta e solta um suspiro sofrido. — Olha o que ele fez contigo. E não vem dizer que foi por causa da morte de Penny. Todo mundo aqui perdeu alguém que amava. Ele chegou muito perto de matar você.

Brian olha para os pés estilhaçados saindo por baixo das cobertas. Com grande esforço, ele diz:

— Eu mereço tudo o que recebi.

— Não diga uma coisa dessas! O que aconteceu não foi culpa sua. Seu irmão passou dos limites com isso. E eu estou realmente preocupado com ele.

— Ele vai ficar bem. — Brian olha para Nick. — O que aconteceu? Tem mais alguma coisa que está incomodando você.

Nick respira fundo e se pergunta se pode confiar em Brian. Os irmãos Blake sempre tiveram um relacionamento complexo e muitas vezes Nick sentiu como se *ele* fosse mais irmão de Philip que o irmão biológico. Mas sempre houve um fator X entre os dois Blake, um laço de sangue mais profundo entre eles.

Finalmente, Nick diz:

— Eu sei que você não faz exatamente o estilo religioso. Sei que você pensa que eu sou um Crente Piegas.

— Isso não é verdade, Nick.

Nick faz um gesto com a mão.

— Não tem problema. A minha fé é forte e eu não julgo uma pessoa pela religião.

— Onde você quer chegar com isso?

Nick olha firme para Brian.

— Ele está mantendo ela viva, Brian... Ou, talvez, *viva* não seja a palavra mais adequada.

— Penny?

— Está lá fora com ela, agora.

— Onde?

Nick explica o que aconteceu nos últimos dois dias, desde o tiroteio. Enquanto Brian se recuperava da surra, Philip andou ocupado. Ele tem mantido dois intrusos — os únicos que sobreviveram ao tiroteio — trancados no celeiro. Philip diz que os vem interrogando sobre possíveis acampamentos humanos, mas Nick teme que ele os esteja torturando. Mas essa é a menor das preocupações. O que está corroendo Nick por dentro é o destino de Penny.

— Ele a amarrou a uma árvore, como se fosse um cachorrinho de estimação.

Brian franze a testa.

— Onde?

— No pomar. Ele sai à noite e passa horas com ela.

— Ai, meu Deus.

— Escuta. Eu sei que você acha que isso é besteira, mas, do jeito que eu fui ensinado, existe uma força no universo chamada Deus e uma força chamada Mal.

— Nick, eu não acho que esse seja o...

— Só um instante, deixa eu terminar. Eu acredito que tudo isso... essa praga, ou seja lá como você queira chamar... é obra daquilo que você chamaria de Demônio ou de Satã.

— Nick...

— Deixa só eu terminar. Eu andei pensando muito sobre isso tudo.

— Muito bem. Estou escutando.

— O que é que Satã mais odeia? O poder do amor? Talvez. O fato de alguém renascer? Provavelmente. Mas eu acho que é quando uma pessoa morre e o espírito dela vai para o Paraíso.

— Eu não sei se estou entendendo.

Nick encara os olhos vazios de Brian.

— E é isso o que está acontecendo aqui, Brian. O Demônio arranjou um jeito de deixar a alma das pessoas presa aqui na terra.

Passam-se alguns segundos até que Brian absorve tudo isso. Nick não espera que Brian acredite, mas talvez, só talvez, ele possa fazê-lo entender.

Nesse curto período de silêncio, o vento norte assobia nas persianas. O tempo está mudando. A casa solta estalos e gemidos. Nick levanta a gola do suéter que cheira a naftalina — há alguns dias, eles encontraram roupas quentes no sótão da casa — e agora ele treme no ar gelado do segundo andar.

— O que o seu irmão está fazendo é errado. Vai contra o desejo de Deus — declara Nick, e a afirmação fica pairando na penumbra.

Naquele instante, na escuridão do pomar, uma pequena fogueira estala e crepita no chão. Philip está sentado na terra fria em frente ao fogo, com a espingarda ao lado e um livrinho mofado que encontrou no berçário da casa aberto no colo.

— "Porquinho, deixe-me entrar, deixe-me entrar" — lê em voz alta, em tom melodioso e elaborado —, "ou eu vou bufar, soprar e derrubar sua casa!"

A 1 metro dali, amarrada ao tronco da árvore, Penny Blake rosna e grunhe a cada palavra, suas pequenas mandíbulas tentando morder sem sucesso.

— "De jeito nenhum" — recita Philip, virando uma página delicada de papel. Faz uma pausa e olha para a coisa que um dia foi sua filha.

À luz das labaredas, o rostinho de Penny se contorce com uma fome inesgotável, inchada e enrugada como uma abóbora que imita um rosto humano. Sua barriga, presa com um arame, faz força tentando se soltar da árvore. Ela estica os dedos curvados como garras, querendo se soltar e jantar o seu pai, mas só consegue acertar o ar.

— "Mas é claro" — continua Philip, com a voz falhando — "que o lobo *soprou* a casa abaixo." — Ele faz uma pausa angustiante antes de falar com a voz embargada, parte melancólica e parte louca. — "E comeu o porquinho."

Pelo resto da semana, o sono não vem fácil para Philip Blake. Ele tenta dormir algumas horas por noite, mas a energia nervosa o faz se virar de um lado para o outro, até que acaba se levantando para fazer alguma coisa. Na maioria das noites, vai até o celeiro e descarrega parte da raiva em Sonny e Cher. Eles são as razões mais visíveis para Penny ter virado zumbi e Philip está decidido a fazer com que eles sofram mais do que qualquer outro ser humano jamais sofreu. O delicado processo de mantê-los a um fio da morte não é fácil. De vez em quando, Philip tem que dar água a eles, para evitar que morram e o deixem na mão. Ele também tem que tomar cuidado para que não se matem tentando fugir dos tormentos. Como um bom carcereiro, Philip mantém a rédea curta e todos os objetos cortantes ou pontiagudos fora de alcance.

Naquela noite — Philip acha que é sexta —, ele espera até Nick e Brian adormecerem antes de cair fora do quarto, calçar as botas, vestir a jaqueta de brim e sair pela porta dos fundos, cortando o pátio iluminado pelo luar até o velho celeiro, no extremo nordeste da propriedade. Philip gosta de anunciar a chegada.

— O papai chegou — sussurra num tom animado, com o vapor da respiração aparecendo, enquanto tira a tranca e abre a porta dupla.

Ele liga uma lanterna a pilha.

Sonny e Cher estão caídos nas sombras onde Philip os deixou, duas criaturas estraçalhadas, amarradas como porcos, lado a lado, sentadas numa poça cada vez maior formada pelo próprio sangue, xixi e cocô. Sonny mal consegue se manter acordado, com a cabeça inclinada para um lado e os olhos fortes, de viciado, com rodelas vermelhas em volta. Cher está inconsciente. Está deitada ao lado dele, com as calças de couro ainda abaixadas até os tornozelos.

Cada um traz as marcas inclementes dos instrumentos de punição adotados por Philip: alicates pontudos, arame farpado, tábuas de madeira com pregos enferrujados despontando e vários objetos contundentes que Philip pensa em utilizar no calor do momento.

— Acorda, irmãzinha! — Philip estica a mão e faz a mulher se sentar, as tiras que a amarram cortam seus pulsos e a corda que ela tem em volta do pescoço a impede de gemer muito. Ele dá um tapa na cara dela que faz os olhos da mulher tremerem. Philip volta a bater nela, que agora acorda, com o choro abafado pela fita adesiva que traz na boca.

Em algum momento da noite, a mulher conseguiu levantar as calcinhas ensanguentadas para tapar as partes íntimas.

— Deixa eu lembrar mais uma vez — diz Philip, puxando as calcinhas dela com força até a altura do joelho. Ele se põe sobre ela, abrindo as pernas da mulher com as botas como se estivesse criando um espaço para si mesmo. Ela se contorce e geme embaixo dele, como se isso pudesse fazê-la sair da própria pele. — Vocês são as pessoas que levaram embora a minha filha. Portanto, todos nós vamos juntos para o inferno.

Philip desafivela o cinto e abaixa as calças, e não é preciso muita imaginação para ele ter uma ereção imediata — o ódio e a raiva incendeiam tanto o seu plexo solar que ele se sente como um aríete. Philip ajoelha entre as pernas trêmulas da mulher.

A primeira penetração é sempre o gatilho; a voz no cérebro dele abruptamente o chama, provocando-o, incitando-o com fragmentos de antigas frases bíblicas sem sentido, que o pai dele costumava resmungar, quando bêbado: *A vingança é minha, a vingança é minha, diz o Senhor!*

Mas essa noite, depois da terceira ou quarta enfiada na mulher inerte, Philip para.

Um conjunto de coisas tira a concentração dele, desviando a atenção. Ele ouve passos do lado de fora, caminhando pelos fundos da propriedade, e até vê, por entre as tábuas, um vulto passando rápido pelo celeiro. Mas o que faz Philip parar, se levantar, e rapidamente erguer as calças, é o fato de que o vulto está indo na direção do pomar.

O lugar onde Penny mora.

Philip sai do celeiro e imediatamente vê um vulto mergulhando nas sombras do pomar. O vulto é compacto, um homem magro de 30 anos, calças jeans e suéter, carregando uma enorme pá enferrujada no ombro.

— Nick!

O grito de aviso não é ouvido. Ele já sumiu entre as árvores.

Sacando a espingarda .9 mm do cinto, Philip parte para o pomar. Ele põe um pente na metralhadora quando se mete entre as árvores. A escuridão dá lugar ao facho de uma lanterna.

A 15 metros de distância, Nick aponta a lanterna para o rosto lívido daquela coisa que um dia foi Penny.

— NICK!

Nick se vira de repente com a pá levantada e deixa a lanterna cair.

— Já passou dos limites, Philly. Passou dos limites.

— Abaixe essa pá — diz Philip, enquanto se aproxima com a arma levantada.

A lanterna passa a apontar para as folhas, projetando uma luz sinistra sobre todo o ambiente, como um filme preto e branco bem granulado.

— Você não pode fazer isso com a sua filha. Será que não percebe o que está fazendo?

— Abaixe isso.

— Você está impedindo que a alma dela suba ao paraíso.

— Cale a boca!

No escuro, a 6 metros deles, a coisa que foi Penny força as amarras. O facho indireto da lanterna ressalta, de baixo para cima, as feições monstruosas. Os olhos refletem a luz seca e prateada.

— Philly, escute. — Nick abaixa a pá, a voz trêmula de emoção. — Você tem que deixá-la morrer... Ela é uma filha de Deus. Por favor... estou pedindo, como cristão... deixe ela ir.

Philip aponta a Glock direto para a testa de Nick.

— Se ela morrer, você vai logo depois.

Por um instante, Nick fica de queixo caído, totalmente derrotado.

Então, ele larga a pá, deixa a cabeça pender e volta para a casa.

Durante todo o tempo, a coisa que foi Penny manteve os olhos de tubarão no homem que um dia ela chamou de pai.

Brian continua a se recuperar. Seis dias depois da surra, já tem força suficiente para se levantar da cama e mancar pela casa. O quadril dá uma pontada de dor a cada passo e a tontura vem em onda, sempre que sobe ou desce as escadas, mas, no geral, está se saindo muito bem. As lesões desapareceram, o inchaço diminuiu e Brian sente o apetite voltar. E ele também tem uma conversa séria com Philip.

— Eu sinto muita falta dela — comenta Brian com o irmão, tarde da noite na cozinha, os dois acometidos por uma forte crise de insônia. — Eu trocaria de lugar com ela na mesma hora, se isso pudesse trazê-la de volta.

Philip abaixa a cabeça. Ele desenvolveu uma série de tiques sutis, que aparecem quando está sob pressão: fungar, morder o lábio, pigarrear.

— Eu sei, meu caro. Não foi culpa sua... o que aconteceu lá fora. Eu nunca devia ter feito aquilo com você.

Os olhos de Brian ficam marejados.

— Eu provavelmente teria feito a mesma coisa.

— Vamos passar uma borracha nisso tudo.

— Claro. — Brian enxuga os olhos. Olha para Philip. — E qual é a história daqueles dois lá no celeiro?

Philip volta a erguer os olhos.

— O que tem eles?

— Tudo isso está deixando Nick muito nervoso. Dá para ouvir o que se passa lá dentro... à noite, eu quero dizer. Nick acha que você está meio que... arrancando as unhas deles.

Um sorriso frio torce o canto da boca de Philip.

— Isso é doentio.

Brian não sorri.

— Philip, o que quer que você esteja fazendo com eles... não vai trazer Penny de volta.

Philip volta a abaixar a cabeça.

— Eu sei. Você acha que eu não sei?

— Então, eu imploro que você pare. O que quer que esteja fazendo... *pare*. — Brian olha para o irmão. — Não adianta nada.

Philip volta a olhar para cima, os olhos dominados por emoção.

— Aquele lixo que está lá no celeiro tirou de mim tudo o que era mais importante na minha vida... aquele filho da puta careca e a turma dele... os dois viciados... eles destruíram a vida de uma linda menina inocente e fizeram isso por pura maldade e por ganância. Nada que eu fizer a eles vai bastar.

Brian suspira. Qualquer outra observação vai parecer uma futilidade, por isso ele fica simplesmente olhando para o café.

— E você está errado quando diz que isso não adianta nada — conclui Philip, depois de pensar um pouco. — Faz com que eu me sinta melhor.

Na noite seguinte, depois de as lanternas se apagarem e de o fogo de três lareiras diferentes virarem carvão e de o vento nordeste começar a brincar com as águas-furtadas e as telhas soltas, Brian está deitado na cama do quarto de costura, tentando cair num sono problemático, quando ouve o trinco da porta girar e vê a silhueta de Nick entrar. Brian se senta.

— O que houve?

— Sssshhh — sussurra Nick, caminhando pelo quarto e se ajoelhando ao lado da cama. Ele está de casaco, luvas e um volume no quadril que parece uma arma. — Quieto.

— O que houve?

— O seu irmão dormiu... finalmente.

— E daí?

— E daí que nós vamos fazer uma... como é que se diz? Intervenção.

— Do que você está falando? Penny? Você vai tentar matar Penny de novo?

— Não! O celeiro, cara! O celeiro!

Brian fica na ponta da cama e esfrega os olhos. Ele estica os braços e as pernas e tira a poeira do corpo.

— Eu não sei se estou preparado para isso.

Eles saem pela porta dos fundos, cada um armado com uma pistola. Nick leva o revólver de aço .357 do careca e Brian carrega o revólver de cano curto que pertencia a um dos atiradores. Eles se esgueiram até o celeiro e Brian joga a luz da lanterna sobre a tranca. Encontram um pedaço de lenha numa pilha ali ao lado e o utilizam para abrir as portas apodrecidas, fazendo o mínimo de barulho possível.

O coração de Brian bate forte no peito conforme eles entram no celeiro escuro.

O cheiro de mofo e urina toma conta das narinas deles conforme seguem até os fundos por entre as sombras fétidas do celeiro, onde dois trambolhos escuros estão estirados no chão, em duas postas de sangue negro como petróleo. No início, as formas nem parecem humanas, mas quando a luz da lanterna de Brian recai sobre um rosto pálido, ele engasga.

— Puta que o pariu.

O homem e a mulher ainda estão vivos, mas por muito pouco, os rostos inchados e desfigurados e os abdomes em carne viva. Uma fumacinha sai das feridas infeccionadas que os estão corroendo. Os dois reféns estão semiconscientes, os olhos vermelhos fixos nos caibros do telhado. A mulher foi totalmente violentada, como uma boneca quebrada com as pernas abertas e manchas de sangue cobrindo a carne tatuada e pastosa.

Brian começa a tremer.

— Puta merda... O que foi que nós...? Puta *que o pariu...*

Nick se ajoelha ao lado da mulher.

— Brian, arranja um pouco d'água.

— E o...?

— Traz lá do poço! Rápido!

Brian passa a lanterna para ele, faz meia-volta e sai pelo mesmo caminho por onde entrou.

Nick joga a lanterna em cima da constelação de feridas e lesões — algumas velhas e infeccionadas, outras mais novas — espalhadas por todas as partes dos corpos contorcidos. O peito do homem levanta e abaixa rápida e convulsivamente, a respiração muito superficial. A mulher luta para fixar o olhar reumático em Nick. Está piscando muito.

Os lábios dela se mexem por baixo da fita isolante. Nick começa a retirar cuidadosamente a mordaça da boca da mulher.

— P-po... f-avvooo... aaa... — Ela está tentando suplicar alguma coisa que Nick não consegue entender.

— Está tudo bem, nós vamos tirar vocês daqui. Vai dar tudo certo.

— Aaaa..

— Água? — Nick tenta levantar as calças dela. — Tenta respirar. Tenta...

— Aaaaac...

— Hein? Não consigo...

A mulher tenta engolir em seco e volta a repetir.

— Aaac-caba c-com a ge-nte, poor f-avoor...

Nick olha fixo para ela. O estômago dele fica gelado. Sente alguma coisa mole apalpando o quadril e, ao olhar para lá, vê que a mão cheia de escaras da mulher está tentando pegar o revólver pendurado no cinto dele. Nick não sente mais vontade alguma de lutar. O coração afunda até o chão.

Ele tira o .357 do cinto, se levanta e olha por um bom tempo para as duas aberrações ali no chão do celeiro.

Faz uma oração: o salmo nº 23.

Brian está voltando para o celeiro com um balde de plástico com água do poço quando ouve os dois estampidos abafados que vêm de dentro do celeiro. Como fogos de artifício espocando dentro de latas de alumínio, os estampidos são curtos e secos. O som faz Brian estacar no meio do caminho, derramando a água pela borda do balde. Ele prende a respiração, assustado.

Então vê, pelo rabo do olho, um fio de luz acendendo numa das janelas do segundo andar da casa: o quarto de Philip. Uma lanterna lá em cima passa pelas janelas e desaparece. Segue-se uma série de passos abafados descendo as escadas e cruzando a casa, rápidos e decididos, e isso faz Brian voltar a entrar em ação.

Ele larga o balde e corre pelo terreno da propriedade até o celeiro. Passa pela porta, entrando na escuridão. Depois, corre pelas sombras, na direção do facho de luz prateado que vem dos fundos. Ele vê Nick de pé sobre os reféns.

Um fio de fumaça sobe do cano do .357 na mão direita de Nick, que agora está junto ao corpo, enquanto ele olha para os dois mortos.

Brian se junta a Nick e começa a falar quando de repente olha para baixo e vê os dois ferimentos nas cabeças: brotos de gosma surgem contra a porta do estábulo, brilhando à luz da lanterna.

O homem e a mulher estão mortos, cada um deitado de bruços em cima dos fluidos ressecados, os rostos em paz, liberados das contorções e da desgraça. Mais uma vez, Brian tenta falar alguma coisa.

Mas não consegue dizer nada.

* * *

No momento seguinte, na escuridão do celeiro, as portas duplas se abrem e Philip entra de supetão. Com os punhos cerrados ao lado do corpo e o rosto numa máscara de raiva, os olhos brilhando em completa loucura, ele marcha na direção da luz. A cara é de quem vai devorar alguém. Philip traz um revólver de um lado do cinto e a machadinha batendo na cintura.

Ele chega à metade do celeiro antes de diminuir o ritmo.

Nick saiu de perto dos corpos e está delimitando seu território, encarando Philip conforme ele se aproxima. Brian dá um passo atrás, com um tsunami de vergonha passando por ele. A sensação é de ter a alma partida ao meio. Ele olha para o chão à medida que o irmão se aproxima lentamente agora, com cautela, olhando nervoso dos corpos para Nick e então para Brian e depois de volta para os corpos.

Por muito tempo, ninguém tem nada a dizer. Philip continua encarando Brian, que tenta esconder a vergonha paralisante que sente tomar conta de si, mas quanto mais tenta esconder, mais ela o puxa para baixo.

Se Brian tivesse coragem, enfiaria o cano do revólver na boca e acabaria imediatamente com o *próprio* sofrimento. De uma forma esquisita, ele se sente responsável por isso — por tudo isso —, mas é covarde demais para se suicidar como um homem.

Tudo o que consegue é ficar ali parado e desviar o olhar, com uma vergonha abjeta e humilhante.

E, como numa reação em cadeia invisível, aquele quadro patético e asqueroso de corpos dilacerados — combinado com o silêncio sem fim do irmão e do amigo — começa a pesar sobre Philip.

Ele luta para conter as lágrimas que se acumulam nos olhos e tenta conter o queixo trêmulo, numa mistura de desafio e ódio de si mesmo. Ele abre a boca como se tivesse algo importante a dizer e precisa fazer um esforço descomunal para falar, mas finalmente consegue soltar um sussurro abafado:

— Que seja.

Nick olha mortificado para ele, sem conseguir acreditar.

— *"Que seja"?*

Philip se vira e vai embora, sacando a Glock do cinto enquanto sai. Ele destrava a arma e dá um tiro na parede do celeiro — BUUUUMMMMMM! —, a arma recua nas mãos dele, o estampido alto faz Brian saltar. BUUUUUMMMM! Mais um flash espoca na escuridão, arrancando um pedaço da porta. BUUUUUMMMM! O terceiro tiro acerta o telhado e os destroços chovem no chão.

Raivoso, Philip abre a porta com um chute e sai do celeiro batendo o pé.

O silêncio que fica para trás parece ecoar por alguns instantes com imagens da ira de Philip. O tempo todo, Brian não desgrudou os olhos do chão, e permanece com a cabeça pendendo desolada e olhando para o feno mofado. Nick dá uma última olhada nos corpos e então solta um suspiro longo, doloroso e irregular. Ele olha para Brian e balança a cabeça.

— E aí está.

Mas alguma coisa por trás dessas palavras — o tom sutil de desamparo na voz Nick — diz que as coisas mudaram para sempre naquela pequena e problemática família.

VINTE

— Que diabo ele está fazendo? — Nick está diante da janela frontal da casa, olhando para a manhã de nuvens densas do lado de fora.

Do outro lado da propriedade, no caminho para a garagem, Philip leva Penny numa espécie de coleira de cachorro adaptada, montada com peças avulsas que ele encontrou no galpão de ferramentas — um cano longo de cobre com uma coleira de ferro na ponta. Ele a conduz até o Ford S-10 estacionado na grama. A picape é um dos veículos que pertenciam à turma do careca e Philip encheu a carroceria com gêneros enlatados, armas, mantimentos e roupas de cama.

Penny rosna e se sacode enquanto vai sendo levada, mordendo o ar e se agarrando ao cano ligado ao pescoço. Na luz difusa e úmida, o rostinho morto parece mais uma máscara de Halloween, esculpida em barro cinza.

— É o que estou tentando dizer — responde Brian, ao lado de Nick, olhando para a cena bizarra que acontece no pátio. — Ele se levantou de manhã, convicto de que não pode mais ficar aqui.

— E tem alguma razão para isso?

Brian dá de ombros.

— Eu não sei... Depois de tudo o que aconteceu... Acho que esse lugar é como veneno para ele, cheio de fantasmas... Não sei.

Brian e Nick passaram a noite inteira acordados, bebendo café e discutindo a situação. Nick ficou o tempo todo fazendo a conversa girar sobre o fato de achar que Philip enlouqueceu, que ele sucumbiu ao estresse de perder Penny, além da pressão adicional de precisar protegê-los. Embora Nick não tenha dito isso abertamente, ele fez uma alusão à possibilidade de o Demônio ter se apoderado de Philip. Brian está exausto demais para discutir metafísica com Nick, mas não há como negar o fato de as coisas terem ficado feias.

— Deixa ele ir — diz Nick finalmente, se afastando da janela.

Brian olha para ele.

— O que quer dizer? Que você vai ficar?

— Sim, vou ficar aqui e você deveria ficar também.

— Nick, se toca.

— Como é que a gente pode continuar seguindo ele... depois de toda a merda que fez... depois de tudo o que aconteceu?

Brian enxuga a boca e pensa no assunto.

— Olha, eu vou repetir. O que ele fez com aquelas pessoas é... *mais do que horrível*. Ele pirou. Eu mesmo não tenho certeza se vou ser capaz de olhar para ele da mesma maneira... mas agora é uma questão de sobrevivência. A gente não pode se separar. A melhor chance que temos é ficarmos juntos, aconteça o que acontecer.

Nick volta a olhar pela janela.

— Você realmente acha que a gente vai chegar até o Golfo do México? São uns 500 quilômetros e mais um pouco.

— A nossa melhor chance é ficarmos juntos.

Nick olha fixamente para Brian.

— Ele está levando a filha morta na porra de uma coleira. Quase espancou você até a morte. Ele é uma bomba-relógio, Brian, e vai explodir na nossa cara.

— Essa bomba-relógio conseguiu trazer a gente inteiro de Waynesboro até aqui, atravessando a Geórgia — responde Brian, com um jato de raiva queimando o estômago. — E daí se ele é maluco, volúvel, está possuído por demônios, que seja o próprio príncipe das trevas... Ainda é meu irmão e a nossa melhor chance de sobrevivência.

Nick olha para ele.

— É assim que você chama agora? Sobrevivência?

— Se você quiser ficar aqui, esteja à vontade.

— Obrigado. É exatamente o que eu vou fazer.

Nick se afasta, deixando Brian ir até a janela e olhar nervoso para o irmão.

Utilizando o cano de um radiador para sucção, eles juntam todo o combustível que há na casa — dos tratores, dos veículos e até mesmo das Harleys — no tanque do Ford S-10. Somando tudo, enchem até a borda os 64 litros do tanque e ainda sobra um pouco. Philip arranja um lugar para Penny no compartimento de carga, na traseira, formando um semicírculo com as caixas de suprimentos e esticando os lençóis no assoalho. Ele a acorrenta a um gancho em formato de U, que é para que não faça nenhuma besteira e caia do carro.

Nick acompanha tudo isso da janela do segundo andar, andando de um lado para o outro como um animal enjaulado. Ele começa a cair na real. Vai ficar totalmente sozinho na casa enorme, com o vento batendo. Vai passar as noites sozinho. Vai passar o inverno inteiro sozinho. Vai ouvir os ventos do norte batendo nas janelas e os gemidos distantes dos Mordedores rondando o pomar... tudo isso sozinho. Vai acordar sozinho e comer sozinho, vai ter que arranjar comida sozinho, sonhar com dias melhores sozinho e pedir a Deus que o liberte... tudo sozinho. Vendo Philip e Brian terminarem os últimos preparativos para a viagem, uma pontada de arrependimento aperta a barriga de Nick — uma espécie de *remorso*. Ele vai até o armário do quarto.

Só precisa de alguns segundos para enfiar os objetos essenciais na mochila.

Sai correndo do quarto e desce as escadas, dois degraus de cada vez.

Brian acabou de se acomodar no banco do passageiro e Philip está engrenando a primeira marcha, começando a sair da casa, quando o som da porta da frente se abrindo de chofre chega a seus ouvidos.

Brian olha para trás e vê Nick com a mochila nas costas, correndo pelo pátio da frente e acenando para eles esperarem.

É difícil de acreditar que Philip não tenha checado o capô da picape. Se tivesse tirado três minutinhos para conferir se estava tudo bem, teria visto a mangueira furada. Mas Philip Blake não anda muito bem ultimamente. Sua mente é como um rádio de ondas curtas, ligado em diversas estações.

Mas independentemente do corte ter sido feito de propósito pelos invasores depois do tiroteio (para evitar que alguém fugisse), ou por algum estilhaço que tenha entrado pela grade da frente da picape, ou se o defeito não passou de uma simples coincidência, a picape começa a soltar fumaça e a enguiçar menos de 8 quilômetros depois de eles terem saído da *villa*.

Num ponto a cerca de 80 quilômetros a sudoeste de Atlanta, num lugar que a maioria das pessoas chamaria de Meio do Nada, a picape deixa a estrada e sobe no acostamento de cascalho, onde para com todas as luzes de aviso piscando no painel. Uma fumaça branca sai de baixo do capô e a chave não consegue dar a partida. Philip solta uma saraivada de palavrões, quase fazendo a bota atravessar o assoalho do carro. Os outros dois olham para baixo, esperando em silêncio o acesso de fúria passar. Brian se pergunta se é assim que se sente a mulher de um marido violento: com medo demais para fugir e medo demais para ficar.

Depois de algum tempo, o acesso de Philip passa. Ele sai do carro e abre o capô.

Brian vai se juntar a ele.

— Qual é o veredito?

— Completamente fodido.

— Sem chance de conserto?

— Por acaso, você tem uma mangueira de radiador aí com você?

Brian olha para trás. A lateral da estrada desce numa ribanceira cheia de pneus velhos, mato e escombros. Um movimento leva os olhos dele para a parte mais distante da ladeira — a uns 400 metros de distância —, onde um bando de Mordedores perambula pelo lixo. Eles tropeçam e procuram carne entre as pedras, como porcos chafurdando. Ainda não perceberam o veículo enguiçado, soltando fumaça no acostamento da estrada, a 300 metros de onde estão.

Na carroceria da picape, Penny puxa a corrente, que está em seu pescoço e presa no deque ondulado. A proximidade de outros cadáveres parece estar lhe atiçando, excitando, perturbando.

— O que você acha? — pergunta Brian finalmente ao irmão, que baixou o capô com cuidado e o fechou fazendo o mínimo de barulho.

Nick está saindo da cabine e vai se juntar a eles.

— Qual é o plano?

Brian olha para ele.

— O plano é o seguinte: estamos fodidos.

Nick rói uma unha, olhando para trás e vendo o amontoado de zumbis subindo a ribanceira, se aproximando minuto a minuto.

— Philip, a gente não pode ficar aqui parado. Talvez dê para achar outro carro.

Philip solta um doloroso suspiro.

— Bem, vocês sabem o que têm que fazer. Peguem todas as coisas que eu vou pegar Penny.

Eles partem com Penny na coleira e as costas carregadas de suprimentos. Tomam o acostamento, seguindo pela estrada. Brian vai mancando sem reclamar, apesar da dor lancinante no quadril. Perto de Greenville, têm que desviar, por causa de um engavetamento inexplicável de veículos, com o emaranhado de aço atravessando dos dois lados as pistas e a área infestada de zumbis. A distância, a impressão é de que a própria terra se abriu e vomitou centenas de cadáveres ambulantes.

Eles decidem pegar uma via de mão dupla — a Rural Route 100 —, que segue para o sul passando por Greenville e evitando o congestionamento. Eles andam por 2 ou 3 quilômetros, antes de Philip erguer a mão e parar.

— Só um segundo — diz ele, franzindo a testa. Inclina um pouco a cabeça. — O que é isso?

— Isso *o quê*?

— Esse barulho.

— Que barulho?

Philip escuta. Todos escutam. Philip se volta em um círculo lento, tentando sentir a direção de onde o som vem.

— Será que é o barulho de um motor?

Brian agora ouve.

— Parece mais um tanque.

— Ou talvez uma escavadeira — sugere Nick.

— Caralho. — Philip aperta os olhos enquanto ouve. — Não pode estar muito longe.

E eles seguem em frente. Menos de 1 quilômetro mais adiante, veem uma placa carcomida:

WOODBURY – 1,5 KM

Eles continuam seguindo a estrada, com todos os olhos voltados para o céu carregado de fumaça.

— Seja lá quem forem, têm gasolina — afirma Nick.

Brian vê uma nuvem de poeira no horizonte.

— Você acha que são amistosos?

— Não vou arriscar — avisa Philip. — Vamos lá, pessoal... A gente vai dar um jeito de entrar de mansinho, dando um passo de cada vez.

Philip atravessa o acostamento e então desce por um barranco cheio de mato.

Eles passam pelo campo de uma fazenda ali perto, um enorme vale abandonado de terra fofa. As botas afundam na lama conforme passam. O vento frio os castiga e eles precisam de um tempo interminável para dar a volta pelo perímetro, até os resquícios de uma cidade abandonada voltarem a se materializar à frente.

Uma placa do Walmart se ergue acima de um bosque de velhos carvalhos. Não muito longe do Walmart, os arcos dourados de um

McDonald's despontam. O lixo se acumula pelas ruas vazias, passando por construções de tijolos do período pós-Guerra Civil e condomínios baratos. Mas, no lado norte da cidade, no meio das cercas anticiclones, o som de motores e martelos e de uma voz ou outra denota a presença de seres humanos.

— Parece que eles estão construindo uma muralha, ou coisa parecida — comenta Nick quando passam por baixo de algumas árvores. A distância, a cerca de 200 metros, um grupo de pessoas trabalha num enorme baluarte de madeira, que fecha a parte norte da cidade. A barricada já se estende por uns dois quarteirões.

— Mas o resto da cidade parece morto — comenta Philip. — Não devem ter restado muitos sobreviventes.

— Que droga é aquela? — Brian aponta para um semicírculo de grandes balaústres, alguns quarteirões a oeste da barricada. Aglomerados de postes em arco se voltam para uma grande área vazia, escondida atrás de cercas e prédios.

— Talvez o campo de futebol da escola? — Philip alcança a Glock. Ele saca a arma e confere quantas balas restam no pente. Sobraram seis cartuchos de ponta oca.

— O que você está pensando, Philip? — Nick parece trêmulo e ansioso.

Brian se pergunta se Nick está temendo cair em outra armadilha. Ou talvez seja a presença de Philip que o deixa meio nervoso. A verdade é que o próprio Brian também não está muito ansioso em entrar sem ser convidado naquela porcaria de comunidade, especialmente considerando que eles levam um zumbi apodrecido na coleira e que o pai da tal zumbi está tão afetado que parece ser capaz de fazer qualquer coisa, a qualquer momento. Mas que alternativa eles têm? Nuvens negras voltam a se juntar no horizonte e a temperatura está despencando.

— O que você tem aí, meu caro? — Com o queixo, Philip aponta para a arma que se projeta no cinto de Brian. — Um .38?

— É.

— E você está com o .357? — pergunta Philip a Nick, que assente, nervoso. — Muito bem... O que nós vamos fazer é o seguinte...

Eles entram pelo lado nordeste da cidade, saindo das árvores ao lado dos trilhos da ferrovia. Chegam devagar, com as mãos levantadas num gesto de que não estão ali para ameaçar ninguém. A princípio, se surpreendem com o quanto conseguem adentrar na cidade — totalmente às claras, diante de dezenas de seres humanos —, antes que qualquer um perceba que estranhos passeiam por ali.

— Ei! — Um sujeito grande e de meia-idade, num suéter de gola rulê, salta de uma escavadeira e aponta para os recém-chegados. — Bruce, olha só! Temos companhia!

Outro trabalhador — um negro alto, num casaco estilo marinheiro e dono de uma reluzente cabeça raspada — para de martelar. Ele olha para cima e arregala os olhos. Vai pegar uma arma, encostada num cooler próximo.

— Calma, pessoal! — Philip se aproxima devagar, passando por um pátio de caminhões todo empoeirado, com as mãos levantadas. Exibe a expressão de uma tentativa de aproximação calma, da maneira mais suave e amistosa que é capaz de demonstrar. — A gente só está aqui de passagem... Ninguém quer fazer drama.

Brian e Nick seguem de perto, nos calcanhares de Philip, ambos com as mãos levantadas.

Os dois homens se aproximam com as armas empunhadas.

— Vocês estão trazendo um arsenal? — pergunta o homem negro.

— A trava de segurança está acionada — diz Philip, fazendo uma pausa para pegar cuidadosamente a Glock. — Eu vou mostrar a peça, de boa-fé.

E mostra a espingarda .9 mm.

— E vocês aí? — O sujeito de gola rulê se dirige a Brian e Nick.

Eles também mostram as armas.

— São só vocês três? — O homem de gola rulê tem sotaque do norte. Os cabelos louros cortados rente à cabeça exibem manchas grisalhas e ele tem o pescoço de lutador e o peito largo de estivador. A enorme barriga porcina se pendura sobre o cinto.

— Só — afirma Philip e, basicamente, é a pura verdade. Ele deixou Penny amarrada a uma árvore, nas sombras de uma nogueira, a 100 metros da barricada. Philip a amarrou com uma grande quantidade de cordas e ainda pôs uma bandana em volta da boca da filha, para evitar que ela fizesse qualquer barulho. Ficou mortificado ao amordaçá-la, mas até que saiba com quem está lidando, o melhor é mantê-la escondida.

— O que aconteceu com você? — pergunta o de gola rulê para Brian, apontando para os ferimentos dele.

— Ele teve um encontro feio com os Mordedores — explica Philip.

O cara de gola rulê abaixa a espingarda.

— Vocês são de Atlanta?

— Não, senhor. Somos de uma cidade pequena chamada Waynesboro.

— Viram a Guarda Nacional por lá?

— Não, senhor.

— E estão viajando sozinhos?

— Estamos. — Philip põe a arma no cinto. — A gente só precisa descansar um pouco e depois a gente se manda.

— Vocês têm comida?

— Não.

— Cigarros?

— Não, senhor. — Philip mostra os companheiros. — Se a gente pudesse dormir debaixo de um teto, a gente promete que não vai incomodar ninguém. Vocês estariam de acordo?

Por um momento, os dois trabalhadores trocam um olhar, como se estivessem compartilhando uma piada entre si. Aí, o homem negro solta uma gargalhada.

— Meus caros, vocês estão em pleno Velho Oeste... Ninguém se importa com *o que* vocês fazem.

* * *

Parece que a afirmação do homem negro foi um eufemismo.

Durante o resto do dia, Philip, Brian e Nick tomam pé da região e não é exatamente um paraíso rural. Cerca de sessenta habitantes se juntaram no setor seguro do lado norte da cidade, a maioria permanecendo reservada, comendo o que consegue encontrar, tão paranoicos e desconfiados uns dos outros que mal saem das casas. Eles moram em lojas vazias e apartamentos abandonados e não contam com nenhuma liderança organizada. Chega a ser surpreendente que qualquer um deles tenha tomado sequer a iniciativa de construir um muro. Em Woodbury, é cada um por si: homens, mulheres e crianças.

O que é perfeito para Philip, Brian e Nick. Depois de vasculhar toda a cidade, eles decidem acampar num prédio de dois apartamentos, no limite sul da zona de segurança, próximo ao desabitado distrito comercial. Alguém manobrou carrocerias de caminhão e ônibus escolares vazios, formando uma fila ao longo da periferia da cidade e criando um bastião improvisado para manter os Mordedores afastados.

Por enquanto, o lugar parece relativamente seguro.

Naquela noite, Brian não consegue dormir, então decide sair e explorar mais a cidade. Não é fácil andar — as costelas ainda o incomodam e ele respira com dificuldade e chiando muito —, mas a sensação de sair para espairecer é muito boa.

À luz da lua minguante, as calçadas estão nuas e desoladas, cortando o que um dia foi uma típica cidadezinha de operários. O lixo voa de um lado para o outro por praças e playgrounds desertos. Lojas que pertenciam aos negócios típicos de todas as cidades — o dentista local, uma loja de rações e sementes, a Dairy Queen, a Piggly Wiggly — estão escuras e tapadas com tábuas. As provas da "transformação" estão por toda parte, em terrenos como o do Ferro-Velho do Kirney, onde os corpos foram depositados e incinerados há pouco tempo, ou do gazebo da comunidade na Praça Robert E. Lee, onde as manchas de sangue de alguma batalha mortal ainda brilham como piche sob o luar.

Brian não se surpreende ao descobrir que a área aberta no meio da cidade — que ele logo viu de fora — era uma antiga pista de corrida com o chão de terra. Aparentemente, os moradores têm combustível suficiente para manter os geradores funcionando 24 horas por dia; e, como Brian logo descobre, frequentemente, na calada da noite, os enormes postes arqueados sobre a pista se acendem sem qualquer razão aparente. No ponto mais distante da pista, Brian passa por uma carroceria de caminhão que pulsa como um grande coração de aço com as vibrações abafadas dos motores de combustão — os cabos saindo pelos fundos e ligados aos prédios vizinhos.

Na hora que o sol começa a surgir no leste, Brian decide que é melhor voltar para o prédio. Ele atravessa um estacionamento deserto e então pega um atalho por uma viela cheia de lixo. Ele chega à rua seguinte e passa por um grupo de homens idosos reunidos em volta de um barril de lixo transformado em lareira, aquecendo as mãos ao fogo e compartilhando uma garrafa de Thunderbird.

— Olho vivo, garoto — avisa um dos homens quando Brian passa, e os outros dois riem, sem muita intensidade. Os três são velhos, de cabelos grisalhos, artríticos e caducos, vestindo casacos puídos do Exército da Salvação. Parecem estar de pé em volta daquele barril há séculos.

Brian para por ali. Ele está com o .38 de cano curto preso ao cinto sob o casaco, mas não sente a menor vontade de exibi-lo.

— Há Mordedores por aqui?

— Mordedores? — pergunta um dos homens. Tem uma longa barba branca, e os olhos enrugados cerram em confusão.

— Ele está falando daqueles troços mortos — diz o terceiro vadio, o mais gordo de todos.

— É, Charlie — diz o primeiro velho. — Lembra... aqueles montes de pus ambulantes que comeram o Mike Amarelo... O motivo de a gente estar preso aqui, nesta cidade de merda.

— Eu sei de quem que ele está falando! — diz o caduco de barba. — Só não tinha ouvido alguém chamar eles assim antes.

— Você é novo por aqui, filho? — O gordão examina Brian.

— Para falar a verdade... eu sou, sim.

O velho gordo abre um sorriso cheio de dentes verdes e apodrecidos.

— Bem-vindo à antessala do inferno.

— Não ouve esse cara, não, filho — diz o primeiro velho, passando um braço ossudo e artrítico pelo ombro de Brian. Então, com uma voz baixa e cheia de muco, ele confidencia: — Por aqui, não é dos mortos que você tem que ter medo... É dos vivos.

No dia seguinte, Philip manda Brian e Nick manterem o bico calado enquanto estiverem em Woodbury, serem discretos, evitarem qualquer contato com os moradores e nem mesmo dar seus nomes para as pessoas. Felizmente, o apartamento se presta muito bem ao papel de refúgio temporário. Construído na década de 1950, com móveis no mínimo daquela época — azulejos espelhados lascados numa parede, um sofá carcomido na sala e um grande aquário retangular ao lado da TV, cheio de sujeira e corpinhos de peixinhos-dourados mortos e abandonados —, o lugar tem três quartos e água corrente. O cheiro é rançoso, uma mistura de cocô de gato com peixe podre, mas, como dizia o pai de Brian, "de cavalo dado não se olha os dentes". Eles encontram latas de conserva nas despensas de ambos os apartamentos e decidem ficar ali por algum tempo.

Para grande surpresa de Brian, os moradores da cidade os deixam em paz, como se fossem fantasmas. Brian percebe que a notícia de que há novos moradores entre eles já se espalhou; mesmo assim, é como se os Blake e Nick fossem meras aparições que tivessem baixado naquele apartamento destruído. O que não está tão longe de ser verdade. Nick fica na dele, lê a Bíblia e não fala muito. Philip e Brian, que ainda se estranham, também cuidam de suas vidas com o mínimo de diálogo. Eles nem pensam em encontrar um veículo para continuar a viagem para o sul. Para Brian, é como se tivessem desistido... ou de chegar até o litoral, ou de ter algum tipo de futuro, ou uns dos outros.

Brian continua a se recuperar das feridas e Philip se dedica à obsessão em relação a Penny, escapulindo para a nogueira sempre que tem uma chance.

Certa noite, na alta madrugada, Brian ouve a porta do apartamento abrir e fechar.

Ele fica ali na cama, apurando o ouvido por quase uma hora, quando finalmente ouve Philip voltar no meio de uma confusão de passos arrastados e grunhidos. É a terceira noite seguida que Philip sai de fininho do apartamento — provavelmente para dar uma olhada em Penny enquanto os moradores da cidade estão dormindo —, mas, até essa noite, a volta sempre foi tão silenciosa e discreta quanto a partida. Mas dessa vez Brian pode ouvir Philip respirando pesado na sala de estar, murmurando alguma coisa que é abafada por rugidos aguados e o barulho de uma corrente.

Brian sai da cama e vai até a sala. Ele congela ao ver Philip arrastando Penny numa corrente, conduzindo-a pelo chão como se fosse um cachorro adestrado.

Por um breve momento, Brian fica completamente atordoado. Tudo o que consegue fazer é olhar para o cadáver de vestido enlameado andando de quatro, os pés espalhando sujeira por todo o chão do apartamento, e torcer para que ela seja apenas uma visitante temporária e não — Deus os livre — uma nova hóspede no apartamento.

VINTE E UM

— Que diabos você está fazendo? — pergunta Brian ao irmão, enquanto a menina morta lança as garras no ar com uma fome implacável. Os olhos leitosos estão fixos em Brian.

— Vai dar tudo certo — responde Philip, puxando a filha para a sala dos fundos.

— Você não está pensando em...

— Cuide da porra da sua vida.

— Mas e se alguém...

— Ninguém me viu — diz ele, abrindo com força a porta da lavanderia.

É um pequeno cômodo claustrofóbico com chão de linóleo e paredes de cortiça, com uma lavadora e uma secadora de roupas quebradas e cocô de gato entranhado nas falhas do assoalho. Philip arrasta a coisa que baba e gorgoleja até um canto e prende a coleira nos canos de água ali expostos. Tudo isso ele faz com a mão firme, mas gentil, de um domador de animais.

Brian acompanha tudo do corredor, horrorizado com o que está vendo. Philip espalhou lençóis pelo chão e os prendeu com fita adesiva nas quinas da máquina de lavar, para evitar que a coisa que foi Penny se machuque ou faça barulho. Fica óbvio que ele vinha se preparando para a ocasião. Vinha pensando nisso há muito tempo. Philip prende uma coleira de couro feita por ele mesmo — confeccionada com um cinto e pedaços da coleira — em volta da cabeça de Penny e a prende aos canos.

Ele faz tudo isso com o cuidado de um enfermeiro que prepara uma cadeira de rodas para uma criança aleijada. Com um separador de aço, ele mantém o monstrinho a distância e cuidadosamente prende a corrente na parede. E, por todo esse tempo, aquilo que um dia foi uma menina fica rosnando, se debatendo e puxando a coleira.

Brian só encara. Ele não consegue se decidir se deve se virar, chorar ou gritar. Tem a sensação de que surpreendeu alguma coisa perturbadoramente íntima e, por um rápido instante, a mente dele faz um flashback para quando tinha 18 anos e estava visitando o asilo de Waynesboro para dar adeus à avó, prestes a falecer. Ele nunca se esquecerá do olhar do enfermeiro. Quase que de hora em hora, aquele enfermeiro tinha que limpar merda do traseiro da velha e a fisionomia dele, enquanto fazia isso com os parentes presentes, era tenebrosa: uma mistura de nojo, profissionalismo estoico, pena e desprezo.

Aquela mesma expressão esquisita contorce o rosto de Philip Blake conforme ele afivela a coleira em volta da cabeça do monstrinho, com cuidado de evitar a zona de perigo formada pelas mandíbulas da menina. Ele canta para ela com ternura, enquanto mexe na fivela — uma canção de ninar desafinada, que Brian não consegue identificar.

Finalmente, Philip se dá por satisfeito com a área que montou. Ele acaricia com delicadeza o cocuruto da cabeça da coisa que foi Penny e lhe dá um beijo na testa. Os dentes da menina tentam mordê-lo, passando longe da jugular por centímetros.

— Eu vou deixar a luz acesa, querida — avisa Philip para a menina, em voz alta, como se estivesse falando com um estrangeiro, antes de calmamente se virar e sair da lavanderia, trancando a porta atrás de si.

Brian fica parado no corredor, com o sangue correndo gelado pelo corpo.

— Você quer conversar sobre isso?

— Vai dar tudo certo — repete Philip, evitando olhá-lo nos olhos, enquanto sai, direto para o quarto.

O pior é que a lavanderia fica ao lado do quarto de Brian e, a partir daquele momento, ele começa a ouvir, toda noite, a coisa que foi Penny gemendo, afiando as garras, puxando as correntes. É uma lembrança constante... do quê? Do Juízo Final? De loucura? Brian nem encontra palavras para dizer o que ela representa. O cheiro é mil vezes pior que urina de gato. E Philip passa um bom tempo trancado lá dentro com a menina morta, fazendo Deus sabe o quê, e isso aumenta ainda mais a distância entre eles. Ainda lidando com o choque e o luto, Brian se vê dividido entre a pena e a repulsa. Ele ainda ama o irmão, mas isso também já é demais. Nick não faz qualquer comentário sobre o assunto, mas Brian pode ver que o espírito de Nick está alquebrado. Os silêncios ficam mais extensos entre eles e Brian e Nick começam a passar mais tempo fora do apartamento, andando pela zona de segurança e passando a conhecer melhor a dinâmica dos habitantes.

Com toda a discrição e caminhando pela periferia daquele pequeno enclave, Brian percebe que a cidade está basicamente dividida em duas castas sociais. O primeiro grupo — que tem mais poder — inclui todos aqueles que têm algum talento ou profissão que seja útil. Brian descobre que esse grupo envolve dois operários, um maquinista, um médico, o dono de uma loja de armas, um veterinário, um encanador, um barbeiro, um mecânico de automóveis, um fazendeiro, um cozinheiro e um eletricista. O segundo grupo — que Brian chama de Dependentes — inclui os doentes, os jovens e os trabalhadores de colarinho branco, que exerciam profissões administrativas obscuras. São os gerentes de nível médio e o pessoal de escritório, os burocratas e executivos de empresas que antes ganhavam salários de seis dígitos administrando as divisões das grandes multinacionais — e agora só ocupam espaço, obsoletos como fitas cassete. Com os ecos das antigas aulas de sociologia reverberando nos confins da cabeça, Brian se pergunta se essa tênue e frágil comunhão de almas desesperadas pode algum dia virar algo parecido com uma comunidade.

O que pode jogar areia em tudo são três membros da Guarda Nacional que chegaram a Woodbury vindos de uma Estação de Guarda próxima há duas semanas e começaram a querer mandar nas pessoas. Essa pequena gangue desprezível — que Brian chama de Valentões — é liderada por um ex-fuzileiro naval fanático, de cabelo rente e olhos azuis gelados que atende pelo nome de Gavin (ou "o Major", como seus subordinados o chamam). Leva poucos dias para Brian entender que Gavin é um sociopata, com desejos de poder e de saquear o que puder. Talvez a praga tenha feito Gavin assumir esse papel, mas ao longo da primeira semana em Woodbury, Brian fica observando Gavin e os soldados arrancando mantimentos das mãos de famílias indefesas e se aproveitando de várias mulheres sob a mira de um revólver, de noite, atrás da pista de corrida.

Brian guarda certa distância e mantém a cabeça abaixada e, enquanto faz todas essas observações silenciosas sobre a hierarquia de Woodbury, ouve frequentemente o nome Stevens.

Pelo que consegue entender das conversas dispersas com os moradores da cidade, esse senhor Stevens um dia foi um otorrinolaringologista que tinha um consultório num subúrbio de Atlanta. Depois da transformação, Stevens partiu para um lugar mais seguro — aparentemente sozinho, alguns acreditam que por causa de um divórcio. E o bom médico logo foi bater no grupo de toscos sobreviventes de Woodbury. Vendo os maltrapilhos moradores acometidos por doenças, malnutridos e muitos deles feridos, Stevens decidiu pôr os serviços à disposição da comunidade. E desde então andou muito ocupado, trabalhando no antigo Centro Médico do Município de Meriwether, a três quadras da pista de corrida.

Na tarde do sétimo dia em Woodbury, com o nariz ainda escorrendo e sentindo uma pontada de dor toda vez que respira, Brian finalmente junta coragem para visitar o prédio cinza e atarracado no extremo sul da zona de segurança.

* * *

— Você teve sorte — atesta Stevens, tirando uma radiografia do clipe sobre o painel de luz. Ele aponta para uma imagem leitosa das costelas de Brian. — Nenhuma fratura séria... Só umas fissuras pequenas na segunda, na quarta e na quinta costelas.

— Sorte, hein? — murmura Brian, sentado sem camisa na maca. A sala é uma deprimente cripta de azulejos, no porão do centro médico, que um dia foi o laboratório de patologia, e agora serve como sala de exame do Dr. Stevens. O ar cheira a mofo e a desinfetante.

— Admito que não é uma palavra que eu tenha usado muito nos últimos dias — responde Stevens, virando-se para um armário de aço inoxidável, ao lado do painel de luz. É um homem alto, esbelto e bem arrumado, de quase 50 anos, com óculos de grife de armação de aço que usa na ponta do nariz. Veste um jaleco por cima da camisa social amarrotada e tem uma certa inteligência cansada e professoral nos olhos.

— E esse chiado, na hora que eu respiro? — pergunta Brian.

O médico procura alguma coisa na prateleira de frascos plásticos.

— São os primeiros estágios de uma pleurisia, por causa das fissuras nas costelas — responde, enquanto procura um remédio. — Eu pediria que você tossisse o máximo possível... Vai doer, mas vai evitar que a secreção se acumule nos pulmões.

— E o meu olho? — A dor lancinante no olho esquerdo de Brian, que ele sente desde o maxilar, piorou nos últimos dias. Toda vez que se olha no espelho, o olho parece estar mais vermelho.

— Para mim, parece que está bem — diz o médico, tirando um frasco de comprimidos da prateleira. — A mandíbula desse lado teve uma lesão feia, mas com o tempo isso vai passar. Eu vou lhe dar um pouco de naproxeno para aliviar a dor.

Stevens passa o frasco para ele e fica com os braços cruzados sobre o peito.

Brian, quase que sem querer, põe a mão no bolso para pegar a carteira.

— Eu não sei se tenho...

— Os serviços prestados aqui não precisam ser pagos — diz o médico, com a sobrancelha arqueada, meio que surpreendido pelo gesto de Brian. — Não há funcionários, não há infraestrutura, não existe visita de acompanhamento e, além de tudo isso, não há sequer uma xícara decente de café *espresso* ou um jornal para as pessoas lerem.

— Ah... então está bem. — Brian põe os comprimidos no bolso. — E o quadril?

— Sofreu uma lesão, mas fora isso está intacto — diz ele, apagando o painel e fechando o armário. — Eu não me preocuparia com isso. Já pode pôr a camisa agora.

— Que bom... Obrigado.

— Você não é de falar muito, é? — O médico lava as mãos na pia e enxuga numa toalha suja.

— Acho que não.

— Talvez seja melhor assim — responde o médico, embolando a toalha e jogando na pia. — Provavelmente nem vai querer me dizer o seu nome.

— Bem...

— Está tudo bem. Deixa para lá. Eu vou colocar você no registro como o Boêmio das Costelas Fissuradas. Você quer me contar como isso aconteceu?

Brian dá de ombros enquanto abotoa a camisa.

— Eu caí.

— Lutando contra os espécimes?

Brian olha para ele.

— Espécimes?

— Desculpe... termo técnico. Mordedores, zumbis, montes de pus, como quer que chamem hoje em dia. Foi assim que você se feriu?

— É... mais ou menos.

— Quer uma opinião profissional? Um prognóstico?

— É claro.

— Dê o fora daqui enquanto pode.

— Por quê?

— Teoria do caos.

— Perdão?

— Entropia... Impérios desmoronam, estrelas se apagam... os cubos de gelo se dissolvem no copo em que você bebe.

— Desculpe, mas eu não estou entendendo...

O médico chega os óculos mais para cima do nariz.

— Tem um crematório no segundo subsolo deste prédio... Nós incineramos mais dois homens hoje, um deles era pai de dois filhos. Foram atacados no lado norte, ontem de manhã. Reanimaram-se na noite passada. Mais Mordedores estão conseguindo entrar... a barricada é falha. A teoria do caos é a impossibilidade de um sistema fechado se manter estável. Esta cidade está condenada. Não tem ninguém no comando... Gavin e os seguidores estão ficando cada vez mais ousados... e você, meu amigo, é só um punhado de serragem nesse sistema.

Por muito tempo, Brian não diz nada, fica só olhando para além do médico.

Finalmente, ele sai de cima da mesa e estende a mão para o médico.

— Eu vou me lembrar disso.

Naquela noite, meio zonzo pelos anestésicos, Brian Blake ouve uma batida na porta do quarto. Antes de sequer ter a chance de se recompor e acender uma luz, a porta se abre e Nick enfia a cabeça para dentro.

— Brian, você está acordado?

— Sempre — resmunga Brian, enquanto sai das cobertas e se senta na beira da cama. Só algumas das paredes do apartamento têm eletricidade na fiação. O quarto de Brian não tem. Ele acende uma lanterna e vê Nick entrando no quarto, totalmente vestido e com a fisionomia completamente apavorada.

— Você tem que vir ver uma coisa — diz Nick, indo até a janela, olhando pelas persianas. — Eu vi ontem à noite, foi a mesma coisa, mas eu não dei muita bola.

Ainda grogue, Brian vai se juntar a Nick na janela.

— O que é que nós estamos vendo?

Através da persiana, na escuridão do terreno baldio, pode-se divisar a silhueta de Philip saindo do meio das árvores mais distantes. Na escuridão, ele parece um homem doente. Desde a morte de Penny, perdeu peso, não dorme e mal come. Ele parece doente, destruído, como se as calças jeans desbotadas fossem as únicas coisas que segurassem as pernas longas e esquálidas. Ele está carregando um balde e anda com uma objetividade estranha, como se fosse um autômato ou um sonâmbulo.

— O que tem no balde? — pergunta Brian baixinho, quase que só por perguntar.

— Exatamente. — Nick se coça, nervoso. — Ele trouxe o mesmo balde ontem à noite.

— Fique calmo, Nick. E fica aqui. — Brian desliga a lanterna. — Vamos ver o que acontece.

Alguns minutos mais tarde, o som da porta da frente se abrindo ecoa por toda a escuridão do apartamento. Os passos arrastados de Philip podem ser ouvidos atravessando a sala e caminhando pelo corredor.

O barulho da porta da lavanderia sendo aberta é seguido pelo som de Penny se agitando, a corrente batendo e pelos gemidos esganiçados — aos quais Brian e Nick praticamente se acostumaram. Então uma coisa chega aos ouvidos deles, algo que ainda não tinham escutado: o baque molhado de algo caindo no azulejo... seguido pelos ruídos estranhos, animalescos e grudentos de um zumbi se alimentando.

— Mas que merda ele está fazendo? — À meia-luz, o rosto de Nick é uma lua pálida de terror.

— Meu Deus do céu — sussurra Brian —, ele não pode estar...

Brian nem tem a chance de concluir o raciocínio, porque Nick já está a caminho da porta, esfumando de raiva e partindo na direção do corredor.

Brian vai atrás dele.

— Nick, não vai...

— Isso não pode estar acontecendo. — Nick parte pelo corredor, na direção da lavanderia. Bate com força na porta. — Philip, o que está acontecendo?

— Vá embora!

O som da voz abafada de Philip está carregado de emoção.

— Nick... — Brian tenta se interpor entre Nick e a porta, mas é tarde demais.

Nick gira a maçaneta. A porta está destrancada. Ele entra na lavanderia.

— Ai, meu Deus.

A reação horrorizada de Nick chega aos ouvidos de Brian uma fração de segundo antes de ele poder dar uma boa olhada no que está acontecendo lá dentro.

Brian entra no cômodo estreito e vê a menina morta comendo a mão de um ser humano.

A reação inicial de Brian não é de repulsa, nojo ou exasperação (que, para falar a verdade, é exatamente o conjunto de emoções que passa pela fisionomia de Nick enquanto ele olha embasbacado para a garota sendo alimentada). Em vez de tudo isso, Brian é acometido por uma enorme tristeza. No começo, não diz nada, simplesmente fica olhando enquanto o irmão se agacha diante do pequeno cadáver empertigado.

Ignorando a presença dos outros, Philip, com calma, tira uma orelha decepada do balde e espera pacientemente até que a coisa que foi Penny termine de degustar a mão. Ela engole os dedos de meia-idade com um apetite insaciável, saboreando os nós cabeludos como se fossem uma preciosidade, com fios espumantes de saliva cor-de-rosa escorrendo dos lábios.

Ela mal pausa para engolir quando Philip coloca a orelha humana ao alcance dos dentes enegrecidos, oferecendo aquele "docinho" à criança, com o cuidado e a preocupação de um padre que entrega a hóstia a um membro da congregação. A coisa que foi Penny devora a cartilagem e as dobras da pele humana com dedicação total.

— Estou fora daqui — é tudo o que Nick consegue dizer, dando meia-volta e saindo do cômodo violentamente.

Brian entra e se agacha ao lado do irmão. Não ergue a voz. Não acusa Philip de nada. Brian se afoga em mágoa e tudo o que consegue dizer nessa hora é:

— Cara, o que está acontecendo?

Philip deixa a cabeça pender para o lado.

— Ele já estava morto... E o pessoal ia incinerá-lo mesmo... Eu encontrei o corpo num saco plástico atrás da clínica... Ele morreu de alguma outra coisa... Eu só tirei uns pedaços... Ninguém vai perceber...

A coisa que foi Penny termina de comer a orelha e fica rosnando, pedindo mais.

Philip lhe dá um pé decepado e ainda pingando sangue, com o osso serrado na altura do tornozelo, como um pedaço lambuzado de marfim.

— Você acha que isso... — Brian procura as palavras certas — ...que essa é uma boa ideia?

Philip olha para o chão enquanto o ruído molhado e grudento da refeição toma conta da lavanderia. A coisa continua roendo o osso, enquanto a voz de Philip fica uma oitava mais grave e começa a falhar com emoção.

— Pense nele como uma espécie de doador de órgãos...

— Philip...

— Eu não consigo abandoná-la, Brian... Não dá... Ela é tudo o que eu tenho.

Brian respira profundamente e procura lutar contra as lágrimas.

— O problema todo... é que ela não é mais a Penny.

— Eu sei disso.

— Então por quê...

— Porque eu olho para ela e tento me lembrar... mas não dá... eu não consigo me lembrar... não consigo me lembrar de nada, a não ser dessa pilha de merda que nós passamos... e dos canalhas que atiraram nela... e ela é tudo o que eu tenho... — A dor e a tristeza que tingem sua voz ficam maiores e se transformam em algo mais obscuro. — Eles a tiraram de mim... o meu mundo inteiro... e agora as regras são outras... outras...

Brian não consegue mais respirar. Ele observa a coisa que foi Penny se deleitando com o escabroso pé decepado. Desvia o olhar. Não aguenta mais. Seu estômago está revirado de nojo, a boca está salivando. Ele pode sentir um calor subindo dentro dele e se põe de pé.

— Eu tenho que... Eu não consigo ficar aqui, Philip... Eu tenho que sair.

Batendo em retirada, Brian sai aos tropeços da lavanderia e chega até o meio do corredor, onde se ajoelha e vomita.

Como estômago está relativamente vazio, o que sai é principalmente bile. Mas ela sai em espasmos de agonia. Ele não para de vomitar e os ácidos mancham cerca de 2 metros do carpete entre o corredor e a sala. As vísceras se contraem e imediatamente uma onda de suor frio se alastra pelo corpo de Brian e provoca um surto de tosse. O surto prossegue por vários minutos, cada tosse batendo dolorosamente nas costelas. Ele tosse sem parar, até que finalmente desmorona no chão.

A 5 metros dali, à luz da lanterna, Nick Parsons arruma a mochila. Ele coloca uma muda de roupas, duas latas de feijão, cobertores, uma lanterna e um pouco de água mineral. Procura alguma coisa em cima da mesa amontoada.

Brian consegue se sentar, enxugando a boca com as costas da mão.

— Você não pode ir embora, cara... Agora, não.

— O caralho que eu não posso — responde Nick, encontrando a Bíblia debaixo de uma pilha de papeis de bala. Ele põe a Bíblia na mochila.

O barulho de Penny se alimentando continua vindo do corredor, o que aumenta ainda mais a ansiedade de Nick.

— Estou implorando, Nick.

Nick fecha o zíper da mochila.

— Vocês não precisam de mim... — diz ele sem encarar Brian.

— Isso não é verdade. — Brian engole o gosto amargo da bile. — Eu preciso de você agora mais do que nunca... eu preciso da sua ajuda... para tudo continuar de pé.

— *De pé?* — Nick levanta os olhos. Ele passa a mochila pelo ombro e caminha até onde Brian está todo arrasado no chão. — As coisas já não estão *de pé* por aqui há muito tempo.

— Nick, escuta...

— Ele foi longe demais, Brian.

— Escuta. Eu entendo o que você está dizendo. Mas dê mais uma chance a ele. Talvez isso aconteça uma vez só. Talvez... eu não sei... seja o luto. Só mais uma chance, Nick. Temos uma chance muito melhor de sobrevivência se ficarmos juntos.

Por um longo e agonizante momento, Nick pensa em tudo isso. E aí, com um suspiro cansado e exasperado em que ele parece desinflar o espírito, larga a mochila no chão.

No dia seguinte, Philip desaparece. Brian e Nick nem se preocupam em procurá-lo. Passam a maior parte do dia dentro de casa, mal falando um com o outro, se sentindo, eles próprios, como zumbis, indo do banheiro à cozinha e à sala de estar sem fazer barulho, onde se sentam olhando pela janela tapada o céu tempestuoso, tentando encontrar uma resposta, uma maneira de sair da espiral descendente.

Por volta das 17 horas, ouvem um zumbido estranho vir do lado de fora — um barulho que parece o cruzamento entre uma serra elétrica e o motor de uma lancha. Com medo de que tenha alguma coisa a ver com Philip, Brian vai até a porta dos fundos, escuta um pouco e então sai e dá alguns passos pelo cimento rachado do pátio dos fundos.

O barulho agora está mais alto. A distância, no lado norte da cidade, uma nuvem de poeira se ergue no céu cinza-escuro. O ronco dos motores se eleva e diminui ao vento e, com uma onda de alívio, Brian percebe que é só alguém guiando carros de corrida na antiga pista de areia. E volta e meia, o som de vivas se acende e ecoa ao vento.

Por um momento, Brian entra em pânico. Será que esses imbecis não percebem que a barulheira vai atrair todos os Mordedores num raio de 80 quilômetros? Porém, ao mesmo tempo, Brian se sente hipnotizado pelo barulho de serra que o vento traz. Como um sinal de rádio que cruza os ares, ele toca alguma coisa dentro dele, uma saudade dos tempos anteriores à praga, uma série de lembranças de domingos tranquilos, de uma boa noite de sono, de entrar na porra de uma loja e comprar uma porra de caixa de leite.

Brian volta a entrar, põe o casaco e diz a Nick que vai dar uma volta.

A entrada para a pista de corrida é contígua à cerca principal, uma grade metálica alta que se estende por entre duas pilhas de tijolos. Conforme se aproxima, Brian vê lixo e pneus velhos espalhados pela parca bilheteria, que está coberta de tábuas pichadas.

O barulho atinge um nível de rachar os ouvidos — o ronco alto dos motores e do público aplaudindo —, condimentado pelo cheiro de gasolina e de borracha queimando. O céu está carregado por uma nuvem de poeira e fumaça.

Brian encontra um buraco na cerca e está prestes a entrar por lá, quando ouve uma voz.

— Ei!

Ele faz uma pausa, dá meia-volta e vê três homens de uniformes camuflados esfrangalhados seguindo na direção dele. Dois dos homens têm cerca de 20 anos, com cabelos longos e sebentos e rifles de assalto nos ombros, como se fossem patrulheiros. O mais velho — um valentão de cabelo rente, com a roupa verde-oliva encimada por uma cartucheira a tiracolo — toma a frente, obviamente no comando da situação.

— A entrada é quarenta paus, ou algum bem equivalente — diz o comandante.

— Entrada? — pergunta Brian, perplexo.

Ele vê um nome no bolso do homem mais velho: maj. gavin. Até agora, Brian só tinha visto de relance o malévolo integrante da Guarda Nacional, mas agora, tão próximo, ele pode enxergar um toque de loucura nos gelados olhos azuis do cara. O hálito dele cheira a uísque Jim Beam.

— São quarenta dólares para os adultos. Você é adulto, filho? — Os outros dois riem. — As crianças entram de graça, claro, mas eu acho que você tem mais de 18 anos. Mesmo que só um pouquinho.

Brian está confuso.

— Você está cobrando *dinheiro* das pessoas? Numa hora dessas?

— Você também pode propor uma troca, meu amigo. Tem alguma galinha? Umas revistas *Penthouse* que você usa para bater punheta?

Mais risinhos.

Brian se enche de raiva.

— Eu não tenho quarenta dólares.

O sorriso desaparece do rosto do major, como se um interruptor tivesse sido desligado.

— Se é assim, tenha um bom dia.

— Quem é que fica com o dinheiro?

Isso chama a atenção dos outros dois guardas, que se aproximam. Gavin cola o nariz no de Brian e fala, num grunhido macio e ameaçador:

— É para os Comuns.

— Para os o quê?

— Os Comuns... A coletividade... Reformas comunitárias e pequenas coisas.

Brian sente um surto de raiva se apossar dele.

— Tem certeza que não é para a coletividade de *vocês três*?

— Desculpa — diz o major, num tom gélido —, eu não devo ter recebido o memorando que diz que você é o novo prefeito da cidade. Vocês aí receberam algum memorando dizendo que este pirralho é o novo prefeito de Woodbury?

— Não, senhor — diz um dos idiotas sebentos. — A gente não recebeu esse memorando.

Gavin saca uma .45 semiautomática do cinto e libera a trava de segurança, apontando o cano para a têmpora de Brian.

— Você precisa estudar um pouco de dinâmica de grupo, meu filho. Você faltou às aulas de natureza e sociedade na escola?

Brian não diz nada. Só encara fixamente os olhos do Major e uma lente vermelha desce sobre a visão de Brian. Tudo fica vermelho. As mãos dele tremem, a cabeça gira.

— Diga ahhh — pede o Major.

— O quê?

— EU MANDEI VOCÊ ABRIR A PORRA DA BOCA! — ordena Gavin, e os outros dois guardas põem os rifles de assalto em posição, os canos apontados para a cabeça de Brian.

Ele abre a boca e Gavin insere o cano frio da .45 entre os dentes de Brian como se fosse um dentista vendo se o paciente tem cárie.

Alguma coisa se quebra dentro de Brian. O cano de aço tem gosto de moeda velha e óleo estragado. O mundo inteiro fica num tom muito escuro de vermelho.

— Volte para onde você veio — diz o Major. — Antes que se machuque.

Brian faz que sim com a cabeça.

O cano é retirado da boca dele.

Andando como se estivesse num sonho, Brian se afasta lentamente dos homens da Guarda, dá meia-volta e segue rapidamente pelo mesmo caminho que veio, agora passando por uma invisível bruma grená.

Por volta das 19 horas, Brian está de volta ao apartamento, sozinho, ainda enfiado no casaco, olhando pela janela tapada nos fundos da sala de estar, vendo o dia anoitecer, os pensamentos parecendo ondas revoltas batendo num quebra-mar. Ele cobre os ouvidos. Os ruídos abafados da minizumbi no quarto ao lado aumentam ainda mais o estupor — como a agulha de uma vitrola repetindo o mesmo disco —, fazendo Brian ficar ainda mais ensimesmado.

No início, ele mal percebe o som de Nick voltando de sabe lá Deus onde, os passos arrastados e o clique da porta do armário. Mas quando ouve os resmungos que vêm do corredor, Brian sai do transe e vai ver o que é.

Nick está enfiado no armário, procurando alguma coisa. O casaco de nylon surrado está úmido, o tênis enlameado, e ele sussurra algo baixinho:

— "Ergo os olhos para os montes... de onde virá o meu socorro?... Meu socorro vem de Javé... Que fez o Céu e a Terra."

Brian vê Nick tirar a espingarda do armário.

— Nick, o que você está fazendo?

Nick não responde. Ele abre o pistão da arma e confere a culatra. Está vazia. Ele procura como um louco pelo assoalho do armário e encontra a única caixa de munição que conseguiram levar da *villa* até Woodbury. Continua sussurrando:

— "Javé guarda-te de todo o mal... Ele guarda a tua vida..."

Brian chega um passo mais perto.

— Nick, que diabo está acontecendo?

Ainda nenhuma resposta. Nick tenta colocar as balas com as mãos trêmulas e deixa uma delas cair. Ela rola pelo chão. Com dificuldade, ele consegue colocar mais uma no compartimento dos projéteis e fecha a arma com um estalo.

— "Sim, não dorme nem adormece o guarda de Israel..."

— Nick! — Brian agarra o ombro do outro e o faz olhar para ele. — Qual é a merda do *seu* problema?

Por um instante, parece até que Nick vai girar a arma e explodir a cabeça de Brian — tal o olhar de fúria que contorce o rosto dele. Então, Nick consegue se controlar, engole em seco, encara Brian e diz:

— Isso não pode continuar assim.

Então, sem dizer mais nada, Nick se vira e marcha pela sala, na direção da porta principal.

Brian pega o .38, coloca no cinto e sai correndo atrás de Nick.

VINTE E DOIS

A luz violeta do anoitecer toma conta de toda a paisagem. Ventos gelados balançam as árvores da beira da floresta que marca o perímetro de Woodbury. O vento passeia com o cheiro da fumaça de madeira e de monóxido de carbono, assim como os rugidos incessantes dos motores que vêm do centro da cidade. As ruas de fundos estão praticamente desertas, com a maioria dos habitantes no autódromo... mesmo assim é um milagre que ninguém tenha visto Brian e Nick aos tropeços pelo terreno baldio, no limite da zona de segurança.

Nick reza fervorosamente enquanto se dirige para a floresta, carregando a espingarda no ombro como se fosse um bastão sagrado. Brian tenta puxar Nick, refreá-lo, fazê-lo parar com todas as malditas orações por um único segundo e falar como uma pessoa normal, mas Nick está totalmente focado no objetivo fanático.

Finalmente, quando se aproximam da linha das árvores, Brian puxa o casaco de Nick com tanta força que quase o derruba.

— Que merda é essa que você está fazendo?

Nick se vira e dirige um olhar rígido para Brian.

— Eu o vi arrastando uma garota para cá. — A voz sai áspera e à beira das lágrimas.

— Philip?

— Isso não pode continuar, Brian...

— Que garota?

— Alguém da cidade. Ele a pegou à força. O que quer que esteja fazendo, tem que parar.

Brian estuda o queixo trêmulo de Nick. Os olhos dele estão cheios de lágrimas. Brian respira bem fundo.

— Tudo bem, apenas se acalme um minuto, se acalme.

— Ele está tomado pelas trevas, Brian. Me solta. Isso tem que parar.

— Você disse que o viu pegar uma garota, mas não falou...

— Me solta, Brian.

Por um segundo, Brian fica só ali, agarrando a manga da camisa de Nick. O suor escorre pelas costas de Brian e a barriga dele fica gelada. Ele se recusa a aceitar isso. Tem que haver uma maneira de consertar tudo, de colocar tudo sob controle.

Finalmente, depois de um intervalo angustiante, Brian olha para Nick e diz:

— Mostre para mim.

Nick conduz Brian por uma trilha estreita e selvagem que passa por entre um aglomerado de nogueiras-pecãs. Coberta de mato e ervas daninhas, a trilha já está cheia de sombras e é difícil andar. O pôr do sol está chegando e a temperatura, despencando.

Espinhos e sarças rasgam os casacos deles conforme passam pelos espaços entre a folhagem.

À direita, por entre um emaranhado de folhas, eles conseguem divisar o lado sul da obra, onde uma nova seção da barricada de madeira está sendo erguida. Uma pilha de lenha está ali ao lado. A escavadeira está estacionada na escuridão. Nick indica uma clareira mais adiante.

— É ali — cochicha Nick, enquanto se aproximam de algumas árvores derrubadas na beira da clareira.

Ele se esconde atrás dos troncos, parecendo um menino histérico brincando de soldadinho. Brian junta-se a ele, agachando-se e olhando por cima das madeiras que estão ali apodrecendo.

A uns 20 metros de distância, numa bacia natural de terra fofa cercada por um conjunto de antigos carvalhos de folhas longas e pontudas, encontra-se Philip Blake. O chão está coberto de folhas de pinheiros, fungos, ervas daninhas e um pequeno brilho de metano aparece no chão da floresta, uma nuvem fantasmagórica de magenta que dá à clareira uma aura quase mística. Nick ergue a espingarda.

— "Meu Senhor" — murmura ele, baixinho, — "por favor, limpai-nos das impurezas..."

— Nick, pare — sussurra Brian.

— "Eu renuncio a todos os meus pecados" — continua Nick, horrorizado com o que vê na clareira. — "Eles te ofendem, ó Senhor..."

— Cale a boca, *cale a boca*!

Brian tenta entender o sentido daquilo tudo. Na penumbra, é difícil entender exatamente o que estão vendo. À primeira vista, parece que Philip está lá, ajoelhado no mato, amarrando um porco. A jaqueta de brim está encharcada de suor, coberta de carrapichos e ele enrola a corda nos pulsos e nos tornozelos de um vulto que se debate embaixo dele.

Um vento gelado de horror passa por Brian quando ele percebe que, *de fato*, há uma moça no chão, com a blusa rasgada e a boca amordaçada com uma corda de nylon.

— Meu Deus do céu, que diabo ele está...

Nick continua murmurando baixinho:

— "Perdoe-me, Senhor, pelo que estou prestes a fazer, e com a Sua graça eu Vos sirvo..."

— Cale a porra dessa boca!

O cérebro de Brian está acelerado, coberto de pânico, cheio de suposições histéricas: ou Philip vai estuprar a coitada, ou então matá-la e dar de comer a Penny. Alguma coisa tem que ser feita, e rapidamente. Nick tem razão. Sempre teve. Tem que haver um jeito de acabar com isso, antes que...

Um borrão se move ao lado de Brian.

Nick está descendo pelas árvores, abrindo caminho em meio às urzes e entrando na clareira.

* * *

— Nick, espere!

Brian atravessa metade das sarças quando vê o tabuleiro mortal se formando na clareira escura, como se fosse um arranjo de jogadores num xadrez surreal, movendo-se em câmera lenta.

Nick chega aos tropeções à clareira com a arma apontada para Philip, o qual, assustado pelo grito de Brian, se põe de pé. Desarmado, olhando nervoso da mulher se debatendo para a mochila jogada ao lado dos cogumelos ali perto, Philip levanta as mãos.

— Abaixe essa droga, Nicky.

Nick ergue o cano da arma, até apontá-la diretamente para Philip.

— O Demônio pôs as garras em você, Philip. Você pecou contra o Senhor... desonrou o nome Dele. E agora está tudo nas mãos do Senhor.

Brian chega cambaleando à clareira, sacando o .38, ofegante de tanta adrenalina.

— Nick, não! NÃO FAÇA ISSO! — A mente dele está à toda velocidade no momento em que para 3 metros atrás de Nick.

A essa altura, a garota no chão já conseguiu se virar — ainda amarrada e amordaçada — e chora com o rosto colado à terra úmida, como que torcendo para que o chão se abra e a deixe entrar e morrer. Enquanto isso, Nick e Philip estão a 2 metros de distância, com os olhos grudados um no outro.

— Que diabo você é? Algum anjo vingador? — pergunta Philip ao amigo de uma vida inteira.

— Talvez seja isso mesmo.

— Isso não é da sua conta, Nicky.

Nick está tremendo de emoção, com os olhos piscando para afastar as lágrimas.

— Existe um lugar melhor para você e sua filha, Philly.

Philip se mantém de pé como um monumento de pedra, o rosto calejado totalmente cavernoso naquela penumbra.

— E eu imagino que você é aquele que mandará Penny e a mim para a Glória.

— Alguém tem que dar um basta nisso, Philly. E pode muito bem ser eu. — Nick levanta a mira e murmura: — Senhor, por favor, perdoe...

— Nick, espera! *Ouça!* Por favor, por favor! — Brian dá a volta com o .38 apontado para o ar, como se fosse um juiz. Ele chega a centímetros de Nick, que continua com a mira apontada para Philip. Brian balbucia: — Lembre-se de todos os anos de farra em Waynesboro, todas as gargalhadas que vocês deram juntos, os quilômetros que já percorremos... Será que isso não vale nada? Philip salvou a nossa vida! Eu sei que depois as coisas fugiram do controle, mas elas podem ser consertadas. Abaixe essa arma, Nick. Eu estou te pedindo.

Nick estremece. Mantém a mira intacta. Uma camada de suor cobre a testa dele.

Philip se aproxima mais um passo.

— Não se preocupe, Brian. O Nicky aqui sempre foi um falastrão. Ele não tem peito de atirar em alguém que ainda está vivo.

Nick treme violentamente.

Brian assiste, congelado pela indecisão.

Calmamente, Philip se abaixa, pega a garota pelo colarinho e a levanta como se fosse uma mala perdida. Ele se vira e começa a arrastar a garota na direção da face mais distante da clareira.

A voz de Nick cai para menos que um sussurro.

— Tende piedade de nós.

A arma recua repentinamente.

E o cano solta um estrondo.

Uma espingarda .12 é um instrumento portentoso. As cápsulas equivalentes ao letal calibre .33 podem se espalhar por mais de 30 centímetros à queima-roupa, rasgando o alvo com força suficiente para penetrar um tijolo de cimento.

O tiro que atinge Philip pelas costas rompe a carne das omoplatas e os tendões do pescoço, mandando metade do tronco encefálico pela frente da garganta. Os grãos também atingem a lateral da cabeça da garota, matando-a instantaneamente. Os dois corpos são lançados numa nuvem cor-de-rosa.

O casal se projeta para a frente num abraço apertado, antes de os corpos serem estirados lado a lado no chão da floresta. A garota já está morta e quieta, mas Philip ainda se debate em espasmos da morte por vários e angustiantes segundos. O rosto dele está virado para cima, congelado numa máscara da mais absoluta surpresa. Ainda tenta respirar, mas os danos causados ao cérebro estão desligando o corpo inteiro.

O choque diante de tudo o que aconteceu faz com que Nick Parsons caia de joelhos, com o dedo ainda rijo no gatilho e a arma ardendo em fogo.

O raio de visão dele se afunila, enquanto Nick olha para o estrago que causou nos dois seres humanos que estavam no caminho do estrondo. Ele larga a arma no mato e abre a boca — mas não sai som algum. O que foi que ele fez? Ele se sente murchando como uma ervilha, frio e desolado, com as trombetas do Juízo Final tocando nos ouvidos, as lágrimas escaldantes da vergonha descendo em riachos pelo rosto: O que foi que ele fez? O que foi que ele fez? O que foi que ele fez?

Brian Blake fica totalmente congelado. As pupilas se dilatam. A visão do irmão num monte de sangue na terra, ao lado da garota morta, fica gravada para sempre no cérebro.

Só o barulho dos gritos desesperados de Nick consegue penetrar o estupor de Brian.

Soluçando a plenos pulmões, Nick agora está ajoelhado ao lado de Brian.

Toda a razão e a sanidade mental se esvaíram do rosto de Nick e ele se desespera diante da carnificina. Uma torrente de asneiras sai de seus lábios — em parte orações, em parte um pedido insano de clemência —, a respiração aparecendo no úmido anoitecer. Ele olha para os céus.

Brian ergue o .38 sem pensar — um surto de raiva psicótica toma conta dele — e dispara um único tiro, à queima-roupa, na lateral da cabeça de Nick.

O golpe derruba Nick num jato de líquido vermelho, o projétil rasgando o cérebro e saindo pelo outro lado, onde também arranca o pedaço de uma árvore. Nick se dobra no chão, revirando os olhos, o cérebro já morto.

Ele aterrissa com a rendição profunda de uma criança que vai dormir.

A passagem do tempo perde todo o sentido. Brian não percebe as silhuetas escuras que se aproximam por entre as árvores distantes, atraídas pelo barulho. Nem se toca de que ele mesmo está andando pela clareira, na direção dos dois corpos estraçalhados. Mas, de algum jeito, mesmo sem estar ciente disso, Brian acaba se ajoelhando no chão ao lado de Philip, ninando o corpo do irmão caçula no colo.

Ele olha para o rosto envelhecido de Philip, agora branco como um alabastro e manchado de sangue.

Uma faísca de vida ainda brilha nos olhos de Philip quando os olhos dos irmãos se encontram. Por um rápido instante, Brian se contorce diante da onda de tristeza que toma conta de seu corpo, a ligação entre os irmãos espessa como sangue, profunda como a terra, agora parte a alma de Brian, como um movimento de placas tectônicas. O peso da história comum que une os dois — o tédio sem fim da escola primária, as maravilhosas férias de verão, os sussurros de madrugada de uma cama para a outra, as primeiras cervejas naquele infeliz acampamento nos montes Apalaches, os segredos, as brigas, os sonhos de cidade pequena destruídos pelas equações da vida cruel — tudo isso dilacera a alma de Brian.

Ele chora.

Os gritos, agudos e cortantes como os de um animal preso numa armadilha, se erguem no céu escuro, misturando-se ao ronco distante dos carros de corrida. Ele soluça com tanta força que nem percebe que Philip dá o último suspiro.

Quando Brian volta a olhar para o irmão, o rosto dele já endureceu e se transformou numa estátua de mármore branco.

As folhas tremem a 7 metros dali. Pelo menos uma dúzia de Mordedores de todos os tipos e tamanhos forçam a passagem por entre as árvores.

O primeiro deles, um homem vestido com roupas esfarrapadas de trabalhador, passa pelos galhos esticando os braços sem pegar nada, os olhos de botão fazendo uma varredura pela clareira. O troço fixa o olhar na refeição mais próxima que vê: o cadáver de Philip, que está ali esfriando.

Brian Blake põe-se de pé e se vira. Ele não vai assistir. Sabe que essa é a melhor opção. *A única* opção. Deixar que os zumbis limpem a bagunça.

Ele mete o .38 no cinto e parte para o campo de obras.

Brian encontra um lugar no alto de um caminhão para esperar que os zumbis terminem o banquete.

Seu cérebro está igual a uma televisão ligada em vários canais ao mesmo tempo. Ele pega o revólver e se agarra a ele como se fosse um ursinho de pelúcia.

Toda a cacofonia de vozes, os fragmentos de imagens, tudo fica zumbindo na cabeça de Brian. O crepúsculo virou noite fechada, com a lâmpada de vapor mais próxima a centenas de metros de distância. Mas Brian vê o mundo ao redor como um negativo fluorescente, o medo afiado como uma faca. Pois agora ele está sozinho... mais sozinho do que nunca... e isso o devora por dentro, mais que qualquer zumbi.

Os ruídos molhados, de mastigação e degustação, que vêm da clareira mal podem ser ouvidos por cima do barulho constante dos corredores no autódromo. Em algum lugar no meio dos pensamentos atribulados, ele sabe que o barulho na pista está abafando a comoção que acontece na clareira — o que provavelmente era parte do plano de

Philip, fazer com que o sequestro da garota ocorresse sem que ninguém visse ou ouvisse.

Entre as sarças e as folhagens, Brian pode ver as silhuetas dos monstros destroçando os restos humanos largados na clareira. Montes de zumbis se debruçam por cima da carniça como se fossem macacos, se deliciando com pedaços de carne, ossos partidos pingando gosma, pedaços de pele, de couro cabeludo e apêndices inidentificáveis e deglutindo órgãos ainda quentes que exalam fumaça no ar da noite. Mais zumbis chegam, desajeitadamente empurrando os outros para o lado, rosnando por um pedaço.

Brian fecha os olhos.

Por um momento, ele se pergunta se deveria rezar. Pergunta-se se deveria fazer uma elegia silenciosa para o irmão, para Nick e para a mulher, para Penny, Bobby Marsh, David Chalmers, para os mortos e para os vivos e para todo aquele mundo de merda, arrebentado e abandonado. Mas não faz. Só fica ali sentado, vendo os zumbis se refestelarem.

Algum tempo depois — só Deus sabe quando —, os Mordedores se afastam dos restos destroçados, agora espalhados pela clareira.

Brian sai de cima da cabine do caminhão e volta para o apartamento, no meio da escuridão.

Naquela noite, Brian se senta na sala do apartamento, diante do aquário sujo e vazio. É o fim da programação do dia no cérebro de Brian. O hino nacional já tocou, a emissora saiu do ar e agora só os chiados tomam conta dos pensamentos.

Ainda de casaco sujo, ele se posta diante do aquário, os olhos fixos no vidro retangular — que está coberto de limo verde e de aglomerados de uma borra —, como se estivesse vendo uma monótona natureza-morta transmitida ao vivo, direto do inferno. Ele fica sentado desse jeito, como se estivesse num transe, observando o centro vazio do aquário por intermináveis minutos. Os minutos viram horas. A tela da mente de Brian é um tubo vazio de raios catódicos, fervilhando com neve eletrônica. Ele mal se dá conta de que o dia amanheceu. Não ouve a comoção do lado de fora do apartamento, as vozes preocupadas, o barulho dos carros.

O dia continua — o tempo agora já não importa mais — até que a noite seguinte baixa a cortina escura sobre o apartamento. Brian fica sentado lá dentro, sem se preocupar com a passagem do tempo, continua a olhar com interesse catatônico a transmissão invisível que se origina do casco vazio do aquário. A manhã seguinte vem e vai.

Em algum momento do dia seguinte, Brian pisca. A faísca de uma mensagem se acende e passa pela tela em branco da mente dele. No começo, ela é muito tênue e irregular, como um sinal de transmissão bem fraco, mas, a cada segundo que passa, ela vai ficando mais forte, mais clara e mais alta: ADEUS.

Como um choque profundo no centro da alma, a palavra implode numa convulsão de energia branca, lançando-o para a frente na poltrona puída, fazendo-o se sentar de chofre e obrigando-o a abrir os olhos.

...ADEUS...

Ele está duro e desidratado, de estômago vazio, as calças encharcadas com a própria urina. Ele ficou quase 36 horas sentado naquela cadeira, praticamente em coma, duro como uma forquilha e, no começo, não é fácil para ele se mexer, mas se sente limpo, ativo e com os pensamentos claros mais do que em qualquer outro momento da vida. Ele vai mancando até a cozinha e encontra pouca coisa no armário, apenas duas latas de pêssego. Abre uma delas e engole tudo o que está lá dentro, com a cauda escorrendo pelo queixo. Os pêssegos nunca foram tão gostosos. Aliás, ele imagina que talvez nunca tenha saboreado pêssegos de verdade na vida. Brian vai até o quarto e tira aquelas roupas imundas... e põe as únicas outras calças jeans e a única outra camiseta (do AC/DC, em silk) que tem. Encontra seu outro par de botas da Dr. Martens e calça.

Preso atrás da porta está um espelho quebrado, de tamanho natural.

Um homem compacto, franzino e descabelado olha de volta para ele. A rachadura no espelho parte ao meio o corpo longilíneo e os cabelos longos, pretos e rebeldes de Brian. Duas costeletas esparsas emolduram o rosto e os olhos fundos estão rodeados por círculos escuros. Ele mal se reconhece no espelho.

— Tanto faz — fala para o espelho, saindo do quarto.

Ele encontra o .38 na sala, juntamente com o último carregador — as últimas seis balas que tem — e mete a arma na parte de trás do cinto, o carregador no bolso.

Então, vai visitar Penny.

— Oi, querida — fala com ternura, ao entrar na lavanderia.

O cômodo estreito de piso laminado está tomado pelo cheiro da morte. Brian mal o percebe. Ele vai até a criaturinha, que rosna e se alvoroça com a presença dele, esticando as correntes. Ela está da cor do cimento, com os olhos iguais a duas pedras lisas.

Brian se agacha diante dela e olha para dentro do balde. Está vazio.

Olha para ela.

— Você sabe que eu te amo, não sabe?

A coisa que foi Penny rosna.

Brian acaricia o lado do pequeno tornozelo.

— Eu vou pegar uns mantimentos, meu amor. Volto antes que você perceba, não se preocupe.

O cadaverzinho inclina um pouco a cabeça e solta um gemido que parece mais o ar escapando por um cano enferrujado. Brian dá um tapinha na perna dela — fora do alcance dos incisivos podres — e então se levanta.

— Eu volto já, bonitinha.

Na hora em que Brian sai sem ser visto pela porta lateral do apartamento e parte para o norte, encarando as rajadas de vento do entardecer, de cabeça baixa, as mãos nos bolsos do casaco, ele percebe que alguma coisa está acontecendo. O autódromo está quieto. Alguns moradores passam correndo por ele, os olhos brilhando de medo. O ar tem o cheiro rançoso dos mortos. À esquerda, atrás da barricada de ônibus e carrocerias de caminhão, hordas de mortos-vivos perambulam ao longo da barreira, procurando uma maneira de entrar. Mais à frente, a fumaça negra sai pelo incinerador da clínica. Brian aumenta a velocidade.

Ao se aproximar da praça principal, ele pode ver, a distância, no extremo norte da zona de segurança, no lugar onde a cerca está sendo construída, homens de pé, em cima de parapeitos de madeira, munidos de rifles e binóculos. E não parecem felizes. Brian aperta mais o passo. Toda a dor — as juntas presas, as costelas latejantes, tudo — desaparece no meio de uma corrente de adrenalina de alta voltagem.

Woodbury mantém as rações de comida num armazém de tijolos que fica em frente ao antigo tribunal. Brian para em frente ao antigo tribunal, quando vê os velhos mendigos perambulando em frente ao prédio do governo de colunas romanas lascadas. Outras pessoas estão de pé nos degraus de pedra, fumando nervosas, enquanto outras ficam na frente da entrada. Brian atravessa o cruzamento e se aproxima do aglomerado de pessoas.

— O que está acontecendo? — pergunta ao gordo que usa o casaco do Exército da Salvação.

— Problema em River City, filho — diz o velho caduco, apontando um dedo engordurado para o tribunal. — Metade da cidade está aí dentro fazendo um debate.

— O que aconteceu?

— Encontraram mais três moradores na floresta ontem, só sobraram os ossos... O lugar está infestado de zumbis, provavelmente atraídos pelo barulho do autódromo. São uns idiotas por fazerem tanto barulho.

Por um momento, Brian pensa em quais são suas opções. Ele poderia perfeitamente evitar a confusão toda, fazer as malas e ir embora. Pode pegar um dos 4x4, colocar Penny na caçamba e cair fora numa fração de segundo.

Ele não deve nada a ninguém. O menos arriscado é não se envolver, só tratar de cair fora o mais rápido possível. É a maneira inteligente de jogar. Mas, lá no fundo, alguma coisa faz Brian pensar duas vezes. O que Philip faria?

Brian olha para a multidão de moradores que se acumula na entrada do tribunal.

VINTE E TRÊS

— Alguém aqui sabe quais eram os nomes deles?

Uma mulher de quase 70 anos, de cabeleira grisalha arrepiada, se levanta nos fundos da sala comunitária, no primeiro andar do prédio do tribunal, as veias na garganta pulsando de tanta tensão.

Os cerca de trinta moradores sitiados de Woodbury reunidos em volta dela — os mais velhos, os chefes de família, antigos comerciantes e transeuntes que foram parar ali por engano — se remexem nas cadeiras dobráveis, vestindo casacos manchados e botas enlameadas, de frente para a pequena sala de reunião. O lugar tem uma pinta de fim de mundo, com o gesso rachando, fios expostos, cafeteiras viradas e lixo espalhado pelo piso de parquete.

— E que merda de diferença isso faz agora? — vocifera o major Gene Gavin, na frente do salão, com os asseclas atrás dele portando rifles de assalto M4 na cintura como se fossem membros de uma gangue.

Parece perfeitamente apropriado o Major se postar na frente dessa pequena reunião do conselho municipal, junto às bandeiras americana e do estado da Geórgia. Como MacArthur assumindo o controle do Japão, ou Stonewall Jackson em Bull Run, o Major se deleita com a oportunidade de finalmente fincar a estaca como líder de fato da cidade desgraçada, cheia de covardes e enjeitados. Com o olhar durão, uniforme verde e corte militar, o major esperou muito por esse momento, acalentou o sonho por semanas.

Acostumado a colocar covardes na linha, Gavin sabe que precisa ser respeitado para poder liderar e, para ser respeitado, precisa ser temido. E era exatamente como ele lidava com os soldados no campo de Ellenwood. Gavin era instrutor de sobrevivência no 221º Batalhão de Inteligência Militar e costumava azucrinar os fracotes com acampamentos noturnos até Scull Shoals, cagando nas mochilas deles e pegando pesado mesmo diante das menores infrações. Mas isso poderia muito bem ter sido há um milhão de anos. A situação *atual* é do tipo *Código Foda* e Gavin vai se aproveitar de todas as oportunidades para ficar por cima.

— Foram só dois dos caras novos — acrescenta Gavin, pensando melhor. — E uma vagabunda qualquer de Atlanta.

Um homem mais velho na fila da frente se levanta, com os joelhos ossudos tremendo.

— Com todo o respeito... aquela era a filha de Jim Bridges e não era nenhuma vagabunda. E agora, eu acho que falo em nome de todos aqui quando digo que nós precisamos de proteção, talvez até de um toque de recolher... para as pessoas ficarem em casa depois que anoitecer. Eu acho que a gente deveria fazer uma votação.

— Sentaí, velho... antes que você se machuque. — Gavin dá ao velho reclamão seu olhar mais ameaçador. — Nós temos problemas maiores com que lidar agora. Tem uma convenção enorme de Mordedores fechando o cerco sobre nós.

O velho volta a se sentar, resmungando para si mesmo.

— Também com tanto barulho no autódromo... é por isso que os Mordedores estão cercando a gente.

Gavin solta o botão do coldre no cinto, deixando a coronha da .45 à mostra e dando um passo ameaçador na direção do velho.

— Lamento, mas não me lembro de ter aberto a sessão para sugestões do asilo. — Gavin aponta o dedo para o velho. — O meu conselho é que você cale a porra da boca, antes que se meta em problemas.

Um sujeito mais jovem fica de pé, a duas cadeiras do velho.

— Vai com calma, Gavin — diz o rapaz. Alto, de pele morena e com o cabelo enfiado por baixo de uma bandana, ele usa uma camiseta sem manga que mostra braços extremamente musculosos. Seus olhos pretos brilham com a sabedoria de quem aprendeu a se virar na rua. — Isso aqui não é um filme de John Wayne, abaixa o tom.

Gavin se vira para o rapaz de bandana, brandindo a .45 ameaçadoramente.

— Cala a boca, Martinez, e senta essa bunda de *cucaracha* na cadeira.

Atrás de Gavin, os dois guardas se enrijecem, girando os canos dos M4s e colocando-os em posição. Os olhos deles percorrem o salão.

Martinez apenas balança a cabeça e volta a se sentar.

Gavin suspira, frustrado.

— Vocês parecem não compreender a seriedade da situação — diz ele, balançando a .45 enquanto anda de um lado para o outro à frente do salão, falando com a cadência de um instrutor de treinamento. — Nós vamos ser alvos fáceis aqui, se não fizermos alguma coisa com aquelas barricadas. Estamos com um monte de vagabundos ocupando espaço. Esperam que os outros façam o trabalho pesado para eles. Ninguém tem disciplina! Pois eu tenho uma novidade para vocês. As férias acabaram. A gente vai ter umas regras novas por aqui e todo mundo vai colaborar e fazer o que eu mandar, e todo mundo vai ficar com a porra do bico calado! Será que eu estou me fazendo entender?

Gavin faz uma pausa, vendo se alguém se atreve a responder.

Os moradores ficam em silêncio, parecendo crianças que foram chamadas à sala do diretor. Num canto, o médico Stevens está sentado ao lado de uma moça de 20 anos. Vestida com um jaleco manchado, ela traz um estetoscópio no pescoço. E Stevens tem a expressão de um homem que sente cheiro de podre há muito tempo. Ele levanta a mão.

O major revira os olhos e solta um suspiro exasperado.

— O que é agora, Stevens?

— Corrija-me se eu estiver errado — diz o médico —, mas nós já chegamos ao nosso limite. Estamos fazendo o melhor que podemos.

— E o que você quer dizer com isso?

O médico simplesmente dá de ombros.

— O que você quer de nós?

— EU QUERO QUE VOCÊS ME OBEDEÇAM, PORRA!

A resposta em voz de trovão quase não é registrada nas feições finas e sensatas de Stevens. Gavin respira fundo várias vezes, tentando recuperar o controle. Stevens empurra os óculos para cima do nariz e desvia o olhar, balançando a cabeça. Gavin olha para os Guardas.

Os Guardas assentem simultaneamente para o major, com os dedos prontos nos gatilhos.

Isso não vai ser a moleza que Gavin pensou.

Brian Blake está de pé nos fundos do salão, à sombra de uma máquina de comida quebrada e empoeirada, as mãos nos bolsos, ouvindo e introjetando aquilo tudo. O coração dele bate forte e Brian se odeia por isso. Sente-se como um ratinho de laboratório num labirinto. O medo aterrorizante, velho inimigo, voltou para se vingar. Ele pode sentir o carregador como um tumor no bolso, o volume frio roçando na perna. A garganta está seca e apertada, e a língua parece alguns centímetros maior que a boca. Qual é a porra do problema dele?

À frente do salão, Gavin continua andando diante da galeria dos fundadores da cidade, que aparecem em retratos antigos na parede principal.

— Para mim, não interessa como vocês chamam essa porra de armadilha na qual a gente se encontra, mas eu chamo de guerra... e, a partir de agora, essa porcaria de cidade está oficialmente sob a porra da lei marcial.

Murmúrios tensos passam por todo o grupo. O velho é o único que tem coragem suficiente para se posicionar.

— E o que é que isso significa, exatamente?

Gavin vai até o velho.

— Isso significa que todo mundo aqui vai ter que seguir as minhas ordens e se comportar como bons meninos e boas meninas. — Ele toca no alto da cabeça do velho, como se estivesse acariciando um coelhinho de estimação. — Se todo mundo aqui se comportar e fizer o que for mandado, é capaz de a gente sobreviver a esta tempestade.

O velho engole em seco. A maioria dos concidadãos olha para o chão. Observando do fundo da sala, fica claro para Brian que os habitantes de Woodbury estão em mais do que uma armadilha. O ódio no salão é viscoso o suficiente para pintar as paredes. Porém, o medo é mais forte. Ele transpira pelos poros de todos os presentes, inclusive dos de Brian, que está se esforçando para lutar contra isso. Brian trata de engolir o terror.

Alguém murmura alguma coisa mais à frente do salão, perto da janela. Brian está longe demais para entender e olha por cima das cabeças para ver quem é.

— Tem alguma coisa que você queira dizer, Detroit?

Ao lado da janela, um negro de meia-idade de macacão sujo e barba grisalha se afunda na cadeira, olhando melancólico pela janela. Seus dedos longos e amarelados estão cheios de graxa. Mecânico da cidade, egresso do norte, ele fala alguma coisa baixinho, para si mesmo, sem olhar para o major.

— Fale mais alto, garoto.

O major se aproxima do negro. Postando-se sobre ele, Gavin ordena:

— Qual é o *seu* problema? Não gostou do programa?

Quase inaudivelmente, o homem negro responde:

— Eu vou embora.

Ele se levanta para sair, quando de repente o major saca a arma.

Com instinto quase involuntário, o negro leva a mão grande e calejada em direção ao revólver enfiado na cintura. Mas antes que consiga sacá-lo, ou mesmo pensar duas vezes, Gavin aponta para ele.

— Por favor, saque a arma, Detroit — rosna Gavin, apontando a .45 para o sujeito. — Assim eu posso explodir esses seus miolos.

Os outros soldados se colocam atrás do major, erguendo os rifles de assalto e cerrando os olhos em cima do negro.

Com a mão ainda no cabo da pistola e os olhos fixos em Gavin, o negro chamado Detroit sussurra:

— Já é ruim o bastante a gente ter que lutar contra os mortos-vivos... E agora a gente ainda vai ter que aturar as suas ordens?

— Senta... na porra... da cadeira... agora. — Gavin encosta o cano da arma na testa de Detroit. — Senão, eu vou acabar com você. Eu juro que vou.

Com um suspiro exasperado, Detroit volta a se sentar.

— E isso vale para todo mundo aqui! — O major se vira para os outros. — Vocês acham que eu estou fazendo isso pela minha saúde? Acham que eu quero comandar um canil? Isso aqui não é uma democracia. Isso aqui é uma questão de vida ou morte, porra! — Ele começa a andar de um lado para o outro, na frente da plateia. — Se vocês não quiserem se transformar em ração para cachorro, vão ter que fazer o que forem mandados. Deixar que os profissionais tomem conta do negócio e calar as merdas das bocas!

O silêncio paira no ar como gás venenoso. Nos fundos, Brian sente a pele da nuca começar a formigar. Parece que o coração dele vai sair por cima do esterno, de tão forte que bate no peito. Ele mal consegue respirar. Quer arrancar a cabeça desse soldadinho de chumbo, mas o corpo se encontra numa espécie de paralisia do tipo lutar ou fugir. O cérebro de Brian espoca com flashes e fragmentos de memória, imagens e sons de uma vida dominada pelo medo, evitando os valentões no playground da Escola Burke County, passando ao largo do estacionamento do Stop-and-Go para não dar de cara com os bandidos, fugindo de uma gangue barra pesada no show do Kid Rock, pensando onde está o Philip... onde é que está Philip, quando se precisa dele...

Um barulho vindo da frente do salão faz com que Brian pare de ruminar o passado.

O sujeito chamado Detroit está se levantando. Ele já se encheu. A cadeira range quando ele se levanta com seus 2 metros de altura e começa a ir embora.

— Para onde é que *você* está indo? — Gavin observa enquanto o negro desce pelo corredor até a saída. — EI! EU FIZ UMA PERGUNTA, DETROIT! ONDE É QUE VOCÊ PENSA QUE VAI?

Detroit nem se digna a olhar para trás. Simplesmente faz um gesto de desprezo, murmurando:

— Eu estou indo embora daqui... Boa sorte para todos... Vocês vão precisar com esses filhos da puta.

— TRATE DE SENTAR ESSA SUA BUNDA PRETA AGORA MESMO, OU EU VOU TE ESTOURAR!

Detroit continua andando.

Gavin saca o revólver.

O suspiro simultâneo do salão é perfeitamente audível, na hora em que Gavin mira a arma atrás da cabeça de Detroit.

A explosão suga o ar da sala — tão alta que chega a sacudir as paredes, acompanhada por um grito de uma das senhoras —, enquanto um único tiro penetra na parte de trás da cabeça do negro. Detroit é alçado para a frente, em cima da máquina de comida próxima a Brian, que dá um pulo. O negro bate no painel de aço e desliza para o chão, o sangue borrifando no logotipo da Coca-Cola, na parede em cima da máquina e até numa parte do teto.

Muitas coisas acontecem na sequência da explosão, antes mesmo que o eco dos gritos agudos tenha uma chance de desaparecer. Quase que imediatamente, três moradores diferentes — dois homens de meia-idade e uma mulher na casa dos 30 anos — correm para a saída e Brian observa tudo como se estivesse sonhando, os ouvidos zumbindo, os olhos como que cegos por um flash. Ele mal consegue ouvir a voz estranhamente calma do Major Gavin — completamente vazia de arrependimento ou de qualquer tipo de sentimento — dando ordens aos dois homens da Guarda (Barker e Manning) para pegar os fujões e, aproveitando o ensejo, pegar "quem quer que esteja lá fora, escondido que nem uma barata", porque Gavin quer que todo mundo com o coração batendo ouça o que ele tem a dizer. Os dois guardas saem rápido do salão, deixando para trás um grupo petrificado e apavorado de 25 moradores, o major e... Brian.

Para Brian, o salão parece mudar de eixo enquanto Gavin guarda a arma no coldre, olhando para o corpo do homem negro estirado no chão como se fosse um troféu de caça. Gavin volta altivo para a frente do grupo. Agora ele tem a atenção de todo mundo como nunca antes desfrutou e curte cada minuto dela. A essa altura, Brian mal consegue ouvir o major trombeteando sobre como vai fazer de exemplo qualquer idiota que pense que pode colocar as vidas dos moradores de Woodbury em perigo dando uma de lobo solitário, querendo mudar o sistema, querendo ser o espertalhão que pensa que sabe tudo e pode fazer tudo sozinho, ficando na dele. O momento atual, segundo Gavin, é um momento especial. Previsto na Bíblia. Nas profecias. Para falar a verdade, essa talvez, mas só talvez, seja a hora do Juízo Final. E, de agora em diante, todo filho da puta que morar na cidade tem que se acostumar com o fato de que essa pode muito bem ser a última batalha entre o homem e Satã e, no que diz respeito aos distintos cavalheiros de Woodbury, na Geórgia, Gavin acaba de ser designado, por falta de outras opções, como o novo Messias.

Aquela preleção maluca continua talvez por mais um minuto — dois, no máximo —, mas, nesse curto espaço de tempo, Brian Blake passa por uma metamorfose.

Petrificado ao lado da máquina de venda, com o sangue do homem caído entrando por baixo da sola dos sapatos, Brian percebe que não vai ter a menor chance no mundo, se permitir que aquela inclinação natural o conduza para baixo. Os instintos de Brian — de evitar a violência, os perigos e as confrontações — o deixam cheio de vergonha e ele vê os pensamentos voltarem à primeira vez que encontrou um morto-vivo, na casa dos pais em Deering, há um milhão de anos-luz. Eles saíam do galpão de ferramentas nos fundos da casa e Brian tentou dialogar com eles, chegar a um acordo com eles, avisá-los que deveriam se afastar, chegou a jogar pedras neles e depois foi correndo para dentro de casa, tapando todas as janelas, mijou nas calças e se comportou como o mariquinha que sempre foi e sempre será. E no espaço daquele terrível instante — enquanto Gavin pontifica para os moradores —, Brian é tomado por uma série de visões da própria covardia e da própria indecisão, de toda a trajetória até o oeste da Geórgia, como se não tivesse aprendido nada pelo caminho: se escondendo no armário do condomínio Wiltshire, matando o primeiro zumbi quase que por acidente no edifício dos Chalmers, chorando para o irmão sobre isso e aquilo, sempre fraco, assustado e inútil. Brian percebe de repente — com a dor compulsiva de uma embolia explodindo no coração — que não há jeito de ele sobreviver sozinho. Não tem chance alguma. E agora, enquanto o Major Gavin começa a rugir ordens para os traumatizados moradores na frente do conselho, designando árduas tarefas e mais regras e procedimentos, Brian sente a consciência se desligar e se destacar do corpo como se fosse uma borboleta saindo do casulo. Começa com Brian desejando que Philip estivesse ali para protegê-lo, como sempre aconteceu desde o começo desse calvário. Como Philip lidaria com Gavin? O que ele faria? Logo, esse simples desejo se transforma na dor agonizante pela morte de Philip — uma verdadeira tortura, como se fosse uma ferida aberta —, a faca afiada do luto trespassando o corpo e cortando-o em dois. Agarrando-se à máquina de comida ensanguentada, Brian sente o centro de gravidade se erguer, seu espírito se libertar do corpo, como aquele primeiro pedaço da terra se desgrudando para formar a Lua. A tonteira ameaça levá-lo ao chão, mas ele se controla e, antes que possa se dar conta do que está se passando, Brian se ergue do próprio corpo. A consciência dele agora flutua lá em cima, como um espectador fantasma, olhando para si mesmo naquele salão comunitário abafado, fedorento e lotado, no velho tribunal de Woodbury.

Brian se vê ficando muito quieto.

Brian vê o alvo à frente do salão, a 8 metros de distância.

Brian se vê dando um único passo para longe da máquina de comida, passando a mão atrás do cinto, pegando a coronha do revólver .38, enquanto Gavin continua vomitando ordens lá na frente, sem se tocar de nada, andando de um lado para o outro diante dos estoicos retratos dos fundadores da cidade de Woodbury.

Brian se vê dando mais três passos táticos, chegando mais para o meio do corredor, ao mesmo tempo em que saca o .38 num movimento fluido e instintivo. Ele segura a arma ao lado do corpo, enquanto dá um quarto passo adicional — ficando a 5 metros de Gavin, finalmente atraindo a atenção do major, fazendo com que pare e olhe para ele — e é aí que Brian levanta o cano e esvazia o cilindro de balas Glaser de ponta oca em toda a área do rosto de Gavin.

Dessa vez, os moradores da cidade dão pulos nas cadeiras na hora dos tiros, mas, estranhamente, ninguém grita.

Ninguém está mais espantado com as ações de Brian do que o próprio Brian, e ele fica paralisado por um momento excruciante no meio do corredor, com o .38 vazio, mas ainda levantado, e o braço preso na posição de tiro, o espetáculo dos restos mortais do Major Gavin amontoados no chão, ao lado da parede principal. A parte de cima do corpo do major está toda perfurada, o rosto e o pescoço borbulhando um sangue arterial viscoso, de um vermelho bem escuro.

O feitiço é quebrado pelo ruído agudo das cadeiras e das pessoas se levantando. Brian abaixa a arma ao lado do corpo e olha em volta. Alguns dos moradores estão indo para a frente da sala. Outros estão olhando para Brian. Um deles se ajoelha ao lado do corpo de Gavin, mas nem se dá trabalho de tentar sentir a pulsação ou examinar mais de perto. O sujeito chamado Martinez se aproxima de Brian.

— Não leve para o lado pessoal, irmão — diz Martinez, numa voz grave, quase um sussurro —, mas seria melhor você dar o fora daqui.

— Não. — Brian sente que o centro de gravidade voltou, e que a alma dele está reiniciando como um computador.

Martinez olha firme para ele.

— Vai ser o diabo quando aqueles brutamontes voltarem.

— Vai dar tudo certo — diz Brian, colocando a mão no bolso e pegando o carregador. Ele se desfaz dos projéteis vazios e põe a nova série no revólver. Ele não tem prática no negócio, mas as mãos estão firmes como uma rocha. Ele parou de tremer. — Somos dez para cada um deles.

Alguns dos moradores se juntaram ao lado da máquina de comida, em volta do corpo do cara que se chamava Detroit. O Dr. Stevens está verificando o pulso, enquanto o som de alguém chorando baixinho chega aos ouvidos de Brian. Ele se vira para o grupo ali reunido.

— Quem aqui está armado?

Algumas pessoas levantam as mãos.

— Fiquem por perto — diz Brian e então abre caminho entre os moradores assustados, até chegar à saída. Ele fica na porta, olhando pelos vidros de segurança para o dia cinza e carregado de outono.

Mesmo pelo vidro, pode-se ouvir o barulho inconfundível dos zumbis a distância, trazido pelo vento. Mas, de alguma maneira, eles agora parecem diferentes aos ouvidos de Brian. Segregados atrás das barricadas improvisadas, separados do teimoso grupo de sobreviventes por meras membranas de aço e ferro, a sinfonia baixa e onipresente de gemidos — feia e desafinada como gaitas feitas de ossos humanos — não anuncia mais a maldição. Agora, carrega oportunidade. Para Brian, o som parece o convite para um novo tipo de vida, um novo paradigma que só então se forma dentro dele, como o nascimento de uma nova religião.

Uma voz ao lado de Brian o retira do transe. Ele se vira e vê Martinez, olhando-o como quem fez uma pergunta.

— Desculpe — diz Brian —, o que foi que você perguntou?

— O seu nome... Eu não ouvi antes.

— O meu nome?

Martinez faz que sim.

— O meu é Martinez... e o seu...?

Brian pausa por uma fração de segundo, antes de responder.

— Philip... Philip Blake.

Martinez estica o braço para cumprimentar Brian.

— Prazer em conhecê-lo, Philip.

Com um aperto firme, os dois se cumprimentam e, naquele simples gesto, uma nova ordem começa a se formar.

Este livro foi composto na tipologia Palatino LT Std,
em corpo 10,5/15,6, e impresso em papel off-white
no Sistema Digital Instant Duplex da
Divisão Gráfica da Distribuidora Record.